KB100303

지극히 평범한

지극히 평범한 1

초판 1쇄 찍은 날 | 2015년 4월 10일
초판 1쇄 펴낸 날 | 2015년 4월 20일

지은이 | 박지영
펴낸이 | 서경석

편 집 장 | 권태완
편집책임 | 최고은
편　　집 | 나정희
디 자 인 | 신현아

펴낸곳 | 도서출판 청어람
등록번호 | 제387-1999-000006호
등록일자 | 1999. 5. 31
어람번호 | 제11-00015호

주소 | 경기도 부천시 원미구 부일로 483번길 40 서경B/D 3F (우) 420-822
전화 | 032-656-4452 팩스 | 032-656-4453
http://www.chungeoram.com
E-mail | chungeorambook@daum.net

ISBN 979-11-04-90191-1 04810
ISBN 979-11-04-90190-4 (SET)

1

지극히 평범한

박지영 장편 소설

Contents

프롤로그

8월 13일, 여름.

도심 공원 입구에 곧추세워진 시계탑에서 흐릿한 빛이 창백하게 부서진다. 도시 먼지 막이 형성된 희뿌연 유리 너머 가느다란 시곗바늘이 째깍째깍 규칙적인 박자를 탄다. 부아앙— 아스팔트를 긁듯 훑는 오토바이의 엔진 소음이 시곗바늘의 자그마한 떨림을 먹어버린다.

째깍. 초침이 크게 한 번 요동치며 중심에 바로 섰다.

10시 정각.

공원 울타리 대용으로 심어진 짤막한 사철나무를 따라 걷는 여자의 입이 크게 벌어졌다.

"하아암……."

후덥지근한 열기가 여자의 입술을 타 넘으며 잇속을 훑었다. 공원의 모퉁이를 돌자, 빼곡하게 들어선 오피스텔 건물들이 한눈에 들어왔다. 깜빡이는 푸른 신호등을 본 여자의 발걸음이 조급해졌다. 또각또각, 여자의 구두 굽 소리가 산만하게 주위의 정적을 깨웠다.

횡단보도를 건너고 세련된 자태를 뽐내는 높다란 오피스텔을 지나치며 여자는 땀으로 끈적거리는 이마를 손등으로 훔쳤다. 유난스레 열대야가 기승을 부리는 밤이었다. 여자는 푸르스름한 빛으로 발광하는 가로등을 지나쳤다.

그때였다.

쿵— 턱!

등 뒤에서 땅이 울리듯 약한 진동이 전해졌다. 소리는 화들짝 놀랄 정도로 크고 둔탁했으며 이상하리만치 서늘한 기척이었다. 공연한 두려움이 엄습해 왔지만 여자는 고개를 반사적으로 돌렸다.

짙은 갈색으로 덧칠해진 가로등 아랫부분이 시야에 잡혔다. 분명 조금 전까지 비어 있던 공간에 거뭇한 것이 깔려 있었다. 묘하게 어그러진 정체의 아래에서 검은 액체가 스멀스멀 번지며 영역을 넓혔다.

순간, 여자의 목청이 똑딱 신호를 받은 듯 울렸다.

"꺄아아악!"

여자가 양손으로 얼굴을 감싸고 뒤로 주춤주춤 물러났다. 그러곤 풀린 무릎을 주체 못하고 털썩 보도블록에 주저앉았다.

오피스텔 지하주차장.

주차장 내 접촉사고로 실랑이를 벌이는 가해자와 피해자 사이에서 진땀을 빼던 관리직원의 귀에 찢어질 듯한 여자의 비명이 꽂혔다. 휙 고개를 돌린 직원이 어리둥절한 표정으로 두리번거리다가 부랴부랴 내달렸다. 어둑한 어둠이 깔린 오피스텔 앞쪽으로 나와 소리의 방향으로 뛰었다.

보도블록에 주저앉은 여자가 벌벌 떨며 헐떡이고 있었다. 관리직원이 황급히 다리를 움직이다 가로등 아래를 차지한 물체를 발견했다. 뒤틀린 물체가 무엇인지 굳이 가까이 가지 않아도 알 수 있었다. 관리요원의 발이 우뚝 멈춰졌다.

도시의 모든 것을 녹아내릴 듯 화기에 젖은 한여름 밤의 열기가 서걱거리는 냉한 기류를 타고 식어갔다.

/

1화
설마가 사람 잡는 법

/

가을 하늘 공활한데 높고 구름 없이…….

절로 애국가 한 소절이 나올 법한 하늘이다. 혀끝에서 맴도는 가사를 흥얼대며 상의 주머니에 양손을 꽂아놓고 턱을 꼿꼿이 세운다. 촉수만 달린 생명체처럼 느른히 꾸물대는 구름을 관망하는 눈동자에서 여릿한 윤기가 흐른다.

설렁설렁 교사 건물로 들어서서 한적한 계단을 디뎌 2층 복도 모퉁이로 돌았다.

“왁!”

“악!”

난데없이 시커먼 물체가 모퉁이에서 나타났다. 외마디 비명을 내지르며 한 발짝 물러섰다. 소스라치게 놀란 콩알 가슴이 세차게 벌렁거렸다. 공포영화 '링'의 사다코처럼 거꾸로 치렁치렁한 까만 머리카락이 허공에서 나부꼈다.

"야, 김현주! 놀랐잖아!"

귀신 같은 머리카락의 정체가 낯익어 냅다 언성을 높였다.

"국, 생일 축하해."

머리카락을 휙 올리더니 현주가 넉살스레 웃었다. 그녀가 잔뜩 부스스한 머리카락을 손가락 빗으로 쓸어댔다. 샐그러지게 일별하고선 그래도 축하 인사를 해줬으므로 깊게 힐책하지는 않고 목표로 전진했다.

"너 사물함에 선물이 한 가득이야."

"정말?"

"빨리 가서 열어봐."

현주의 말에 입술이 배시시 벌어졌다. 이 자식들, 의리가 있구나.

끄덕끄덕 흐뭇해하고 잰걸음으로 복도를 직진했다. 복도 한편에 놓인 사물함 앞에 섰다. 그런데 가슴팍 높이로 인식했던 사물함이 붙박이장처럼 천장 끝까지 솟아 있었다.

사물함 키가 이렇게 컸어?

갸우뚱하며 손을 아래로 뻗었다. 한데 익숙한 자리에 이름이 없었다. 휘휘 눈알을 굴려 머리꼭대기 위에 있는 이름표를 발견했다.

내 사물함이 저리 높았나?

괴상했다. 기억이 충돌하며 얼기설기 엉켰다. 어정쩡하게 내린 팔을 들어 사물함 문을 벌컥 열어젖혔다. 순간 사물함 내부를 빽빽하게 채웠던 자그마하게 포장된 노란 것들이 폭포수처럼 떨어졌다.

"악!"

백 개…… 천 개…… 만 개쯤……. 아니, 점점 불어나는 양의 노란색 물체. 비닐 포장지에는 명료하게 '국희'라고 써져 있었다. 국희과자다. 확인 안 해도 알 수 있다. 희번덕거리는 시야를 가리며 국희과자는 봇물 터지듯 끝없이 쏟아져 몸을 덮쳤다. 마치 사물함이 웩웩하며 국희과자를 토해내는 것 같았다.

으악!

비명을 지르며 벗어나려 몸부림쳤으나 바닥에 발이 붙은 듯 옴짝달싹 못 했다. 어느새 하체가 완전히 묻혔다. 국희과자의 홍수에 아구아구 먹혀가는 몸을 틀어대며 허우적거렸다.

아, 아, 안 돼. 살려줘…… 살, 려, 줘…….

"헉."

징— 옆구리를 자극하는 진동음에 눈을 번쩍 부릅떴다.

재킷주머니에 넣어뒀던 휴대폰의 짧은 진저리가 그녀를 끔찍한 꿈에서 구출해 줬다. 아구아구 먹혀 들어가던 몸뚱이가 각인된 뇌는 연신 끔벅끔벅 얼빠진 넋을 채질했다. 퀭한 시선을 휴대폰 액정으로 돌렸다.

—국희야, 엄마가 네 생일을 깜빡하고 말았네. 미안해, 우리 딸. 대신 엄마가 이따 맛있는 거 해줄 테니까 일찍 들어와.

어제 지방에 다녀오느라 귀가가 새벽이었던 엄마였다. 문자메시지에 퍼뜩 현실을 인지했다. 맞다. 오늘이 생일이었다. 이 끔찍한 꿈은 생일날마다 치러졌던 관행으로 인해 뇌리에 박혀 버린 트라우마일 것이다.

설마 불길한 징조는 아니겠지?

—알겠습니다, 마마.

너른 마음이 담긴 답을 보냈다.

버스는 목적지인 정류장에 다다르고 있었다. 그녀는 의자에서 일어나 버스에서 내렸다. 진득한 꿈의 잔상을 지우려 성가신 머리카락을 쓱 넘기는데 횡단보도가 보행자신호로 바뀌었다. 날렵한 다리가 쭉쭉 뻗어졌다. 찰랑거리는 단발머리가 뛰는 요동에 따라 팔딱팔딱 넘실거렸다.

탁—

로커 문을 닫고서 단발머리를 손가락으로 쓸어 가지런히 끈으로 묶었다. 맞은편 벽 전면 거울에 새하얀 수련도복을 입은 모습이 산뜻하게 비쳤다. 거울을 힐끔 넘겨다본 그녀는 주저 없이 탈의실에서 나왔다. 복도 바닥에 깔린 브라운 카펫의 보드라운 촉감이 맨발인 발바닥에 와 닿았다.

기합 소리가 간헐적으로 퍼지는 수련실에 가까워졌다. 입구 앞에서 멈춰 선 그녀는 도복의 매무새를 단정히 다듬었다.

쓰윽.

그때, 보이지 않는 벽의 우측에서 기다란 팔이 바람을 가르는 소리와 함께 나타났다. 시야를 덮는 칼손에 국희는 잽싸게 턱을 뒤로 젖혔다. 칼손이 도복의 옷깃을 잡아채려는 순간보다 그녀의 손이 빨랐다. 민첩한 손이 그의 손목을 휙 감아 돌렸다.

사속한 방어에 기습한 상대가 멈칫하는 찰나를 놓치지 않고, 그녀는 그의 기다란 팔을 반대로 꺾었다. 감은 팔에 힘을 주며 손바닥으로 어깨를 짓누르자, 그의 상체가 무기력하게 하강했다.

"아! 아! 선배!"

"민재운, 까불지 마라."

지지듯 손바닥에 힘을 가하며 국희가 으름장을 놨다.

"애정 표현이잖아!"

재운이 비틀린 통증에 벌겋게 달아올라 바락 성을 냈다. 산뜻하게 무시하며 그녀는 다른 손으로 그의 손목을 길게 잡아 뺐다. 제압당한 커다란 손이 꽃잎을 막 떠난 나비의 날갯짓처럼 가냘프게 파닥거렸다.

"사랑해요, 후배님."

"항복! 항복!"

국희의 입술 끝자락이 잔혹하게 씩 올라갔다. 드러난 목덜미까지 시뻘게진 재운이 자유로운 손바닥으로 제 허벅지를 탁탁 쳐댔다.

"아침부터 참으로 정겨운 풍경이다."

"우린 애정하는 사이라."

푸른색 도복을 입은 동기가 쳐다보며 혀를 끌끌 찼다. 포획한 사냥감을 놓지 않고서 국희는 쿡쿡거렸다.

"지국희, 박 팀장이 출근하면 바로 팀장실로 오라던데."

"왜?"

"나도 모르지. 어서 올라가 봐."

동기의 전언에 국희는 그제야 재운을 풀어줬다. 벌건 풍선처럼 부풀어 올랐던 재운의 낯빛이 비로소 평온한 제 색을 찾았다.

"선배, 너무하잖아. 진심으로 힘을 실으면 어떡해?"

탈의실로 향하는 국희를 쪼르르 쫓아와 재운이 항의했다. 그녀는 아랑곳하지 않고서 재운의 다리 쪽으로 발을 쓸었다. 날렵한 재운이 번쩍 뒤로 뛰며 짓궂은 발을 피했다. 국희는 쿡쿡대며 탈의실 입구에 섰다.

"그러니까 왜 까불어?"

"나의 뜨거운 애정 표현이라고."

재운이 탈의실 입구 모퉁이에 기대며 능청맞게 굴었다.

"수련이나 열심히 하세요, 후배님."

단련으로 딴딴한 그의 가슴을 손가락으로 쿡 찌르고, 그녀는 안으로 쏙 들어갔다. 그런 국희의 뒤통수를 바라보며 재운이 피식 웃었다.

근무복이나 마찬가지인 깔끔한 검은색 바지정장으로 갈아입은 국희는 비상구를 통해 위층 사무실로 올라갔다. 한가로운 사무실 복도를 직진해 팀장실 문을 벌컥 열었다.

"야, 너는 노크 좀!"

평소와 다름없이 열심히 코청소 중이던 박 팀장이 화들짝 했다. 익숙하기에 힐끔 보면서 그녀는 문을 닫았다. 박 팀장이 후다닥 휴지로 손가락을 닦아댔다.

"왜 불렀는데?"

"앉아."

"형은 왜 꼭 사람을 귀찮게 하냐? 문자를 보내주지. 괜히 수련실에 들렀잖아. 내가 착해서 참는 거야."

의자를 끌어당겨 털썩 앉으며 국희는 핀잔했다.

"알았어. 나도 깜빡한 거야."

박 팀장이 일어나 그녀의 맞은편으로 다가와 의자를 당겼다.

"국희 너, 김선혁 선배 기억해?"

"인성그룹 사장님 경호비서인?"

"기억하네?"

"신입사원 오티 때 교육 왔었잖아. 그때 인사했었는데…… 나한테 예쁘다면서, 누가 보면 경호원인 줄 꿈에도 모르겠다고……."

허풍이 아닌데, 박 팀장은 익숙한 듯 흘려들으며 건성으로 고개를 끄덕거렸다.

"그 김선혁 선배가 얼마 전 BI를 의뢰했었거든."

"BI? 위장경호를 말하는 거지?"

그녀의 반문에 박 팀장이 고개를 끄덕였다.

"개인전담 여자 경호원을 의뢰해서 내가 너 허락 없이 프로필을 보냈었어."

"어? 내 걸? 난 개인전담팀도 아닌데? 개인전담 여자 팀원들은 어쩌고? 그리고 나는 다음 주 소녀연대 콘서트에 투입되잖아."

"다른 여자 요원들은 프로필 보냈는데 죄다 거부당했어. 혹시나 싶어서 네 걸 보냈는데 PC(피경호인)가 오케이했다더라고."

"정말? 내가 왜? 예뻐서?"

국희의 넉살을 박 팀장이 게슴츠레 봤다.

"넌…… 참…… 자존감이 높아?"

"형은 참 칭찬도 잘해. 그런데 왜? 왜 난데?"

"의뢰인이 네가 마음에 들었나 보지. 어쨌건 김선혁 선배의 의뢰니까 수락했어."

김선혁 선배는 사설경호업체인 ㈜이음의 초창기 멤버로 이음에 소속된 경호요원들의 멘토이자 선망의 대상이었다. 박 팀장에게도 그는 감히 넘볼 수 없는 대선배였다.

"아무튼 네가 지목되었으니까 가서 계약서 쓰자. 바로 투입돼야 된다더라."

"뭐가 이렇게 속전속결이야? 난 권한 없어? 그런 데다 BI라며? 내가 대체 뭐로 위장하는데?"

따따따 속사포처럼 날아가는 국희의 질문을 박 팀장이 듣기 싫다는 듯 손가락으로 귓구멍을 쑤셨다.

"나 좀 봐주라, 국희야. 의뢰인은 기밀로 빠른 진행을 원하고, PC는 널 지목했고. 그리고 김 선배가 부탁한 일이라 나도 거절하기 어려워."

"나도 우리 소녀연대를 못 버려! 몇 달을 기다려 온 상큼이들인데. 이번에 신곡도 나왔단 말이야."

어른거리는 소녀연대의 상큼한 자태가 아쉬워 국희가 울상을 지었다.

"네가 왜 소녀연대를 기다려? 파워주니어도 아니고……."

"난 남자 아이돌보다 여자 아이돌들이 그렇게 좋더라."

"쉰 소리 그만하고 어서 일어나."

"……페이는 세?"

넌지시 묻는 국희에게 박 팀장이 '세, 아주 많이 세.' 하며 어깨를 토닥거렸다. 일순간 갈등으로 명멸하던 소녀연대의 잔영은 완전히 사라졌다.

"그런데 왜 기밀이야?"

궁금증에 그녀가 갸웃갸웃 턱을 움직였다. 그녀의 무한한 궁금증은 인성그룹 경호비서실에서도 풀리지 않았다.

"기밀 사항은 지금 밝힐 수 없고, 명확히 지켜야 할 것은 외부에 네가 경호원인 걸 노출해서는 안 된다. 또한 경호 대상도 자신이 경호 받는 사실을 몰라야 한다."

"네? PC가 경호 받는 사실을 모르게 하라고요? 저 지목했다면서요?"

PC는 ㈜이음 경호요원들이 주고받는 음어로 경호 대상(피경호인)을 일컫는 말이었다. 선혁도 이음의 멤버였었기에 무리 없이 알아들었다.

"넌 인성그룹에 수행비서로 채용된 거야. 네가 경호할 분은 비서 프로필을 본 것이고."

"선배님, 그렇다면 저 혼자 수행하나요? 조원도 없이? 그게 가능하겠어요?"

보통 4인 1조나 3인 1조를 이뤄 개인 신변 보호를 한다. 그런데 지금 돌아가는 상황을 보아하니 조원과 함께 수행하는 것 같지 않았다.

"그렇다. 경호 대상도 모르게 진행되는 상황이라 어쩔 수 없다."

"조원 없는 단독 경호인 데다 비서직으로 위장해서 PC도 모르게 경호하라고요? 위험에 노출된 경호 대상을요? 근접경호가 가능하지 않을 텐데요?"

"수행비서직이기에 출퇴근부터 근접경호를 하면 되고, 미리 언급하자면 경호 대상은 위험에 노출된 상태는 아니다. 경호 의뢰는 만약을 대비한 신변 안전이 목적일 뿐이다."

신변 안전이 목적인데 왜 기밀인 거지? 도통 이해할 수 없는 상황이었다.

"선배님, PC가 절 왜 지목했어요?"

"이유는 모르겠다. 사장님 지시로 수행비서 채용이 진행되고, 네가 수행할 기획실장님이 프로필을 요구해서 넘겨드렸거든. 기획실장님은 처음에 이력서가 넘어간 수행비서들을 모두 거부했었어."

"그런데 국희 네 프로필 보고 오케이가 된 거야. 물론 경호 이력은 삭제하고 학력을 위조하긴 했지만."

조용히 듣고 있던 박 팀장이 부언했다.

"학력을 뭐라고 위조했어?"

"……경호학과에서 비서학과로……."

"비서학과? 참 나, 나랑 안 어울려."

머쓱한지 허허거리는 박 팀장을 보며 국희가 황당하다는 듯 웃음을 터뜨렸다.

"외적으론 완벽해."

선혁이 자신 있게 고개를 끄덕거렸다.

사실 외모로는 그 누구도 경호원으로 생각지 않는 국희이긴 했다. 167센티의 마르고 늘씬한 체형, 자그마한 얼굴에 오목조목 잘 박힌 이목구비는 밝고 화사했다. 짙은 갈색 눈동자는 활기가 그득그득 담겨 있었다.

박 팀장도 인정한다는 듯 고개를 주억거렸다.

"하지만 전 비서 업무는 실전 경험이 없습니다. 대학 때 교육받았던 게 전부입니다."

"기획실장도 입사한 지 이제 한 달이라 업무는 거의 전무한 상태야. 그러니 개의치 마."

"그래도 너무 안일해요. 만약 일 터지면 나 혼자 독박이잖아요? 저 안 할래요."

아무리 계산해도 손해 보는 장사다. 허점은 드러나게 마련이다. 잘해도 제자리이고, 실수라도 벌어지면 그 책임을 혼자 짊어지게 된다. 국희는 손사래를 치며 물러났다.

"국희야, 여기까지 와서 이러지 말자."

박 팀장이 그녀의 팔을 잡고 늘어졌다.

어디서 거머리작전을? 이런다고 내가 덥석 미끼를 물 것 같아? 턱을 꼿꼿이 들고서 그녀는 인정사정없이 도리질 해댔다.

"조가 아닌 단독 수행이기에 그만큼의 대가를 지급할 것이다. 그리고 무엇보다도 중요한 건 경호 대상의 신변 안전이 우선이다. 네가 그 뜻을 따라줬으면 좋겠다."

선혁이 강단 서린 어조로 덧붙였다. 국희의 인성을 자극하는 말이었다. '경호 대상의 신변 안전이 우선이다.' 그리고 이어진 아름다운 언어 '그만큼의 대가'

돌연 의욕이 불끈 솟았다. 뭐, 독박 안 쓰게 잘하면 되지.

번뜩 동공을 빛내며 그녀가 수긍하는 고갯짓을 크게 했다.

결정이 나자, 모든 일은 일사천리로 이뤄졌다. 계약서 작성이 끝나고, 박 팀장은 서둘러 자리를 떴다. 국희는 선혁의 안내에 따라 실장실이 있는 아래층으로 이동했다.

"20층은 임원진 전용층으로 이사급부터 시작이야. 19층은 실장급과 회의실 등이 있어. 비서실장실도 19층에 있으니까 내일 오전에 가서 인사하면 될 거야."

"선배님, 그런데 전 자신이 없어요. 개인전담 경호를 해본 적이 없거든요. 주로 행사 경호에만 투입되어서."

"오티 때 봤던 3년 전이나 지금이나 여전히 또랑또랑하고 예쁜데 뭘. 믿어 의심치 않아."

"거짓말……."

선혁이 어깨를 툭 치며 독려했다. 사심 없는 칭찬이었지만 국희는 기분 좋아 헤헤거렸다. 두 사람은 19층 비상구 문으로 나와 복도 끝으로 이동했다.

"원래 실장급은 개인비서가 없어서 급히 마련한 거니까 이해해줘."

고급스러운 양문형 문의 왼쪽 벽에 부착된 '마케팅전략기획실장실' 표찰을 보며 국희는 대답 대신 고개를 끄덕였다. 안에는 실장실과 연결된 좁은 공간이 있었다. 작은 1인용 책상과 의자가 왼편 벽면에 놓여 있었다. 그녀는 자신의 자리임을 인지했다.

"실장님은 오전 회의 중인데 곧 오실 거야. 네가 11시쯤 온다고 미리 보고했거든."

"선배님도 참…… 제가 완강히 거절하면 어쩌시려고……."

"받아들일 줄 알았지. 업무실 안에서 기다려. 잘 부탁한다."

선혁이 부드럽게 웃으며 방에서 나갔다. 빈 공간에 덩그러니 혼자 남았다. 휘둘러서 살피던 국희가 실장실 문을 열었다. 전면 유리창이 마주 보였다. 커다란 화폭에다 그려놓은 듯한 장관 같은 빌딩 숲이 있었다. 높디높은 빌딩들은 오전의 빛으로 사화하게 발광했고 푸르게 말간 하늘을 품고 있었다.

뜬금없이 비서 위장이라니…… 내가 잘할 수 있으려나?

은근히 밀려오는 압박감에 국희는 양팔을 번쩍 올렸다. 양팔을 길게 빼어내어 휘휘 옆으로 움직여 몸을 풀었다. 까짓것, 하면 되지.

그녀는 또각또각 중앙의 소파로 발길을 이동했다. 가방을 무릎에 올려놓고서 얌전히 앉아 휘둘러봤다. 내부는 부담스럽도록 넓진 않았지만 심플하고 모던했다. 오른편 벽면엔 브라운 컬러의 책장이 있었고, 왼편 벽면엔 업무용 책상이 있었다. 책상은 깔끔히 정리되어 있었다. 꼼꼼한 그녀의 시야에 명패가 잡혔다.

—마케팅기획실장 편범안.

편범안…….

낯설지 않은 이름.

"어?"

기겁한 그녀가 명패를 뚫을 기세로 주시했다. 기억의 끄트머리에 존재하는 이름과 같다. 참, 어떻게 저런 이름도 동명이 있나? 흔치 않은 이름인데. 기막혀 코웃음이 나왔다.

그때, 실장실 문이 열렸다.

"왔어?"

반기는 발랄한 어투. 낯선 듯 낯익은 음성.

마치 친구에게 하듯 친숙한 인사에 국희는 확 돌아봤다. 바지주머니에 손을 꽂아 넣은 기다란 남자가 명쾌하게 걸어왔다. 첫눈에 남자의 이목구비가 끝내주게 준수하다고 감탄했다. 그런데 많이 낯익다. 돌연 떠오른 이미지에 그녀의 관자놀이가 지끈했다.

나름 산뜻, 청순했던 그녀 인생에 지울 수 없는 오점을 남겼던 녀석, 편범안.

이 녀석이 여긴 왜……?

눈이 마주치자, 범안이 씩 천연덕스럽게 웃었다.

진짜 편범안이 맞다. 국희는 몇 번이나 되뇌었다. 진짜진짜, 하고. 그럼에도 눈을 의심하고 의심했다.

가까이 온 범안은 시원스럽게 맞은편 소파에 앉았다. 눈알을 희번덕거리는 국희와 달리 너무나도 태평스러운 그의 태도가 거슬렸다.

근 10년 만이다. 열여덟의 범안과 스물일곱의 범안은 크게 달라지진 않았다.

여릿했던 선이 약간 굵어져 남자다워진 이목구비였지만, 여전히 그 누구도 견주기 힘겨울 만큼 매혹적이었다. 보드랍게 이마를 덮은 찰랑거리는 머리카락, 숱 많은 잘 그려진 눈썹에 쌍꺼풀 없는 크고 기름한 눈은 시꺼멓고 윤기 흐르는 검은 동공을 그대로 품고 있었다. 들여다보면 빠져들 것처럼 깊은 눈동자, 묘하게 섹시한…….

주책없이 떠오른 단어를 후드득 떨쳐 내고 국희는 맞은편 범안을 빤히 주시했다.

"지국희."

범안이 씩 웃었다. 반가운 기색이 역력한 그의 평온한 표정에 기가 막혔다.

"너 하나도 안 변했다. 사진 보고 내가 깜짝 놀랐잖아."

"……편범안…… 응? 편범안?"

믿을 수 없음에 반복 확인하는 국희에게 그가 그렇다고 턱을 까닥거렸다.

허, 편범안을 이렇게 보다니. 정말 말문 막히게 하는 재회다.

"네가 왜 여기 있어?"

"내 자리니까."

날카로운 국희의 질문에 범안이 가볍게 어깨를 으쓱하며 등받이에 편히 기대앉았다.

"……그럼 난 왜 여기 있어?"

황당함에 채용되었던 과정을 망각한 국희가 엉뚱한 질문을 했다.

"내 비서니까."

범안이 씩 능청스러운 미소를 날렸다.

"지금 내가 생각이 정리가 안 되거든? 이 상황 뭐야? 너랑 나랑 지금 몇 년 만인지 알아? 어떻게 우리가 이러고 만나?"

"9년인가? 10년인가? 몇 년 만이지?"

범안이 갸우뚱하더니 돌연 손가락을 접으며 '열여덟, 열아홉, 스물…….' 하고 세기 시작했다.

"그만해!"

한심해서 중간에 잘라 버렸다. 말 잘 듣는 범안이 입을 다물며 빙그레 웃었다.

이 녀석은 열여덟 때나 지금이나 변한 게 하나도 없는 것 같다. 구겨진 표정을 풀지 않으며 국희는 씩씩거렸다.

"자세히 말해. 너, 내가 오늘 올 줄 알았어?"

"당연하지. 이력서 보고 내가 채용한 거니까. 비서 지원 이력서를 봤을 때 내가 얼마나 놀랐는지 모르지? 네가 어떻게 비서야?"

그제야 모든 정황이 이해되었다. 다른 여자 요원들은 까였지만 자신은 통과됐던 이유를. 이 녀석에게 낚이고 말았다, 그때처럼.

"……네가 기획실장인 것과 크게 다르지 않을 것 같은데?"

"그런가? 하긴 세월이 그렇게 흘렀으니까."

턱을 슬며시 기울이며 범안이 싱그레 웃으며 눈썹을 올렸다.

저 얄미운 눈썹. 입술을 질끈 깨물며 국희가 잡아먹을 듯이 그를 쏘아봤다. 레이저 광선처럼 따가운 그녀의 눈초리에도 범안은 끄떡없었다. 이 레이저가 저 얄궂은 가슴에 구멍을 뚫어주면 속이 다 시원할 텐데.

범안이 또 씩 능청스러운 미소를 날렸다. 그래, 한때는 저 미소에 설레기도 했었다. 한때는, 아주 잠깐.

그녀의 뇌가 과거의 기억으로 바삐 돌아갔다.

❖ ✣ ❖

"하나면 하나지 둘이겠느냐…… 둘이면 둘이지 셋은 아니야……."

뒷짐을 지고서 어슬렁어슬렁 걷는 현주의 입속에서 습관인 노래가 흘러나왔다. 그녀의 입버릇 같은 노래였다. 국희는 친구의 흥얼거림에 피식 웃었다.

"국, 생일선물 뭐 받았어?"

"창의력 없는 것들."

"또 국희과자야?"

불퉁거린 대꾸에 현주가 킬킬댔다. 친구들이 준비한 생일선물은 언제나 그렇듯 관행처럼 국희과자였다. 중학교 때부터 연계된 고등학교라 친구들 대부분은 중학교 동창이었다. 그래서 그런지 새로움이 없다. 에라이, 신선하지 못한 것들.

“그래도 난 다른 걸 줬잖아.”

현주가 애교를 부리듯 팔을 잡았다. 국희는 현주의 정수리를 칭찬하듯 쓰다듬어 줬다.

“야이 새끼야!”

그때 거친 욕설이 귀에 꽂히듯 날아왔다. 앞에 있던 현주가 비겁하게 그녀 등 뒤로 이동했다. 난 총알받이가 되어도 상관없는 거냐?

얍삽한 친구를 째리다 소란스러운 정면으로 고개를 돌렸다.

비 오는 날 개들도 아니면서 미친 발광을 하듯 식당 입구 근처에서 남학생들 몇이 엉켜 있었다. 1대 2 정도로 몸싸움 중인 남학생 주변으로 학생들이 술렁거리며 구경 중이었다. 그 누구도 제지할 의욕 같은 건 없어 보였다. 역시 싸움 구경이 제일 재미난 것이기에.

기다란 녀석의 주먹이 통통한 녀석의 면상을 갈겼다.

오, 저 녀석, 제법 좀 하는데?

통통이가 단말마를 지르며 뒤로 물러나고, 깨알 같은 주근깨가 뺨에 뿌려진 녀석이 키다리한테 달려들었다.

“너 새끼, 죽었어!”

뒤편에서 아이들을 헤치고 나온 우악스럽게 생긴 녀석이 곰처럼 양팔을 휘저으며 달려왔다. 주근깨를 상대하던 키다리가 곰을 미처 못 봤다. 곰의 포악한 굵은 다리가 키다리의 다리를 차버렸다.

급작스러운 기습에 키다리가 주춤하고 물러난 순간, 곰의 발바닥이 배를 가격했다. 강력한 체중을 실은 충격에 키다리가 뒤로 벌러덩 나가떨어지며 미끄러졌다. 짧은 미끄러짐이었으나 워낙 길쭉한 길이라 녀석의 머리통이 식당 입구에 서 있는 국희의 두 다리 사이로 들어왔다. 정확히 교복 스커트 밑으로 떨어진 녀석의 눈이 곧게 위로 향한 곳은?

어? 나 오늘 속바지도 빼먹었는데?

"악!"

국희는 예상치 못한 끔찍한 전개에 자지러지게 놀라 비명을 질렀다. 키다리 녀석이 곧바로 벌떡 일어났다. 그의 이마가 교복 스커트를 감아 올렸다.

동시에 교복 스커트가 들썩 올라가면서 허공을 갈랐다. 스커트 속에 수줍게 숨겨져 있던 꽃분홍색 팬티가 만천하에 공개되고 말았다.

"오, 굿 보너스!"

구경꾼 녀석들 중 누군가의 입에서 탄성이 나왔다.

"으악!"

기겁하며 허공에서 허우적거리는 스커트 자락을 움켜쥐었다. 다급하게 여몄으나 이미 몇몇 남학생들이 군침을 삼켰다. 이런…… 지저스…… 제길스…….

"편범안! 이 새끼야, 까불지 마라!"

곰이 키다리에게 험악하게 경고했다. 일어난 키다리의 날렵한 다리가 공중으로 뛰어올랐다.

국희는 스커트 자락을 불끈 쥐고서 녀석을 노려봤다. 저 녀석이 그 유명한 편범안이라고?

범안이 본격적으로 곰과 붙었다. 치마 속도 보고, 팬티도 만천하에 공개한 녀석의 짧은 사과도 없는 이 과정에 불끈 화가 솟구쳤다.

이것들이!

"야!"

앙칼진 소리침에 엉킨 두 녀석의 고개가 돌려졌다. 국희는 시뻘게진 눈동자로 범안을 노려봤다. 범안의 반듯한 눈썹이 좁혀졌다. 그녀는 식당 의자를 하나 들었다. 그녀의 동작에 둘 다 흠칫했다.

그들을 향해 힘껏 던져 버렸다. 우당탕탕— 요란하고 기똥찬 소리가 났지만 의자는 안타깝게도 멀리 가지 못했다. 근력 부족. 그래도 녀석들이 졸긴 했다. 그것만으로도 만족해서 입꼬리를 비릿하게 올렸다.

"왜 이렇게 수선스러워?! 여기가 시장통이야?!"

그때 식당 뒷문에서 선생님의 거친 일갈이 들렸다. 아무 일도 없었다는 듯 학생들이 재빨리 흩어졌고, 국희는 신경질적으로 몸을 돌려 식당을 나왔다. 기겁한 현주가 뒤를 쫓아왔다.

"너 괜찮아?"

"괜찮을 리가 있어!"

울분이 치솟아 현주에게 버럭 했다. 현주가 위로하듯 어깨를 토닥거려, 팔로 그녀의 목을 조였다.

"네가 앞이었잖아, 이것아!"

"아…… 잘못했어……."

헤드록에 걸린 현주가 손을 파르르 떨며 용서를 구했다. 그러나 잔혹한 팔은 힘이 더 가해졌다. 공개된 팬티에 대한 복수였다.

참으로 기가 막힌 생일날이었다. 그러나 안타깝게도 그날은 그렇게 간단히 끝나지 않았다. 방과 후, 친구들과 우르르 몰려 까르르거리며 운동장을 가로지르는데 낯익은 녀석이 교문 앞에서 서성대고 있었다.

"재다, 재. 편범안."

"편범안?"

현주가 국희 옆구리를 쿡 찔렀다. 친구와 치던 장난을 멈추고 시선을 돌렸다. 맞았다. 아까 곰과 엉켜 있다 의자를 든 그녀와 눈이 마주쳤던 편범안.

저 새끼…… 내 팬티 본 새끼…….

그녀는 욕설을 질근거리며 그의 곁을 지나쳤다.

"지국희?"

그런데 범안이 불렀다. 샐쭉하게 올려다보다 휑하니 무시했다.

"핑크."

등 뒤에서 낮은 목소리가 들렸다. 허. 걸음을 멈추고 가자미눈으로 그를 쏘아봤다. 현장에 있던 현주는 쿡 웃었고, 친구들은 '뭐가 핑크야?' 하며 속닥거렸다. 국희는 성가시다는 손짓을 휘휘 저었다. 현주가 친구들을 끌고 먼저 교문을 나섰다.

"너 나한테 한 대 맞고 싶지?"

"너 찾으려고 내가 조금 노력했단 말이야. 그러니까 무시하고

가면 안 되지.”

거들먹거리며 범안이 가까이 다가왔다. 턱을 한껏 들고 185쯤 되는 길쭉한 그를 엄격하게 쳐다봤다. 바로 앞에 선 그가 허리를 굽혀 눈을 들여다봤다. 반듯하고 곧은 콧날 뒤편에 잘 자리 잡은 짙은 눈동자가 묘하게 자극적이었다.

소문대로 찬란한 외모이긴 하네…….

“날 왜 찾아? 사과하려고?”

“사과보단…….”

턱을 갸웃하며 범안이 눈을 가늘게 늘렸다.

“네 속을 내가 다 봤으니 책임감이 생겨서 말이야.”

얄궂은 녀석의 입술이 씩 엉큼하게 벌어졌다.

“내가 너 책임질게.”

속에서 불끈 열불이 올라왔다. 팔을 올려 손바닥으로 녀석의 얼굴을 쳐버렸다. 탁— 차진 소리에 이어 범안이 짧게 ‘아!’ 하고 탄성을 냈다.

이 자식, 멀쩡히 생겨서 헛소리 하고.

씩씩대며 잰걸음으로 버스정류장으로 향했다. 저만치서 기다리던 친구들이 숙덕거리며 목을 길게 뺐다.

“지국희!”

“꺼져.”

그의 부름을 무시하며 그녀는 손짓만 했다. 쿡쿡거리는 웃음소리가 들려왔다. 버스정류장에서 친구들이 ‘편범안이 왜 불렀느냐.’ 며 호들갑을 떨어댔다. 마침 타이밍 맞게 버스가 도착했다. 친구들과 인사하고 현주와 버스에 올라탔다.

버스 손잡이를 잡고 서는데 보도블록에 멈춰 선 범안이 보였다. 그가 인사하듯 손을 슬며시 들었다. 그의 입가에 알 듯 모를 듯한 애매한 미소가 올라왔다.

그녀는 주먹을 번쩍 들어 보였다. 범안의 입술이 크게 벌어졌다.

"편범안이 뭐래?"

"……뭘 뭐래? 헛소리나 하지."

현주의 채근에 심드렁하게 대꾸했다.

보도블록 위의 범안과 버스 안의 그녀가 거리를 두고 서로를 봤다. 별안간 심장이 사리분별 못 하고 부르르 떨었다. 이 반응 뭐냐? 생전 처음 느끼는 전율에 되레 놀라서 후다닥 시선을 거뒀다. 그러다가 게슴츠레 곁눈질로 범안 쪽을 넘겨다봤다. 그가 점점 작아졌다.

범안은 외국에서 온 전학생이었다. 그는 찬란한 외모로 여학생들의 주목을 그득 받았다. 그 덕분에 일진 녀석들의 심기를 건드렸다. 일진들과 자주 붙는다는 소문이 자자하게 돌 정도로 유명 인사인 범안이었다.

그런 범안이기에 그 첫 만남이 끝일 것이라 생각했다. 그런데 범안은 다음 날에도 나타났다. 방과 후 국희는 운동장 한편에 마련된 등나무 아래 벤치에서 친구들과 한데 모여 있었다. 전날 한 무더기로 받은 생일선물인 국희과자를 까먹으며.

"나 어제 지하철에서 변태 만났어. 뒤에서 내 엉덩이를 만지는 거야."

까닥거리며 현주와 장난치던 국희가 뒤의 친구에게 고개를 돌렸다.

"변태? 그래서? 어떻게 했어?"

"뭘 어떡해? 무서워서 다음 정류장에서 내렸지."

"야! 그게 뭐가 무서워? 그럴 때는 콱!"

국희가 벌떡 일어나 주먹을 들어 휘둘렀다. 친구들이 눈을 부릅뜨며 집중했다.

"거길 쳐버리는 거야, 이렇게! 그럼 아주 죽는다."

"어머! 거길 어떻게 쳐!"

"콱. 자신 있게. 이렇게."

뒤편의 허공으로 크게 주먹을 내치자 친구들이 까르르댔다. 부끄러워하는 주제에 좋다고 웃어젖혔다.

"그게 아니면 확실한 방법은."

장난기가 발동한 국희는—물론 실전으로 경험해 보진 못했지만—손아귀로 꽉 움켜쥐는 동작까지 취했다. 친구들이 벤치 뒤로 넘어갈 지경으로 자지러지며 깔깔거렸다.

"지국희."

그때, 범안이 나타났다.

등나무 벤치의 웃음소리가 일순간 잠잠해졌다. 발까지 동동 구르며 웃던 친구들이 순식간에 수줍음 많은 여염집 규수들로 바뀌었다. 흠칫했지만 국희는 무관심한 표정으로 돌아봤다. 하늘에서 곧게 내리쬐는 오후 햇빛을 받고 선 범안과 눈이 마주쳤다. 그가 빙그레 웃으며 다가오라고 약하게 손짓했다. 그녀는 성가신 척 슬렁슬렁 가까이 갔다.

"왜 불러?"

"넌 학원 안 가?"

"곧 갈 거야. 왜?"

"내가 데려다줄까?"

퉁명스러운 대꾸에 범안의 잘빠진 입술이 또 벌어졌다. 그의 매력만점 미소에 친구들의 입이 침 떨어질 기세로 벌어졌다.

"네가 왜 데려다줘? 내가 발이 없냐?"

"내가 너 책임진다고 했잖아."

실없는 소리에 국희는 실소했다.

"너, 심심하지?"

"응. 심심해. 놀아줘."

범안이 씩 애교 섞인 미소를 날렸다.

솔직히 인정할 건 인정해야 했다. 하필이면 시력도 1.5라 그의 살인적인 미소가 또렷하게 다 보였다. 입술을 벌리고 웃는 그를 뚫어져라 올려다봤다. 기름한 눈이 눈꼬리를 만들며 더 길게 늘어났다.

잘생기긴 겁나 잘생겼네. 이런 축복받은 자식.

"됐다. 내 눈앞에 보이지만 마라. 다음에 또 보이면 죽는다."

국희는 엄포를 놓고서 벤치 한편에 몰아놓은 가방들 틈에서 제 가방을 꺼냈다. 교문으로 걸어가는 그녀를 친구들이 부리나케 뒤따랐다.

"편범안이 뭐래? 설마 사귀자고 그래?"

"설마…… 말도 안 돼. 편범안, 완전 인기 많잖아. 9반 얼짱 강유미도 편범안한테 관심 있어서 집적거린다는데 뭐가 아쉬워서 국희를……."

"야! 우리 국희가 어때서?!"

으레 그렇듯 설레발치는 친구들의 수다에 현주가 왈칵 소리쳤다. 겁 없이 까불긴 해도 현주가 의리는 있다.

"욱하는 성질만 죽이면 국희도 나름 괜찮다고. 강유미한테 외모가 빠지긴 하지만……."

흐뭇한 마음을 그녀의 성실한 부연이 깨뜨렸다.

"네가 오늘 이 생을 하직하고 싶지?"

현주의 귓불을 잡아채며 국희가 으르렁거렸다. 현주가 '잘못했다.' 며 엄살을 피워댔다. 자비로운 그녀는 금세 현주의 귀를 놓아줬다. 그러면서 은근슬쩍 친구들 틈으로 넘겨봤다. 짧은 찰나 범안과 눈이 마주치고 말았다. 지켜보던 범안이 기다렸다는 듯 슬쩍 손을 들었다. 국희는 후다닥 앞을 봤다. 괜스레 뒷덜미가 간질간질했다.

범안은 그 후에도 자주 나타났다. 순결한 팬티를 보인 마당이라 성질만 부리던 그녀도 어느 틈에 피식거렸고, 들뜨고 설레었다.

"진짜 널 좋아하나 봐."

하나같이 '장난' 이라고 놀리던 친구들도 애정으로 보기 시작했다.

학교에는 편범안이 지국희한테 꽂혔다는 소문이 돌았고 여학생들의 시샘이 날아왔다. 하지만 그런 시샘은 가뿐히 무시했다. 중요하지 않아졌으니까.

그러다 중간고사를 망치고 말았다.

그렇지 않아도 썩 좋지 않은, 간당간당 목숨줄만 연명하던 성적이었는데 아예 뚝 바닥을 쳤다. 최악의 성적은 국희를 상담실에까지 앉혀놓았다.

“지국희, 너 무슨 고민 있어? 이렇게 급속도로 성적이 하강한 녀석은 전교에서 너뿐이야.”

뚝 떨어진 그래프를 볼펜으로 콕콕 찍으며 담임이 힐책했다.

“이 녀석아, 내가 누차 말했지? 이 성적에서 더 떨어지면 네가 목표하는 대학의 경호학과는 가망 없다고.”

“……시험 볼 때 컨디션이 좋지 않아서…….”

“이놈아! 네 컨디션은 운동할 때만 좋냐? 어!”

볼펜으로 머리통을 콩 때리며 담임이 언성을 높였다.

“너 진짜 다음엔 정신 차려야 한다. 물론 경호원은 대학을 안 나오거나 전문대학을 나와도 될 순 있지만, 이왕이면 목표를 최대치로 해야 되지 않겠냐? 청와대를 목표로 하자, 국희야.”

“청와대요? 저 꿈이 그렇게 크진 않아요, 쌤.”

허황된 목표에 국희가 질겁해서 고개를 흔들었다.

“인마, 우선 목표는 크게. 하는 데까지! 알았어? 떨어진 이 성적으론 전문대도 어렵다니까.”

“네.”

불끈 주먹을 쥐며 의욕을 다지는 담임에게 침울히 대꾸하고 상담실을 나왔다.

마침 점심시간을 알리는 종소리가 교내에 울려 퍼졌다. 발 빠른 학생들이 쏜살같이 교실을 빠져나오는 것을 우두커니 지켜봤다. 이 한량 같은 녀석들 틈에서 제일 성적이 떨어졌다는 치욕까지 들은 마당이라 기분이 심해의 끝으로 내달렸다. 울적했다. 국희는 교복 주머니에 양손을 찔러 넣고 어슬렁어슬렁 교사 뒤편의 산책로로 이동했다. 담벼락 아래의 인적 없는 구석진 벤치로 걸어가 앉았다.

스산한 정적이 마음에 들었다. 턱을 꼿꼿하게 들어 나무를 올려다봤다. 청명하던 녹음의 잎사귀들은 어느덧 황토색으로 퇴색되어 간다. 10월의 가을이 깊어가고 있었다. 그렇다는 말은 이제 1년.

태권도 사범인 아빠를 보며 자라온 터라 운동은 자연스러운 것이었다. 언니나 오빠는 엄마를 닮아 운동에는 영 소질이 없던 반면, 국희는 아빠의 체력을 타고났다. 날렵함과 거침없는 담력까지.

중학교 들어서면서 목표가 생겼다. 경호원. 일명 보디가드.

성적이 썩 좋지 않았으나 목표인 대학의 경호학과 입학은 충분했다. 그래서 즐거이, 조금은 나태한 고등학교 생활을 보내긴 했다. 하지만 이 정도 바닥은 아니었는데.

원인은 나다.

나태해도 너무 나태했다. 학원을 열심히 다니면 뭐 하나. 집중하지 못했다. 머리는 온통 다른 생각뿐이었다.

국희는 깊은 한숨을 쉬고 벌러덩 벤치에 누웠다. 팔로 눈을 가리며 아예 눈꺼풀도 닫아버렸다.

얼마나 시간이 흘렀을까. 선선한 바람이 불어와 살랑거리며 지나친다고 느낀 순간.

"지국희."

나긋한 음성이 들렸다. 깜짝 놀라 팔을 치우고 눈을 떴다. 벤치 등받이에 팔을 대고서 내려다보는 범안의 얼굴이 동공 가득 채워졌다. 그의 등장이 갑작스러워 멍하니 올려다보기만 했다.

"한참을 찾았잖아."

그의 입술이 잔잔한 미소를 머금었다.

"왜 이러고 있어? 설마 너도 다른 녀석들처럼 시험 망쳐서 그래? 천하의 지국희가?"

원인은 너다.

나의 얄팍한 집중력까지 흡수해 버리고 자꾸 심장에 파고드는 너 때문이다.

"일어나. 으슥한 데 이러고 있지 마."

대꾸가 없자, 그가 등받이에 있던 손을 내려 그녀의 팔을 잡아당겼다. 그 힘에 허리를 일으켜 앉았다. 불퉁거리는 입술을 꾹 다물고 그의 얼굴을 째려봤다.

"꺼져, 나쁜 놈아."

마음에도 없는 소리를 해버렸다. 속을 읽듯 범안의 쌍꺼풀 없는 기름한 눈이 더욱 길게 늘어났다. 그 순간, 그의 턱이 틀어졌다. 그의 따스한 입술이 조개처럼 꾹 다물어진 그녀의 입술을 덮었다.

짧은 입맞춤이었다. 뺨을 스치는 선선한 가을바람처럼 입술을 스치고 지나간 작은 설렘이었다. 입술이 떠나며 속삭이듯 말했다.

"내가 진짜 책임질게."

뽀뽀, 입맞춤…… 키스.

교과서 구석에 무심결에 낙서질을 하다 화들짝 놀라 찍찍 그어버렸다. 글자들이 사라지도록 펜으로 쉴 새 없이 원을 그리며 덮었다. 산책로에서 범안에게 받은 입맞춤은 유치원 때 생일 축하한다고 짝꿍 녀석이 볼 뽀뽀를 했을 때완 완전 달랐다. '뭐 하는 거야!' 하고 쏜살같이 도망쳐 왔지만 뭔가 야릇하고 끈적거리는 감정이 여울졌다. 그의 촉촉한 입술 감촉이 뇌리에 박힌 듯 자꾸 떠올랐다.

시커멓게 덮어진 펜 자국 속에 수줍게 숨겨진 '뽀뽀, 입맞춤, 키스' 글자가 어른어른 비쳐졌다.

키스라니…….

무의식이 범안과 키스하는 것을 상상하고 말았다. 입가에 배시시 웃음까지 올라왔다. 쓱싹 입술을 손바닥으로 닦아내며 웃음을 지웠지만 진작 얼빠진 심장은 정신없이 콩닥거렸다.

그리고 국희는 모든 수업이 끝나자마자 토끼듯 냅다 달려 학교를 빠져나왔다. 범안과의 대면이 한없이 부끄러웠기에. 하지만 여지없이 다음 날 범안의 레이더망에 잡히는 그녀였다.

"나 다이어트해야 되는데 너무 많이 먹었어."

"넌 꼭 먹고 나서 후회하더라."

식당에서 급식을 먹고 일어서며 현주가 울상을 지었다. 식판을 들면서 국희는 킥 웃었다.

친구들이 뒤에서 머리카락 흐트러뜨리기 놀이를 해댔다. 배가 부르니 손이 심심한 모양이었다. 식수대에서 물을 마시던 현주까지 가세했다. 겁도 없는 네 개의 손이 서슴없이 그녀의 머리카락을 헝클었다.

"이것들이, 까불래?"

국희가 잽싸게 손바닥으로 친구들의 정수리를 톡톡 건들었다. 민첩한 동작에 친구들이 캭캭 비명을 지르며 도망쳤다. 국희는 헝클어진 머리카락을 손가락으로 쓸며 킥킥거렸다.

그때,

"밥 먹었어?"

다정한 목소리가 귓가에 들리더니, 쓱 기다란 팔이 그녀 뒤편에서 넘어왔다. 등 뒤에 다가온 범안이 팔을 휘둘러 국희의 어깨를 감았다. 전날의 뽀뽀에 이어진 진득한 접촉으로 소스라치게 놀란 그녀는 어리바리하게 주춤했다. 영락없이 뒤에서 안긴 품새였다.

멀찍이 떨어진 친구들의 눈이 휘둥그레졌다.

"어제 도망갔지? 너?"

"누…… 누가 도망을 가. 그냥 간 거지."

넘겨다보듯 턱을 기울이며 범안이 웃었다.

그의 눈동자를 보자마자 얼굴이 화끈 달아올랐다. 짐짓 태연함을 가장하며 슬며시 어깨 너머로 그를 흘겼다. 빠져나오려고 어깨를 비틀었다. 등에 살짝살짝 범안의 가슴팍이 와 닿았다. 아무리 유단자라고 해도 남자에게 어깨를 바로 잡힌 자세라 풀기가 어려웠다. 그런 데다 범안을 엎어치기 할 수도 없지 않은가.

아니, 해야 하나?

"오! 편범안의 여자, 지국희."

고심하는 사이, 식당 안으로 들어서는 남학생들의 왁자지껄한 감탄사가 날아왔다. 범안의 친구들인 모양이었다. 범안이 그녀의 어깨를 감은 상태로 돌아서서 친구들과 마주 봤다.

"아니야."

그가 부정했다.

"내가 지국희 남자야."

친구들을 보며 범안이 씩 입술을 늘렸다. 남학생들이 우레 같은 탄성을 질러댔다. 휘파람까지 날아왔다. 의기양양하게 웃는 범안의 턱이 정수리에 닿았다.

발그레 달궈진 뺨을 주체하기도 전에 느닷없이 심장까지 콩닥거렸다. 상체를 숙인 범안의 갸름한 턱이 정수리를 슬쩍슬쩍 스쳤고, 등에 느껴지는 범안의 너른 가슴팍은 정신을 얼빠지게 만들었다. 무관심하게 밥을 먹던 식당 내의 학생들이 술렁거리며 눈길을 돌렸다. 국희는 창피함에 잽싸게 뒤축 공격을 했다. 범안의 다리를 탁 쳐버렸다.

"아."

기습공격에 범안의 팔이 풀렸다. 범안이 맞은 정강이가 아픈지 미간을 찌푸리고 다리를 들었다.

"너, 자꾸 까불어라!"

꽥 외치고 국희는 서둘러 식당을 나왔다. 그의 친구들이 '범안이 자기 여자한테 공격당했다.'고 깐죽거렸다. 도망치듯 잰걸음으로 복도를 걸으며 숨 가쁘게 뛰어대는 심장박동을 짓눌렀다. 우르르 쫓아온 국희의 친구들이 호들갑을 떨어댔다.

"지국희 남자래."

"난 지국희 남자야."

"그만 안 해!"

버럭 일갈했지만, 친구들의 '지국희 남자' 타령은 멈추지 않았다.

그의 말이 나무에 붙은 매미의 끊임없는 울음소리처럼 머릿속에서 맴맴 맴돌았다. 신경질은 부렸지만 절로 입술이 히죽거렸다. 그 입술에 손바닥을 댔다. 아직도 그의 따스한 입술 감촉이 남은 듯 촉촉했다.

편범안의 '지국희 남자'라는 말은 삽시간에 전교에 퍼졌다. 같은 반 친구들에겐 당연히 놀림의 대상이었고 복도에서는 시선을 한데 받았다. 시샘 어리던 시선들이 선망으로 바뀌었다. 하지만 아닌 사람도 있었다.

"너 뭐니?"

화장실을 다녀오는 국희의 앞을 강유미가 가로막았다. 대대적으로 편범안에게 관심 있다는 것을 표출하던 강유미였기에 식당 사건의 소문으로 자존심이 금 간 모양이었다.

"지국희인데. 왜?"

인터넷에서도 유명한 얼짱이라고 하더니 막상 가까이서 본 강유미는 인형처럼 예뻤다. 커다란 눈망울은 구슬 같았고, 도톰한 입술은 앵두처럼 탐스러웠다.

강유미가 입술을 뿌루퉁하게 내밀면서 국희를 차근차근 스캔했다. 점수를 매기는 듯했다. 표정을 보아하니 평점이 썩 좋지 않아 보였다. 그녀도 제 자신을 알았다.

"이름도 참."

유미가 조소하듯 한쪽 입꼬리를 올렸다. 평정심을 유지하며 대적해 주던 국희의 성질에 불이 지펴졌다. 불문율 같은 이름에 관한 비웃음은 결단코 참을 수 없음이기에.

"내 이름이 뭐? 어때서?"

유미의 키는 160㎝ 정도로 자그마했다. 국희는 성큼 한 걸음 다가가며 위압적으로 내려다봤다. 유미는 미약하게 위축된 표정이었으나 자존심으로 성깔을 굽히진 않았다.

"촌스럽다고."

"야! 국희 이름 촌스러운 거에 네가 뭐 보태줬어? 얼마나 정감 있는 이름인데. 네가 불러봐. 입에 쫙쫙 감겨!"

교실 창에 매달려 구경하던 현주가 별안간 버럭 고함쳤다.

저것은 지금 내 편을 들자는 거야, 기회를 틈타 욕을 해대는 거야? 강유미보다 현주 때문에 실소가 흘러나왔다.

"지국희."

그때, 또 편범안이 나타났다. 3층의 마지막 계단을 디디던 그가 국희에게 손을 번쩍 들었다.

"멈춰! 오지 마!"

국희는 다급히 손가락질을 했다. 범안이 다리를 우뚝 멈추고 의아하다는 듯 멀뚱거렸다. 그녀는 경고하듯 먼 거리의 범안을 쿡 손가락으로 찌르고, 강유미에게 매서운 눈길을 돌렸다.

"너, 한 번만 더 내 이름 입에 올리면 죽는다."

국희의 으름장에 유미가 주눅 들었다. 이어 휙 범안을 째리고 교실로 들어갔다. 강유미는 입술을 실룩거리더니 얼굴이 새빨개져서 걸어가 버렸다.

"브라보!"

현주가 박수를 쳐댔다. 그녀가 킥킥거리며 복도 밖을 내다봤다.

"국희야, 얼음땡 해줘야겠다. 편범안 그대로 멈춰 있는데?"

현주의 말에 자리로 가던 국희가 되돌아갔다. 교실 문에서 고개만 빠끔히 내미니, 범안은 정말 그대로 꼼짝 않고 있었다. 내다볼 것을 예상했는지 그가 눈이 마주치자마자 어깨를 으쓱하고 넉살을 떨었다.

"너, 일부러 그러는 거지?"

"끝나고 뭐 해?"

가까이 온 범안에게 샐쭉하게 물었지만 그는 듣지도 않았다. 수업종이 울렸으나 아랑곳하지 않고 교실 문에 기대며 지긋하게 웃었다. 반 아이들이 '어흐.' 하며 요상한 소리를 냈다.

"이 녀석, 수업종 쳤는데 여학생 교실에서 뭐 하는 거야?!"

계단을 막 올라선 선생님이 범안을 발견하고 호통쳤다.

"이따 같이 가."

범안이 속닥거리듯 말하고서 크게 성큼성큼 걸어갔다. 자리로 돌아가는 국희의 몸을 친구들이 툭툭 건드렸다. 부럽다는 듯. 그녀는 거드름을 피우듯 설렁설렁 걸어서 자리로 이동했다. 그러곤 의자에 털썩 앉으며 픽 웃고 말았다.

평일 학원이 끝나는 시각은 저녁 9시경이었다. 우르르 친구들과 학원에서 나와 닭장 같은 학원버스에 올라 귀가하는 것이 일상이었다. 그 일상에도 변화가 왔다.

학원 입구에서 막 나서는데 현주가 옆구리를 쿡 쳤다.

"국희야, 편범안."

"어?"

시선을 돌리니 범안이 학원 입구 옆의 화단에 앉아 있었다.

낮은 화단이 불편한지 길쭉한 한쪽 다리는 길게 보도블록으로 뻗어져 있었다. 돌려진 그의 눈과 입술이 국희를 발견하고 슬며시 벌어졌다. 기분 좋게 늘어난 그의 눈꼬리에 저도 모르게 국희는 살며시 미소 지었다.

"이야, 아주 뜨겁다. 이젠 학원까지 데리러 오냐?"

"아냐."

말은 그렇게 하면서 그녀의 발은 자석에 이끌리듯 그에게로 향했다.

"넌 학원 안 다닌다며 여기 왜 있어?"

"너 바래다주려고."

화단에서 일어나며 범안이 웃었다. 치. 하면서도 그와 보폭을 맞춰 버스정류장으로 걸어갔다. 같이 버스를 타고 국희의 집 근처 정류장에서 내렸다.

"진짜 너 이상해."

"뭐가?"

나란히 집으로 향해 골목길을 걸었다. 어두운 골목길이라 괜스레 쑥스러웠다. 차마 범안의 얼굴도 보지 못하고 바닥 언저리만 훑으면서 국희는 입을 열었다. 보폭을 맞춰 걸으며 범안이 반문했다.

"나한테 왜 이러는 거야? 장난이면 정도가 너무 심해."

"내가 책임져야 하니까."

"그 소리 한 번만 더 해."

"그럼 내가 지국희 널 좋아하니까, 라고 하면?"

샐그러지게 경고하는데 범안이 넌지시 말했다. 걸음을 멈추고서 올려다보니, 그가 시선을 피하지 않았다.

"내가 좋다고?"

"응."

"언제부터? 내가 왜 좋은데?"

"내가 좀 변태인가 봐. 의자를 들고 있는 네가 너무 예쁘더라."

자신도 우습다는 듯 범안이 쿡 웃었다. 놀리는 어투 같았다.

탁. 괜한 수줍음에 국희는 그의 죄 없는 정강이를 걷어찼다.

"아!"

범안이 엄살을 피우듯 뒤로 물러났다. 친구들이 항상 살인무기니 조심하라 했는데 힘 조절을 못 해서 세게 가격하고 말았다. 많이 아플 것을 알지만 선뜻 사과할 수 없는 자존심이 있었다. 그녀는 모른 척 몸을 틀었다. 그 순간, 범안이 그녀의 손목을 낚아채듯 잡았다. 예상치 못한 접촉에 움찔했다. 그에게 잡힌 손목의 맥박이 빨라졌다.

“지국희, 참 폭력적이야.”

“날라차기 안 한 걸 고마워해.”

엄한 대꾸에 그가 쿡쿡 웃었다. 유단자 본성을 무시하는 태도였지만 드넓은 호수 같은 아량으로 넘어가기로 했다.

“이거 놔.”

“싫어. 잡으니까 좋은데?”

뿌리치려고 흔드는 손목을 더욱 강하게 움켜쥐며 그가 씩 웃었다.

마음만 먹으면 얼마든지 그의 손아귀에서 벗어날 수 있었을 것이다. 그러나 국희는 그러지 않았다. 소심한 척, 연약한 척 잡힌 손을 풀지 않았다.

손목을 잡은 채 걸음을 옮기던 범안의 손이 쓰윽 미끄러지듯 아래로 내려왔다. 그가 그녀의 손을 잡았다. 두 손바닥이 겹쳐졌다. 미세하게 뛰는 맥박이 살갗을 타고 서로에게 전이됐다. 입가엔 배시시 미소가 올라왔다.

“한국 오기 전에 외국에 있었다며? 어디 있다가 왔어?”

늦은 시각임에도 아쉬운지 범안이 골목 어귀에서 쭈뼛거려 함께 근처 공원으로 갔다. 10시가 가까워지는 시각이지만 공원에는 가을날 선선한 밤공기가 좋아 산책하는 사람들이 꽤 되었다.

테니스장처럼 가꿔진 중앙에서는 단란한 부자가 야구공을 던지고 있었다. 초등학생쯤으로 보이는 아들이 던지고 아빠가 글러브로 받았다.

서로 약간의 거리를 두고 벤치에 앉아 그들을 지켜봤다.

"호주."

"거기서 태어난 거야?"

"아니야. 중학교 졸업하고 갔어."

"좋았겠다. 난 아직 비행기도 못 타봤어. 호주가 그렇게 좋다던데. 어디 있었어?"

인터넷이나 자료사진으로만 보며 동경하던 호주이기에 궁금증이 일었다.

"시드니."

"그럼 오페라하우스, 이런 것도 직접 봤어?"

신기해하며 눈을 빛내는 그녀를 보며 범안이 지그시 웃으며 끄덕거렸다. 시드니라는 말에 흥분한 그녀는 그의 동공에 어른거리는 암울을 알아채지 못했다.

"그런데 왜 왔어?"

자연스럽게 연결된 질문이었다. 그런데 범안의 입술이 다물어졌다. 할 말을 찾는 듯도 싶었고, 대답하고 싶지 않은 듯도 했다. 그의 눈이 바닥으로 내리깔아졌다. 문득 눈가가 어둑해지는 듯했다. 공원에 빙 둘린 가로등에서 쏟아지는 빛으로 아른대는 그림자처럼 보이기도 했다.

잠시 적요한 침묵이 둘 사이를 가로막았다.

훼방을 놓듯 초등학생이 던지던 야구공이 날아왔다. 범안이 벌떡 일어나 야구공을 쫓았다. 그가 잽싸게 공을 잡아서 아이에게 던져 줬다.

“감사합니다!”

아이가 받아 들고 아빠에게 달려갔다.

“음료수 마실래?”

범안이 돌아보며 환히 웃었다.

조금 전의 침잠함은 말끔히 사라졌다. 눈의 착각이었던 모양이라고 생각하며 국희는 환히 웃었다. 범안은 시원스레 공원 입구 쪽의 자판기로 달려갔다. 아직 하복을 입은 탓에 음료수를 뽑는 그의 길쭉한 팔이 시야에 들어왔다. 고등학생인 주제에 잔 근육이 여릿하게 나타났다.

“운동해?”

친절히 캔 뚜껑까지 따주는 범안을 보며 국희는 물었다.

“조금. 호주에 있을 때 기숙사 생활을 했거든. 밤이면 심심하고 할 게 없어서 기숙사 내 헬스클럽에서 운동했어.”

“기숙사에 헬스클럽도 있어? 역시 호주라 다르구나.”

부러워서 감탄하는 국희를 내려다보며 범안이 픽 웃었다. 그가 바로 앞에 서서 내려다봤다.

“지국희는 유단자라는 소문이 있던데, 진짜야?”

“어. 진짜야.”

“역시……. 의자를 던지는 자세가 예사롭지 않다 했어.”

쿡쿡거리는 범안을 삐죽 보며 국희는 음료수를 쭉 들이켰다. 캔에 차디찬 물방울이 방울지게 흘러 손바닥을 적셨다. 시원한 음료수가 마른 목구멍을 촉촉하게 적셨다.

“어떻게 유단자가 되었어?”

"아빠가 태권도 사범이고 도장을 운영하셔. 그래서 어려서부터 배웠어, 자연스럽게."

"지국희 아버지한테 걸리면 큰일 나겠다."

범안이 공연히 겁먹은 척 너스레를 떨었다. 국희는 킥킥거리기만 했다.

"나도 그 도장 가도 돼?"

"왜?"

"그냥. 나도 운동하게."

"안 돼. 오지 마."

국희의 삐딱한 대꾸에 범안이 가볍게 웃었다. 그녀도 따라 웃었다. 그러다 서로의 눈길이 얽히듯 닿았다. 서로의 눈을 바라보다 입술을 벌리고 소리 내어 웃고 말았다. 즐겁게.

공원에서 운동하는 사람들이 하나둘 빠져나가는데도 범안과 국희는 그대로 있었다. 왜 그런지 시간이 너무 아쉬워서. 그 짤막한 시간이.

그렇게 범안이 그녀 곁에 있는 것이 자연스러워졌고, 그녀도 그의 존재가 각인된 듯 곁에 없으면 허전해졌다.

그리고 그날.

방과 후 그와 학교 옆길을 걷던 날. 절대 잊지 못하는 그날의 선명한 기억.

"기다리지 말라니까. 학원 가야 된단 말이야."

"딱 30분만."

그가 좋음에도 한껏 성가시다는 듯 도도를 떠는 국희에게 범안은 졸라댔다. 한없이 평범한 자신이 거드름을 피우는 게 썩 나쁘진 않았다.

"토요일에 뭐 해?"

함께 학교 옆길인 담벼락을 따라 쭉 걸었다. 길은 점점 좁아지고 인적이 드물어졌다. 마치 동떨어진 세계를 단둘이 걷는 기분이었다.

"왜?"

"데이트하자고."

"뭐? 데이트? 됐어."

퉁명스레 거절하는 국희의 손을 범안이 덥석 잡았다. 깜짝 놀라는데 그가 몸을 틀어 마주 봤다.

"입도 맞췄는데 데이트는 왜 안 돼?"

"야! 그, 그건…… 네가…… 우리가 뭐…… 사귀는 사이도 아니고……."

불만스레 미간을 찌푸리는 범안의 태도가 황당해서 국희는 무심결에 더듬거렸다.

"우리가 사귀는 사이 아니야? 전교에 소문이 다 났는데?"

"그건…… 네 멋대로……."

뾰루퉁하게 입술을 삐죽대는 국희를 범안이 빤히 내려다봤다. 범안이 돌연 잡은 손을 이끌었다.

"뭐야? 어디 가?"

골목길 옆의 빌라 모퉁이를 돈 그가 좁은 주차장 벽에 그녀를 밀어붙였다. 깜짝 놀라는데 범안이 앞을 가로막고 섰다.

"확실하게 도장 찍는다."

그가 내려다보며 단호하게 경고했다.

"도장?"

무슨 도장…… 하고 물으려는 찰나였다.

범안의 고개가 쓱 숙여졌다. 순식간에 그의 입술이 그녀의 입술을 머금었다. 국희는 기겁해서 입술을 꾹 다물고 눈을 질끈 감았다. 그의 입술이 힘을 주듯 지그시 눌렀다. 부서질 정도로 심장을 달구는 뜨거운 입술이었다.

몸엔 손도 대지 않고 입술만 댔음에도 국희는 그를 밀어내지 못했다. 밀어내려 올라간 손은 무기력하게 허공에서 파닥거렸다. 단순한 입맞춤이 아니었다. 힘이 가해져 벌려진 입술 사이로 촉촉한 혀가 들어왔다. 뾰족하면서 굵은 혀가 제 혀에 맞닿으며 감겼다. 뒷덜미에 오소소 소름이 번졌다. 바짝 긴장했던 몸이 축 늘어졌다. 그녀가 맥없이 등을 벽에 기대자, 범안의 턱이 더 기울어졌다. 커다란 손이 조심스레 뺨으로 목덜미로 내려왔다. 얕게 내뱉는 숨소리를 그가 빨아들였다. 짧지도 길지도 않은 부드럽지만 열성적인 키스였다.

생애 처음 느낀 강렬한 자극에 국희는 벌게진 입술을 벙긋거렸다. 그의 입술이 느른히 떨어졌다. 범안의 입술이 가늘게 늘어났다.

"이제 진짜 내가 지국희 남자지?"

약간은 쉰 저음에 불끈한 화기가 올라왔다. 국희는 벌겋게 달아

오른 뺨을 숙이며 도망치려 몸을 돌렸다. 그 순간 범안이 뒤에서 어깨를 와락 안았다.

"가지 마."

그의 두 팔이 교차하며 그녀의 어깨를 더욱 강하게 당겨 안았다. 등이 그의 품에 깊숙하게 파고들었다. 그의 따스한 숨결이 보드랍게 매만지듯 목덜미를 쓰다듬었다.

"내 곁에 있어주라. 난 네가 필요해."

귓가에 들리는 그의 잔잔한 음성을 가만히 듣기만 했다. 국희는 금방이라도 터질 듯이 뛰어대는 심장을 어쩌지도 못하고 그의 팔을 풀지도 못했다.

"……왜 난데……?"

"지국희니까."

다감하지만 진중한 음색이었다. 진심이 우러나는 말에 잔뜩 긴장해서 뻣뻣하던 몸의 기운이 서서히 풀렸다. 국희의 어깨를 안은 팔의 힘이 강해졌다. 귓불에 그의 부드러운 뺨이 닿았다. 팽창한 심장이 금방이라도 꼴딱 넘어갈 정도로 심각하게 뛰어댔지만 무시했다. 그녀의 입가에 살포시 미소가 그려졌다.

❖ ✤ ❖

첫 키스 하면 머릿속에 종소리가 들린다더니, 거짓말이었다.

하지만 입술에 각인된 듯 남겨진 떨림은 쉬이 지워지지 않았다. 정말 입술에 도장이 새겨진 것 같았다. 그 도장은 마치 묶듯이 감정을 옭아매었다. 또렷한 기억의 잔영에 국희는 눈꺼풀을 끔벅거리며 시선을 떨궜다.

"정말 이렇게 볼 것이라곤 생각 못 했다."

읊조리듯 나지막하게 혼잣말하며 범안이 여릿한 미소를 흘렸다.

"나 보니까 반갑지 않아?"

그를 게슴츠레한 눈동자로 주시했다. 그녀도 이렇게 볼 줄은 상상 못 했었다. 설마가 사람 잡는다더니 이렇게 뒤통수를 치는구나, 또다시.

❖ ✣ ❖

달콤한 첫 키스의 환각으로 그날은 이슥한 새벽녘까지 잠 못 들었다.

덕분에 아침엔 퀭한 상태로 등교했다. 교문을 들어서면서 공연히 민망해 후다닥 교실로 내달렸다. 지각한 것도 아니면서 부리나케 달리는 국희를 친구들이 이상하게 봤지만 상관없었다.

종일 범안과 마주치기 쑥스러웠다. 점심도 안 먹으러 가고 매점에서 빵만 사오도록 현주에게 심부름을 시켰다. 그렇게 국희는 교실에 꼭꼭 숨어 있었다. 하지만 그녀의 속내를 알아채기라도 한 듯 수업이 끝나자마자 범안으로부터 문자가 왔다.

—학교 옆길에 가 있을게.

이 녀석, 어제 키스한 그 골목에 또 가려는 속셈 아냐? 엉큼한 뇌가 엉뚱한 상상을 해대며 키득거렸다. 짐짓 도도한 척 굴면서도 국희는 서둘러 학교 옆길로 갔다. 하지만 범안을 찾을 수 없었다. 목을 길게 빼며 찾았지만 도통 나타날 기미가 없었다.

휴대폰도 받지 않았고, 오지도 않았다. 불현듯 불길한 예감이 일었다.

안절부절못하고 서성대는데 대학생쯤으로 보이는 여자가 통화하며 지나쳤다.

"네. 여기 D고등학교 뒤편에 있는 공사장 공터인데요, 남학생들이 패싸움이 났어요. 빨리 오세요."

"언니, 싸움 났어요?"

휙 그녀를 붙잡았다. 전화를 끊은 여대생이 의아하다는 듯 쳐다봤다.

"혹시 키가 185 정도 되는 키 큰 남학생도 있었어요?"

"……키가 아주 큰 애가 하나 껴 있긴 했는데……."

"거기 공사장 공터가 어디예요?"

그녀가 가리키는 곳으로 국희는 부리나케 뛰었다.

공사장은 그와 키스를 나눴던 골목길의 반대편에 있었다. 모퉁이를 도니 건물이 헐린 텅 빈 공사장이 나타났다. 입구엔 건축 폐자재들이 가득 쌓여 있었다. 뛰다 멈추고 입구 안을 들여다봤다.

그 순간, 그녀는 눈앞이 아득해졌다.

범안이 있었다. 그를 세 녀석이 둘러싸고 있었다. 4대 1로 수적으로 불리한 상황이었다. 범안은 입가에 피를 흘리며 녀석들과 엉켜 붙고 있었다. 덩치가 큰 녀석이 범안에게 발길질을 해댔다. 식당에서 한바탕 붙었던 곰 일당이었다. 한 녀석이 폐자재 속에서 각목을 들고 그의 등을 후려쳤다. 곰에게 달려들던 범안이 움찔하며 무릎을 꿇었다. 그 틈을 놓치지 않고 곰의 다리가 날아가 범안의 얼굴을 갈겼다. 범안이 픽 옆으로 쓰러졌다.

목전에서 펼쳐지는 끔찍한 정황에 국희의 이성적인 사고가 끊겼다. 뿌연 먼지가 이는 흙바닥에서 녀석들의 무참한 발길질에 쓰러지는 범안이 눈에 들어왔다.

국희는 곧장 녀석들에게 돌진했다. 가장 가까운 녀석부터 노렸다. 달리다가 번쩍 뛰어올라 녀석의 면상을 정강이로 후려쳤다. 기습적인 날라차기에 녀석이 찍소리도 못 내고 넘어갔다. 미끄러지듯 착지하는 그녀를 발견한 다른 녀석이 당황하며 각목을 휘둘렀다. 국희는 휘둘린 각목을 아슬아슬하게 피하고 뒤로 넘어간 녀석이 놓친 각목을 들었다. 또 각목이 휘둘러지는 찰나에 주저 없이 빈틈인 녀석의 머리통을 갈겨 버렸다.

"억—!"

딱! 둔탁한 소리와 함께 녀석이 휘청했다. 맞은 녀석의 무릎이 맥없이 꺾였다. 덩치 큰 곰이 사정없이 국희의 머리카락을 움켜쥐었다. 곧바로 주먹이 그녀의 옆구리를 가격했다. 갈비뼈 통증으로 아린 숨을 토해내며 국희는 휘청했다.

흙바닥에 깔려 있던 범안이 그제야 국희를 발견했다. 그의 동공이 튀어나올 정도로 커졌다.

"그것 놔!"

범안이 몸부림치듯 일어나 각목을 들었다.

그때, 사이렌 소리가 근접한 거리에서 들렸다. 모든 동작이 정지했다. 이내 공사장 입구에서 경찰차가 멈췄다.

현장에서 잡힌 그들은 일방적인 폭행을 당한 것이 아니라 '남녀 학생들의 폭력사태'로 경찰서로 연행되었다. 변명은 소용없었다. 국희가 휘두른 각목에 머리통을 맞은 녀석은 응급실로 옮겨져 터진 상처 부위를 몇 바늘 꿰맸고, 각목을 든 범안의 모습도 경찰에게 목격당했기에 그녀의 억울한 호소는 먹히지 않았다.

공사장에서 헤어진 후 범안과는 만날 수 없었다. 국희는 먼저 경찰차에 태워져 따로 이동했고, 여학생이라고 여경과 다른 취조실에 있었다. 그리고 놀라서 달려온 부모님에게 바로 인계되었다.

가해자에서 일순간 피해자가 된 녀석과 합의를 보는 것으로 사건은 일단락되었으나 학교의 처벌은 감당해야 할 몫이었다. 학교 측의 처벌은 엄중했다. 다만 여학생이고, 그동안 모범적인 행실이 정상참작된 국희는 근신 처분을 받았다. 범안과 일진들에겐 정학 처분이 내려졌다.

며칠 동안 국희는 학생부에서 반성문을 수십 장 썼다. 그러면서도 많이 맞았던 범안 걱정으로 안절부절못했다. 전화를 여러 번 해봤지만 그의 전화는 꺼진 채였고, 이후 답도 오지 않았다. 그래도 기다렸다.

하지만 범안은 정학 기간이 끝나고도 학교에 오지 않았고, 전화도 없었다. 끝내 그는 그녀 앞에 나타나지 않았다. 얼마 후, 그가 다시 외국에 갔다는 소문이 돌았다. 그것이 범안과의 마지막이었다.

❖ ✣ ❖

국희는 어제 일어난 사건처럼 선명한 과거의 기억으로 치를 떨었다. 또다시 범안에 대한 배신감이 솟구쳤다. 평정심을 잃지 않으려 눈알에 힘을 바짝 줬다.

학교에서는 패싸움이나 하는 유단자 지국희라는 낙인이 찍혔었다. 강유미를 비롯한 시샘하던 무리는 잠깐 범안에게 놀리다 버림받은 지국희라는 악의적인 소문까지 냈다. 지독하게 겪은 첫사랑이었다. 뒤늦게 감정을 깨닫고 헛헛함 속에서 보냈었다. 그리고 잊었고, 지웠었다. 완전히.

그런데 스물일곱, 벌써 3년 차 경호원이 된 지금, 그 편범안이 너무나도 태연자약한 모습으로 앞에 있다.

"하나도 안 반가워. 그런데 나도 참 몇 년 만인 건 중요한 문제가 아니지. 너 그렇게 비겁하게 사라진 후에 이러고 나타난 게 문제인 거지."

국희의 어투가 저절로 앙칼져졌다.

"그러니까."

범안은 조소하듯 비릿하게 웃었다. 웃음에 담긴 의미를 파악하기 어려웠다.

도망친 주제에 양심에는 걸렸던 모양이지? 국희의 싸늘한 눈길이 허공으로 옮겨졌다. 마인드컨트롤이 뜻대로 되지 않았다. 마주 앉은 녀석이 원망스러워서.

"설사 이력서에서 날 봤더라도 모른 척했어야지, 무턱대고 채용을 해? 너 양심도 없어? 그러고 갔으면서 왜 나타나?"

수많은 말들을 꾹꾹 눌러 담고서 국희는 벌떡 소파에서 일어났다.

"나 안 해. 네 비서 따윈 절대 안 해!"

느닷없이 나타난 범안의 등장은 본분을 망각하기에 충분했다. 얼기설기 복잡한 감정이 북받쳤다. 국희는 매섭게 쏘아붙이고 실장실에서 나왔다. 범안이 황급히 쫓아왔다.

"어차피 비서로 취직할 예정이면 내 곁에서 일하는 게 좋잖아."

"뭐가 좋아? 난 하나도 안 좋아. 넌 뭐가 좋은데?"

곁에 온 범안을 올려다보며 그녀가 이죽거렸다. 범안은 국희가 온전히 비서직을 구직하는 것이라 생각하는 듯했다. 국희의 걸음이 빨라졌다. 또각또각 힐 소리를, 투덕투덕 구두 소리가 쫓았다.

"난 네가 있었으면 좋겠는데."

딩동— 엘리베이터의 청아한 소리와 함께 그의 말이 섞였다. '내 곁에 있어주라.' 오래전 그가 속닥거린 달콤한 말이 겹쳐졌다. 심장 언저리가 움찔했다.

입에 발린 소리. 국희는 아랫입술을 질근 악물었다. 미간을 찌푸리며 서둘러 엘리베이터에 올라탔다. 범안은 잠자코 지켜봤다.

"꺼져, 나쁜 놈아."

그녀는 오만상을 찌푸리며 욕설을 내뱉었다. 부들거리는 심장을 꾹 억누르며 버튼을 눌렀다.

여전하다, 지국희.

닫힌 엘리베이터 문을 지켜보던 범안이 픽 웃음을 흘렸다.

사과부터 했어야 했나?

빙그레 돌던 웃음 위로 씁쓰레한 미소가 스며들었다. 짤막한 한숨을 쉬며 돌아서는데 휴대폰이 부르르 떨었다. 액정을 확인하는 그의 입가에 감돌던 미소가 사그라졌다. 아버지의 호출이었다.

"앞으로 단독 행동하지 말고 항시 수행비서를 대동해라."

사장실로 들어서는 범안에게 편명호의 명령이 날아왔다. 널따란 책상에 앉아 있는 아버지의 위세로 주변 공기들이 숨죽였다. 범안은 우두커니 서서 뚝뚝하게 주시했다.

"네."

"그리고 본가로 들어와라. 굳이 형의 오피스텔에 머무는 이유가 뭐냐? 그곳은 사고 현장인데……."

"호출하신 이유가 그 말씀 하시려는 건가요?"

"겉도는 분위기를 언제까지 보일 거냐? 오전 임원회의에서도 느꼈겠지만 널 지켜보는 눈이 많다. 네 직분대로 똑바로 행동해."

"글쎄요."

심드렁한 범안의 대답에 편명호의 눈썹이 신랄하게 치켜세워졌다.

"그런 대답이 어디 있어? 네 형의 유언대로 제대로 하란 말이다."

"그게 좀 의구심이 들어서 말이에요."

"뭐라고?"

"처음엔 정신이 나가서 제가 판단이 흐렸었는데요, 이제야 되짚어보니 형의 유언을 백 퍼센트 믿을 수가 없어요."

"그게 무슨 말이냐?"

미간을 좁히는 편명호와 마주 선 범안의 눈빛이 예리해졌다.

"형이 저한테 그런 짐을 지어주고 떠날 리가 없단 말이에요. 제가 알던 형이라면."

"기안이는 현실도피만 하는 네 녀석이 제대로 된 삶을 살길 원하는 거다."

"제대로 된 삶이 뭔데요? 아버지 같은 삶이요?"

범안의 한쪽 입술 끝이 조소하듯 올라갔다.

"편범안!"

"형을 옴짝달싹 못 하게 하셨잖아요. 얼마나 숨통이 막혔으면 그런 선택을 했겠어요! 그런데 그 짐을 제게 넘길 형이 아니란 말입니다!"

끝내 범안이 격하게 토해냈다.

"그만두지 못해! 형의 본뜻을 그렇게 파악을 못 해? 형은 네가 자신보다 뛰어난 사람이 되길 바라는 거다!"

편명호가 노염에 가득 차서 책상을 손바닥으로 탁 쳤다.

"아버지의 뜻이 아니고요?"

"멍청한 녀석. 네 녀석은 대체 언제 정신 차릴 거냐?"

나무라는 아버지를 범안이 건조하게 응시했다. 두 사람의 시선이 맹렬히 부딪쳤다. 범안은 폐까지 조이는 갑갑한 통증을 느꼈다. 저 눈빛에서 언제나 벗어나고 싶었다. 조금의 인정도 없이 삭막하게 옭아매는 사슬 같은 저 눈빛에서.

"나가!"

강압적인 호령에 범안이 부르르 떨며 아랫입술을 깨물었다. 턱만 까딱하듯이 짧게 묵례하고 몸을 돌렸다.

"삐뚤게 생각하지 마라. 네가 명확하게 기억할 것은 형의 유언 내용이다."

등 뒤에서 강경한 말이 꽂혔다.

범안의 흰자위가 흐릿하게 시뻘게졌다. 눈동자에 바짝 힘을 줬다. 거친 숨이 다문 입술 사이로 희미하게 새어 나왔다. 그는 곧장 사장실에서 나왔다. 엘리베이터를 타고 실장실로 내려왔다. 안으로 들어서는데 좁은 공간에 놓인 1인용 책상이 시야에 들어왔다.

"지국희……."

나지막하게 되뇌는 그의 단단한 가슴팍이 미세하게 들썩거렸다. 책상 앞에서 발을 멈춘 범안이 손을 들었다.

오랜만이다, 지국희.

그의 손가락이 책상을 스륵 훑었다.

가을 하늘은 9년 전이나 지금이나 공활하긴 했다. 터덜터덜 걷다, 빈 벤치에 털썩 앉았다. 평온한 듯 잔잔히 흐르는 한강의 깊숙한 곳은 수많은 웅덩이로 인해 쉴 새 없이 여울지고 있을 것이다.

하필 생일날 재회한 상황이 기막혔다. 최악의 선물을 받은 기분이다. 역시 국희과자 꿈은 불길한 징조가 맞았다.

국희는 깊은 한숨을 내쉬며 테이크아웃한 커피를 쪽쪽 빨았다.

자신 있게 박차고 나왔지만 막상 밖으로 나오니 주춤 망설여졌다. 지난 3년 동안 경호 업무에 최선을 다해왔다. 그 누구보다도 성실했고 자부심도 강했다. 그런데 기껏 사적인 감정 때문에 이 모양이 되었다.

뭐, 어쩔 수 없지. 나도 거부할 권한이 있지 않겠어? 다른 직원으로 교체하라면 되지.

결단을 내리고 벌떡 일어나는데 휴대폰이 울렸다. 액정에 '코딱지 박'이라고 떴다. 귀신같은 양반.

[너 어디야?]

"왜?"

[근무지 무단이탈을 했어? 이게 무슨 말도 안 되는 짓이지?]

박 팀장의 어투는 신랄했다.

편범안 이 자식, 그새 고자질했네. 입술을 삐죽대며 커피를 탁 벤치에 놓았다.

"형. 나 아무래도 못 하겠어. 다른 직원 보내."

[무슨 말도 안 되는 소리야? 계약서도 썼잖아. 왜 지금에 와서 변덕이야?]

"사정이 있다고. 아무튼 난 안 해."

[그럼 당장 사표 써!]

다혈질 박 팀장이 험악하게 일갈하더니 일방적으로 전화를 끊어 버렸다. 국희는 커피를 쓰레기통에 휙 던져 버렸다. 누가 사표 쓰라면 겁낼 줄 아나? 그래, 때려치운다, 때려치워!

귀가하기 위해 오르막길을 올라가며 국희는 주먹을 불끈 쥐었다. 어차피 엄마도 매번 걱정하는 직업이다. 그만뒀다고 하면 오히려 한시름 놓았다고 좋아할 거다. 이 기회에 경찰공무원 준비를 하면 된다. 다부지게 마음먹고 씩씩하게 걸었다. 시야에 '국희슈퍼' 간판이 들어왔다.

오르막 골목 삼거리 동네 작은 슈퍼마켓인 국희슈퍼는 아버지가 도장을 처분하고 인수한 곳이다. 태권도장은 적자 운영으로 빚이 쌓여 넘어갔다. 어려워진 사정으로 시골에서 과수원을 하던 할아버지가 땅을 처분하고 올라오셨고, 살던 곳에서 이사한 곳이 국희슈퍼였다. 슈퍼는 마당이 넓은 주택까지 끼고 있어 그야말로 안성맞춤이었다. 그렇게 이곳에 자리 잡은 지 벌써 8년이었다.

그녀는 국희슈퍼를 지나 초록색 대문을 열었다. 온 동네에 고기 굽는 냄새가 진동한다고 했더니 역시나 식구들은 평상에 모여 앉아 삼겹살을 구워 먹고 있었다.

"오우! 우리 막내, 일찍 왔네! 생일 축하한다!"

함박만 하게 벌린 입으로 상추쌈을 욱여넣던 아버지가 두 팔을 번쩍 들었다.

"어서 와. 얼른 앉아서 먹어, 우리 딸."

엄마도 후다닥 다가오더니 다정히 이끌었다. 평소와 다른 환대에 국희는 어안이 벙벙했다.

"왜들 이러셔?"

"내가 말씀드렸어."

아침에 생일상 못 차려준 것만으로 이럴 분위기가 될 리 만무했다. 유난스러운 부모님의 행동을 의아해하는데 고기 굽던 서른 살 오빠 국철이 허허실실 바보처럼 웃음을 흘렸다.

"뭘?"

"네가 지난달에 그랬잖아. 네 생일 기념으로 부모님과 할머니, 할아버지, 하와이 여행 시켜 드린다고."

"어? 어? 어!"

국철의 말에 기겁한 국희의 등을 엄마가 흐뭇한 미소를 지으며 토닥거렸다.

퍼뜩 지난달 언니, 오빠와 맥주를 마시다 말고 선포했던 말이 떠올랐다. 서른세 살 큰언니 영희가 모아둔 돈은 있느냐, 부모님 용돈 한 번 안 드리고 양심 없다, 고 핀잔해서 홧김에 내뱉은 소리였다.

"우리 장한 손녀 덕분에 할애비가 해외여행도 가네."

할아버지가 대견하다는 듯 머리를 주억거렸다. 평소 같으면 호언장담하고 허세도 부릴 국희였다. 하지만 오늘은 그럴 상황이 아니었다. 나 진짜 사표 쓸 건데…… 진짜 통장에 모아둔 돈도 없는데…….

"어서 앉아. 어서 먹어. 그래야 힘내서 일하지."

"어이구, 우리 딸. 너무 무리하는 건 아니지?"

부모님은 한껏 들떠 있었다. 그동안 빚 갚느라 여행 한 번 제대로 못 다녔으니 당연한 반응이었다. 천 근의 바윗덩어리가 가슴을 짓누르는 것 같았다. 엄마가 이끄는 대로 갓 태어난 강아지처럼 국희는 기력 없이 털썩 평상에 앉았다. 머릿속이 텅 비었다.

"무슨 무리야. 여태 월급 타면 혼자 쓰기 바빴지, 할아버지, 할머니 용돈 한 번 안 드렸잖아. 요번 기회에 제대로 갚아야지."

영희가 삼겹살을 기름소금에 찍어 입에 넣으며 냉소적으로 말했다. 언니가 제일 미워. 원망의 눈초리를 보냈지만 영희는 양심의 가책이 전혀 없었다.

"그래. 자고로 자식은 부모 감사한 줄 알고 효도하는 게 도리지."

할아버지의 맞장구는 총알처럼 날아와 가슴에 구멍을 뻥 뚫었다. 할머니가 어서 먹으라며 삼겹살에 된장을 찍어서 내밀었다. 목을 길게 빼 받아먹으며 국희는 삼겹살이 아니라 사약을 받는 기분이었다.

"날짜는 언제쯤 잡아야 되냐?"

"……할아버지 편할 때 잡아."

할아버지의 은근한 기대에 삼겹살을 오물거리며 국희가 눈물을 머금고 대답했다. 뇌리에서 열심히 작성했던 사표는 갈기갈기 찢어버렸다.

/

2화
보이지 않을 뿐

/

국희는 정확한 시각에 오피스텔 로비에 들어섰다.

어젯밤 결국 백기를 들고 투항했다. 박 팀장은 그럴 줄 알았다며 거만스레 굴었다. 선혁으로부터 전달된 업무 형식은 범안의 출근수행부터 퇴근수행까지 근접경호였다. 그 외의 시간은 선혁에게 고용된 경호요원들이 체크포인트 잠복경호를 한다고 했다. 범안의 주소를 전하면서 박 팀장은 비밀 업무에 대해 신신당부를 했다. 어찌 보면 간단해 보이나 어려운 업무였다. 하물며 범안과는 개인적으로 얽힌 사이지 않은가.

"지국희입니다. 오피스텔 로비입니다. 수고하세요."

어제 입수한 경호요원에게 전화를 걸었다. 간단한 답을 받고서 그녀는 통화 종료를 눌렀다.

경호요원들은 교대로 관리사무소 CCTV로 범안을 지켜본다고 했다. 그러면서 이 오피스텔은 범안의 아버지 소유라 경호요원들의 행동 제약은 없다고 덧붙였다.

로비를 지나 엘리베이터로 들어서면서 국희는 휘둘러봤다. 로비도 휘황찬란하더니 엘리베이터 내부도 럭셔리하다. 이런 고급 오피스텔이 범안의 아버지 소유라니. 혀가 내둘러졌다.

복도는 적요했다. 803호. 호수를 확인한 그녀는 낮은 심호흡 후에 초인종을 눌렀다.

잠시 후, 인터폰으로 방문자를 확인한 상대방이 문을 벌컥 열었다. 갓 씻고 나왔는지 젖은 머리카락과 단추가 채워지지 않은 셔츠를 걸친 범안이 나타났다. 벌려진 셔츠 틈으로 근육이 다부지게 붙은 매끈한 가슴팍이 드러났다. 그 아래론 군살 없는 탄탄한 복근이 그늘져 보였다. 옅은 호흡에 따라 범안의 복근이 들려졌다.

망막에 가득 차버리는 범안의 맨살에 국희의 숨이 턱 막혔다. 흐트러지는 시야로 어지럼증까지 동반되려 했다. 미친…….

의지와 상관없이 반응하는 신체를 욕하며 그녀는 재빨리 눈길을 내리깔았다.

"아침부터 웬일이야?"

"……수행비서니까 출근을 같이해야 돼."

그녀의 방문에 놀란 범안이 물어 국희는 최대한 사무적으로 답했다.

"그래? 나 아직 준비 안 끝났는데. 들어와."

범안이 기분 좋게 픽 웃으며 돌아섰다. 그의 뒤를 따르며 국희는 슬그머니 너른 등을 흘겼다. 인터폰으로 확인했으면서 단추를 왜 안 채우고…….

크게 거실을 가로지르는 그의 흰 셔츠가 시원스레 옆으로 펄럭였다. 자동으로 속 안의 나신이 연상되어 국희는 후다닥 고개를 가로저었다. 상상하지 마라, 지국희.

그러면서도 뇌는 연거푸 상상의 나래를 펼친 덕분에 피로가 쌓였다. 전날 마신 술이 얹혀 밤을 꼴딱 샌 것처럼 퀭한 동공을 끔벅이는 국희와 달리 준비를 끝내고 가뿐히 나서는 범안의 눈동자는 말간 시냇물에서 갓 꺼낸 돌멩이처럼 반들반들 윤기가 돌았다.

나란히 엘리베이터에 올라서도 국희는 의식하지 않으려 정면만 노려봤다.

딩동―

엘리베이터가 지하주차장에 도착했다. 멍하니 넋 놓고 있다가 문이 열리자마자, 국희는 한 걸음 크게 움직였다. 거침없이 팔을 뻗어 열린 문을 잡고서 한쪽으로 반듯하게 비켜섰다.

"너 지금 뭐 해?"

그녀의 행동에 걸음을 떼던 범안이 깜짝 놀랐다. 얼빠져 있다가 몸에 밴 경호 행동을 해버렸다.

"……너 먼저 내리시라고."

국희는 멋쩍은 상황을 모면하기 위해 하하 실없이 웃으며 손을 뗐다.

"위험하게 그걸 왜 잡아?"

"가, 어서 나가셔."

의아해하는 범안에게 국희는 아무것도 아니라고 '내리라.' 는 손짓을 파득거렸다. 밖으로 나가면서 범안이 짧게 웃었다. 하마터면 근무 첫날부터 실수할 뻔했다. 슬며시 안도하며 국희는 그의 뒤를 따랐다.

"키."

주차된 범안의 차 앞에서 손을 내밀었다. 범안은 차 키는 넘기지 않고 보조석 문을 열었다.

"타. 내가 운전할게."

"엄연히 수행비서 업무야. 키 줘."

"나랑 둘이 있을 땐 괜찮아. 어서 타."

다정히 웃으며 범안이 손바닥으로 그녀의 등을 밀었다. 재킷과 블라우스가 가로막은 접촉이었는데도 기겁하고 말았다. 내색하지 않으려고 그녀는 재빨리 차에 올라탔다. 별것도 아닌 접촉에 유난 떠는 반응이 곤혹스러웠다.

"이렇게 같이 출근하니까 이상하다."

출근하는 차들 사이로 부드럽게 끼어들면서 범안이 혼잣말처럼 중얼거렸다. 살며시 곁눈질로 그의 옆얼굴을 살폈다. 확실히 남자의 분위기가 물씬 풍겼다. 운전하는 그의 팔뚝에서도 남자의 근력이 도드라졌다. 낯익고, 낯설다. 묘한 일렁거림이 소용돌이치듯 내장을 뒤흔들었다.

그녀는 무념해지려 애쓰며 차창 너머 오전의 도시를 응시했다. 감회가 새롭긴 하다. 첫 키스의 진한 여운이 가시지도 않은 채 끊겼던 인연. 9년이라는 긴 세월 동안 다른 공간에서 서로의 존재도

의식 못하고 살았는데 이렇게 연결되다니. 범안은 아마 금방 잊었을 것이다.

난 3년은 걸렸는데…….

사뭇 씁쓸해지는 감정에 국희는 아랫입술을 꾹 눌렀다.

"아침 먹었어?"

"어."

"그럼 점심은 뭐 먹을래? 내가 맛있는 거 사줄게."

"이제 출근하는 길이거든요."

벌써 점심 타령이냐는 핀잔에 범안이 가지런한 치아를 드러내며 해사하게 웃었다. 넌지시 그의 얼굴을 일별했다. 웃는 표정은 그대로네. 열여덟 범안의 미소가 오버랩되어 무심결에 픽 웃었다. 그러곤 후다닥 웃음을 거둬들였다.

잔잔한 침묵이 이어졌다.

차가 신호대기에 걸려 멈춘 사이, 범안은 슬그머니 곁눈질로 옆자리를 훔쳐보았다. 국희는 편안한 얼굴로 보조석 차창 밖을 바라보고 있었다. 맥박이 묘하게 일렁이기 시작했다. 오랫동안 잊고 있던 맥박의 반응이었다.

정말 하나도 안 변했네.

앞창으로 되돌아가는 범안의 입술에 여릿한 미소가 감돌았다.

"라디오 틀까?"

차창 밖만 보던 국희가 지루한지 넌지시 물었다. 신호를 받고 차를 출발시키며 범안은 고개를 끄덕였다. 편안한 출근길이 이어졌다.

의외로 자연스러운 출근길이었다. 국희도, 범안도 편히 움직였다. 주차된 차에서 내리고, 엘리베이터를 타고 19층으로 이동했다. 늘 그래 왔던 것처럼 익숙하게.

"오늘 스케줄이 어떻게 돼?"

기획실장실로 들어선 국희는 곧바로 비서 책상을 돌아갔다. 업무실로 들어서다 말고 범안이 돌아섰다.

"오늘부터는 단독 행동하면 안 돼. 항상 내가 곁에서 수행해야 돼."

"알아. 기대하고 있어."

사무적인 국희의 말에 범안이 능청스레 웃었다. 뭘…… 기대한다는 거야? 국희는 괜스레 계면쩍어 시선을 돌렸다. 컴퓨터를 켜자, 모니터에 LOCK 걸린 보호화면이 나타났다.

"어?"

주변 어디에도 로그인 패스워드에 관한 친절한 메모는 없었다.

그녀의 작은 소리에 범안이 발길을 옮겨 다가왔다. 쓱 넘겨다본 범안이 그녀의 곁에 섰다. 긴 팔이 그녀의 어깨를 넘어오며 뻗어졌다. 커다란 범안의 손이 마우스를 잡은 국희의 손등을 덮었다. 너무나도 자연스러운 접촉에 국희는 움찔 긴장했다. 따스한 손바닥 온기가 고스란히 제 살갗에 퍼졌고, 그의 턱이 귓불 가까이서 알짱거렸다.

"초기 PC엔 사용자 로그인해서 설정을 변경해야 돼."

범안이 태연하게 국희의 손과 겹치고서 마우스 커서를 사용자로

그인 버튼으로 이동시켰다. 그의 벌려진 입술 사이로 옅은 숨결이 흘러 귀를 자극했다. 후끈한 소름이 돋았다. 다행히 그는 눈치채지 못했다. 국희의 손등에서 떠난 손이 키보드로 넘어갔다.

"사용자 설정은 네가 바꿔."

쓱 상체를 일으키며 범안이 말했다.

"인트라넷 접속 방법은 이따 알려줄게."

그가 여유로운 몸짓으로 책상을 돌아 나갔다. 움츠러들었던 국희는 그제야 어깨 힘을 풀었다.

말로 알려주면 되지, 굳이. 명쾌한 걸음걸이로 가버리는 범안을 가시눈으로 쳐다보다가 그의 온기가 남은 손등을 지그시 내려다봤다. 나 이렇게 의식하면 안 되잖아!

톡. 휴대폰 알림음 소리에 확인하니 현주였다.

—국, 소녀연대 콘서트 티켓 두 장만 구해주면 안 돼?

현주에게 편범안이 나타났다고 하면 뭐라고 할까? 대박이라며 호들갑을 떨어대다가 여기저기 친구들에게 거미줄 치듯 연락할 것이다. 그리고 아마 하루 종일 전화는 불통 날 것이다. 그 사건 이후 사라진 범안을 '씹어 먹어도 시원찮은 놈'이라고 욕하던 친구도 있었으니 콧구멍에서 불을 뿜으며 달려올지도 모른다.

—매진.

짧은 답에 현주가 통곡하는 이모티콘을 보냈다. 범안이 친구들에게 둘러싸여 얻어터지는 상상을 하며 쿡쿡거리는데 전화벨이 울렸다. 비서실장이라고 자신을 소개한 여자가 비서실장실로 오라고 명령했다.

국희는 가볍게 노크하고 실장실 문을 빠끔히 열었다.

"나 비서실장님한테 갔다 오니까 혼자 어디 가면 안 돼…… 요. 움직일 땐 꼭 미리 알려줘야 해요."

"네, 다녀와요."

업무적 관계이므로 최소한의 예의는 지켜야겠기에 국희는 존대어를 붙였다. 범안도 여릿한 미소를 지으며 가뿐히 대답했다. 책상에 앉아 있는 품새가 제법 점잖아 보였다. 얌전히 문을 닫으며 국희는 비로소 범안이 눈앞에 있다는 것을 실감했다.

닫히는 문을 지켜보는 범안의 눈길이 아래로 이동했다. 마우스 대신 그녀 손을 잡았던 제 손을 지그시 내려다봤다. 단순히 로그인하려고 했던 행동이었는데 얼떨결에 국희의 손을 잡았다. 오랜만에 접촉한 탓인가. 순간 범안의 한쪽 가슴이 찌릿했다. 제 아래서 그녀는 잔뜩 긴장한 채 얕은 숨만 내뱉었다. 그녀의 긴장으로 별안간 범안도 긴장하고 말았다. 짐짓 아무렇지도 않은 척 태연스레 행동했지만 그녀를 고스란히 느끼고 있었다.

제 손바닥으로 퍼지는 그녀의 체온, 콧속으로 스며들어 오는 그녀의 좋은 향기, 수줍은 듯 내뱉는 여릿한 숨결.

쿡. 범안의 입술에 미소가 도드라졌다. 그때 휴대폰이 울렸다. 웃음기를 지워 버리는 발신자번호였다.

"네."

[어제저녁에 평창동 들르라는 말 못 들었냐?]

"일이 있었어요."

거짓말이었다. 전날 퇴근길에 어머니로부터 평창동으로 오라는 말을 전달받긴 했다. 하지만 아버지와 대면하고 싶지 않아서 외면했었다.

[점심 하자. 시간 맞춰 올라와라.]

"선약 있어요."

[올라오라면 올라와.]

강경한 명령이 되돌아왔다. 일방적으로 통화가 끊긴 휴대폰을 내려놓고, 그는 창으로 다가갔다. 빼곡한 빌딩들만 있는 살풍경을 내다보던 그의 동공에 냉철한 기운이 감돌았다.

9년. 쫓겨나듯 시드니로 갔다가 9년 만에 되돌아왔다. 결국 벗어나지 못하고 제자리로.

하지만 그런 건 중요하지 않다. 중요한 것은 따로 있다. 범안의 짙은 동공이 날카롭게 번뜩였다.

"비서 유니폼은 우측 휴게실 로커에 넣어놨으니 갈아입고요. 주간스케줄표, 일간스케줄표 꼬박꼬박 체크하는 것 잊지 말고요."

비서실장은 친절하고 꼼꼼한 사람이었다. 비서 경력이 전무한 국희에게 비서업무지침을 세세하게 알려주며 화사하게 웃었다.

"알겠습니다."

"이건 임원진 명단이니 꼭 숙지해요."

감사의 인사를 하고 국희는 비서휴게실로 이동했다.

로커에서 비서 유니폼을 꺼내던 국희는 진저리를 치고 말았다. 연한 핑크와 그레이색이 배색된 세련된 비서 유니폼은 무지막지하게 간소한 길이였다. 무릎에서 10㎝ 정도 위. 그런 데다 볼록한 가슴과 허리 라인이 드러나는 타이트한 디자인.

딱딱한 검은색 바지정장만 입다가 화사한 미니스커트 유니폼을 입으니 눈앞이 아찔했다. 이렇게 몸매가 역력히 과시되는 옷은 입어본 적이 없었다. 휴게실에 놓인 전면거울을 들여다보며 허리를 이리저리 비틀어댔다. 새삼 제 몸매가 흡족했다. 오, 지국희 살아있는데.

그녀는 히죽 깐죽대다가 휴게실에서 나왔다. 치마를 입은 탓인가, 공연히 걸음걸이도 섹시해지는 기분이었다. 장난기가 발동해서 엉덩이를 요리조리 실룩대며 걸었다.

실장실 문에 거의 도달했을 때, 불쑥 범안이 나왔다. 후다닥 걸음걸이를 바로 했다. 범안의 동공이 그녀의 몸을 쓰륵 스캔했다. 무심결한 본능적인 반응이었는데 국희는 울컥했다.

"뭘 보냐!"

"잘 어울리는데?"

범안이 짓궂게 환히 웃었다.

"사장님과 점심 약속 있어서 나가. 미안한데 점심 혼자 먹을 수 있지? 지하 구내식당 가면 돼."

국희는 어서 가라며 끄덕거렸다. 범안이 다정히 웃어주고 엘리베이터로 걸어갔다. 국희는 곁눈질로 명쾌한 걸음을 내딛는 범안의 뒷등을 슬그머니 주시했다. 치, 보는 눈은 있어서.

점심시간이 되었으나 홀로 식당에 가고 싶지 않았다. 그녀는 지하 편의점에 들러 빵과 우유를 사왔다. 실장실에서 먹을까 하다가 방문자가 있을 수 있어 비상구 계단참에 앉았다. 비상구의 열린 창문 틈으로 간간이 바람이 불어왔다. 여름이 끝난 가을의 바람은 선선하니 기분 좋았다. 하늘을 보면서 국희는 빵 포장지를 푹 찢었다.

"하늘은 좋네."

항상 활동하기 편한 낮은 구두를 신어오던 터라 높은 하이힐은 불편했다. 발볼이 저릿하고 뒤꿈치가 아팠다. 빵을 베어 물며 하이힐에 갇혔던 발에게 자유를 줬다. 갑갑증을 호소하던 발이 까무러치게 좋아했다. 계단참에 주인 잃은 힐이 덩그러니 놓였다. 스타킹을 신은 발바닥을 찬 바닥에 댔다. 서늘한 기운이 번졌다. 차디찼지만 기분 좋은 상쾌함을 만끽하며 우유를 벌컥벌컥 마셨다. 빵을 오물거리며 하늘을 보는데 범안의 얼굴이 오버랩되었다. 오래전 교복 차림의 범안도 멋있긴 했다. 그런데 깔끔한 슈트 차림의 범안은 남자답고 세련미까지 풍겨서 이질적이었다. 그녀는 스타킹을 신은 발가락을 내려다봤다.

"지국희니까."

귓가에 닿던 달콤한 울림. 아직도 생생하게 떠오르는 말들.

그때였다. 비상구 계단을 오르던 남자가 아래층에 도달했다. 스마트한 고급 슈트를 차려입은 훤칠한 남자였다.

"……나쁜 새끼……."

남자의 기척을 못 느낀 국희는 한숨을 푹 쉬며 중얼거렸다. 선명하게 들린 음성에 궁금한 듯 남자의 턱이 위로 올려졌다.

"씹어 먹어도 시원찮을 새끼……."

그녀는 우유를 마저 마셨다. 입술에 묻는 우유의 감촉을 느꼈지만 귀찮아서 한 번에 해결하자며 빵을 함박만큼 물어뜯었다. 편범안의 목덜미라 상상하며.

남자가 모퉁이를 돌아 계단참 바로 아래로 왔다. 남자의 시선이 힐을 벗어놓고 발을 까닥거리는 국희에게 꽂혔다. 우적우적 빵을 씹어대다 기척을 감지한 국희의 눈길이 무심코 아래로 향했다. 순간, 재미난 구경거리를 관망하듯 동공을 빛내는 남자와 입술에 빵가루와 우유를 덕지덕지 묻힌 국희가 마주 봤다.

헉. 추레한 몰골임을 알고 있기에 질겁했다.

"방해해서 미안해요."

남자의 입술이 부드럽게 벌려졌다.

이목구비의 선이 남자답게 굵고 준수한, 단정한 남자였다. 호선을 그리는 남자의 눈매는 자상했고, 입술 또한 부드러운 호의를 담고 있었다.

"금방 지나갈게요."

남자가 아랫단 마지막 계단을 밟고 올라섰다.

다리를 뻗어 계단참에 놓인 힐로 발끝을 움직이는 동작이 조바심을 냈다. 서두르는 바람에 발가락이 좁은 틈으로 비집고 들어가기도 전에 힐이 삐끗 어긋났다. 벌러덩 옆으로 드러누운 구두를 보며 멋쩍음에 국희는 어설픈 헛웃음을 흘렸다. 그러고는 엉덩이만 꼬물꼬물 움직여 한편으로 비켜섰다.

"미안해요."

되레 남자가 사과했다.

계단참을 선회한 남자가 웅뚱그린 몸을 벽에 딱 붙인 국희 옆을 지나치며 낮게 쿡 웃었다. 남자의 웃음소리가 명확히 들렸다. 허리와 허벅지 사이에 드리워진 검은 그림자를 보며 국희는 눈을 찡그렸다. 창피해서 벽을 천착해 숨고 싶은 지경이었다. 기다란 남자의 다리가 완전히 그녀를 지났다. 슬며시 안도하며 수그린 고개를 드는데 톡톡 섬세한 손가락이 어깨를 쳤다.

깜짝 놀라며 국희가 턱을 들었다.

"닦을 게 없는 듯해서."

어깨 너머로 체크무늬의 손수건이 넘어왔다. 손수건이 공중에서 유연하게 낙하했다. 동물적인 감각으로 국희는 손수건을 낚아챘다. 손수건의 안전한 착지를 확인한 남자가 친절한 미소를 짓고는 마저 계단을 올라갔다. 국희는 어깨 너머로 남자의 뒷등을 힐끔 올려다봤다. 남자는 위층 비상구 문을 열다 말고 잠시 뒤돌아봤다. 국희의 시선을 감지한 건지 존재 확인을 위한 건지 파악할 순 없었지만 두 사람의 눈길이 다시 부딪쳤다.

국희는 황급히 눈길을 제자리로 돌렸다. 그가 웅그린 자그마한 등을 내려다봤다. 곧 문이 닫히는 소리가 나지막이 들렸다.

"휴."

그제야 숨죽인 숨을 쉬며 그녀는 번쩍 고개를 들었다. 뒤의 공간이 텅 빈 것을 확인하고서야 제 손의 손수건을 내려다봤다. 보들보들한 원단은 고급 소재였다. 빵과 우유가 묻은 입을 닦기엔 아까워 보였다. 쓱쓱 손가락으로 입가를 훔치고 눈치 없이 벌러덩 누운 힐에 발을 구겨 넣었다. 계단에서 엉덩이를 떼고 반듯하게 서서 유니폼에 묻은 먼지를 탈탈 털어냈다. 유니폼 점검을 끝낸 후에 그녀는 위층 비상구 문을 올려다봤다.

위층인 20층은 이사급부터 있는 임원진 전용층이다. 삼십대 초반 정도로 보이는데 설마 임원은 아니겠지?

낯선 남자에게 들킨 추레한 몰골은 훌훌 털어버리고 국희는 여느 때와 마찬가지로 쾌활하게 계단을 디뎌 올라갔다.

고매한 대나무 수묵화가 그려진 그릇에 수놓듯 담겨진 호사한 음식은 눈을 호강시켰지만, 입속은 메마르게 만들었다. 새하얀 상위에 정갈하게 음식을 다 내놓자, 단아한 개량한복을 입은 종업원이 꾸벅 인사하고 물러났다.

범안은 소여물처럼 비쩍 마른 풀을 씹듯 규칙적으로 오물대며 배만 채워 나갔다. 무지근한 침묵 사이로 식기와 젓가락 부딪치는 소리만 간헐적으로 퍼졌다.

"3분기 임원회의 준비는 잘하고 있느냐?"

침묵을 깨고 편명호가 입을 열었다.

"개별 브랜드 파악은 제대로 했지? 근 몇 년 동안 개별 브랜드가 좋은 성과를 이룬 만큼 이번 브랜드 확장 안건 임원회의에 대한 기대치가 높다. 결단코 네가 혁신적인 아이디어를 제시해 배세준보다 우위를 선점해야 된다."

범안은 젓가락을 내려놓고 잠자코 들었다.

"누누이 말하지만 지켜보는 눈이 많다. 내색하지 않겠지만, 임원들은 너와 배세준을 비교할 것이다. 실수가 있어서는 안 된다."

"배세준 이사는 뛰어난 인재예요. 제가 뛰어넘을 순 없을 겁니다."

"어디서 그런 나약한 소리를 해?"

"제가 재간이 안 돼서요. 그리고 전 거미줄 치듯 중소기업 생존권을 갈취하며 늘리는 사업엔 관여하고 싶지 않아요."

건조한 범안의 말에 편명호의 한쪽 눈썹이 꿈틀했다.

"어린애 투정 같은 소리 하지 마라. 작든 크든 사업은 그 누구에게나 생존권 투쟁이다. 투쟁의 승자가 되려면 과정보단 결과에 목표를 둬야 해."

마뜩잖은 듯 미간을 찌푸리며 편명호가 젓가락을 움직였다. 식감을 자극하려 맛깔스레 구워진 메로구이를 입으로 가져갔다.

"언행 똑바로 해라. 그런 말은 어디에서도 하지 마라."

범안이 손을 뻗어 글라스를 입으로 가져갔다.

"그리고."

편명호가 짧은 숨을 내쉬었다.

"뛰어넘어야 한다, 무조건."

강권한 말에 글라스에 닿는 범안의 입술이 비릿하게 비뚤어졌다. 그는 눈꺼풀을 내리깔고 물을 마셨다. 속을 채웠던 얼마 안 되는 음식이 거꾸로 게워낼 것처럼 위장에서 역류하듯 요동쳤다. 꿀떡, 냉수를 마저 마셨다. 그의 시선이 찰랑거리는 투명한 물을 투과하고 허공에 흩어졌다.

한식당에서의 불편한 식사가 끝나고 이동하는 차 안은 무거운 기류가 감돌았다. 으레 있는 일이었지만 불편한 기류가 버거운지 운전기사가 백미러로 연신 뒷좌석을 힐끔거렸다.

침묵 속에서 차가 빌딩 정문에 멈추자마자, 범안은 기다렸다는 듯 차에서 내렸다.

"넌 평범한 사원이 아니다. 그 점을 명심하고 행동거지 조심해라. 네 형은 항상 최고의 평가를 받았었다."

로비를 가로지르며 편명호가 단호하게 말했다. 로비를 지나던 직원들이 허리 숙여 인사했다. 범안은 눈길을 내리깔고서 대리석 바닥을 주시했다.

"형이 구축해 놓은 것을 네가 무너뜨리면 안 되지 않겠느냐."

엘리베이터 안에서 편명호가 날카롭게 부언했다.

19층에서 먼저 내린 범안은 무뚝뚝한 묵례로 답을 대신했다. 닫히는 엘리베이터를 미동 없이 바라보던 그는 옆 엘리베이터로 이동했다. 내림 버튼을 누르고 기다렸다. 무표정하던 그의 눈빛이 냉랭하게 바뀌었다.

빠른 걸음으로 지하주차장으로 내려온 그는 제 차에 올라탔다.

거침없이 움직이는 자동차의 타이어가 주차장 바닥을 긁으면서 날카로운 소음을 뿌렸다.

한참 동안 도로를 달린 자동차가 도착한 곳은 경기 외곽의 추모공원이었다. 유려한 절경이 흐르는 추모공원은 평일 오후인 탓에 인적이 드물었다. 범안은 공원을 가로질러 야외 벽체식 봉안당으로 걸어갔다. 낯익은 명패 앞에 선 그는 차분히 참배를 끝냈다.

—편기안

범안의 굳게 다문 입술이 실룩했다.

오후 3시가 넘어가도록 범안의 소식은 감감했다.

이상하게도 실장실엔 방문자도 없었다. 두런두런한 태양계에 혼자 동동 떠다니는 작은 행성이 된 듯 겉도는 기분이었다. 할 일 없이 비서업무지침이나 외우고 정수기에서 물을 따라 벌컥벌컥 마셨다. 그러고선 다리를 쭉 늘렸다. 그나마 스판 스커트라 쭉쭉 잘 늘어났다. 허리를 이리저리 비틀다가 유니폼을 살펴봤다. 상의엔 주머니가 달려 있었으나 손가락 세 마디 들어갈 정도로 자그마했다. 아무리 대비 차원이라 하나 유니폼을 입은 채로 경호하는 상황이 불안했다. 호신용품이라도 따로 준비해야 될 듯했다.

—재운아, 제일 작은 사이즈의 삼단봉 좀 구해주라.

그녀는 의자로 돌아가 재운에게 톡을 보냈다. 근무 중인지 바로 답이 오지 않았다. 도로 의자에 앉아 책상에 놓인 임원명단을 펼쳤다. 첫 장은 인성그룹의 CEO 장 회장에 대해 프로필이 세세히 기록되어 있었다. 숙지하고 뒷장으로 넘겼다.

—사장 편명호

이름이 예사롭지 않다. 흔한 성씨도 아닌데 그룹 내에 사장과 실장 직책을 가진 사람이 둘이나 있다. 객관적으로 범안이 실장 직책이기엔 터무니없는 나이이긴 했다. 설사 엘리트라 해도 너무 초고속 승진이었다.

임원명단을 휙휙 넘겼다. 편범안 기획실장의 프로필은 마지막 장이었다. 비고란에 '편명호 사장님 차남'이라고 명시된 것부터 눈에 띄었다.

사장님이 괜히 기획실장의 경호비서를 채용한 것이 아니었구나. 사장님 아들이었다니.

프로필을 읽어봤다. 12년 전부터 시드니 사립학교에 다녔고, 시드니 대학에서 예술학을 전공했던 학력사항이 기재되어 있었다.

예술학이라…….

의외의 전공이 놀라웠다. 범안의 프로필은 그게 다였다. 다른 경력사항이 전혀 기재되어 있지 않고 깨끗했다.

9년 전, 범안은 시드니에서 전학 왔다고 했다. 한국 학교가 기재되지 않은 걸 보면 그 사건 이후 시드니로 바로 돌아갔던 모양이다. 그래서 흔적 없이 사라졌던 거구나.

심장 깊숙한 곳에 웅크리고 있던 감정이 서운타 했다. 미처 몰랐던 범안의 실체를 확인하고 나니 공연히 자신과 비교되어 헛헛해졌다. 다음 장으로 넘기던 그녀의 입이 턱 벌어졌다.

"헉! 배세준……."

왜 항상 설마는 사람을 잡을까? 무슨 마(魔)가 낀 건지, 대체.

프로필 사진은 입술에 우유와 빵가루를 덕지덕지 붙인 상태에서 대면했던 비상구 남자의 얼굴이었다.

—배세준 마케팅전략기획이사

올해 서른세 살이고, 캘리포니아 주립대 경영학과를 졸업한 인재로 지난달 실장에서 이사로 승진했다.

창피함에 머리를 쥐어뜯으려는 찰나, 전화벨이 울렸다.

"네. 마케팅기획실장 비서실입니다."

[국희야, 나다. 마케팅기획팀 회의에 실장님 참여하시라는 사장님 지시다.]

선혁이었다. 그의 말에 국희는 갸웃했다.

"실장님 사장님과 식사하러 나가시고 아직 안 돌아오셨는데요?"

[사장님과 식사 끝내고 2시에 돌아오셨는데? 엘리베이터에서

인사했는데 실장실로 가지 않았어?]

"네?"

선혁의 놀란 반문에 국희도 화들짝 했다. 다급하게 휴대폰으로 범안에게 전화를 걸었다.

[전화기가 꺼져 있어…….]

돌아오는 음성 안내에 국희의 뇌가 아찔했다. 국희는 황급히 내선으로 1층 보안실에 연락했다. 잠시 후, 주차장에 주차되어 있어야 할 범안의 차가 없다는 보고가 왔다. 상상조차 못 했던 범안의 돌발행동을 이해할 수 없었다. 근무 첫날 겪는 기막힌 상황을 암담해하며 그녀는 실장실로 들어갔다. 말끔하게 정리된 공간은 적요한 정적만 흘렀다.

주변 공기에 붉은 기운이 흩뿌려졌다.

추모공원 산등성이에 걸린 해가 뉘엿뉘엿 가라앉았다. 해는 다채로운 빛을 내며 늪으로 빨려 들어가듯 스르륵 침몰했다. 제비꽃잎처럼 물드는 하늘의 어스름이 범안의 어깨에 내려앉았다. 짓누르는 무게감으로 그는 딱 붙어 있던 발을 뗐다. 터벅터벅 걸음을 움직여 주차장으로 향했다.

걷던 그가 멈췄다. 기다란 끈으로 연결되듯 턱이 되돌려졌다. 탁한 시선이 벽체식 봉안당에 머물렀다. 그 시선 끝에는 다정히 웃는 형의 모습이 있었다. 한 손으로 가뿐히 캐리어를 끌고서 공항 로비를 걸어오던 모습 그대로.

❖ ✣ ❖

"형!"

시드니공항 로비를 가로지르는 형, 기안에게로 범안이 숨 가쁘게 달려갔다. 그의 다부진 가슴팍이 쉴 틈 없이 오르락내리락했다.

"택시 타고 간다니까 뭐 하러 공항까지 나와."

"형, 아버지 허락받았어?"

반기지도 않고 급한 용무부터 토해내는 동생을 기안이 안쓰럽다는 듯 쳐다봤다.

"나 당장 가야 돼, 형."

"범안아."

"형 말대로 하는 게 아니었어. 국희가 어쩌고 있을지 걱정돼서 죽겠단 말이야."

아버지의 강압에서 벗어나려 선택했던 어린 나이의 유학길은 사무친 외로움으로 견딜 수 없었다. 학교에서 기숙사 생활을 했지만 어머니 또한 혈혈단신으로 시드니에서 지내는 열여섯 범안의 걱정이 태산이었다. 끝내 2년도 채우지 못하고 한국으로 돌아갔던 범안이었다. 그런 범안에게 아버지는 '끈기 없는 놈'이라고 힐책했다. 아버지의 독단은 여전해서 숨통 조이는 나날의 연속이었다. 비뚤어진 사고의 화풀이 대상자는 시비 거는 일진 녀석들이었다. 그들과의 충돌이 거치적거리긴 했지만 한편으론 스트레스 해소도 되었다.

그때 국희를 만났다.

식당에서 국희를 보고 난 후, 다시 보게 된 건 그날 오후였다. 수업시간에 무심코 넘겨다본 창문 너머로 운동장에 있는 국희를 발견했다. 체육복을 입고 운동장 한가운데서 몸을 풀던 그녀가 유독 눈에 띄었다. 다리를 번쩍번쩍 들며 유연하게 몸을 트는 몸짓이 남달랐다. 겁내지도 않고 의자를 던지는 모습이 눈앞에 선했다.

친구들이 하나둘 뜀틀을 뛰는 동안 국희는 친구들과 장난을 쳐댔다. 발랄하고 장난기 많은 표정에, 입을 크게 벌리고 해사하게 웃었다. 지켜보며 웃는 게 예쁘다 생각했다. 그렇게 첫 관심이 생겼다.

놀리듯 짓궂게 다가간 그날부터, 범안은 국희의 곁에 있으면 숨통이 트이는 것 같았다. 불퉁거리긴 해도 시원스레 속내를 표현하고, 타산적인 면이 전혀 없이 쾌활한 국희가 뿜어내는 말간 에너지가 전이되는 듯했다. 그동안 옥죄이듯 막혔던 감정들이 비로소 꿈틀거리며 살아났다.

처음 느끼는 감정이었다. 그리고 시간이 흐를수록 주체할 수 없이 감정이 커져 갔다. 그런데 자신으로 인해 국희까지 폭력사건에 연루되었다. 먼저 현장에서 이송된 국희의 행방을 애타게 찾았으나 어긋난 타이밍으로 만날 수 없었다. 형의 도움으로 귀가 조치되었을 때, 아버지의 억센 손찌검이 날아왔다. 이어진 불같은 으름장.

"당장 시드니로 돌아가!"

아버지는 곧바로 운전기사를 감시자로 붙여놓고 옴짝달싹 못 하게 했다. 강경한 결단은 3일 만에 출국 수순을 밟게 하였다.

'아버지 감정이 가라앉을 때까지 당분간 피해 있어라.'

반항했지만 기안도 간곡히 회유했다. 형의 회유를 쉬이 외면할 수 없었다. 할 수 없이 범안은 시드니행 비행기에 올라탔다. 그렇게 참고 견딘 시간이 일주일이었다.

"너 내내 그 생각만 했어?"

동생 걱정으로 시드니로 온 기안은 출국 전과 별반 다름없는 범안의 상태에 기가 막혔다.

"당연한 거 아니야? 국희를 그러고 내버려 두고 왔잖아. 형, 국희 소식은 알아봤어?"

"근신 처분받았대. 큰 문제로 불거지지 않았으니까 걱정하지 마."

"어떻게 걱정을 안 해! 형이라면 그러겠어?"

버럭 일갈한 범안이 씩씩 숨을 몰아쉬다, 기안의 팔을 잡아끌었다.

"당장 한국으로 돌아갈래. 비행기표 좀 끊어줘, 형."

"……우선 이동하자."

"비행기표부터 끊어줘. 돈도 없단 말이야. 아버지가 다 막았어. 전화, 인터넷도 안 돼. 여기도 아저씨가 데려다줬다고."

아버지는 범안이 처음 시드니에 왔을 때처럼 지인의 집에 머물게 했다. 아버지 대신 감시자 역할을 하는 지인이었다. 그는 철저했고, 타국에서 열여덟 범안이 할 수 있는 것은 아무것도 없었다.

서두르는 기색으로 티켓팅 데스크로 이끄는 범안의 손을 기안이 만류하듯 조심히 풀었다.

"범안아, 여기에 머물러 있어. 당분간 한국에 오지 마."

"형."

"……엊그제 장 회장님이 경영권 승계에 관한 공식발표를 하셨어. 그래서 아버지가 신경이 아주 예민해지셨어. 네가 아버지 곁에 있으면 안 돼."

"무슨 발표?"

의아한 범안의 질문에 기안의 입술이 굳게 다물어졌다. 어두운 낯빛의 형을 불안한 시선으로 쳐다봤다.

아버지 편명호는 가난한 집안의 총명한 수재였다. 외동이라 목표는 오로지 높은 연봉의 대기업 입사였다. 그런 편명호의 천운은 대학 입학과 동시에 따라왔다. 대학 동기인 장윤민이 인성그룹 후계자였다. 장윤민의 신임을 얻은 편명호는 순탄하게 인성그룹에 취직하여 승승장구했다. 지위가 올라감에 따라 야망도 커졌다. 친구 장 회장의 자리를 넘볼 재간이 없으면서도 그룹 최고 권위를 꿈꿨다. 이룰 수 없는 꿈은 자식들의 몫이었다. 본인의 소유물처럼 어린 자식들의 미래를 독단적으로 결정했고, 치밀하고 혹독한 엘리트 교육을 시켰다.

장남 기안은 성품이 올곧고 신중해 아버지 뜻을 거역하지 않고 순응했다. 하지만 범안은 달랐다. 올무처럼 옥죄는 아버지의 강권에 숨 막혀 했다. 아버지에겐 탐탁지 않은 범안이었다. 부자는 자주 충돌했다. 수동적이고 연약한 어머니는 방관자였다. 그의 방패막이 되어준 것은 형 기안이었다.

"장 회장님이 인재를 발굴해 경영권을 승계하겠다고."

"뭐?"

"아버지는 이제 기회가 왔다고 생각하셔."

오페라하우스의 전경이 보이는 야외 카페로 자리를 옮긴 기안이 범안에게 상황을 설명했다.

인성그룹의 CEO 장 회장이 그룹 경영권을 족벌, 학벌과 무관하게 후계자를 육성해 선택된 인재에게 승계하겠다고 공식발표를 했다는 것이다.

장 회장은 13년 전 아내와 외아들을 교통사고로 잃고 재혼하지 않았다. 그에게 남은 가족은 아내의 동생들뿐이었다. 그렇기에 경영권 승계는 당연히 처남들 혹은 조카들 몫이라 여겼다. 관행이 깨지는 발표에 장 회장의 처남들인 부회장 배강수나 부사장 배영수의 강력한 반발이 있었다. 하지만 강단 있는 장 회장은 확고했다. 그것은 편명호에게 있어선 절호의 기회였다.

독단적이고 옹고집인 아버지 성품을 아는 스물다섯 살 기안은 그 몫을 혼자 감내하기로 결단을 내렸다. 동생에게는 자유를 주는 대신 아버지의 희망대로 경영권 승계를 위해 최선을 다하겠다고 약속했다. 그리고 범안을 만나러 시드니로 날아온 것이었다.

"내가 아버지를 설득했어. 그러니 넌 여기서 네 삶을 살아."

"그렇다고 여기 남을 순 없어. 돌아갈래."

"그러지 마."

"하지만……."

"범안아, 형이 부탁한다. 형은 네가 마음 편히 있었으면 좋겠어."

아버지 없는 곳에서. 숨겨진 말은 못 하고 기안은 입을 다물었다.

반항하는 범안에게 아버지의 훈육은 언제나 손찌검이었다. 동생에게 가해지는 폭력을 지켜보는 것이 더 힘들었던 그였다. 어려서부터 빨리 커서 여덟 살 어린 동생을 보호해 줘야겠다고 생각했었다. 그런 형의 마음을 범안도 알고 있었고, 의지했다. 형제는 서로가 유일한 버팀목이었다.

"형…… 꼭 아버지 뜻을 따라야 되겠어? 형은 버겁지 않아?"

"난 괜찮아. 아버지에게 나라도 의지가 되어드려야지. 아버지의 평생 목표인데 나라도 이뤄 드려야지."

무슨 의미인지 안다. 제 욕심을 포기하고 오로지 아버지의 바람으로 살겠다는 결심. 그것이 얼마나 숨 막히는 미래일지 훤히 예상되었다.

반발하려던 범안의 입술이 파르르 떨리다 끝내 닫히고 말았다.

"그러니까 범안아, 넌 네 꿈을 갖고 하고 싶은 거 하면서 살아. 너라도 이곳에서…… 자유롭게……. 형은 그것만으로도 만족해."

그림처럼 바다와 어우러진 오페라하우스를 물끄러미 응시하는 기안의 눈빛은 담담했다. 오랜 세월 짊어진 짐이 이젠 삶의 일부라고 용인한 탓일 것이다. 형의 옆얼굴을 잠자코 지켜보는 범안의 한쪽 가슴이 아릿했다. 미안했다. 동생이라서. 못난 동생이라서.

"그렇게 해줄 거지?"

짙은 고뇌가 드리워진 형의 눈동자가 돌아왔다. 범안의 턱이 툭 맥없이 아래로 떨어졌다. 약하게 턱을 까닥거렸다. 무릎에 놓인 손이 옴츠리듯 말아졌다.

✧ ✣ ✧

딩동—

깔끔한 기계음과 함께 엘리베이터 문이 열렸다.

범안은 큰 걸음걸이로 오피스텔 복도를 걸었다. 도어록 번호를 누르고 803호로 들어서면서 곧바로 재킷을 벗었다.

실내는 온기가 일절 없이 썰렁한 기운만 감돌았다. 재킷을 소파에 놓고는 갑갑하다는 듯 목을 죄고 있는 넥타이를 풀어 던져 놓았다. 와이셔츠 단추를 풀며 욕실로 들어갔다. 탈의를 끝낸 범안은 동그란 샤워기 아래 섰다.

쏴— 하는 소리와 함께 물줄기가 시원스레 쏟아졌다. 빠른 속도로 머리카락을 적신 온수가 탄탄한 근육의 굴곡을 그리는 등을 타고 흘렀다. 액체의 온기를 다부진 온몸에 받으며 그대로 눈을 감았다. 머리 위로 쏟아지는 물줄기는 온기가 가득했지만, 피부에 닿는 체감 온도는 시릴 정도로 아릿했다.

젖은 몸으로 욕실에서 나온 범안은 목욕타월로 하체만 가리고 거실을 가로질러 테라스로 나갔다. 이곳은 기안이 머물렀던 오피스텔이다. 기안이 뛰어내렸다는 자리에 멈춘 범안의 젖은 몸에 차디찬 가을 밤공기가 와 닿았다. 그의 왼손이 뻗어져 냉기가 그득한 테라스 난간을 움켜쥐었다. 공허한 그의 동공에 어둠에 묻힌 도시의 야경이 메워졌다.

[PC 도착했습니다. 엘리베이터 탑승했어요.]

"네. 확인 후 문자 주세요."

오피스텔에서 대기 중이던 남자요원에게서 연락이 왔다. 범안이 오피스텔에 도착한 것이었다.

손목시계를 확인하니 저녁 8시가 넘어가고 있었다. 종일 범안의 위치를 확인하느라 동분서주한 탓인지 관자놀이가 지끈거렸다. 휴대폰도 꺼져 있고, 오피스텔로 귀가한 흔적도 없었다.

10여 분이 지난 후에 귀가 확인 문자메시지가 도착했다. 국희는 수화기를 들어 선혁에게 범안의 귀가를 보고했다.

[수고했다. 퇴근해라.]

선혁에게서 짧은 명령이 떨어졌다. 비로소 안도의 한숨을 내쉬었다. 지레 수선을 떨어댄 것이 한심하게까지 느껴졌고, 별다른 일 없이 무사 귀가한 것을 확인해서인지 진이 빠졌다. 국희는 힐을 벗고 두 다리를 쭉 뻗었다. 좁은 틈에 묶여 있던 발가락들이 꼬물거리며 긴장을 풀었다.

부앙—

굵은 소음이 적요한 정적을 깨뜨렸다. 테라스에서 야경을 내다보던 범안의 시선이 이동했다. 스포츠카 한 대가 신명 나는 속도로 질주해 나가고 있었다. 젖은 몸에 한기가 들었다. 그는 몸을 틀어 테라스에서 나왔다.

❖ ✣ ❖

형의 회유로 귀국을 포기한 범안은 목표를 바꾸었다.

아버지의 강압에서 벗어나고 싶으면서, 아버지의 그늘 없이는 아무것도 못하는 주제임을 절감했다. 어차피 돌아가도 제자리였다. 그래서 아버지 그늘에서 벗어나 혼자 일어설 길을 찾기로 했다. 또한, 좋아하는 여자조차도 지키지 못하는 나약한 자신이 한심스러웠다.

변해야 했다. 설렁설렁 시간을 축내며 지내던 시간부터 바로잡았다. 어려서부터 관심이 많았지만 아버지의 반대로 선뜻 하지 못했던 공간예술학을 목표로 공부를 시작했다. 기안과의 약속 탓인지 아버지로부터 아무런 제재가 들어오지 않았다. 덕분에 열성적으로 목표에 충실했고, 교수들로부터 인정도 받았다. 재작년엔 콘테스트 성격을 띤 프로젝트로 참여한 미술전에서 높은 평가도 받고 수상도 했다. 그리고 유명 에이전시 제의로 뮤지컬 공연 연출을 기획하고 큰 성과도 이뤘다. 공연기획자로서 주목받기 시작했다. 이제 본격적인 시작이라고, 최고의 자리가 머지않았다고 생각했다.

그런데 버릴 수밖에 없었다.

청천벽력 같은 비보가 날아온 것은 2개월 전. 한국은 찌는 여름이었지만 시드니는 쌀쌀한 기운이 도는, 빛이 파리하던 스산한 날이었다.

"엄마! 똑바로 말해! 제대로 말해! 형이 왜 죽어?!"

수화기 너머에서 들려오는 흐느낌이 거칠어졌다.

[……테라스에서…… 뛰어…… 내렸…….]

말을 잇지 못한 어머니가 끝내 오열했다. 범안의 무릎이 풀썩 꺾였다. 거대한 암흑이 덮치는 양 목전이 캄캄했다. 심장은 박동을 못 했고, 콧구멍에서는 숨결조차 새어 나오지 않았다.

"……말도…… 안 돼…… 형이…… 왜?"

숨이 막혀 가슴팍을 손으로 움켜쥐었다. 동공에 맺혀 있던 굵은 액체가 뚝 떨어졌다.

부랴부랴 얼빠진 상태로 귀국해 달려간 장례식장에서 범안을 맞이한 것은 단정한 모습으로 옅은 미소를 짓는 기안의 영정사진이었다. 구석진 곳에서 흰 삼베 핀을 꽂고 검은 소복을 입은 엄마가 기력이 쇠한 상태로 수그리고 있었고, 공허한 눈빛의 아버지도 벽에 맥없이 기대어 있었다. 상주는 작은댁에서 맡고 있었다.

"……범…… 안아……."

휘적휘적 형의 영정사진으로 다가갔다. 그를 발견한 엄마가 어기적거리며 걸어와 품에 안겼다. 그녀의 입에서 고통에 찬 통곡 소리가 자지러졌다. 시뻘게진 눈동자로 범안은 아버지에게 고개를 돌렸다.

"어…… 어떻게 된 거예요? 네?"

"……들은 대로다."

"형이…… 왜 죽어요? 형이…… 자살이라뇨? 그럴 리가 없어요. 말도 안 되잖아요? 형한테 무슨 짓을 하신 거예요! 네! 아버지!"

문상객은 아랑곳하지 않고 범안이 거칠게 일갈했다. 격렬히 분노하는 그의 시선을 회피하는 편명호의 입술이 파르르 떨렸다.

"……범안아……."

눈물 콧물 흘리며 엄마가 손을 뻗어, 하나밖에 남지 않은 차남의 뺨을 손바닥으로 쓸었다. 동공에 차올랐던 굵은 눈물이 또르르 흘러내렸다.

"엄마…… 아니라고 말해……. 형이…… 그럴 리가 없잖아?!"

믿기지 않은 현실에 좌절하고, 아버지를 향한 원망으로 분노한 범안이었다.

기안은 동생을 회유시킨 대로 나머지 책임을 혼자 짊어져 갔다. 대학 졸업 후, 인성그룹에 입사해 엘리트로 인정받으며 빠른 속도로 승진해 이사 직책에 올랐다. 지난 9년 동안 기안은 후계자로서 독보적인 존재로 장 회장의 신임을 받았다. 그리고 인성그룹의 차기 경영자는 편기안임이 확실시되어 갔다. 그런 기안이 별안간 사망했다. 사인은 자살이었다. 독립해 살던 오피스텔 테라스에서 투신했다는 것이었다.

발인이 끝나고 아버지가 건넨 형의 유서에는 단 두 줄뿐이었다.

'못난 아들을 용서하십시오.' 라는 말과 '범안아, 못난 형 대신 네가 형 자리에서 굳건히 뜻을 이어가길 바란다. 마지막 부탁이다.' 였다.

아무런 판단도 못 할 정도로 피폐해진 상태로 한 달 전 범안은 기획실장 자리를 받아들였다. 형의 유일한 유언이기에. 그러다 온전한 이성을 되찾은 후에서야 명확하지 않은 정황에 의혹을 품기 시작했다.

❖ ✣ ❖

드레스룸에서 셔츠를 꺼내 걸치는데 휴대폰이 울렸다.

"네."

[안수인 씨 행적을 찾았습니다.]

"어디죠?"

[강원도 삼척입니다. 지금 이동하시겠습니까?]

"아닙니다. 주말에 가겠습니다."

상대방에게 간략히 인사하고서 휴대폰을 종료했다. 아버지의 시선이 있기에 섣불리 움직이면 안 된다. 아버지가 알게 된다면 모든 것이 막힐지도 모른다.

범안의 번뜩이는 눈길이 테라스 쪽으로 향했다.

형은 그럴 사람이 아니다. 자살로 비겁하게 현실도피를 할 사람이 아니다. 설사 감당할 수 없는 상황이라서 선택한 죽음이라 하여도 형이 마지막 순간 그런 유언을 남길 리 만무했다.

그 누구보다도 내가 잘 안다.

그러니 내가 찾을 거다, 그 죽음의 이유를.

테라스를 주시하는 범안의 동공에 예리한 빛이 어른거렸다.

또각또각.

명쾌한 힐 소리가 복도의 침묵을 깨웠다. 목적지 앞에 멈춘 힐이 두세 번 딱딱 복도를 두들기고 가느다란 손가락이 초인종을 사정없이 눌러댔다. 울림이 품은 불편한 심기를 눈치챈 듯 문은 곧장 열렸다.

어제와 달리 말끔하게 출근 준비를 마친 범안이 기다렸다는 듯 복도로 나왔다. 스트라이프 무늬가 여릿하게 내비치는 고급 콤비 슈트를 입은 범안의 샤프한 스타일에 무심코 국희는 침을 꿀떡 삼켰다. 그러곤 환각을 떨구듯 머리를 슬쩍 흔들었다.

"좋은 아침."

그녀의 불퉁한 심기는 아랑곳하지 않고 범안이 태평스레 씩 웃었다. 울화로 뒤틀리는 내장을 꾹꾹 억누르며 그녀는 신경질적으로 발을 틀었다.

"어제는 잘 들어갔지?"

"네."

"볼일이 좀 있었어."

"……가급적이면 개별행동은 하지 않기로 하셨지 않습니까?"

엘리베이터에 오르며 범안이 다정히 말했지만 국희는 딱딱한 태도로 일관했다. 사무적인 관계로 명확한 선을 긋자고 결심한 바가 크기에.

"미안. 다음부터는 안 그럴게."

넉살스러운 가뿐한 대꾸가 날아왔다. 허세 부리듯 꼿꼿하게 세운 등이 축 처졌다.

어쩜 이렇게 무사태평일까? 마뜩잖아 힐끔 일별하고 그녀는 성가시다는 듯 머리카락을 쓸어 넘겼다. 그녀는 대화를 연결하고 싶지 않아 침묵을 지키며 엘리베이터 LED판만 응시했다. 그때, 시야를 가르며 큰 손이 다가왔다. 반사적으로 턱을 뒤로 젖히는데 다가온 기다랗고 섬세한 손가락이 그녀의 입술을 건드렸다.

움찔하는 사이, 그의 손가락이 그녀의 아랫입술을 스치듯 부드럽게 훑었다. 오소소한 소름이 목덜미의 솜털을 쭈뼛 일으켰다.

"입술에 머리카락이 묻었잖아."

당혹스러워 뺨이 화끈 달아올랐다. 증거 확인을 시켜주듯 범안이 떼어낸 짧은 머리카락 한 올을 보여줬다.

"간지럽지 않았어?"

"괜찮습니다."

국희는 무뚝뚝하게 턱을 세웠다. 옅은 웃음소리가 들려왔다.

앞장서는 그녀의 뒤를 따르며 범안은 쿡쿡 웃었다. 장난기 서린 의도적인 접촉이었다. 화난 사람처럼 아랫입술을 꽉 봉해 버린 국희를 넘겨다봤다. 삐쭉 나온 입술과 찌푸려진 미간이 영락없이 열여덟 국희의 모습이었다. 첫 뽀뽀를 하고서 만났을 때도 딱 저 표정이었다. 그는 저 표정이 그리웠다.

"같이 가."

타다닥 빠른 걸음을 내딛는 국희에게 범안은 즐거이 말했다.

"같이 갑시다, 지국희 씨."

연거푸 들리는 범안의 음성엔 장난기가 다분했다. 꼴 보기 싫어 죽겠네. 주차된 차 앞에서 딱 멈추며 국희는 입술을 질근거렸다. 성질대로 한 방 날려 버리면 10년 묵은 체증이 확 내려갈 것 같은데……. 그러나 속상하게도 절대 그럴 수 없는, 자신은 엄연히 그를 보호해야 하는 경호비서였다.

"일정 확인해 주시기 바랍니다."

책상 앞에 꼿꼿하게 선 국희를 범안은 빤히 올려다봤다.

비서 유니폼을 입은 모습이 유독 여성스럽고 산뜻했다. 검은색 정장 차림이나 캐주얼한 바지정장을 입은 모습과 달리 핑크색이 섞인 유니폼은 그녀의 투명할 정도로 맑은 피부를 돋보이게 했다.

"특별한 스케줄 없는데?"

"어제처럼 돌발행동을 하실 수 있으므로 꼼꼼히 체크하겠습니다."

"지국희, 군대도 아닌데 다나까 체를 쓰고 그래."

"전 이게 편합니다."

딱딱한 국희의 대답에 범안이 자리에 일어났다. 돌아 나온 그가 책상에 엉덩이를 기대고서 그녀를 자세히 들여다봤다. 가까이 선 그로 인해 담대하던 심장이 쪼그라들었다. 의연한 척 국희는 정면의 창문에다가 초점을 고정시켰다.

"오늘 내 일정은."

돌연 범안이 덥석 그녀의 손목을 잡아당겼다. 기습적인 행동에 대처하지 못하고 국희는 휘청했다. 하마터면 범안의 가슴팍에 안길 뻔했다. 그러나 반사적인 운동신경이 그녀의 상체를 받쳐 주었다. 제 상체를 곧추세우며 그녀는 중심을 잡았다.

가까스로 접촉은 모면했으나 9년 전에 비하여 훨씬 더 탄탄해진 가슴팍이 동공을 사로잡았다.

"지국희와 밥 먹는 것."

매끈한 입술이 길게 늘어났다. 국희는 범안에게서 감지되는 페르몬 자극으로 정신이 혼미해지는 것 같았다. 얼른 넋 빠지는 정신을 채질하고서 신경질적으로 그의 손을 뿌리쳤다.

"장난하지 마!"

"너도 그만 장난쳐."

"난 장난 아니거든. 난 업무 중이거든."

카랑카랑하게 쏘아붙이는데, 노크 소리가 들렸다. 옷매무새를 반듯하게 다듬고서 국희는 한 걸음 물러났다. 범안도 재빨리 제자리로 돌아갔다.

"네."

들어선 사람은 선혁이었다. 그가 범안에게 가볍게 묵례했다.

"지국희 씨에게 전달 사항이 있어서 자리 비우겠습니다."

"그러세요."

"실장님, 어제처럼 수행비서 없는 단독행동은 삼가주십시오. 혹시 불가피한 상황이라면 위치라도 지국희 씨에게 알려주셔야 됩니다."

"알았어요."

범안이 사무적으로 끄덕거리자, 선혁이 몸을 틀었다. 국희는 서둘러 따라나섰다.

선혁은 위층의 사장실 옆방 비서실로 이동했다. 그는 외부 노출이 우려스러운지 철저하게 안팎을 확인한 후에야 그녀에게 앉으라고 권유했다. 국희는 얌전히 소파에 앉아 대기했다.

"어제 전달하려고 했는데 경황이 없어서 이제 한다."

그가 노트북을 가져와 USB를 꽂고서는 무선마우스를 이동시켰다.

"편 실장님 경호 체크포인트를 자세히 알려주겠다. 오피스텔, 평창동 본가, 그리고 회사. 오피스텔에서 기거한 지 이제 보름이라 평창동 본가는 당분간 왕래가 없을 듯하다. 그러니 전반적으로 오피스텔과 회사가 주 포인트이지."

"지인이나 자주 가는 곳은요?"

"실장님은 한국에 온 지 이제 2개월 좀 넘었다. 오랜 외국 생활로 한국엔 지인이 없다. 그러므로 근접경호가 된다면 어제와 같은 돌발 상황은 거의 없을 거다."

"아무래도 경호가 너무 허술합니다. 적어도 2인 1조로 진행되어야 하지 않을까요?"

"2인이 움직인다면 아무래도 편 실장님에게 노출될 가능성이 높아서 어렵다."

"왜 PC에게 비밀이죠? 만약 경호원이 한눈팔거나 어제처럼 어긋나서 포인트를 벗어나면 어떡합니까? 이렇게 불분명하게 경호할 순 없다는 건 선배님도 아시잖아요?"

그녀가 명확한 어조로 딱 부러지게 말을 이었다.

"PC는 본인이 경호받고 있음을 인지해야 됩니다. 그래야 어제와 같은 상황이 일어나지 않아요. 이런 식이면 안전을 보장할 수 없어요. 그리고 무엇보다도 제가 책임 엄수해야 할 피경호인입니다. 분명하게 해주셔야 합니다."

"미리 언급했다시피 편 실장님은 위험에 노출되지 않았다. 그건 명백한 사실이다. 한 치의 거짓 없는."

확고한 어투였다. 그가 일어나 전면 유리창으로 걸어갔다.

"이곳은 하루에도 수천 명, 혹은 수만 명이 오고 가는 공간이다. 그중에는 겉으론 표출 안 되는 적의를 숨겨놓은 사람들도 있을 것이다. 묻지 마 범죄처럼 불특정 다수에게 향한 적의도 있을 것이고, 야욕으로 인한 의도된 적의도 있을 것이다."

밖을 내다보던 그가 몸을 돌렸다.

"너나 나나 평범한 사람들이라 그런 적의에 노출될 가능성은 적다. 하지만 편 실장님은 평범한 사람이 아니다. 한 그룹의 대표가 될 가능성이 높은 후계자 후보다. 어떠한 위험이 도사릴지는 예견할 수 없다. 그렇기에 대비하는 것뿐이다."

강경한 부연에 국희의 입술이 굳게 닫혔다. 그는 평범한 사람이 아니다. 지극히 평범한 자신과 완전히 다른 범안의 위치가 새삼 인지되었다. 공연히 씁쓰레해졌다.

"넌 다른 생각은 할 필요 없어. 평소대로 경호 원칙을 따르면 된다."

더한 질문을 허용하지 않는 말이었다. '기밀'이라는 사안이 석연치 않았지만 국희는 자리에서 일어났다. 지금으로선 선혁을 믿을 수밖에 없었다.

"경호 원칙대로 따르겠습니다, 어긋남 없이."

그 말은 그 또한 어긋남이 없어야 된다는 무언의 경고였다. 국희는 반듯하게 인사하고 밖으로 나왔다.

3분기 임원회의가 예정된 19층 콘퍼런스룸은 오전부터 어수선했다. 비서실장은 분주히 움직였고, 회의를 주관하는 비서들도 동분서주했다. 오전에 비서실장을 통해 전달받은 바로는 범안도 이번 임원회의에서 PT 발표가 있을 예정이라고 했다. 하지만 초짜 비서인 탓에 당최 뭘 해야 될지 파악이 안 되어 멀뚱대었다. 범안 또한 회의 관련해서 아무런 언급도 없었다.

"실장실에서 대기해."

회의 예정 시각인 오후 2시가 가까워졌다. 범안이 책상에서 PPT를 챙기다 말고 실장실로 들어선 국희를 넘겨다봤다.

"그걸 혼자 들고 가려고?"

쪼르르 다가간 그녀는 서둘러 한 무더기의 PPT를 챙겨 들었다.

"괜찮아."

"내가 비서잖아. 다른 임원들이나 비서들이 뭐라 하겠어. 비서가 없으면 모를까."

PPT 문건을 가슴에 조심스레 안아 드는 국희를 범안이 잠잠히 내려다봤다. 여념 없는 표정이었다. 그의 속내를 간파할 수는 없었지만 눈빛은 한껏 가라앉아 있었다. 발표 예정이라 긴장한 모양이라고 넘겨짚으며 국희는 돌아섰다. 범안이 성큼 크게 걸어 앞질러서 문을 열어줬다.

조신한 비서의 품새 그대로 그의 뒤를 따랐다. 콘퍼런스룸에 들어서니 몇몇 임원은 이미 착석을 끝낸 상태였다. 그들 사이엔 세준도 있었다. 국희는 범안의 지시에 따라 둥그런 원탁을 돌며 임원들 자리에 문건을 가지런히 놓았다.

"수고하시네요."

콘퍼런스룸에 들어서던 순간부터 뚜렷하게 주시하던 세준이 국희에게 빙그레 웃어 보였다. 영락없이 알아보는 눈치다. 비상구에서 마주친 후의 첫 대면이라 무진장 창피했다. 국희는 명란젓처럼 입가를 늘리며 억지 미소를 지었다. 세준이 그녀의 반응에 쿡 짤막히 웃었다. 그녀는 후다닥 자료 배포를 끝내고 범안에게 돌아갔다.

"실장실에서 대기하세요."

곁에 서는 국희에게 범안이 나직하게 지시했다. 장시간 진행될 회의이기에 그녀를 위한 배려였다. 하는 수 없이 국희는 지시에 따랐다.

임원회의는 장장 네 시간에 걸쳐 이뤄졌고, 퇴근 시간이 가까이 되어서야 끝이 났다. 국희는 회의 말미에 다른 비서들과 마찬가지로 콘퍼런스룸 입구에 서서 대기했다. 은근슬쩍 걱정스럽기도 하고, 궁금하기도 했다. 공연히 벌렁대는 심장을 가라앉히고 얌전히

서 있는데 문이 드디어 열렸다.

비서들이 서둘러 들어가 임원들을 보좌했다. 범안과 마찬가지로 발표가 있었던 세준의 비서는 서둘러 단상으로 가더니 USB도 확인하고 PPT를 챙겼다. 범안의 PPT를 거둬들이면서 국희는 뭔가 심상치 않음을 감지했다.

오른편 끝자리에 앉아 있던 편명호 사장은 심기가 불편한 기색으로 벌떡 일어났고, 배강수 부회장은 어깨를 꼿꼿하게 올리고 거드름을 피웠다.

"수고했다."

중앙 자리의 장 회장은 느른히 일어나 세준과 범안에게 다가갔다. 각각 악수하고, 독려하듯 두 사람의 어깨를 두들겼다. 장 회장이 콘퍼런스룸에서 나가자, 그제야 임원들이 움직였다. 임원들이 세준에겐 호의적으로 어깨를 토닥이거나 악수하는 반면 범안은 철저하게 무시했다. 자료를 꼼꼼히 챙겨 들고 국희가 가까이 가자, 범안은 무표정을 일관하며 발걸음을 옮겼다.

"먼저 퇴근해."

기획실장실로 돌아온 범안은 별다른 내색 없이 실장실로 들어갔다. 무겁지도, 가볍지도 않았다. 조금의 감정도 표출하지 않았다.

어차피 퇴근경호로 마무리해야 되기에 그녀는 할 일 없이 서성대다 유니폼을 갈아입으려 비서휴게실로 갔다. 썩 좋지 않은 회의였음이 분명하다. 편명호 사장의 분위기는 살벌할 정도로 냉했다. 범안은 이제 입사 한 달째이고 업무에 거의 전무한 상태라고 했다.

그런 범안이 PT를 제대로 할 리는 만무했다. 입사 한 달차에게 임원회의 발표를 시킨 건 과욕이지 않나? 당연히 실수 만발이었겠지. 속상할까? 위로해 줘야 하나?

휴게실에서 옷을 갈아입고 부리나케 기획실장실로 돌아왔다. 문을 열고 들어서던 찰나였다.

"……이렇게 네가 나를 망신시켜!"

노염 가득한 호통이 안에서 날아왔다. 업무실 문이 채 닫히지 않아 편명호의 모습이 정확하게 보였다. 편명호는 부들부들 분노를 내뿜고 있었다. 범안은 그 앞에 우두커니 있었다.

"이게 뭐냐? 이것들이 여기에 쌓여만 있으면 뭐 해!"

편명호는 거침없었다. 흥분한 그가 책상에 탑처럼 쌓여 있는 서류 뭉치를 손으로 확 무너뜨렸다. 일순간 파일들이 맥없이 무너져 바닥에 우두둑 떨어지며 흐트러졌다. 그래도 범안은 꼼짝하지 않았다.

국희는 밖으로 소리가 새어 나갈 것을 우려해 기획실장실 문을 꼼꼼히 닫았다. 그녀는 편명호의 불편한 심기를 건드릴까 싶어 실장실 문 뒤로 가서 숨죽였다.

"내가 누차 지켜보는 눈이 많으니 얼렁뚱땅 넘어갈 문제가 아니라고 했다. 그런데 네 녀석은 이따위로 내 망신을, 네 형 망신을 시켜! 형한테 부끄럽지도 않아?"

"제가 모자란 녀석인 거 아시잖아요. 기대하셨어요?"

"뭐라고?"

범안의 비뚤어진 대꾸에 편명호의 눈썹이 매섭게 올라갔다.

"대체 뭘 기대하셨어요? 어차피 언제나 그렇듯 아버지께 실망만 드리던 녀석이잖아요. 예상했던 바 아니세요?"

"넌 아무런 가책도 못 느끼는 거냐? 너 일부러 그랬지? 이 애비 망신시키려고 일부러 그렇게 건성으로 준비한 거지?"

"제 능력 부족이라니까요. 그러니 아버지가 포기하세요."

그의 메마른 눈동자가 아버지를 마주 봤다.

"사표 쓰겠습니다. 수락해 주세요."

마치 모든 순서가 계획적인 듯 일말의 망설임도 없었다.

그때였다. 짝— 첨예한 소리가 섬뜩하게 공기를 갈랐다. 손바닥이 뺨을 내치는 잔인한 소리.

"헉."

국희의 입안에서 짧은 탄성이 토해졌다. 재빨리 손으로 입을 막았다. 날 선 침묵이 주위 공기를 무겁게 짓눌렀다.

"절대 수락할 수 없다. 다음번엔 기필코 장 회장 눈에 들어라."

얼음장처럼 차디찬 명령이 떨어졌다.

"오늘 같은 실수는 앞으로 용납하지 않겠다."

잔혹하다 싶을 정도로 매몰차게 덧붙인 편명호가 몸을 틀었다. 그대로 문을 쾅 하고 열어젖힌 그가 노기 가득한 걸음걸이로 나가 버렸다. 다행스럽게도 젖혀진 문 뒤에 있던 국희를 발견하지 못했다. 문이 완전히 닫히고 발소리가 멀어지고 나자, 그녀는 그제야 벽에서 몸을 뗐다. 고개를 움직여 안을 들여다봤다.

난장판이었다. 책상에서 쏟아진 파일들은 늦은 가을날 낙엽들처럼 바닥에 어지러이 흐트러져 있었다. 범안은 그 사이에 얼어붙은 듯 서 있을 뿐이었다.

고개를 숙이고 주먹을 쥔 그의 모습에서 억압된 무게가 전해졌다. 국희는 잠시 갈등했다. 이대로 모른 척 나갈까? 하지만 그를 이 상태로 둘 수가 없었다. 선뜻 발길이 떨어지지도 않았다.

그녀는 가만가만 들어가 바닥에 깔린 종이들을 거두기 시작했다. 어지럽혀진 종이를 한 장 한 장 집어 차곡차곡 무릎에 쌓았다.

범안의 황량한 눈동자가 그녀를 내려다봤다.

"……줍지 마."

꿈쩍 않던 입술이 떨어졌다. 간신히 쥐어짜듯 나직한 저음을 국희는 미처 듣지 못했다. 그녀는 부지런히 파일들을 정리했다.

"줍지 마."

다시 범안의 명령이 나왔다. 이번엔 명확히 그녀의 귀에 꽂혔다. 국희의 팔이 멈췄다. 고개만 들어 범안을 올려다봤다.

"나와."

미간을 잔뜩 찌푸린 범안이 휙 몸을 돌렸다. 하지만 그녀는 일어서지 않았다. 멈췄던 동작을 움직이며 서류를 다시 주웠다. 한 발 움직였던 범안이 그녀의 팔뚝을 잡고 거칠게 일으켜 세웠다. 그녀 무릎 위에 차곡하게 쌓여 있던 서류 뭉치가 후드득 바닥으로 떨어져 흩어졌다.

"나와."

그가 거침없이 큰 걸음을 움직였다. 이끌려 한 걸음 떼던 국희는 팔을 빼내었다.

"이따 밤에 청소 아줌마가 와서 보면 어쩌려고……."

"보라고 해."

"어차피 내 일이야……."

범안이 팔뚝을 움켜쥐고 끌어당겼다. 고집스럽게 국희가 뒷걸음치며 벗어나려 했다. 서로의 힘이 충돌하면서 그녀의 등이 벽에 닿았다.

"하지 말라고!"

돌연 범안이 버럭 외쳤다.

그의 눈빛이 거친 비바람을 맞듯 격렬히 일렁거렸다. 왼뺨엔 아버지의 손찌검으로 붉은 자국이 선명하게 남아 있었다. 그의 어깨가 미세하게 파르르 떨리는 것을 국희는 그제야 인지했다. 범안이 위태롭게 흔들리고 있었다. 격한 감정을 어렵사니 제어하려 애쓰고 있었지만 그 모습이 더 안쓰러웠다.

국희는 동작을 멈추고 굳은 듯 그를 올려다봤다. 범안의 흔들림은 엄한 꾸지람을 들어서만이 아니었다. 무언가 억눌렸던 감정들이 폭발해 그를 뒤흔드는 듯했다. 깊은 눈매 너머 그늘진 암흑이 보였다.

국희의 동공도 파르르 떨렸다. 둘의 시선이 서로를 놓지 못하고 엉켰다. 거친 숨을 몰아쉬는 그의 가슴팍이 연신 들썩거렸다. 그 순간, 범안의 손이 허공을 가르며 올라왔다. 커다란 손이 그녀의 두 눈을 가렸다. 반사적으로 국희의 눈꺼풀이 닫혔다.

"이런 내 모습 보지 마."

가라앉은 음성이 흘러나왔다.

낮게 울리는 그의 음성을 그대로 귀에 담았다. 그녀는 꼼짝하지 않고 얕은 숨만 내뱉었다.

기다렸다. 범안 속에서 동요되는 격한 소용돌이가 가라앉기를 잠자코 기다렸다. 두 사람의 입안에서 흩뿌려지는 뜨거운 숨이 암담한 공기를 타고 섞였다.

그때였다.

범안의 고개가 숙여졌다. 짙은 숨을 토해내는 그의 입술이 국희의 입술을 덮었다. 국희는 별안간 입술 위로 포개어지는 뜨겁고 마른 입술에 아연실색했다. 그녀가 움찔하는 것을 느낀 범안의 자유로운 손이 올라와 쓸 듯 그녀의 목덜미를 잡았다.

메말랐던 범안의 입술이 촉촉한 그녀의 입술을 머금듯 물며 힘을 줬다. 쓰윽 벌리는 힘에 그녀의 입술이 벌어졌고, 그 틈으로 들어오는 혀는 광염 같은 기세로 몰아붙였다. 입속 깊숙이 숨겨져 있던 숨결들이 엉키고 섞였다. 질겁해서 꼿꼿하게 굳었던 그녀의 손이 파닥거리며 올라가 그의 가슴팍에 대었다. 밀어내려는 몸짓이었으나 그녀의 눈을 가린 손이 내려와 가슴팍에 닿은 그녀의 손을 잡아챘다. 옥죄이듯 잡은 손 그대로 벽에 붙여 버리고, 그의 가슴팍이 가두듯 그녀의 가슴에 밀착되었다. 그녀의 목덜미를 쥔 손아귀에 힘이 가해지며 그가 더욱 거세게 그녀를 끌어당겼다.

옴짝달싹 못 하도록 갇혀 버린 그녀의 입안을 빨아대는 그의 키스가 화마에 홀린 듯 격렬해졌다. 한 치의 틈 없이 밀착된 가슴팍으로 터질 듯 고동치는 그녀의 심장박동과 미친 듯이 뛰어대는 그의 심장박동이 섞였다.

뛰었다, 심장이.

두 사람의 심장이 멈춤 없이, 뜨겁게 뛰었다.

/

3화
한 발짝 뒤로

/

열풍에 휩싸인 공기가 여울졌다.

거침없어 강압적이기까지 하던 격렬한 키스가 제어하듯 뚝 멈췄다. 닿을 듯 말 듯 좁은 간격으로 떨어진 그의 입안에서 쏟아지는 거친 숨만 간헐적으로 그녀의 입술에 닿았다. 국희도 촉촉하게 달아오른 제 입술 사이로 연달아 숨을 옅게 내뱉었다.

숨을 고르던 국희의 몸이 먼저 움직였다. 그녀가 꿈틀대듯 잡힌 팔을 움직이자, 범안의 손이 미끄러지듯 놓였다. 가냘픈 목덜미를 쥐고 있던 그의 커다란 손도 떠났다. 강인한 인장이 찍힌 듯 목덜미 주위가 불그스름하게 열꽃이 피었다.

비로소 공간의 틈이 생겨 국희의 몸이 자유로워졌다. 체내의 기력을 앗아간 듯 다리에 힘이 들어가지 않았다. 가까스로 국희는 몸을 틀어 범안 품에서 빠져나왔다. 뿌연 정신이 아무런 사고도 하지 못했다. 별안간 하늘에서 날아온 유성을 맞은 듯 뇌가 출렁거렸다.

삐거덕거리는 다리를 옮겼다.

한 발을 떼는데 범안의 손이 뻗어졌다. 가빠진 숨을 몰아쉬며 그가 눈꺼풀을 들지도 못하고 지푸라기를 움켜쥐듯 그녀의 팔목만 맥없이 잡았다. 여린 살갗에 미세한 떨림이 전달되었다.

국희는 다시 발을 움직였다.

그의 손이 스륵 풀려나갔다. 툭, 연약한 생명체처럼 떨어져 나간 그의 팔이 허공에서 아래로 축 처졌다.

밖으로 나온 그녀는 책상에 놓인 핸드백을 낚아채고서 도망쳤다. 걷다, 뛰듯 엘리베이터로 향했다. 심장이 녹아버릴 것처럼 활활 불타올랐다. 화염에 갇힌 듯 처절하게 파닥거리는 심장을 오그리고 벗어났다. 퉁퉁 부어오른 감촉의 입술은 얼얼했다. 입안 곳곳도 매운 고추를 한 무더기로 먹은 양 아렸다.

딩동—

신호를 받은 듯 엘리베이터 문이 청량한 소리를 내며 열렸다. 국희는 아린 입술을 악다물며 올라타 조급하게 닫힘 버튼을 눌렀다. 엘리베이터 문이 서서히 공간을 갈랐다.

퓨즈 끊어진 듯 사고가 동작을 멈췄다.

부글부글 끓어오르던 용암이 폭발하는 것처럼 자제하지 못하고 감정이 용솟음치고 말았다. 극대로 치솟은 감정에 충동적으로 행동하고 말았다. 미친 듯이 그녀의 입술을 탐하며 그 순간의 탐욕만 채웠다. 거침없이 몰아붙이고 떨어진 순간에는 사고도, 몸도 얼어붙은 듯 굳었다. 충격을 받은 양 그녀가 어렵사리 걸음을 뗄 때는 섣불리 움직일 수도 없었다. 얄팍한 용기로 손을 뻗어 간신히 붙잡았다. 무언가 해명을 하거나, 무언가 설명을 해야 하는데 접착제로 붙은 양 입술이 떨어지지 않았다.

범안은 멍청하게 나가 버린 그녀의 빈자리를 체감했다.

그러다 공기의 흐름이 일순간 차갑게 역류했다. 그 허전함에 퍼뜩 넋 놓았던 정신이 돌아왔다.

"기다려."

부리나케 밖으로 나가 엘리베이터로 뛰었다. 황급히 버튼을 눌렀지만 굳게 닫혀 버린 엘리베이터는 그대로 하강했다. 서둘러 범안의 다리가 움직였다.

탕— 강하게 밀어젖힌 비상구 문이 벽에 닿으며 둔탁한 소리를 냈다. 조급한 걸음으로 계단을 내달렸다. 텅 빈 비상구 계단에 구두 소리가 다급하게 울려 퍼졌다.

18…… 15…… 12…… 10…….

폐가 부족한 공기를 빨아들이려 터질 듯이 부풀어 올랐다. 최대까지 팽창한 폐를 헤아릴 새도 없이 그는 쉼 없이 아래로 뛰어 내려갔다.

7…… 5…… 3…….

"헉헉."

호흡이 가빠졌다. 공기를 빨아들이려 제 입술이 저절로 벌어졌다. 탄탄한 가슴팍이 크게 들썩거렸다. 가쁜 숨을 몰아쉬며 1층 로비에 도착한 범안은 엘리베이터부터 확인했다. 나란히 여섯 개가 놓인 것들 중 국희가 탔던 엘리베이터는 이미 상승하고 있었다.

로비에도 국희는 없었다. 로비를 가로지르며 달렸다. 젖혀진 슈트 재킷이 펄럭거렸고, 넥타이가 파닥거렸다. 그의 관자놀이에서 굵은 땀이 흘러 턱을 타고 바닥으로 낙하했다. 안내데스크를 지키고 있던 보안요원이 의아한 듯 그를 주시했다.

범안은 그대로 밖으로 나왔다. 휘둘러봤으나 거리에서도 국희를 찾을 수 없었다. 그대로 지하철역으로 질주했다. 숨을 헐떡이며 빠르게 지하철 플랫폼에 들어섰다. 지하철 한 대가 막 플랫폼을 빠져나가고 있었다. 고개를 이리저리 틀며 주위를 둘러보았으나 그 어디에도 그녀의 모습은 보이지 않았다.

땀에 흠뻑 젖은 머리카락을 손가락으로 넘기는 그의 입안에서 가쁜 숨이 토해져 나왔다.

놓쳤다. 이대로 보내면 안 되는데.

범안은 눈을 질끈 감았다.

앉을 자리는 없었다.

국희는 무기력한 다리를 움직여 지하철 봉에 기대었다. 익숙한 신호음을 내며 지하철 문이 닫히고, 멈췄던 움직임을 시작했다. 여릿하게 흔들리는 문가의 봉에 기댄 국희는 무심한 시선으로 텅 빈 플랫폼을 넘겨다봤다. 이내 환했던 차창 밖은 암흑에 묻혔다.

거뭇하게 바뀐 창에 거울처럼 제 얼굴이 반사되었다. 한 대 크게 맞은 양 불퉁거리는 얼굴이 보였다. 슬그머니 손을 들어 불그스레한 입술에 손을 대었다.

부은 느낌이던 입술은 어느 틈에 제자리를 찾은 듯 평소대로였다. 하지만 남겨진 진한 여운은 쉬이 가시지 않았다.

숨이 조이는 뜨거웠던 키스였다.

이토록 뜨거운 키스는 받아본 적이 없었다.

9년 전, 그와 나눴던 수줍던 첫 키스와도 완연히 달랐다. 설레고, 달뜨기만 했던 첫 키스.

그 후 받거나 나눴던 키스들은 죄다 미지근했다. 대학 시절이나 졸업 후 겪었던 시시하고 짤막한 연애로 인한 키스여서일까? 아니면 무의식중 범안에게 받았던 첫 키스와 비교해서일까?

국희는 후자일 것이라 생각했다. 남자친구들의 입술이 덮을 때마다 범안과의 키스에서 경험했던 짜릿한 감촉이 아니라고 매번 실망했었다. 이제 다시는 그토록 설레는 키스는 못 나누지 않을까 내심 불안해하던 국희였다. 그런데 9년 만에 재회한 범안에게, 그것도 별안간 총 맞듯 키스를 받고 말았다. 그러나 그 키스는 설레지 않았다. 거역할 수 없는 뜨거움이 솟구쳤지만, 찼다. 얼음장처럼 찬 키스.

"하……."

그녀의 입안에서 깊숙한 한숨이 새어 나왔다.

그는 키스한 것이 아니다.

뒤엉킨 무의식에 파고든 얄팍한 충동. 국희는 직감적으로 간파하고 있었다.

"합."

조명을 낮춘 어둑한 공간에 힘이 들어간 기합 소리가 퍼졌다. 허리와 등을 곧게 세우고, 유연한 곡선을 그리는 손목이 연거푸 목검을 휘둘렀다. 굵은 땀방울이 이마를 타고 흘러내렸다.

"하."

동작을 멈추고, 국희는 목검을 내려놓았다. 호완을 벗어버렸다. 툭툭 벗어젖힌 것을 아무렇게나 바닥에 놓고는 털썩 바닥에 주저앉았다. 곧추세운 무릎에 양팔을 얹고 짙은 호흡을 내뱉었다.

머릿속을 오가는 혼잡한 사고가 체화되지 않았다. 어수선한 마음을 비우기 위해 오랜만에 목검을 들었지만 수련이 아닌 행위일 뿐이었다. 가쁜 숨을 헐떡이며 고개를 숙이고 어둑한 바닥을 내려다봤다.

마룻바닥에 그의 짙은 눈동자가 어른거렸다.

"에이 씨, 편범안 자식……."

젖은 머리카락을 쓸어 넘기며 국희가 나지막하게 내뱉었다. 그녀는 도로 목검을 들었다. 잊자, 대수롭지 않은 거야. 다시 한 번 되뇌었다.

"합."

공기를 가르며 목검이 휘둘러졌다. 한 발짝 앞으로 떼는데 어두운 실내에 불이 들어왔다.

"국희 선배야?"

뒤에서 들린 소리에 그녀의 동작이 멈춰졌다. 청색 도복 차림의 재운이 스위치에서 떨어지며 다가왔다. 국희는 다가오는 그를 미동 없이 지켜봤다.

"어두운 데서 뭐 해? 검 든 거 오랜만에 보네?"

"멋 내고 싶어서."

넘기듯 국희가 농담을 했다.

"너는 왜 있어?"

"이제 일 끝나서 왔어. 역시 땀을 흘려야 숙면을 취해서 실컷 뛰려고."

그녀가 벗는 호완을 재운이 알아서 척척 받아 들고 제자리에 갖다 놓았다.

"잠깐 기다려. 음료수 뽑아 올게."

땀으로 촉촉한 국희의 얼굴을 내려다본 재운이 서둘러 나갔다.

잠시 후, 두 사람은 검도수련실 벽에 기대고서 재운이 자판기에서 뽑아온 음료수를 들이켰다.

"얼마나 있었어?"

"지금 몇 시인데?"

"10시 넘었어."

"……두 시간 넘었네."

무덤덤하게 대꾸하며 국희가 음료수를 꿀떡꿀떡 삼켰다.

"지독해, 진짜."

재운이 어처구니없다는 듯 보더니 턱을 기울였다. 재운의 시선이 느껴졌지만 국희는 정면만 응시하며 음료수를 한 모금 마셨다. 속이 타듯 갈증이 쉬이 가시지 않았다. 혼잡한 하루를 보낸 탓에 고단했다. 집에 가서 씻고 자야겠다. 역시 뒤숭숭한 속을 잠재우는 건 운동이 최고다.

"무슨 일 있어?"

"일 있을 게 뭐 있어?"

국희는 짐짓 태평한 척 가볍게 반문했다.

재운이 꿰뚫어 보고 싶다는 눈길로 국희의 젖은 옆얼굴을 잠자코 들여다봤다. 투명한 얼굴이 땀으로 촉촉이 젖어 더욱 말갛게 빛나는 듯했다. 음료수를 머금은 입술도 홍색의 빛이 감돌았다.

"선배."

속닥이듯 낮은 재운의 음성이 바로 옆에서 들렸다. 퀭한 국희의 동공이 돌려졌다. 코앞에 재운의 해사한 얼굴이 있었다.

"키스해도 돼?"

그녀의 눈동자를 들여다보는 재운의 눈매가 짙어졌다. 국희는 게슴츠레한 눈을 끔벅거리다, 손바닥을 들었다. 탁— 차진 소리가 났다. 재운의 얼굴을 서슴없이 쳐버리고 그녀는 몸을 일으켰다.

"아! 선배!"

"소주나 한잔하러 가자."

재운이 엄살을 피우듯 손바닥으로 얼굴을 쓸어댔지만 아랑곳하지 않았다. 툭툭 도복을 가다듬으며 그녀가 빈 음료수를 쓰레기통에 버렸다. 오늘따라 이 녀석이나 저 녀석이나 키스, 키스냐. 내 입술이 파도타기 술잔인 줄 아나, 이것들.

운전석 유리창 너머를 주시하던 남자가 짧게 하품했다. 그러면서도 골목길 슈퍼마켓에서 눈을 떼지 않았다. 슈퍼마켓 지붕에는 '국희슈퍼' 라는 낡은 간판이 달려 있었다.

체크포인트 경호를 맡은 보름 동안 늦은 밤 외출을 하지 않던 범안이었다. 그렇기에 그가 오피스텔로 귀가하면 편안하게 관리실 CCTV로 외출 여부만 확인했었다.

그랬던 범안이 뜬금없이 늦은 밤 외출을 하더니 지루하게도 세 시간 가까이 슈퍼마켓 근처에서 서성댔다. 누군가를 기다리는 모양새인데, 길이 어긋난 건지 상대방은 나타나지 않았다.

남자 요원의 입에서 연달아 하품이 나왔다. 그는 벌어진 입을 다물고 범안을 지그시 주시했다. 국희슈퍼의 간판은 이미 꺼져 있었고, 초록색 대문 옆에 세워진 자그마한 가로등 불빛만 희미하게 골목길을 비추고 있었다. 그 주변 너머는 어둑했다. 그곳에서 범안은 굳은 듯 평상에 앉아 있었다.

"하."

범안의 입안에서 짤막한 호흡이 토해졌다.

그가 휴대폰을 들었다.

—집 앞이다, 얘기 좀 하자.

두 시간 전에 보내놓은 자신의 톡 메시지를 확인했다. 여전히 톡 메시지 앞에는 확인하지 않은 '1' 이 표시되어 있었다. 국희슈퍼 앞에 도착하자마자 전화했지만 국희는 전화를 받지 않았다. 그리고 지금까지도 감감무소식이었다.

자는 건가?

자정이 가까운 시각이었다.

끝내 회사 근처에서 국희를 찾지 못하고 터덜터덜 지하주차장으로 이동해 오피스텔로 갔었다. 하지만 불끈거리는 감정을 가라앉힐 수가 없어 다시 밖으로 나왔다.

사과해야 했다.

그 상황에선 해서는 안 되는 키스였다. 그것은 국희를 기만하는 행동이었다. 그럼에도 옅은 숨을 내뱉는 국희의 입술을 보는 순간, 자석에 이끌리듯 입술을 덮고 말았다. 걷잡을 수 없는 충동으로 시작한 키스는 목마름에 허덕이듯 절제할 수가 없었다. 혼란의 소용돌이가 휘젓는 뇌 속 가득 그녀만 채워졌다. 그것은 걱정 비슷한 위안이었다.

그 위안이, 미안했다.

후회 어린 그의 눈동자가 희뿌연 빛이 박힌 칠흑의 하늘로 올려졌다. 하늘 끄트머리를 응시하던 그의 입에서 짤막한 숨이 토해졌다.

범안은 평상에서 몸을 일으켰다.

답을 주지 않을 건가.

기다림을 포기하고 그는 한편에 세워진 자동차로 걸음을 옮겼다. 운전석에 올라타서도 주저하듯 초록 대문을 한 번 더 봤다. 초록 대문은 굳게 닫힌 채 응답하지 않았다. 이내 시동을 걸고 액셀러레이터를 밟았다.

그때, 어스름한 오르막 골목길에 검은 그림자가 드리워졌다. 또각또각, 그림자가 걸음을 내딛을 때마다 자그마하게 구두 굽 소리가 퍼졌다.

분주한 손길로 그릇에 우동을 담은 아줌마가 국물을 퍼붓고 송송 썰어놓은 파와 김 가루를 뿌렸다. 마지막으로 고춧가루를 뿌린 우동 두 그릇을 파란색 플라스틱 테이블에 놓고는 부랴부랴 돌아갔다.

나무젓가락을 집어 맞은편에 앉은 재운에게 건네고 국희도 젓가락을 뜯었다.

"왜 기분이 안 좋아?"

기계적으로 우동을 먹는 국희에게 재운이 물었다. 그가 소주병을 들어 국희는 자동으로 빈 잔을 잡았다.

"안 좋지 않아."

"그런데 왜 그렇게 땀을 빼? 복잡한 게 있어서 그런 거 아냐?"

"아냐."

"뭐가 아냐? 선배 고민 있으면 몸으로 풀잖아."

채워진 소주를 들이켜는 국희를 보면서 재운이 핀잔했다.

"네가 뭘 알아? 나에 대해서 다 아는 것처럼 굴지 마."

"지난 1년 동안 찰떡처럼 붙어 있던 내가 선배를 모르면 누가 아나?"

단무지를 하나 집어 국희의 우동 그릇에 놓아주며 재운이 빙그레 웃었다. 국희가 픽 웃으며 고개를 들었다.

"우리 벌써 1년이나 되었냐?"

그녀의 질문에 재운이 고개를 끄덕거렸다. 스물여섯의 재운은 입사 2년차로 국희와 같은 행사전담팀이었다.

"너 처음엔 개인전담 경호했지?"

"응."

"그런데 왜 우리 팀으로 왔어?"

"나랑 안 맞아서."

우동을 입에 넣고 오물거리며 재운이 어깨를 으쓱했다.

"뭐가 안 맞았는데?"

"의뢰인이 여자였는데 밀착경호를 하다 보니까 개인적인 감정을 갖게 되더라고. 그러니까 불편해져서."

"그 여자한테?"

젓가락질을 멈추고 국희가 그를 쳐다봤다.

"아니, 여자가 나한테."

재운이 씩 능청스레 웃었다. 국희가 어처구니없어 실소하며 소주를 들이켰다. 재운이 친절하게 오이에 고추장을 찍어 내밀었다. 국희는 익숙하게 받아 입에 넣었다.

"개인전담을 혼자 하니까 불편하지?"

"아니…… 별거 없지……."

말끝을 흐리는 국희를 재운이 뚫어지게 응시했다. 국희는 빈 잔에 스스로 술을 채웠다.

"선배 설마…… PC가 남자라던데 다른 감정이 생기는 건 아니지? 날 두고 그러면 안 되는 거 알지?"

"알지."

채운 잔을 입으로 가져가며 국희가 건성으로 답했다. 재운이 젓가락을 아예 놓고서 소주병을 들고 각각 잔에 술을 채웠다.

"그 여자 PC 때문에 불편해져서 내가 팀을 옮기겠다고 했을 때, 박 팀장님이 내게 한 소리가 있어."

국희는 이어지는 재운의 말을 잠자코 들었다.

"우리 업무의 본질은 피경호인을 보호하는 것이므로 감정에 연연해서는 안 된다고. 한 발짝 뒤에서 지키기만 하면 된다고. 개인적인 감정은 묻고."

국희가 소주잔을 들자 재운도 소주잔을 들어 살짝 부딪쳤다.

"그러니까 흔들리지 마. 설사 PC가 멋지더라도……."

입으로 소주잔을 가져가는 국희를 진득하게 바라보며 재운이 말을 이었다.

"사랑하는 내가 있으니까, 더더욱."

그의 부언에 국희가 쿡 웃으며 젓가락을 들었다. 그녀가 젓가락으로 그의 머리통을 콩 때렸다.

"넌 너무 까불어."

국희의 엄포에 재운이 머리통을 쓱쓱 매만지며 '아프다' 고 엄살을 피워댔다.

그녀는 간단히 소주 한 병과 우동을 먹고서 재운과 헤어지고 버스에 올랐다. 흔들리는 버스 의자 등받이에 기대고서 무심히 도시의 야경을 내다봤다. 선혁의 말을, 재운의 말을 찬찬히 되짚으며.

평범하지 않은 사람을 경호하는 업무의 본질을 잊지 말아야 한다는 것, 한 발짝 뒤로 물러나 있어야 된다는 것. 개인적인 감정은 묻어둬야 됨을 명심해야 된다.

범안의 키스로 혼탁해진 뇌의 답은 그것이었다. 감정은 둘째 치고.

버스정류장에서 내려 집으로 향하는 오르막 골목길을 투덕투덕 걸었다. 쉼 없이 두 시간을 수련하고 소주까지 들어간 발끝은 무거운 저울추가 달린 양 무지근했다. 느른해지는 발길을 한 걸음, 한 걸음 내딛었다.

익숙한 초록색 대문에 다다르고, 익숙한 '국희슈퍼' 간판이 시야에 잡혔을 때였다.

골목길에 주차되어 있던 흰색 자동차가 유유히 직진 길로 사라졌다. 곧이어 검은색 차가 흰색 차 꽁무니를 뒤따랐다.

국희는 어둑한 슈퍼마켓 앞에서 걸음을 멈추고 평상에 앉았다. 자정이 가까워진 시각이라 인적이 없는 골목길을 내다보던 그녀는 칠흑의 하늘로 턱을 들었다.

너른 검은 하늘에 간간이 박혀 있는 자그마한 별들을 무심히 올려다봤다. 초록 대문 옆에 세워진 가로등 불빛이 노르스름하게 어둠을 밝혔다.

—집 앞이다, 얘기 좀 하자.

천장을 등진 휴대폰 액정에 띄워진 선명한 글자들은 열이 오르듯 머리를 지근거리게 했다. 범안의 톡이었다. 메시지가 온 시각은 어제저녁 9시경이었다. 그녀가 한창 검도 수련을 하던 시각이었다. 부재중 전화도 그쯤에 와 있었다.

그녀의 가슴 언저리가 꿈틀했다. 소주로 잠재웠던 어제의 키스가 상기되었다. 그녀는 휴대폰을 던지듯 놓고는 양손으로 뺨을 톡톡 두들겼다. 그녀는 이불을 확 뒤집어썼다.

"국희야!"

잠시의 짬을 주지도 않고 문이 벌컥 열리며 쌩쌩한 소리가 들렸다.

성큼성큼 엄마가 들어와 이불을 거뒀다. 국희는 몸부림치듯 고개를 흔들어대며 몸을 웅그렸다.

"토요일이라고 늦잠을 자! 씻고 아침 먹어!"

엄마의 손길이 짝— 등짝을 갈겼다.

"아파!"

국희가 자지러지게 소리를 질러댔다. 파워 조절을 못한 엄마가 못내 미안한 듯 그녀의 등을 슬슬 문질러댔다. 그녀의 귓바퀴엔 다른 소리가 연상되었다. 뺨을 갈기던 첨예한 소리. 아픈 소리였다.

"우리 국희, 늘씬한 것 봐. 군살이 하나도 없네."

등을 문지르던 엄마의 손이 옆구리를 훑고서 허리 아래로 내려갔다. 내려온 손이 엉덩이를 주물럭대며 한껏 즐겼다.

"그만 만져."

능글거리는 엄마의 손길에서 벗어나기 위해 그녀는 몸을 일으켰다.

뇌리에 상기된 영상을 떨쳐내고 그녀는 침대에서 내려왔다. 가볍게 씻고 마당의 평상으로 나가니, 할아버지는 가로등 아래 누가 불법 쓰레기를 투척했다고 대문 앞에서 잔소리 중이었고, 아빠가 지저분한 대문 앞을 치우고 있었다. 할머니가 어서 먹으라며 국희에게 수저를 건넸다. 자리에 앉아 국희는 까슬까슬한 입안에 억지로 밥을 밀어 넣었다.

"아, 어제 너무 과음했나 봐. 속 쓰려."

깨작거리던 영희가 국에 밥을 말면서 오만상을 찌푸렸다.

"술 좀 줄여. 피부의 적이라고."

국철이 오물거리며 잔소리를 해댔다.

화장품 회사 연구원인 국철의 담당은 '팩 개발'이었다. 그래서 항상 피부에 지대한 관심이 있었고, 피부에 관해선 잔소리가 심했다. 누나를 비롯하여 동생, 엄마 등은 모두 그의 소중한 테스터들이기에. 개발 과정에선 당연히 테스터가 필요하고, 그 희생양은 언제나 집안 여자들이었다. 기막히게 성공한 전례는 극히 드문, 지극히 위험한 테스터 역할이었다.

"아버님! 식사하세요! 여보! 그만하고 와!"

엄마가 할아버지 숭늉을 가져오면서 크게 소리쳤다. 할아버지는 동네가 너무 지저분하다면서 대대적인 청소를 해야겠다며 혀를 끌끌 차셨다. 보아하니 토요일이라고 집 안 대청소부터 엄명하실 태세였다.

"찜질방 갈까?"

영희가 넌지시 속닥였다.

"나도."

사태를 파악한 국철도 끼어들었다. 국희는 재빨리 고개를 끄덕거렸다. 느릿느릿 움직이던 젓가락질들이 빨라졌다.

[오피스텔에 다다랐습니다. 누구의 차로 이동합니까?]

"지하주차장 B구역으로 오세요."

휴대폰 너머의 상대방에게 범안이 명확한 어조로 답했다. 거실 소파에 앉아 있던 범안이 휙 슈트 재킷을 들며 일어섰다. 휘둘러 재킷에 팔을 넣으며 그는 복도로 나왔다. 엘리베이터를 타고 주차장으로 도착해서 휴대폰을 들었다. 최근통화목록 제일 위의 통화 버튼을 눌렀다.

"지하주차장입니다. 어디십니까?"

[도착했어요. 주차했습니다.]

회색의 RV밴 운전석에서 내리는 남자가 시야에 들어왔다. 30대 초반 정도인 인상이 푸근한 통통한 남자였다.

"처음 뵙겠습니다."

"목소리도 좋으시더니 아주 미남이시네요."

악수를 청하는 범안의 손을 맞잡으며 남자가 사람 좋은 웃음을 흘렸다. 이인규. 그는 범안이 보름 전 고용한 흥신소 대표였다.

"안수인 씨 위치는 정확하게 찾으신 겁니까?"

"그제 이후 이동 안 했다면 확실합니다. 그제 저희 직원이 삼척에 내려가 확인했습니다."

"그럼 제 차로 가시죠."

범안이 고개를 까닥거리고 발길을 옮기려 했다.

"제 차로 가죠. 제가 운전하고 안내하는 게 나을 듯싶네요."

"네, 그러세요."

인규의 말을 범안은 그대로 따랐다. 두 사람은 간격을 두고 걸어 주차된 재색 밴으로 이동했다. 인규가 운전석에 올라타며 시원스레 시동을 걸었다.

관리사무소 CCTV를 지켜보던 남자 요원은 범안이 803호에서 나와 엘리베이터로 가는 것을 확인하고 부리나케 주차장으로 이동했다.

[주차장에서 내렸습니다.]

휴대폰을 통해 관리사무소 직원이 마지막 확인을 해줬다.

요원은 재빨리 범안의 차량과 떨어진 곳으로 걸어가서 검은색 차에 올라탔다. 범안이 명쾌한 걸음으로 주차장 통로에서 나왔다. 그런데 바로 차로 가지 않고 휴대폰을 들었다.

재색의 RV밴에서 통통한 남자가 내렸다. 두 사람은 악수하고 대화를 나눴다. 이내 두 사람이 함께 밴에 탔다. 통통한 남자는 운전석, 범안은 보조석이었다. 서서히 밴을 뒤따르며 요원은 서둘러 휴대폰 통화 버튼을 눌렀다.

"편범안 실장님 다른 차량으로 이동 중입니다."

[다른 차량? 어떤?]

선혁이 의아한 듯 물었다.

"악수하는 모양새가 오늘 처음 대면한 듯했습니다. 그 사람 차로 이동하고 있습니다."

[놓치지 말고 근접경호 해. 중간보고 잊지 말고.]

"네, 알겠습니다."

정확한 선혁의 명령에 요원은 바로 대답하고 핸들을 꽉 움켜쥐었다. 재색 밴은 여유로운 속도를 유지하며 도로를 달렸다. 검은 차가 간격을 유지하며 그 뒤를 뒤따랐다.

보조석에 앉은 범안은 건조한 시선으로 앞을 응시했다.

인규는 다행히도 불필요한 말을 하지 않는 사람이었다. 조용한 침묵이 흐르는 가운데 밴은 내비게이션 안내를 따르며 서두르지 않고 침착하게 이동했다.

"삼척이 안수인 씨 본가입니까?"

"아닙니다. 부모님은 대전에서 세탁소를 운영하시는데, 안수인 씨는 두 달 전 잠시 다녀갔을 뿐이라고 합니다. 한 일주일 정도 머물렀다가 서울로 올라간다고 했답니다."

"그런데 서울로 가지 않고 삼척으로 갔군요."

"네. 삼척은 지인 집인데 부모님 집에서 나와 그곳으로 바로 간 모양입니다."

인규의 대답에 범안이 이해하고 머리를 주억거렸다.

안수인은 형 기안의 비서였다. 5년 전부터 형의 비서로 근무했고, 외할머니 장례식으로 한국에 왔을 때 잠시 인사한 적이 있었다. 형이 죽기 전까지 보좌하던 비서가 안수인이었다. 안수인은 형의 죽음 직후 경찰서에서 참고인 조사를 받고 장례식장에 들렀다고 했다. 그리고 돌연 행적을 감췄다. 시드니에서 비보를 전해 들은 범안은 장례 이틀째 도착했었다. 그렇기에 안수인과는 마주치지 못했었다.

형은 밤 10시에 기거하던 오피스텔 테라스에서 투신자살했다. 평일이었기에 그날 퇴근 시간까지는 안수인이 보좌했을 것이다. 그리고 안수인은 가장 가까이서 보좌하던 사람이었으니 그 누구보다도 형에 대해서 세세하게 알고 있을 것이다. 어쩌면 그녀가 형의 죽음에 관련해서 열쇠를 쥐고 있을지도 모른다. 범안은 그 심증으로 흥신소를 통해 안수인의 행적을 찾고 있었다.

"이상하네요."

운전하던 인규가 침묵을 깼다.

상념에 빠져 있던 범안은 내리깐 눈꺼풀을 들었다.

"……왜 미행이 붙었을까요? 경찰은 아닌 것 같은데?"

"미행이라뇨?"

인규의 말에 범안이 깜짝 놀랐다.

"백미러를 통해서 보세요. 빨간색 스포츠카 보이시죠?"

"네."

범안은 보조석 백미러로 뒤편을 주시했다. 인규의 부연대로 빨간색 스포츠카가 뒤를 바짝 따르고 있었다.

"그 뒤로 검은 차. 보이시나요?"

"보입니다."

"저 차네요. 아는 차예요?"

"아니요."

검은색 중형차였다. 낯설었고 본 기억이 전무한 차량이었다. 범안은 고개를 가로저었다.

"저 차가 아까 오피스텔에서부터 계속 쫓아오는데요?"

"확실해요?"

"그런 것 같은데……. 잠깐 돌아갑시다."

인규가 서슴없이 옆 차선으로 끼어들었다. 깜빡임도 없는 급작스러운 차선 변경에 직진하던 트럭이 신경질적으로 클랙슨을 빵빵, 거렸다.

"쫓아오는지 잘 지켜보세요."

사뭇 즐기는 어투였다. 인규는 핸들을 또 꺾었다. 능숙하게 1차선으로 끼어들며 그는 마주 보이는 삼거리 바로 직전에서야 깜빡이를 켰다. 타이밍 좋게 바뀌는 신호를 받으며 인규의 차가 좌회전했다. 범안은 백미러로 검은 차의 동태를 놓치지 않고 뚫어지게 주시했다.

검은 차는 인규의 갑작스러운 좌회전에도 당황하지 않았다. 직진 차선으로 달리다 2차선에서 곧장 좌회전 틀며 뒤쫓아왔다. 1차선의 좌회전 차량과 아슬아슬하게 부딪칠 찰나를 검은 차는 능란하게 모면했다.

"보통 솜씨가 아니네요? 프로 같네요?"

인규가 쾌활하게 감탄했다.

"재미있네?"

직진도로에 진입하며 그가 픽 웃었다.

"맞죠? 따라오죠?"

"네."

범안의 눈이 날카롭게 번뜩였다. 검은 차는 차선 변경하며 간격을 유지했다. 영락없는 미행이었다. 인규가 아니었다면 눈치채지 못했을 것이다.

"미행이 왜 붙었나? 떠오르는 것 없어요?"

인규가 범안을 넌지시 곁눈질했다.

범안의 머릿속에 퍼뜩 한 사람이 떠올랐다. 아버지.

짙은 선팅으로 검은 차의 운전자는 잔영만 보였다. 어렴풋이 비치는 등치가 남자였다. 얼굴은 선글라스로 가리고 있는 듯했다. 남자는 철저하게 자신을 숨기고 범안이 탄 밴을 뒤따르고 있었다. 위협적이지 않고 멀거니 뒤만 따르는 태도를 보아 분명 감시자다. 아버지가 고용한 사람일 것이다. 아버지는 범안의 행실이 못마땅하여 틈만 나면 감시자를 붙였었다. 범안의 눈썹이 일그러졌다.

언제까지 이러실 겁니까?

"돌아갑시다."

범안이 낮은 음성으로 말했다.

아버지에게 안수인을 찾고 있음을 들켜선 안 된다. 들킨다면 쓸데없는 짓거리를 한다며 모든 것을 수포로 만들면서 도리어 억압할 것이다.

"삼척에 안 가요?"

"다른 방도를 찾아야겠어요. 저 사람의 정체를 알 것 같으니까."

"누군데요?"

인규의 질문에 범안은 대답하지 않았다. 그의 입술이 굳게 다물어졌다. 냉랭한 눈동자가 백미러 너머 검은 차를 매섭게 주시했다. 범안의 어금니가 질끈 물렸다.

"그런데 말입니다. 우리가 아무것도 안 하고 되돌아간다면 저 친구가 본인이 노출되었음을 인지할 텐데 괜찮으시겠어요?"

"그럼……."

"밥이나 먹읍시다, 친구처럼."

고심하는 범안에게 사람 좋게 허허 웃더니 인규가 우회전을 틀었다. 범안이 백미러에서 눈을 떼고 인규를 쳐다봤다. 선입견으로 연상했던 흥신소 직원과는 딴판인 인규가 신기했다.

"흥신소 하기 전엔 뭐 하셨어요?"

"뭐…… 이것저것이요."

가까이 보이는 갈비탕집 건물의 주차장으로 들어서며 인규가 빙그레 웃었다. 곧 범안은 인규와 함께 갈비탕집으로 걸어갔다. 입구 앞에서 그는 인규의 어깨 너머로 검은 차가 옆 건물 라인에 주차하는 것을 확인했다.

뭉그대다 보니 후딱 하루가 가버렸다. 영희는 찜질방에 너무 오래 있었다고 거듭 투덜거렸다. 하품을 길게 하며 영희가 국철을 슬며시 올려다봤다.

"넌 어떻게 내리 만화책만 볼 수 있냐?"

"그러는 누나는 잠만 잤잖아."

투덕대는 남매를 국희는 트레이닝 재킷에 양손을 찔러 넣고 무심히 뒤따랐다. 한나절을 찜질방에서 보낸 탓인지 몸이 더 나른했다. 땀도 빼고 뒹굴거리며 오수를 즐겼음에도 불구하고 연거푸 하품이 나왔다.

"배고파 죽겠다."

오르막을 올라 초록 대문이 보이자 국철이 후다닥 달려갔다.

"저 식충은 밥밖에 모르니까 연애를 못 한다."

영희가 국철의 등을 째리며 핀잔했다. 입술을 이죽거리던 영희의 입에서 '오!' 하는 소리가 나왔다. 그녀가 한 걸음 뒤처진 국희를 돌아봤다.

"국희야, 우리 슈퍼 앞에 끝내주는 남자 있다?"

"응?"

영희가 음흉한 눈을 배시시 뜨고 웃었다. 국희는 게슴츠레한 눈을 들었다.

낯익은 하얀색 차가 슈퍼마켓 앞에 주차되어 있었다. 운전석 문에 등을 기대고 있던 남자의 무관심한 시선이 초록 대문에 꽂혔다. 국철의 뒷등을 좇던 남자의 시선이 돌려지면서 국희를 발견했다.

범안이었다. 기겁한 심장이 놀라서 철렁했다.

"뉘 집 자식인지 잘빠졌네. 간만에 눈이 호강하네."

칠푼이처럼 영희가 흐흐흐거리며 군침을 흘렸다. 영희의 눈에도 범안의 자태는 훌륭한 모양이었다.

바지주머니에 꽂아놓았던 두 손을 빼고서 범안이 차에서 상체를 떼어냈다. 그의 까만 동공이 국희를 뚜렷하게 바라봤다. 그제야 영희가 국희에게 꽂힌 범안의 시선을 인지했다.

"뭐야? 너 기다리는 사람이야?"

헤벌쭉하던 입술을 닫고서 영희가 곧바로 정색했다.

"언니, 내가 보좌하는 실장님. 저희 언니예요."

하는 수 없이 국희는 짤막한 소개를 했다. 범안이 곧바로 예의바르게 고개를 숙여 인사했다. '실장'이라는 말에 영희가 휘둥그레진 눈동자로 두 사람을 번갈아 봤다. 국희는 영희의 등을 대문 안으로 떠밀었다. 한껏 아쉬워하며 영희가 비로소 사라졌다.

"……연락도 없이 어쩐 일이야?"

"답이 없어서."

그제야 국희는 주머니에서 휴대폰을 꺼냈다. 범안의 부재중 전화와 '집 앞이다.'라는 톡 메시지가 있었다. 한참이나 지난 메시지였다.

"오래…… 기다렸어?"

"아니야. 지나가는 길에 들른 거야."

범안이 덤덤히 대꾸했다. 그녀는 성가시다는 듯 머리카락을 넘겼다.

그녀의 시야에 멀찍이 떨어진 거리에 주차된 시꺼먼 차가 들어왔다. 체크포인트 담당 경호원이었다. 주말엔 두 명의 경호원이 교대근무를 한다는 것을 선혁으로부터 진작 전해 들었다.

"얘기 좀 하자."

단호한 음색이었다. 도망치듯 실장실을 나오고, 지금까지 범안의 메시지를 확인 못 한 것을 피한다고 오해하는 듯했다. 백 퍼센트 오해라고 할 순 없었지만.

민낯에 트레이닝복 차림새라 국희는 인근 공원으로 이동했다. 까만 차 유리에 어른거리는 그림자가 감지되었다. 국희는 범안에게 들키지 않도록 고개를 까닥거려 줬다. 요원은 국희를 알아봤는지 뒤따르지 않았다.

한가로운 공원 입구로 나란히 들어섰다. 근처 벤치로 향하다 범안이 자판기에서 음료수를 뽑아왔다. 다른 공원이었음에도 오래전 둘이서 벤치에 앉았던 때와 비슷한 풍경이었다.

"피한 거 아니야. 어쩌다 보니 타이밍이 맞지 않았어."

공연한 오해는 원치 않아 국희가 먼저 시원스레 말했다.

"그랬다 생각 안 해. 내가 무턱대고 찾아온 건데, 뭘."

음료수를 한 모금 마신 범안이 대답했다.

둘 사이에 불편한 침묵이 맴돌았다. 선뜻 침묵을 깨지 못하고 적막한 시간만 흘렀다.

그녀는 무관심을 가장하며 음료수를 홀짝거렸다. 건조한 입술을 음료수가 촉촉이 적셨다. 범안은 무릎에 팔꿈치를 대고 상체를 숙인 상태로 인적 없는 공원의 가장자리를 응시했다.

"미안해."

침묵을 깨며 범안이 사과했다.

음료수를 홀짝대던 국희의 손이 멈칫했다. 충동적인 키스에 대한 사과인 건가.

범안은 구구절절 부연하지 않았다. 이어질 말을 잠자코 기다렸지만 그는 입을 다물었다. 말이 어려운 듯했다. 그도 머릿속이, 감정이 복잡한 모양이었다. 범안에게서 보지 못했던 망설임이었다. 9년 전 그는 주저 없이 모든 감정을 그대로 표출했는데……. 불쾌하진 않았지만 감정이 어수선하고 미묘해졌다.

국희는 벤치 옆의 쓰레기통에 빈 음료수 캔을 버리고 일어났다. 부질없는 시간이 흘러가는 건 갑갑하다.

"가. 월요일에 봐."

무뚝뚝하게 인사하고 국희가 몸을 돌렸다. 그 순간, 범안의 손이 뻗어졌다. 그가 국희의 손목을 잡았다.

"기회를 줘."

그의 진지한 눈매가 반듯이 올라왔다.

"내게 만회할 기회를 줘."

그가 부탁했다. 그녀의 손목을 쥔 그의 손아귀에 힘이 들어갔다.

서걱거리는 가을바람이 운동장 벤치 주변에 깔린 낙엽을 쓸었다. 마른 나뭇잎의 퇴색된 향을 품은 바람이 그녀의 머리카락을, 그의 머리카락을 어르듯 스쳤다. 투명한 갈퀴 같은 바람은 그의 커다란 손에 묶인 듯 잡힌 그녀의 살갗을 할퀴며 잔향의 자취를 남겼다.

멀찍이 산 중턱에 걸쳐 있던 해가 뉘엿뉘엿 저물어갔다. 산등성이 위로 푸른 기운을 띠던 하늘이 채색되듯 홍조의 빛을 은은하게 퍼뜨렸다. 말갛던 구름도 물들 듯 서서히 제 색을 잃어갔다.

손을 들었다.

바람결에 나부끼며 뺨을 간질이는 머리카락을 넘기면서 한 걸음 물러났다. 스륵 놓치듯 범안의 손이 떨어져 나갔다.

"9년 전엔 널 좋아했었어. 너와 있는 게 좋았어."

그가 솔직하게 고백했다.

"그런데 비겁하게 널 혼자 두고 갔어. 내내 미안하고 걱정됐어. 그래도 올 수 없는 사정이 있었어. 시일이 지나고 나선 연락할 수도 없었어, 변명만 늘어놓게 될 것 같아서."

범안의 눈꺼풀이 아래로 내리깔아졌다.

"사실 지금도 비겁해. 이력서를 봤을 땐 마냥 반갑고 즐거웠어. 그게 다일지 아닐지 감정이 명확하지 않아. 그런데…… 금요일엔……."

짧은 침묵이 호흡을 멈추게 했다.

"……충동적이었던 것 같아."

실수임을 인정하는 말이었다.

불같은 감정을 바라는 것도, 감정이 있다는 고백을 바란 것도 아니었는데 서운했다. 잊었던 감정이 되살아난 것도 아니면서. 밀려드는 이중적인 감정에 공연히 씁쓰레해졌다.

"……만회 같은 거 안 해도 돼. 그냥 편히 없었던 일로 해. 그럼 되잖아."

그녀는 한 발 더 물러났다.

건조해지는 입술을 차분히 다물었다. 그의 눈매에 스치듯 거뭇한 음영이 내비쳤지만 일부러 감추듯 곧바로 사라졌다.

"지국희."

돌아서려는 발길을 나지막한 울림이 잡았다. 사로잡히듯 그녀의 동작이 멈췄다.

"우리, 다시 가까이 서자."

범안이 벤치에서 찬찬히 몸을 일으켰다. 반사적으로 국희는 화들짝 놀랐다. 그의 동공 빛이 짙어졌다.

"9년 전처럼. 아직은 이르다면."

범안이 한 발 성큼 떼어 다가왔다. 두 사람의 거리가 좁혀졌다.

"한 발, 한 발 천천히."

진득한 시선이 그녀를 묶었다.

돌연 얌전하던 맥박이 가쁘게 뛰기 시작했다. 두근거리는 박동에 숨이 찰 지경이었다. 그녀는 그의 시선을 회피하며 간신히 한 발자국 더 뒷걸음질 쳤다.

지나갔던 바람이 선회하듯 되돌아왔다. 바람의 선득한 자극은 인식조차 못 했다. 심원의 동공은 흔들림이 없었다. 빨려들 듯 깊은 눈동자에서 뿜어내는 열기가 얼었던 심장 언저리를 해빙시켰다. 시릴 정도로 뜨거웠다.

까르르.

그때, 해맑은 아이들의 웃음소리가 들렸다.

이끌리듯 고개를 돌렸다. 두 명의 어린아이가 공원 입구를 통과하고서 빠르게 뛰어갔다. 뒤따르던 엄마가 '뛰지 말라.'며 꾸짖었다. 두 사람의 시선이 잠시 아이들에게 머물렀다.

"싫어."

하마터면 꼴딱 넘어갈 뻔했다.

최면에 빠져 있던 정신이 퍼뜩 현실을 직시했다. 어지럽던 감정을 추스르고 국희는 딱 잘라 거부했다.

"뭐?"

범안의 눈썹이 실룩거렸다. 그가 발을 떼며 다가오려 했다.

"멈춰! 딱 거기!"

국희가 꽥 소리쳤다. 그러면서 범안의 발끝을 손가락질하며 선을 긋듯 휘휘 저었다. 일그러진 범안의 눈길이 가느다란 손가락을 내려다봤다.

"서긴 뭘 가까이 서? 내가 또 얼렁뚱땅 넘어갈 것 같아? 난 이제 순진한 열여덟 지국희가 아니야. 우린 딱 이만큼의 거리가 적당해. 종전처럼 업무적인 관계만 유지해."

야멸차게 이죽거린 그녀는 몸을 휙 틀었다.

"지국희."

"네네, 실장님."

공원 입구로 향하는 국희를 급히 범안이 쫓아왔다. 그녀는 귀찮다는 듯 파닥파닥 손사래를 치며 앞을 응시했다. 가슴 끄트머리에서 일어난 소용돌이에 대한 유일한 방어였다. 범안의 기다란 다리가 크게 걸어와 나란히 섰다. 그녀는 성가신 양손을 트레이닝복 재킷에 찔러 넣었다. 설렁거리는 품새가 영락없는 동네 날라리였다.

"너, 사람이 진지하게 말하는데……."

"저도 진지합니다요. 꺼지십시오."

턱을 까닥거리며 국희가 껄렁하게 잘랐다. 범안이 황당한 듯 헛웃음을 흘렸다. 국희는 아랑곳하지 않고 투덕투덕 계단을 내려갔다. 계단을 내려와 골목 모퉁이를 빙 둘러 초록 대문에 다다랐다. 경호요원의 검은 차는 굳건히 자리를 지키고 있었다.

"우리 관계를 딱 업무적으로만 유지하고 싶어?"

"그렇습니다. 우리라고 하지 마십시오, 느글거리니까."

단도직입적인 질문에 국희는 칼같이 대답했다. 그녀의 둥그런 정수리를 내려다보던 범안이 어이없다는 듯 쿡 웃었다.

"그럼 넌 그렇게 해."

대수롭지 않다는 듯 가뿐한 어조였다.

넌? 엉뚱한 말에 고개를 갸우뚱하며 그녀가 걸음을 멈췄다. 뒤에서 범안의 기다란 기척이 감지됐다. 그 순간, 따스한 숨결이 귓가에 닿았다.

"난 내 마음대로 할 거니까."

바로 등 뒤에서 상체를 숙인 범안의 입술이 귓가에 머물렀다. 그의 입안을 메웠던 숨결이 공기를 타고 귓불로 전해졌다. 오소소한 전율이 돋았다. 국희는 무심결에 움찔하며 호흡을 멈췄다. 기껏 제자리로 돌려놓았던 맥박이 불끈 자지러졌다.

"월요일에 보자."

씩 매력적인 미소를 그리며 그가 손을 들어 그녀의 정수리를 쓰다듬었다. 의도적인 행동에 놀아나는 것 같아 국희는 신경질적으로 손을 휙 들었다. 하지만 범안이 빨랐다. 가뿐히 손을 치우고는 명쾌하게 주차된 흰색 차로 걸어갔다. 퉁퉁 부은 국희에게 손까지 흔들어주는 여유를 부리더니 운전석에 올라탔다. 매섭게 흘기는 국희를 백미러로 힐끔 지켜보는 그의 입술이 길게 늘어났다. 곧 시동을 걸고, 그 자리를 떠났다.

짧은 간격으로 검은 차도 국희의 곁을 지나쳤다.

국희는 꼼짝 않고서 범안의 차 후미를 쏘아봤다.

의중이 가늠되지 않는다. 재회한 지 얼마 안 되었는데 그사이 감정이 생겼을 리는 만무했다. 이제 와서 9년 전 감정으로 돌아가자는 소리는 더더욱 아닐 것이다. 그럼 뭘까? 충동적인 키스로 인한 죄책감 비슷한 책임감인가?

그녀의 아랫입술이 질끈 맞물렸다.

어느덧 등 뒤로 가물거리던 해가 완연히 졌다. 인적 없어 적요해지는 골목길에 어스름한 어둠이 내려앉았다.

오피스텔 지하주차장으로 미끄러지듯 들어서던 범안의 차가 중앙 라인에 멈췄다.

냉철한 눈길이 백미러로 이동했다. 거리를 두고서 검은 차가 지하주차장 내로 서서히 진입했다. 정지한 범안의 차를 의식한 듯 검은 차는 초입에서 빙 두르듯 돌며 빈자리를 찾았다.

정오가 넘어 인규와 식사를 끝내고 오피스텔로 돌아왔었다. 그리고 바로 제 차로 옮겨 타고 국희의 집으로 향하는 동안에도 내내 따라붙던 차였다.

범안은 국희슈퍼 앞에 주차하고 일부러 차 밖으로 나와 검은 차의 동태를 살폈었다. 검은 차가 멀찍이 떨어진 골목 어귀에 주차하고 대기하는 것까지 확인하며 모른 척 차에 기대고 지켜봤다. 감시자는 공원까지 쫓아오진 않았고 여지없이 오피스텔까지 뒤따랐다.

느른히 주차 라인에 주차하고서 범안이 날렵한 몸짓으로 차에서 나왔다.

짐짓 태연한 척 성큼성큼 엘리베이터로 걸어갔다. 비상구로 들어서면서 슬며시 고개를 틀었다. 뒤쫓듯 곧바로 차에서 내리는 남자가 언뜻 보였다. 검은색 정장 차림의 키가 큰 남자였다. 어둑한 저녁 시간이고 지하주차장인 탓에 남자는 선글라스를 벗고 있었다. 의심 살 만한 행동을 하지 않으려는 철두철미한 자세였다.

인규의 말마따나 전문가다. 범안은 확실하게 간파했다.

보폭이 큰 걸음걸이로 걸어가면서 감시자를 내리 주시했다. 남자는 거리를 두고서 미적거리고 있었다. 엘리베이터 앞에 서면서 휴대폰 통화 버튼을 눌렀다.

"어디십니까?"

[주차장 입구입니다.]

범안의 질문에 인규의 활달한 목소리가 들려왔다.

국회슈퍼에서 출발 직전 인규에게 귀가를 알렸었다. 인규는 범안이 들어올 때를 맞춰 오피스텔에 먼저 도착하고 도보를 이용해 감시자 차량을 지켜볼 예정이었다. 거리를 두고 뒤따르는 차량의 오피스텔 진입 여부를 확인하기 위함이었다.

"확인하셨습니까?"

[비밀번호를 누르고 주차장에 진입하더군요.]

역시. 인규의 대답에 범안의 예리한 눈초리가 감시자에게로 향했다. 범안이 전화를 받으며 멈춰 있자 남자 또한 제 차 앞에서 미동하지 않은 채 휴대폰을 들고 있었다.

오피스텔 주차장은 거주자로 등록된 차량번호를 무인경비시스템이 인식하거나 거주자에게 부여되는 비밀번호를 누르고 진입할 수 있었다. 외부 방문자는 방문 호수를 등록하고 관리직원 확인 후에야 진입할 수 있었다. 감시자가 거주자 비밀번호를 알고 있다는 뜻이었다.

[그 친구는 지금 어디에 있죠?]

"주차장에서 대기 중입니다."

인규의 질문에 범안은 감시자를 주시하며 대답했다.

[그럼 바로 올라가세요. 그 친구가 어디로 이동할지 예상되네요. 제가 확인 후 연락드리겠습니다.]

인규가 재미있다는 듯 픽 웃었다. 통화를 끝내고 범안은 엘리베이터 버튼을 눌렀다. 딩동— 엘리베이터 문이 열리자마자 주저 없이 올라탔다.

얼마의 시간이 지나고 인규로부터 감시자는 관리사무소로 이동했다는 연락을 받았다. 감시자는 관리사무소에서 로비, 복도와 엘리베이터에 부착된 CCTV를 통해 오피스텔 내의 범안의 행보를 지켜보는 것이었다.

오피스텔은 아버지 소유다. 거주자 비밀번호에, 관리사무소까지 자유자재로 드나드는 것을 보아 아버지가 보낸 사람이 확실하다.

비릿한 조소가 범안의 입가가 번졌다.

다음 날, 국희가 출근수행을 위해 오피스텔에 방문했을 때도 범안은 평소처럼 평온한 자세를 유지했다. 국희와 나란히 주차된 차로 이동하면서 그의 예리한 동공은 주위를 훑었다. 그러나 검은 차는 주차장 내에 없었다. 운전을 하면서도 백미러로 확인했지만 끝끝내 검은 차는 출현하지 않았다. 미행하는 듯한 다른 차량 또한 보이지 않았다. 어째서?

"국희야."

인성그룹 빌딩 내 지하주차장에 주차하자마자, 범안은 입을 열었다. 안전벨트를 풀고 보조석 문을 열던 국희가 넘겨다봤다.

"수행비서 채용이 사장실 통해서 이뤄진 거지?"

"어."

"혹시 특별한 지시받은 것 있어?"

"무슨 지시?"

의아한 듯 국희가 반문했다.

"아니야."

범안은 고개를 슬며시 가로젓고 차에서 내렸다. 수행비서 채용 이유를 알 듯했다. 업무시간엔 비서를 곁에 두고 그 외의 시간엔 감시자를 두는 것.

철저하게 옭아매시는군요, 아버지.

그의 눈매가 찌푸려졌다.

별안간 날아온 질문에 간신히 의연하게 대처하고선 국희는 마른 침을 살짝 삼켰다. 무슨 뜻의 질문이지? 특별한 지시라니……. 설마 경호원인 걸 들킨 건가?

긴장한 채 걸으며 그녀는 곁눈질로 범안을 일별했다. 다행히도 범안에게서 별다른 표정 변화를 감지할 순 없었다. 의례적인 질문인데 지레짐작한 모양이었다.

"편 실장님."

엘리베이터를 기다리고 있는데 애교 섞인 가느다란 목소리가 들렸다. 자연스레 두 사람의 고개가 뒤로 틀어졌다.

굴곡진 몸매가 역력히 드러나는 원피스를 입은 여자가 웨이브 진 긴 머리를 찰랑거리며 다가왔다. 도회적인 분위기가 물씬 풍기는 화려한 이목구비의 여자였다.

"안녕하세요."

"좋은 아침이네요."

범안의 차분한 인사를 받으며 여자가 잘 다듬어진 눈썹을 치켜올렸다. 그녀의 늘씬한 자태가 한눈에 들어왔다. 군살 한 점 없는 늘씬한 등줄기를 따라 가냘픈 허리 라인 아래로 이어지는 빵빵한 엉덩이.

"차에서 같이 내리시던데……. 이분이 새로 채용되었다는 수행비서인가 보네요?"

9㎝쯤 높은 킬힐을 신은 그녀가 국희를 점수 매기듯 훑어 내렸다. 실제 그녀의 키는 160㎝ 정도일 듯했다.

범안이 국희와 그녀를 각각 소개했다. 그녀는 마케팅지원팀 배윤진 팀장. 나이는 한두 살 연상쯤으로 가늠되었다. 젠체하는 듯한 윤진의 태도가 꼴같잖았지만 국희는 내색하지 않고 외면했다.

"그런데 어째서 편 실장님이 운전해요?"

국희에게 은근한 경계심을 보내며 윤진이 의아한 듯 물었다.

"제 차니까 그게 편해서요."

"아하, 그렇구나. 오후에 마케팅 전략회의 있는데 참여하실 건가요?"

"안 그래도 배 팀장님께 물어볼 것이 있었어요. 강원도 지역의 매장 브랜드 선호도 분석이나 분포 자료를 받고 싶은데요."

"강원도 지역이요? 그쪽에는 브랜드들 중 커피전문점 'IN'이 가장 선호도가 높긴 해요."

열린 엘리베이터에 국희가 먼저 올라타서 열림 버튼을 누르고 대기했다. 두 사람이 편안히 대화하며 안으로 들어왔다. 국희는 재빨리 한 걸음 뒤로 물러나서 차분히 양손을 맞잡았다.

"각 지역마다 분포되어 있습니까? 동해라든지 삼척, 이런 곳이요."

"저도 그건 자료를 봐야 알겠네요? 바닷가 라인 말씀이죠?"

"네."

윤진의 질문에 범안이 짤막히 대꾸했다.

"원하는 자료 찾아서 드릴게요. 브랜드 확장 기획 잡으시는 거예요?"

"네. 확인하고 지역 탐방을 해볼 계획입니다."

"자료 찾아드리면 밥 사주실 거죠?"

"그러죠."

윤진의 스스럼없는 요구에 범안이 피식 웃으며 가뿐히 응수했다.

"그럼 술은 제가 살게요. 우리 마케팅 전략에 대해 심층 있게 논의해 봐요. 궁금하신 점도 다 알려 드릴게요."

그녀가 은근슬쩍 범안의 팔을 잡으며 교태 섞인 눈웃음을 쳤다.

"참, 지역 탐방할 때 저도 껴주세요."

엘리베이터가 18층에서 멈췄다. 먼저 내린 그녀가 화사하게 까르르거리고서 요염하게 허리를 틀었다. 닫히는 문 너머로 그녀의 빵빵한 뒷모습이 명확히 들어왔다. 사심 가득한 추파를 던지고 있었다. 무뚝뚝한 표정만 일관하던 국희는 눈알을 번뜩이며 윤진의 등을 쏘았다.

토요일에 오고 간 대화로 불편할 것이라 예상했지만 분위기는 의외로 평온했다. 국희에 대한 배려인지 범안은 사뭇 태평히 대했다. 덕분에 긴장했던 국희도 한시름 놓았다. 한편으론 역시 충동적인 책임감에 따른 언급이었다고 확신했다.

—선배, 부탁한 거 가지고 정문에서 대기 중.

오전 일과가 끝나고 인트라넷에 올라온 업무 지침을 확인하는데 톡 메시지가 왔다. 재운이었다. 국희는 '곧 내려간다.'고 답하고 내선을 눌렀다.

"잠깐 자리를 비웁니다. 이동 시 휴대폰으로 바로 연락 주세요."

[곧 점심시간인데?]

"방문자가 있어서 정문 앞에 다녀와요. 단독행동 절대 안 돼요."

[금방 올 거지?]

거듭된 강조에 대한 대답은 안 하고 범안이 물었다.

"네."

그녀는 간결하게 대답하고 수화기를 내려놓았다. 설마 이 틈에 또 사라지는 건 아니겠지? 그래도 범안이 약속했으므로 믿자고 주억거리고서 그녀는 부랴부랴 밖으로 나왔다.

재운은 여느 때처럼 깔끔한 검은색 정장 차림으로 정문에서 어슬렁거리고 있었다. 걸어 나오는 국희를 발견한 재운이 쾌활하게 손을 번쩍 들었다.

"오, 선배. 치마 입었네?"

늘씬하고 허여멀건한 다리에 재운의 눈이 휘둥그레졌다. 으레 바지정장 차림이거나 도복 입은 국희만 본 탓이었다.

"가져왔어?"

"선배, 진짜 예쁘다."

먹이를 발견한 육식동물처럼 침 흘릴 기세로 재운이 헤헤거렸다. 그가 노골적으로 미끈한 몸매를 훑었지만 국희는 아랑곳하지 않고 손바닥을 내밀었다.

"빨리 줘."

"여기서?"

재운이 경계하듯 주변을 살폈다.

대수롭지 않은 물건이라 해도 쉴 새 없이 사람들이 들락거리는 곳에서 건네받긴 조심스럽긴 했다. 국희는 맞은편 자그마한 공원을 턱짓했다. 환경적인 측면에서 조성된 작은 공원이었다. 정오가 다가오는 시간이라 공원은 인적이 드물었다. 가까운 벤치에 도달하자마자 물건을 건네받았다.

"진짜 콤팩트하네."

"그렇지? 최신형이야. 무게도 200g 이하라 가볍고. 타격감, 그립감도 최고야. 어디에 소지하게? 그 옷은 주머니도 아주 작은데?"

비서 유니폼을 연신 훑어보며 재운이 물었다. 손바닥 크기 정도의 삼단봉을 매만지며 국희가 씩 웃었다. 벨트에 탈착이 가능하도록 스냅록 클립이 있어 아주 흡족했다. 불편한 비서 유니폼을 착용한 탓에 대비 차원으로 재운에게 부탁한 물건이었다.

"허벅지에. 벨트 찼어."

"와우! 완전 섹시하겠다."

상상의 나래를 펼치던 재운이 능글맞게 웃더니 별안간 국희의 허리를 한 팔로 감아 끌어당겼다.

"선배, 이제 내 마음을 받아주는 것이……."

"한 대 맞고 싶지?"

억지로 벗어나지 않고서 그녀는 쿡 웃었다. 재운이 턱을 숙여 그녀의 눈을 가까이서 들여다봤다.

"때려줘."

그의 능청에 그녀는 깔깔 웃음을 터뜨렸다. 돌연 재운의 어깨가 움찔했다.

"선배…… 등 뒤에서 어마어마한 살기가 감지되는데……."

여전히 감은 팔을 풀지 않고서 재운이 고개를 돌렸다. 국희도 턱만 움직여 빈틈으로 뒤편을 넘겨다봤다. 공원 입구에 우뚝 발을 멈춰 서서, 날 선 동공을 희번덕거리는 범안이 보였다.

/

4화
뛰는 놈 위에 나는 비서

/

영락없이 날짐승 한 마리가 으르렁거리는 모양새다.

이글거리는 범안의 눈동자가 재운에게 비수처럼 꽂혔다. 놀란 국희는 얼른 재운의 가슴을 밀어냈다.

"저 남자 뭐야?"

주춤 떨어진 재운이 경계하는 눈초리로 범안을 주시했다.

먼저 발을 뗀 건 범안이었다. 그가 성큼성큼 큰 걸음으로 다가왔다. 걸음걸이조차 위압적인 것이 일말의 빈틈이 없었다. 국희는 삼단봉을 잽싸게 상의 주머니에 넣었다. 삼단봉이 약간 튀어나왔지만 다행히 범안은 물건에는 무관심했다.

"누구시지? 남자친구신가?"

딱 발을 멈춘 범안은 뚝뚝하게 물었다.

태연히 굴고는 있지만 그의 속은 부글부글 들끓었다. 키는 180㎝ 못 미치고 호리호리한 체형의 녀석은 꽃미남 아이돌처럼 예쁘장한 이목구비였다. 제 키보다 작은 녀석을 범안이 짐짓 거만스레 내려다봤다.

"선배, 이 사람 알아?"

재운이 그의 의중을 간파한 듯 불쾌감을 한껏 드러냈다. 두 남자의 동공이 전투 모드로 화르르 불타올랐다.

"후배예요. 내가 보좌하는 기획실장님."

국희가 끼어들어 간단히 소개했다.

'후배' 라는 말에 범안의 한쪽 입술이 실룩 올라갔다.

"단순 후배님이시군요."

"기획실장님……. 단순 상사님이시군요."

슬그머니 비꼬는 범안의 말을 재운이 맞받아치며 깐죽거렸다.

범안이 손을 불쑥 내밀어 악수를 청했다. 재운도 기다렸다는 듯 거침없이 맞잡았다. 호리호리한 체형과 달리 재운의 손아귀 힘은 황소처럼 드셌다. 우악스러운 남자들의 손등과 손목에 시퍼런 핏줄이 도드라졌다.

이러다 내 등 터지겠네. 고래들 사이에 낀 새우가 된 기분으로 국희는 남자들을 번갈아 봤다.

원래 재운은 유난히 손아귀 힘이 강한 녀석이다. 날고 긴다는 유단자들이 득실거리는 사내에서도 녀석에게 악수나 팔씨름으로 이긴 사람이 없다. 초반이라 범안이 상당히 여유로운 기색이지만 곧 기세가 밀릴 것을 알기에 국희는 손을 번쩍 들었다.

"무승부!"

두부 가르듯 손날로 꽉 맞물린 남자들 손 사이를 쓱싹 베어버렸다. 갈고리처럼 엉켰던 손들이 떨어져 나갔다. 남자들이 황당하다는 듯 쳐다봤지만 국희는 태연자약했다. 어처구니없어 실소하던 범안이 눈길을 돌리다 재운과 눈이 마주쳤다. 머쓱한 상황에 헛기침이 나왔다.

"왜 나왔어?"

"안 와서 나왔지."

"어련히 안 갈까……."

퉁명스러운 범안의 대답에 국희가 핀잔했다.

"한창 바쁘신데 내가 방해했나?"

불편한 심기를 잔뜩 드러내며 범안이 삐딱하게 턱을 기울였다. 한 발짝씩 가까워지자는 고백 아닌 고백은 거절하고서 재운과 끌어안다시피 있는 모습에 언짢은 기색이 역력했다.

공연히 불끈 성질이 북돋아져서 국희는 덤비듯 턱을 꼿꼿이 치켜들었다.

"네, 엄청 방해하셨습니다."

"그럼 지금이라도 갈까요?"

"가시지요. 누가 말립니까?"

가까이 얼굴을 들이밀며 도전하는 범안을 그녀는 질세라 눈을 부라리며 마주 봤다. 두 사람의 불꽃 튀는 눈초리가 허공을 가르며 부딪쳤다.

이 사람들 지금 뭐 하는 거지? 애정 싸움 하는 건가?

지켜보던 재운이 오만상을 찌푸렸다. 지금 보아하니 단순 PC가 아닌 모양이다. 두 사람에게서 뿜어지는 묘한 감정 기류에 재운은 기분이 확 상했다.

"……둘이 무슨 사이야? 원래부터 아는 사이였어?"

재운이 한 발 움직여 국희의 곁에 섰다. 그가 고개를 숙여 국희의 귀 가까이에 입술을 대고 속삭였다. 아슬아슬하게 그녀 귓가에 머문 재운의 입술을 보고서 범안의 눈썹이 꿈틀했다.

"떨어져."

말보다 행동이 먼저였다. 범안이 그녀의 뒷목 옷깃을 잡아채 끌어당겼다. 엉거주춤 국희는 재운에게서 떨어졌다.

"둘이 선후배 사이라며? 간격을 유지해."

"기획실장님이 무슨 상관이에요?"

"상관있어요. 아주 많아요."

못마땅해서 덤벼드는 재운에게 범안도 서슴없이 맞받아쳤다. 두 남자가 또 으르렁거리듯 불꽃을 튀겼다.

왜들 평소답지 않게 유치하게 이러실까? 급격히 피로감이 몰려온 국희가 손사래를 치듯 손을 저었다.

"재운아, 고맙다. 이제 가봐."

"어? 어."

말 잘 듣는 재운이 금세 물러나려고 했다.

"점심시간인데 왜 후배님 밥도 안 먹이고 보내지?"

범안이 이죽거리더니 별안간 재운에게 눈길을 돌렸다.

"점심 먹었어요? 내가 살 테니까 같이 갈래요?"

"어? 정말요? 저야 좋죠."

뜬금없는 범안의 제안에 재운은 선뜻 대답했다. 한판 붙을 기세였으면서 공짜밥이라면 환장하는 거지 근성의 녀석이기에 반사적인 반응이었다. 돌연 행동을 바꾼 범안의 의도가 요상해 국희는 안 된다는 듯이 고개를 설레설레 흔들었다. 하지만 그들은 의기투합한 듯 성큼성큼 걸음을 옮기고 있었다. 하는 수 없이 그녀는 남자들을 쪼르르 쫓아가 재운 옆에 섰다.

'너는 왜 눈치도 없지……?'

"배고프단 말이야."

눈짓으로 타박하는 그녀에게 재운이 입술을 뾰족이 내밀며 애교를 부렸다. 여자 입술보다도 예쁜 재운의 입술이 햇살을 받아 윤기가 자르르 흘렀다. 스스럼없이 좁은 거리를 유지하는 두 사람이 범안은 마뜩잖았다. 인내심 있게 지켜보다가 끝내 못 참고 국희의 팔을 획 잡아당겼다.

"억."

외마디 비명을 토해낸 몸뚱이가 범안의 옆구리에 붙었다.

"어?"

재운이 '해보자는 겁니까?' 하는 표정으로 범안을 쓱 넘겨다보더니 성큼 발을 크게 움직였다. 그가 국희의 팔에 찰떡같이 붙으며 방어전을 펼쳤다. 쓸데없는 신경전으로 국희는 햄버거 패티처럼 남자들 사이에 끼고 말았다.

"대체 뭐 하는 거야!"

끝내 이성의 끈이 뚝 끊어져 버린 국희.

그녀의 고함에 그들이 부리나케 떨어졌다. 경고하듯 부라린 눈으로 남자들을 한 번씩 일별한 그녀가 투덕투덕 앞장섰다. 쪼르르 두 남자가 뒤따랐다.

걷다가 힐끔 보니 여전히 서로를 경계하는 남자들이었다. 재운이야 원래 그런 녀석이니 익숙한데 범안까지 녀석의 페이스에 말려 똑같이 유치하게 굴고 있다. 한심해서 혀를 끗끗 차다가 국희는 그제야 주변 여자들의 호감 어린 시선을 인지했다. 점심시간이라 식당가로 쏟아져 나온 여직원들이 많았다. 그녀들의 이목이 범안과 재운에게 집중되어 있었다.

한 명은 여심을 미혹시킬 만한 외모고, 한 명은 엄마미소 떠오르는 꽃미남이니 당연하였다. 언뜻 모델들이 런웨이를 걷고 있는 듯한 착각까지 일었다. 그런 데다 나란히 걷는 두 남자의 조합이 대립되면서도 묘하게 잘 어울렸다. 새삼 매일같이 봐오던 재운까지도 범안 옆에 있으니 빛나서 더 어여삐 보였다.

외모면 외모, 기럭지면 기럭지. 빠지는 게 없구나. 인정할 건 인정하고서 국희는 걸음을 마저 옮겼다. 사뭇 걸음걸이가 위풍당당해졌다. 두 남자를 기사처럼 대동했기에.

"세 분이요?"

불고기뚝배기 정식 전문점으로 들어가니 손님들이 꽉 차 있었다. 급한 종업원의 물음에 국희는 끄덕이고 빈자리로 이동했다. 자리에 앉으면서도 유치찬란하게 남자들의 기 싸움은 이어졌다. 의자에 각각 마주 앉아 국희를 휙 쳐다봤다. 원하는 남자를 선택하라는 듯.

그러든가 말든가. 눈썹 하나 까딱, 찰나의 고민조차 없이 국희는 재운 옆에 털썩 앉았다. 재운이 의기양양하게 입꼬리를 올렸고, 범안은 불만스레 눈썹을 찡그렸다.

곧 종업원이 와서 맛깔스레 상을 차렸다. 재운은 흡족해하며 한 움큼 불고기를 집어 입에 넣었다. 재운은 원래 외모와 달리 식성이 황소개구리 같은 녀석이었다.

"선배, 이분과 원래 아는 사이야?"

"고등학교 동창."

국희의 덤덤한 대답에 범안의 눈썹이 움찔했다. 그에겐 단순 '동창' 이라는 단어가 거슬렸다.

"그럼 선배, 알고서……."

"밥 먹어."

수저를 들며 국희가 딱 잘랐다.

'비서로 위장경호' 정도만 알고 있는 재운이기에 행여 말실수라도 할까 싶어 조바심이 났다. 다행히 재운은 눈치채고 입을 다물었다. 마주 앉은 범안이 재운을 꼼꼼히 살펴보다 입을 열었다.

"직업이 뭡니까? 이 시간에 여유로운 거 보니 일반 직장인은 아닌가 보네요?"

"경호 업무를 합니다. 일정이 다음 주부터라 이 주는 한가합니다."

"그럼 유단자시겠네요?"

"그렇죠. 7대 1도 거뜬합니다."

재운이 거만하게 턱을 올렸다. 국희의 눈썹이 꿈틀했다. 또 한

차례 붙을 기미가 보였다. 경고하는 눈초리로 남자들을 각각 쳐다봤으나 범안은 아랑곳하지 않고 질문을 이었다.

"국희 너도 유단자잖아? 둘이 어떤 선후배 사이야? 학교?"

"……어. 학교인데. 우린 동아리…… 태권도."

"너 비서학과 다니면서 운동은 계속했어?"

얼버무리는 말에 범안은 의심하지 않았다. 조작된 이력서에 '비서학과 졸업' 이라고 명시된 탓이었다. 멋쩍게 고개를 끄덕이는 국희를 보면서 재운이 쿡 웃었다. '비서학과' 가 원인이었다.

웃지 마라. 가자미눈으로 경고하는 국희에게 재운이 마른침을 삼키고서 끄덕거렸다. 재운의 식사 속도에 가속이 붙었다.

"빨리 먹고 가."

"아, 선배. 밥 먹을 때는 개도 안 건드려."

"넌 개가 아니니까."

"내가 개보다 못하다고?"

재운과 투덕거리던 그녀가 소리 내어 킬킬 웃었다.

젓가락을 움직이던 범안이 국희를 차분히 응시했다. 잊었던 기억이 상기되었다. 운동장에서 유연하게 다리를 번쩍번쩍 들던 유단자 지국희. 친구들과 장난치다 허리를 젖히고 목젖 보이게 깔깔 웃던 해맑던 그녀.

그 국희와 같이 밥을 먹는다. 생각해 보면 같이 밥을 먹은 적이 한 번도 없었다.

픽. 그의 한쪽 입술이 늘어났다.

맛있다.

오늘따라 유난히 밥이 달다. 오래전 공원 벤치에서 마셨던 음료수보다 더 단 듯하다.

불안에 떠는 손가락이 뺨을 꾹꾹 눌렀다. 촉촉한 기운이 감돌긴 하나, 무언가 영 석연치 않다.

"간질간질한 느낌이야……."

끝내 영희는 중얼거렸다.

곁에 앉아 있던 국철이 그녀의 팩을 꼼꼼히 살펴봤다.

저녁 식사가 끝나자마자 국철은 누나와 동생을 끌어다 거실 마룻바닥에 눕혔다. 이번 프로젝트로 개발한 팩의 임상 테스트 차원에서였다. 그녀들은 자지러지며 거부했다. 그러나 영화 스크림의 가면처럼 허연 마스크를 한 엄마가 무섭게 으름장을 놓아, 하는 수 없이 받아들였다.

"피부에 숨겨진 노폐물 독소를 제거하느라 그래."

"너, 이거 테스트 끝난 거 맞지? 저번처럼 또 마루타 역할이면 죽는다."

꼼짝 못 한 자세라 영희가 눈알만 부라렸다. 국희도 동조하며 턱을 까닥거렸다.

"진짜…… 이번엔 심혈을 기울여서 만든 거라니까."

"너 어째 목소리가 떨린다?"

"내, 내 목소리야 원래 이랬지. 30분 후에 떼."

국철의 손끝이 미약하게 파들거렸다. 그러나 국희도, 영희도 천장을 보고 있어 미처 발견하지 못했다. 국철은 도망자처럼 부리나케 방으로 들어갔다. 멀뚱멀뚱 천장을 보던 영희가 가자미눈으로 국희를 곁눈질했다.

"네가 보좌한다는 실장, 몇 살이야? 이십대로 보이던데?"

"나하고 동갑."

"그런데 어떻게 실장이지? 아버지가 대표이사거나 그런 거냐?"

"뭐…… 그런 거지."

국희는 건성으로 대답했다. 구구절절 설명하기 귀찮았다.

"역시 귀티가 잘잘 흐른다 했어. 그 외모에, 그런 집안에서 태어나다니…… 다 가졌구만. 그런데 왜 지난번에 우리 집 앞으로 온 거야? 너한테 관심 있어? 아니면 연애해?"

"아니야, 그런 거."

"관심 있으면 잡아봐. 우리처럼 평범한 여자들이 언제 그런 남자를 만나보겠냐? 신데렐라까진 꿈꾸지 못하더라도 진하게 연애라도 하면 좋겠네."

영희 말이 맞다. 신데렐라는 동화 속 주인공 이야기이므로 현실에서는 이뤄지기 힘들다. 설사 좋은 감정이 생기더라도 연애로 만족해야 옳다. 현실은 드라마가 아니니까. 범안도 현실 밖의 환상이나 마찬가지다. 그는 동화 속 왕자님처럼 완벽한 배경에 둘러싸여 있으므로.

"그런 남자한테는 여자도 줄줄 따르겠다. 그렇지?"

넌지시 영희가 말했다.

여자. 편범안의 여자. 불현듯 알싸한 통증으로 내장이 뒤틀렸다.

"주름져. 그만 말해."

'주름져' 의 파워는 강했다. 영희의 입에 곧장 자물쇠가 채워졌다. 국희는 뒤숭숭한 상념을 떨쳐 내려 눈꺼풀을 닫았다. 거뭇한 기운이 아름지는 눈꺼풀 너머 한 남자가 있었다.

"으악!"

온 동네가 들썩일 정도로 끔찍한 비명이 아침나절부터 터졌다. 욕실 거울과 마주한 영희의 비명이었다.

"이럴 줄 알았어! 지국철! 너 나한테 잡히면 죽을 줄 알아!"

쩌렁쩌렁 울리는 고함. 깊은 수면에 빠졌던 국희는 깨어났다. 부스스 눈을 뜨고서 끔벅끔벅 깜빡였다.

"다녀오겠습니다!"

"야! 지국철!"

셔츠 단추도 제대로 채우지 못하고서 국철은 마당으로 달아났다. 할머니와 엄마가 아침을 차리는 평상을 빙 두르고 뛰어가는 국철을 영희가 쫓았다. 바락바락 소리를 지르던 영희가 슬리퍼 한 짝을 벗어 던졌다. 국철의 등에 정확히 슬리퍼가 명중했다. 운동엔 영 소질이 없는 언니라도 타고난 감각은 있었다.

"억!"

짧은 신음을 내뱉고서도 국철은 골목길로 내달렸다. 슬리퍼가 맥없이 마당으로 추락했다.

"그러고 어딜 나가!"

곰돌이가 그려진 핑크 파자마 차림새로 대문턱을 넘어가는 영희에게 엄마가 잔소리했다.

지붕까지 들썩이는 수선스러운 소란이 온 집 안을 차지했다. 국희는 헝클어진 머리카락을 긁적거리며 욕실로 들어갔다. 습관적으로 치약을 바르고 칫솔을 입에 넣었다. 무념하게 거울을 봤다. 몽롱한 시야가 가물가물했다.

"헉! 지국철!!"

곧 뿌옇던 시야가 걷혔다. 거울 속엔 벌건 토마토가 마주 보고 있었다. 국희는 목젖이 보일 정도로 우렁찬 소리를 내질렀다. 아침 댓바람부터 발악하던 영희가 이제야 이해되었다.

"일어났냐?"

벌건 영희가 욕실 문을 벌컥 열고 나타났다. 그녀가 녹차팩을 넘겼다. 팩 부작용으로 희생된 적이 많은 터라 냉동실에는 상비약처럼 피부 진정용 녹차팩이 한 가득 있었다.

"어서 나와서 밥 먹어."

밥공기가 담긴 쟁반을 들고서 주방에서 나오던 엄마가 말했다. 엄마의 얼굴 역시 벌겠다. 토마토 세 모녀가 둥그렇게 섰다. 기막힌 웃음이 동시에 터지고 말았다.

녹차팩으로 진정시키긴 했지만 벌건 기운은 쉬이 가시지 않았다. 피부 자극을 최소화시키려 옅은 피부 화장만 했다. 그 덕에 낯빛이 상기된 것처럼 불그스름했다.

"잘 잤어?"

부드럽고 세련된 느낌의 브라운 슈트를 입은 범안은 오늘따라 더욱 상쾌해 보였다. 국희는 곁눈질로 그를 일별했다. 쾌남의 느낌이 여실히 느껴졌다. 이마에서 찰랑거리는 헤어는 남자답지 않은 투명하고 맑은 피부를 돋보이게 했다. 반면 쌍꺼풀 없는 기름한 눈동자는 유난스레 까맣고 짙었고, 눈동자의 초점도 또렷하여 도발적으로 보였다. 그 아래 반듯하고 날카로운 콧대. 그리고 촉촉한 윤기를 머금은 선홍의 입술. 얇지도 두텁지도 않은 딱 적당한, 키스를 부르는…….

미친. 내면의 자아가 국희의 뒤통수를 후려쳤다. 이탈했던 혼이 돌아왔다.

또 홀리기 시작한 건가. 이 녀석과 엮이면 안 된다. 죄 없는 아랫입술을 질근거리며 그녀는 고개를 수그렸다. 해사한 그와 반대로 벌겋게 칙칙한 얼굴을 들키고 싶지 않았다.

엘리베이터 내림 버튼을 누르고 나란히 기다렸다. 내려다보던 범안이 국희의 홍조 띤 얼굴을 눈치챘다.

"얼굴을 왜 붉혀? 나 보기 수줍어?"

"미쳤냐?"

터무니없는 오해에 국희는 입술을 까뒤집었다. 번쩍 든 얼굴을 범안이 보고야 말았다. 울긋불긋 열꽃이 핀 얼굴이 흡사 단풍잎 같았다. 불쑥 범안의 커다란 손이 그녀의 볼을 잡아챘다.

"얼굴이 왜 이 모양이지? 맞은 거야?"

볼따구니를 짓누르는 엄지와 검지로 인해 그녀의 입술이 도톰하게 모아졌다. 범안의 까만 동공이 놀란 듯 커졌다.

"……노아아……."

뾰족한 입술을 말아 올리니, 범안의 손이 물러났다.

"무슨 일인데? 사고 쳤어?"

"넌 대체 날 뭐로 보는 거야? 내가 사고를 왜 쳐?"

"예전에도 팔랑팔랑 다녔잖아."

걱정하는 건지 시비를 거는 건지. 매섭게 째리고서 국희는 무시했다. 엘리베이터가 도착했다. 먼저 타는 그녀의 뒤를 범안이 자연스레 뒤따랐다. 그녀는 지하 2층 버튼을 누르고서 무덤덤하게 입을 열었다.

"단순 피부 트러블이야."

"갑자기 피부 트러블이 왜 생겨?"

"그게 원래 갑자기 생겨."

성가신 투로 국희는 중얼댔다. 뭐가 그리 재미있는지 범안이 쿡쿡거렸다. 마땅찮아서 국희는 미간을 좁혔다. 돌연 범안이 지하 2층 버튼을 취소시키고서 1층 버튼을 눌렀다.

"주차장으로 안 가?"

로비에 도착했다. 열리는 문밖으로 나서는 그에게 국희는 물었다. 범안이 끄덕이며 어서 나오라는 듯 턱을 휘저었다. 엉거주춤 따라 내리니 그가 시원스레 걸음을 옮겼다. 로비를 가로질러 정문 밖으로 나왔다. 그는 곧장 횡단보도로 이동했다.

"어딜 가는 거야?"

"지하철 타고 출근할 거야."

"차에 문제 있어?"

"그렇다고 볼 수 있지."

모호한 답이 날아왔다. 미심쩍었지만 우선 따라나섰다. 앞장서던 그와 뒤따르던 그녀의 보폭이 어느 순간 나란히 맞춰졌다.

선선한 바람이 퇴색된 플라타너스 잎사귀를 만지작거렸다. 짤막한 사철나무 울타리 너머 공원은 한적했고, 입구에 곧추세워진 시계탑의 시곗바늘은 8시를 향해 규칙적인 박자를 타고 있었다. 혼자 걷던 길을 범안과 같이 걸으니 공연히 낯설었다. 아침 전경이 청명한 색을 띤 듯 또렷하게 동공을 채웠다.

"출퇴근할 때 지하철을 이용하지?"

"응."

가벼운 질문에 가볍게 대답했다.

"잠시만."

지하철역 입구에 도착했을 때, 범안이 그녀를 넘겨다보더니 어딘가로 성큼성큼 걸어갔다. 빠르게 움직인 그는 지하철 역 앞 약국으로 들어갔다. 멀뚱거리며 국희는 약국 앞에서 대기했다. 잠시 후, 약봉지를 든 범안이 나왔다.

"이거."

"뭐야?"

"피부 트러블 가라앉혀 준대. 순한 거라 세안 후 바르면 된대."

약봉지 안에는 자그마한 크림이 들어 있었다. 그녀의 피부 트러블이 못내 신경 쓰였던 모양이다. 고맙다는 말을 해야 하는데 선뜻 입술이 떼어지지 않았다. 머뭇거리며 약봉지를 받아 든 그녀는 가방에 넣었다. 부스럭거리는 그녀를 범안이 편안히 주시했다. 그의 시선이 정수리에 닿았으나 국희는 모른 척했다. 얌전하던 가슴에 잔잔한 파장이 일었다. 내색 없이 발걸음을 움직였다.

두 사람은 조용히 플랫폼에 도착했다. 대다수의 직장인이 출근하는 시각이라 인파가 상당했다.

"사람이 많네."

"그럴 시간이잖아."

범안은 낯선 풍경인 듯 주위를 둘러봤다. 국희는 익숙하기에 가뿐히 대답했다.

지하철이 도착했다. 스크린도어를 넘어 승객이 꽉 메워진 지하철에 올라탔다. 생각 이상의 승객으로 범안은 당혹스러워했다. 서민의 일상을 겪어보지 못한 것이 역력히 드러났다. 한심해서 그의 등허리를 눌러주며 국희는 능숙하게 비집고 들어갔다.

장신의 다부진 체격이라 범안은 거뜬히 문가의 모서리 부분을 차지했다. 국희는 그를 보호하려 앞을 막아섰다. 그러자 범안이 그녀의 팔을 잡아채어 안쪽으로 밀어 넣었다. 되레 그녀가 그에게 감싸여졌다. 이럴 상황이 아닌데. 벙긋 토해내고 싶은 심정을 애써 참았다.

지하철이 출발하는 순간, 짧은 요동으로 흔들렸다. 승객들의 몸이 물결 타듯 미약하게 밀렸다. 국희는 무심결에 팔을 번쩍 들어 그의 어깨를 감았다. 마치 그를 안는 듯한 자세가 되어버렸다. 머쓱해진 국희는 쭈뼛쭈뼛 팔을 내렸다. 범안이 피식 웃으며 턱을 기울였다. 그의 입술이 귓가에 스치듯 가까워졌다.

"매일 이걸 겪어?"

"지옥철 한 번도 안 타봤지?"

"응. 이렇게 사람 많은 지하철은 처음이야."

"시간대별로 달라. 매번 이렇게 심한 편은 아니야."

지하철이 다음 역에 멈췄다. 한 무더기의 승객들이 파도처럼 밀려들었다. 약간의 틈이 있었던 국희와 범안이 거의 밀착되다시피 붙었다. 어설프게 안긴 꼴이었다.

"사람 진짜 많다."

"왜 뜬금없이 지하철을 타자고……."

사뭇 즐기는 투로 범안이 속닥거렸다. 국희는 원망의 눈초리를 들었다. 그의 미소 띤 눈동자가 코앞이었다. 돌연 맥박이 불끈했다. 그녀는 잽싸게 고개를 숙였다.

"내 마음대로 한다고 했잖아."

"웃겨. 그런 협박에 내가 겁낼 줄 알고?"

"아니. 만만한 지국희가 아니잖아."

기분 좋은 듯 그가 쿡쿡거렸다. 어처구니없어하던 국희도 픽 웃고 말았다.

지하철은 다음 역에서 멈췄고, 내리는 사람 없이 승객이 더 탔다. 밀리는 힘을 받치던 범안이 팔을 공중으로 올렸다. 그가 그녀의 어깨를 안 듯 감으며 보호했다. 국희의 등은 벽에 바짝 붙어버렸고, 두 사람의 몸은 찍찍이처럼 붙어버렸다. 동공 가득 범안의 넥타이가 들어왔다.

PC에게 보호를 받고 있다. 뒤바뀐 상황이 못내 신경 쓰이면서 한편으론 기분이 좋았다. 그의 든든한 가슴팍이 제 눈앞에 있어서인 모양이다. 그의 너른 가슴팍이 크게 오르락내리락했다. 슬쩍 눈꺼풀을 들면 그의 입술이 있었다. 가까워진 그의 입술이 여릿한 숨소리를 내뱉고 있었다. 국희는 머리를 더 깊숙이 조아렸다. 이마가 범안의 가슴팍에 기대어졌고, 정수리 위로 범안의 날렵한 턱이 닿았다.

의식이 되었다.

속삭이듯 살포시 다가와 귓불을 건드리는 잔잔한 숨결, 어깨를 감은 든든한 커다란 손의 온기, 심장 소리도 들릴 것처럼 밀착된 너른 가슴팍, 은은하게 코끝을 자극하는 상쾌한 스킨 향.

모든 신경의 감각이 바싹 곤두섰다. 붉은 혈액이 용솟음치는 심장이 얼굴만큼 발긋하게 달아올랐다. 탁한 공기가 여과되었다. 좁디좁은 내부를 꽉 채운 인파로 후덥지근하게 달궈졌던 탁했던 공기가, 어느 순간 라일락 향을 실은 봄날처럼 다디달아졌다.

“내려요.”

“밀치지 마세요.”

“죄송합니다.”

산만하던 소음도 잦아들었다. 신경 거슬리는 소란이, 먼발치서 잔잔히 퍼지는 BGM처럼 들려왔다. 신기한 일이었다. 다른 때보다도 많은 사람들 틈에 있으면서 오롯이 단둘만 있는 기분. 미열이 오른 듯 뜨거워진 몸뚱이의 감각들이 제 할 일을 못 하는 모양이었다.

“불편해?”

걱정스러운 음색으로 범안이 물었다. 간질이는 숨결이 귓불에 닿았다.

“……응.”

진심이 담긴 자그마한 끄덕거림을 했다. 이마가 그의 넥타이를 쓸었다. 수줍게 두근거리는 맥박을 진정시키려 했으나 소용이 없었다. 범안이 틈을 만들 속셈인지 상체를 뒤로 움직였다. 그러나 콩나물시루처럼 빈틈없이 꽉꽉 차버린 공간이라 쉽지 않았다.

범안은 손을 위로 올렸다. 국희의 정수리를 달래듯 몇 번 쓰다듬었다.

"조금만 참아."

그의 조용한 속삭임이 들렸다. 국희는 작게 끄덕거렸다. 조금이라도 실수했다가는 제 심장박동이 들통 날 것 같았다.

지하철이 환승역에 도착했다. 미어터질 것처럼 내부를 채웠던 승객들이 무너진 댐에서 쏟아지는 물고기 떼처럼 우수수 빠져나갔다. 블록인 양 꽉 끼어 있던 공간도 한결 여유로워졌고, 탁한 공기도 순화되었다.

"휴."

국희는 허둥지둥 범안의 품에서 벗어났다. 그와 떨어지고서야 불그스름했던 심장이 비로소 제 색을 찾았다. 전신의 맥박들도 안정을 찾았다.

"오늘따라 사람 정말 많네."

그녀는 일부러 범안의 뒤편으로 섰다. 경호를 위한 것이기도 했고, 그의 시야에서 벗어나기 위한 방법이기도 했다. 그는 태연자약했다. 기다란 손가락으로 그녀의 흐트러진 머리카락을 다듬듯 쓸어내렸다. 섬세한 손길에 국희는 무심코 움찔했다. 단순한 동작일 뿐인데 지레 예민하게 구는 자신이 우스웠다.

"내리자."

다행히도 내릴 역에 정차했다. 국희는 후다닥 범안의 어깨를 밀어냈다. 범안이 자연스레 그녀의 팔목을 잡으려 했다.

"어딜."

경고하듯 엄하게 보며 그녀는 팔을 휘둘렀다. 범안이 짤막히 소리 내어 웃었다. 벌게진 얼굴로 국희는 에스컬레이터로 이동했다. 걸으며 범안이 한 발짝 가까이 서려 했다. 국희는 얼른 한 발짝 떨어지며 경계 태세를 늦추지 않았다. 재미 들린 범안이 자꾸 한 발짝씩 움직였고, 국희는 여지없이 한 발 도망쳤다. 두 사람은 그림자밟기를 하듯 플랫폼을 그렇게 걸어갔다.

전략기획팀 회의 안건 자료를 정리하던 국희는 동작을 멈췄다. 팔을 뻗어 책상에 놓인 물을 한 모금 마셨다. 미지근한 물이 혀를 적시고 목구멍으로 넘어갔다. 모니터 하단의 시각은 오후 4시 03분이었다. 컵을 도로 내려놓는데 톡톡, 소리가 들렸다. 희미한 소리라 긴가민가하다가 문으로 다가갔다.

기획실장실 문을 열어보니 윤진이 있었다. 여지없이 몸매가 훤히 드러나는 원피스 차림에 화사한 화장으로 뽐낸 얼굴이었다. 그녀는 어울리지 않게도 양팔로 두터운 서류 뭉치를 안고 있었다. 손이 불편한 그녀가 발끝으로 문을 건든 모양이었다.

"이것 좀 받아줘요."

그녀가 양팔을 쭉 뻗었다. 사뭇 명령조였다.

국희는 얼떨결에 팔을 뻗었다. 서류 뭉치가 국희의 팔로 넘어왔다. 손이 자유로워진 윤진이 제 머리카락을 찰랑 넘겼다.

"실장님 안에 계시죠? 실장실로 가져다줘요."

윤진이 무턱대고 실장실로 이동하려 했다. 국희는 뚝뚝한 표정으로 그녀 앞을 가로막았다. 서슴없이 양팔을 쭉 뻗고서 턱을 까닥거렸다. 도로 가져가라는 몸짓이었다. 당황한 윤진이 눈썹을 치떴으나 눈썹도 까닥 안 했다.

"빨리요."

재촉하자 윤진이 미적미적 팔을 뻗었다. 기다렸다는 듯 서류 뭉치를 보내 버렸다. 국희는 가뿐해진 걸음으로 실장실로 갔다. 윤진이 오만상을 찌푸리고 쏘아봤다.

"배윤진 팀장님 오셨습니다."

"들어오시라고 하세요."

결재 문건을 검토하던 범안이 짤막히 대답했다. 국희는 문을 활짝 열고서 한쪽으로 비켜섰다. 윤진이 콧바람을 쌕쌕거리며 국희를 일별하고서 들어섰다.

"말씀하신 강원도 지역 매장 브랜드 자료예요. 자료가 조금 늦었죠?"

"아닙니다. 고맙습니다."

"실장님 살펴보시는 데 차질 없으시라고 자료 갱신을 새로 했어요."

중앙 테이블로 걸어가며 윤진이 말했다. 깐깐하던 어투는 금세 바뀌었다. 간드러진 애교가 섞여들었다. 책상에서 일어나는 범안에게 생색내는 것도 잊지 않았다. 곧 윤진이 허리를 ㄱ 자로 휘면서 테이블에 자료를 놓았다. 늘씬한 자태가 한눈에 모두 들어왔다. 잘록한 허리와 연결된 동그란 엉덩이 라인. 그리고 특화된 풍만한 가슴선. 의도된 연출이 아닌가 의심스러웠다.

"변경 사항이 몇 가지 있어 제가 자세히 알려 드려야 돼요."

윤진이 다리를 꼬면서 소파에 앉았다. 스커트가 올라가면서 새하얀 허벅지가 반 이상 드러났다. 저도 모르게 국희는 입술을 실룩했다. 날 선 눈초리를 감지한 윤진이 돌아봤다.

"거기 왜 계세요?"

"차 준비해 드리겠습니다. 커피와 녹차가 준비되어 있고, 음료로는 오렌지주스와……."

"난 탕비실 차나 음료는 안 마셔요."

사무적으로 읊는 국희의 말을 윤진이 깐깐히 가로막았다.

"카라멜 마끼야또가 먹고 싶네요, 샷 추가해서."

오만하게 입술을 비트는 그녀가 꼴같잖았다. 국희는 최대한의 인내심을 끌어 모았다. 참을 인(忍) 세 개면 살인도 면한다고 했다.

"사오겠습니다. 실장님은 어떤 거로……."

"아……. 저는 아메리카노."

범안이 미안한 표정을 지으며 슈트 재킷에서 카드를 꺼내었다. 국희는 대수롭지 않다는 표정으로 시원스레 받아 들었다.

"실장님, 우리 간단히 간식도 먹죠? 난 치즈베이글이 먹고 싶은데, 실장님은요?"

윤진이 과장된 코맹맹이 소리를 내며 눈웃음을 쳐댔다. 忍, 국희의 어금니가 꽉 맞물렸다.

"저는 괜찮습니다."

"치즈베이글 사다 주세요. 바로 앞의 스타베네 가지 말고, 큰 대로변으로 쭉 직진하면 카페 IN 있는 거 아시죠? 거기서 사와요. 잼이나 버터는 필요 없어요."

참으로 살뜰히 주문해 주시는 배윤진 씨.

까닥 묵례하고 국희는 실장실에서 나왔다. 문 너머에서 까르르 거리는 여우의 웃음소리가 들려왔다. 忍. 국희는 오늘 살인도 면했다. 다만 쥐꼬리만큼 남은 이성이 카드를 불끈 쥐도록 만들었다. 원인 모를 혈압이 치솟아 뇌가 지끈거렸다.

"……그리고 치즈베이글 하나 주세요. 버터나 잼은 필요 없어요."

"알겠습니다. 다른 건 필요 없으세요?"

종업원의 질문에 도리질하고서 진동벨을 챙겼다. 무심한 걸음으로 입구 가까운 테이블로 이동했다.

한가로운 오후의 하늘엔 실루엣처럼 얇은 구름이 유유히 흘러가고 있었다. 빽빽하게 들어선 건너편 빌딩 사이로 바람 한 점 불어오지 않았다. 문득 구름 위로 범안의 팔에 매달려 간드러지게 웃어젖히는 윤진의 모습이 드리워졌다. 형용할 수 없는 불쾌감이 솟구쳤다. 국희는 쓸데없는 상념을 떨쳐 내고 테이블 위에 진동벨을 놓았다.

타다닥—

그때, 보폭이 빠르고 성급한 발소리가 선명하게 들렸다.

"악!"

곧이어 카페 IN 입구 근처에서 아줌마의 날카로운 비명이 울렸다. 까만 그림자가 카페 문 앞을 잽싸게 지나쳤다. 그림자는 아줌마의 핸드백을 낚아채서 쏜살같이 달아나고 있었다.

"소…… 소…… 매치기야!"

사색이 된 아줌마가 간신히 쥐어짜 내어 소리쳤다. 국희는 반사적으로 카페에서 튀어 나갔다. 사고보다 행동이 먼저였다. 좌측으로 꺾어진 먹자골목으로 들어가는 그림자를 쫓아 내달렸다. 6㎝의 힐이 똑딱똑딱 바닥과 마찰하며 규칙적으로 퍼졌다.

덩치가 자그마한 그림자는 날쌔고 빨랐다. 거미줄 같은 골목을 요리조리 잘도 틀면서 도망쳤다. 흡사 날다람쥐 같았다. 하지만 쉬이 물러설 만만한 지국희가 아니었다.

"아이 씨."

숨을 헐떡대며 도망치던 소매치기는 황당했다.

연신 뒤를 힐끔거리는 그의 동공이 흔들렸다. 조신한 유니폼을 입은 것으로 보아 비서거나 은행원이었다. 한데 그 여자가 무서운 속도로 뒤쫓고 있었다. 칼손을 뻗고서 달리는 자세가 예사롭지 않았고, 부라린 동공도 섬뜩할 정도였다. 조금이라도 속도를 늦춘다면 여자에게 바로 잡힐 듯했다.

헉헉대며 그는 모퉁이를 돌고 돌았다. 그러던 그가 어느 지점에서 우뚝 멈춰 섰다.

"시팔."

막다른 골목이었다.

침을 꿀떡 삼킨 그는 주위를 둘러봤다. 높은 담벼락에 둘러싸인 한정식 간판이 보였다. 기와가 차곡차곡 쌓인 지붕은 넘어갈 높이가 아니었다. 영락없이 덫에 걸린 생쥐 꼴이었다. 또각또각 힐 소리가 가까워졌다.

"가방 내놔!"

국희는 골목으로 들어섰다. 가쁜 숨을 고르며 흐트러짐 없이 엄포를 놨다.

"와, 대박 끈질기네. 아줌마 뭐냐? 날 아줌마가 상대하려고?"

소매치기가 씩씩거리며 주머니에서 잭나이프를 꺼내었다. 골목에는 인적 없이 고요했다. 자신감이 붙은 그가 겁주듯 잭나이프를 흔들어댔다.

아줌마? 국희는 잭나이프보다 더 불쾌해지고 말았다. 헛웃음 치며 제 체형보다 작달막한 녀석을 훑었다. 기껏해야 키가 160㎝ 정도. 많아봤자 열여덟, 열아홉이다.

"야, 너 몇 살이니? 스무 살은 됐니? 그런 건 어린애가 갖고 노는 거 아니거든?"

"지랄하네."

"얌전히 그 장난감 내려놓고 가방 이리 내놔. 누나가 넓은 아량으로 경찰엔 신고 안 할 테니까, 앞으로 손 씻고 착하게 살아라. 응?"

손가락을 까닥거리며 도발하자, 녀석이 입에 담지 못할 욕설을 해댔다. 녀석의 짧은 팔이 허공을 휘저었다. 섬뜩한 칼날이 위협적으로 공기를 갈랐다.

"진짜 까분다, 너."

국희는 스커트 자락을 쓱 쓸어 올렸다. 군살 하나 없이 늘씬한 허벅지에 채워진 검은색 벨트가 드러났다. 섹시한 허벅지 자태에 녀석의 동공이 휘둥그레졌다. 그녀는 의연하게 허벅지 벨트에 꽂아뒀던 삼단봉을 꺼내 들었다. 평소 이동 시엔 삼단봉이 스커트 위로 슬쩍 도드라지긴 했으나 위치가 위치인 만큼 별다른 의심을 사진 않았었다. 누군가 눈여겨본다 해도 허벅지의 발달된 근육쯤으로 받아들일 것이라 생각했다.

"네가 몰라서 그래. 이거 맞으면 엄청 아프거든? 그래도 해볼래? 응?"

을러대며 그녀는 탁, 삼단봉을 펼쳤다. 다리를 약간 벌려 대련 자세를 취하자, 녀석이 꿀떡 마른침을 삼켰다.

"시발, 이 미친 아줌마가!"

녀석이 칼을 뻗으며 달려들었다.

초짜다. 국희는 한눈에 파악했다. 한발 먼저 달려가 뻗어진 녀석의 손등을 삼단봉으로 냉큼 쳐냈다. 연이어 팔을 강하게 가격해 버렸다.

"악!"

녀석이 지끈한 통증을 고스란히 받고서 외마디 비명을 질렀다. 국희는 가차 없었다. 다리를 뻗어 녀석의 짧은 다리를 힘로 찼다. 곧장 휘청거리는 녀석의 팔을 움켜쥐고 뒤로 꺾어버렸다.

"으악, 악악!"

무릎도 꺾이고 팔도 꺾인 녀석이 앞으로 고꾸라졌다. 잠시의 틈도 없이 국희는 녀석의 등허리를 올라탔다. 그녀의 스커트가 올라가며 늘씬한 허벅지에 감긴 검은색 벨트가 완전히 드러났으나 아랑곳하지 않았다.

“거봐, 누나가 경고했잖니.”

사뭇 즐기는 투로 읊조렸다.

그녀는 일말의 동정심 없이 팔을 마저 꺾은 후에 억세게 틀어쥐었다. 녀석의 다른 팔이 날갯짓하듯 파닥거렸다. 오른발로 가뿐히 짓눌러 제압했다. 바닥에 깔린 녀석이 몸부림치며 도리질했다. ‘아아’ 하는 아픈 신음이 절로 쏟아졌다.

“왜 누나 말을 안 듣니? 응?”

국희는 삼단봉으로 녀석의 머리통을 톡톡 때렸다.

그때 한정식 식당에서 나이 지긋한 중년 남자가 나왔다. 그 뒤로 길쭉한 그림자도 중년 남자를 따랐다. 중년 남자는 거하게 트림을 꺽 하며 주위를 둘러봤다. 남자가 담벼락 아래에서 사내 녀석의 팔을 꺾은 자세로 앉아 있는 국희를 보았다. 무엇보다 여실히 드러난 허벅지를.

“호오.”

그의 입이 함박만 하게 벌어졌다.

그의 감탄사에 옆의 장신이 무심히 눈길을 돌렸다. 국희 또한 그 소리에 반응하여 고개를 들었다. 그 순간, 국희와 세준의 초점이 맞부딪쳤다.

“헉.”

국희야말로 기절할 판으로 기겁했다.

무슨 상황인지 인지 못 하면서 중년 남자는 목을 길게 빼내었다. 그의 엉큼한 눈알이 희번덕거렸다. 더 자세히 보려는 애달픈 몸짓이었다. 그의 시야를 세준이 가로막았다.

"김 전무님, 다음에 뵙겠습니다."

"……네. 연락 부탁드립니다, 배 이사님."

악수를 청하는 세준의 손을 그가 맞잡았다.

국희는 드러난 허벅지를 가리려고 발끝을 움직였다. 그 바람에 제압했던 힘이 흐트러졌다. 순간, 녀석이 상체를 벌떡 일으켰다. 거친 반동으로 그녀는 뒤로 벌러덩 넘어가고 말았다. 녀석은 틈이 생기자마자, 땅바닥에 떨어진 핸드백을 쥐고서 도망쳤다.

"아, 아, 씨."

자동으로 후딱 일어난 국희는 제 옷매무새를 가다듬지도 않았다. 지금 당면한 문제는 세준이 아니었다. 녀석의 손에 들린 핸드백이었다. 그녀는 도망치는 쥐방울 녀석을 뒤쫓았다.

"지국희 씨!"

붙잡을 수도 없는 짧은 찰나였다. 지켜보던 세준은 엉겁결에 국희 뒤를 따랐다. 한정식 골목에는 김 전무만 멀뚱히 남았다.

세준은 그들이 사라진 모퉁이를 돌았다. 미로처럼 갈라진 좁은 골목과 맞닥뜨렸다. 세 갈래로 갈라지는 길을 보다, 무작정 우측 골목으로 뛰었다. 국희의 머리꼭지도 보이지 않았다. 금세 뒤쫓았으나 그녀의 빠른 다리에 기막혔다.

대체 무슨 일이지? 의아하고 이상했다. 그럼에도 그는 그녀를 찾아 열심히 달렸다. 또 갈림길과 만났다. 뛰는 걸 멈추고서 큰 숨을 몰아쉬었다. 양쪽 길을 훑다가, 다시 달렸다. 투덕투덕, 구두 소리가 시멘트 바닥에 둔탁하게 울렸다.

반면 녀석의 뒤꽁무니를 쫓던 국희는 대로변으로 나왔다. 보도블록을 밟던 녀석이 땀으로 흥건한 이마를 훔쳤다. 그리곤 갈증으로 끈끈해진 침을 바닥에 퉤, 뱉어냈다. 그녀는 그와 짧은 거리를 두고서 대적했다.

"그만하지? 상판대기 스크래치 생긴 후에 후회하지 말고! 시팔!"

"어른한테 그따위로 지껄이는 거 아니라고 했다, 이 어린놈의 새끼야."

땀 젖은 머리카락을 손가락으로 빗으며 국희는 손가락을 까닥거렸다. 그녀는 후, 큰 숨을 내쉬며 상의의 옷자락을 펄럭였다. 미약하게나마 바람이 들어와 달궈진 체온을 식혔다.

"아이 씨."

단단히 잘못 걸렸음을 녀석은 그제야 깨달았다. 독한 여자임이 분명했다. 신경질적으로 제 머리통을 긁적거렸다. 그러더니 핸드백을 바닥에 탁, 던져 버렸다. 그러고선 팔다리를 크게 움직였다.

그러나 국희가 더 빨랐다. 녀석의 행동을 간파한 그녀는 동물적인 감각으로 내달렸다. 순식간에 내빼려는 녀석의 옷깃을 잡아챘다. 그러곤 거침없이 녀석의 어깨를 감아 돌렸다. 한쪽 발로 종아리를 쳐내고서 사정없이 보도블록으로 메다꽂았다.

"억!"

턱— 둔탁한 마찰음과 함께 녀석의 입에서 걸쭉한 비명이 터졌다. 그대로 떨어진 녀석이 신음성을 내며 빙그르르 굴렀다. 일말의 틈도 주지 않고서 그녀는 녀석의 팔을 잡아 뜯듯이 꺾었다. 무릎으로 녀석의 등을 짓누르며 앉았다.

"왜 이리 미련스러워, 새끼야. 내가 진작 자수해서 광명 찾으랬지? 왜 애먼 체력 낭비를 하게 만들어. 이 새끼, 넌 이제 안 봐줘."

탁, 녀석의 뒤통수를 갈기며 국희는 혀를 찼다.

거리를 지나던 사람들이 휘둥그레져서 몰려들었다. 그녀는 구경꾼들을 둘러보다가, 바닥에 떨어진 핸드백을 주시했다.

"이 녀석 소매치기예요. 누가 신고 좀 해주세요."

덩치 큰 남학생이 가방을 주워서 다가왔다. 몇몇 사람이 휴대폰을 드는 모습도 시야에 들어왔다.

"미안한데, 이 녀석 좀 잡아주면 안 돼요? 나 회사로 들어가 봐야 해요."

"네. 제가 잡을게요."

"경찰 올 때까지 잡아줄 수 있어요?"

"걱정 마세요."

남학생이 뒤편의 친구를 불렀다. 마른 체형의 친구가 의협심 강한 친구를 원망의 눈초리를 보다가 머뭇머뭇 가까이 왔다. 가뿐히 남학생들에게 넘기고서 국희는 손을 탈탈 털었다.

"핸드백 주인분이 이 근방에 있을 텐데. 경찰 오면 맡겨주세요."

"그럴게요."

"고마워요."

그들에게 인사하고서 국희는 흐트러진 머리카락을 단정히 빗어냈다.

"죄송해요. 지나갈게요."

짧은 사이 구경꾼들이 상당히 늘어나 있었다. 그녀는 인파를 뚫고 나가려 한 발 뗐다. 그때, 구경꾼들 사이에 서 있는 세준을 보고야 말았다. 국희의 뒤를 쫓아 대로변으로 나온 그는 기함할 광경을 직접 목격한 상태였다. 그의 동그래진 동공은 놀라움보다 감격에 차 있었다.

그제야 국희는 긴장하고 말았다. 잘못했다가는 자신의 정체가 발각될 수도 있는 상황이었다. 소매치기보다 그가 더 무서웠다. 얼음이 된 그녀는 서둘러 제 옷매무새를 다듬었다. 세준이 시원스레 웃었다.

"소매치기였군요. 결국은 잡았네요?"

"……네."

되레 천연덕스러운 것은 세준이었다.

국희는 멋쩍어서 헤헤 웃었다. 얼른 이 자리를 모면하려 돌아섰다. 카페 IN으로 돌아가 종업원에게 식어버린 커피를 건네받았다. 오지랖이 넓은 건지, 세준은 이동하지 않고 입구에서 기다리고 있었다. 먼발치서 막 도착한 경찰들에게 소매치기가 넘겨지는 모습이 보였다. 그녀에게 호되게 당한 소매치는 지친 기색으로 경찰차에 올랐다. 착한 남학생들이 핸드백도 경찰에게 착실히 넘겼다.

"지국희 씨 맞죠? 비서 명단에서 이름을 봤는데."

"아, 네."

그걸 왜 보셨어요. 여간 불편한 게 아니었다. 바닥 언저리로 눈꺼풀을 내리뜨며 국희는 옹알이처럼 작은 대꾸로 응수했다. 그러나 세준의 호기심 어린 질문이 이어졌다.

"운동했어요? 유도?"

"네, 조금."

"유단자예요?"

"……그 정도까진 아니에요."

적당히 둘러댔으나 세준은 감탄 서린 탄성을 내었다.

"지국희 씨 강단이 대단하네요. 소매치기인데 무섭지 않아요?"

"제가 원래 겁이 없거든요. 담력이 세요."

"지국희 씨가 비서면 든든하겠어요. 편 실장이 부러워지는데요?"

눈꼬리를 늘리며 세준이 농담했다. 시선을 회피하던 국희는 턱을 들었다. 서글서글한 눈매가 여지없이 그녀를 내려다보고 있었다. 세준이 빙그레 웃었다.

"지국희 씨, 정체가 뭐예요? 비서 맞아요?"

놀리는 어투에 불과했다. 그러나 지레 찔린 국희의 심장이 철렁했다.

"비서입니다."

그녀는 턱을 꼿꼿이 들고서 앞을 보았다. 흔들리는 시선을 감추기 위해 절대 그를 보지 않았다. 곧추세워진 등허리를 보면서 세준이 연거푸 쿡쿡거렸다.

비밀 엄수라는 임무는 역시 어려웠다. 들통 날지도 모른다는 두

려움에, 공연한 웃음소리도 심기를 불안하게 했다. 벌써 들키면 안 된다. 국희는 로봇처럼 뻣뻣해진 상태로 반듯반듯 걸었다.

회사 로비로 올 때까지 국희는 침묵으로 일관했다. 세준은 불편한 기색을 역력히 드러내는 국희를 배려해서인지 잠자코 따라올 뿐이었다.

"지국희 씨."

엘리베이터 버튼을 누르는 국희를 세준이 조용히 불렀다.

조심성 없는 자신을 자책하던 국희는 올려다봤다. 세준의 선한 눈매가 가늘게 늘어났다.

"궁금한 게 있는데, 시간 괜찮다면 저하고 저녁……."

딩동—

그의 말이 끝나기도 전에 청명한 소리가 났다. 이어 엘리베이터 문이 열렸다. 한데 그 안에는 범안과 윤진이 있었다. 로비로 나오려던 그들과 국희와 세준이 마주 서게 되었다. 서로를 응시하는 두 사람을 발견한 범안의 미간이 좁혀졌다.

국희와 세준의 고개도 돌려졌다. 국희의 시야에 엘리베이터 안의 범안과 윤진이 잡혔다. 몇 초 동안, 네 사람이 서로를 탐색하듯 훑어봤다.

"오빠!"

먼저 반응한 사람은 윤진이었다. 그녀가 팔을 번쩍 들며 로비로 나왔다.

오빠? 국희는 철썩 손바닥으로 뒤통수를 한 대 맞은 기분이었다.

"배 이사님, 오랜만에 뵙는 것 같네요?"

"그러네. 배 팀장, 어디 가?"

윤진이 세준에게 살랑거렸다. 세준 또한 다정히 대했다.

배세준, 배윤진. 두 사람은 남매였다. 같은 성씨였는데, 그동안 이들을 연관시키지 못하고 있었다. 막상 가까이서 보니 닮은 구석이 제법 있었다. 범안은 당연히 알고 있었던 듯 별반 신경 쓰지 않았다.

"커피 사러 가신 비서님께서 함흥차사라서 마중 나왔어."

그때 윤진이 이죽거렸다. 다분히 빈정거림이 내포된 말이었다. 국희는 도발적인 눈짓을 보냈다. 윤진이 '내가 틀린 말 했냐.'는 듯 쌀쌀맞게 쏘아봤다. 국희도 맞대응하며 날카로운 눈초리를 들었다. 지금까지 많은 사람을 겪어봤으나 윤진은 이상하리만치 거부 반응이 일어나는 사람이었다. 어째서인지 그 이유는 가늠되지 않았다.

"무슨 일 있었어요?"

"잠시…… 별일은 아니고요."

범안이 중재에 나서서 윤진과 국희의 눈싸움이 중지되었다. 국희는 재빨리 대꾸하고서 넌지시 세준을 쳐다봤다. 세준은 함구해주겠다는 무언의 친절한 미소를 지었다. 무심코 국희는 쿡 웃었다. 두 사람에게서 감지되는 미묘한 기류에 범안의 눈썹이 꿈틀했다.

"커피 주세요. 안 오셔서 직접 마시러 가려 했는데."

"죄송합니다."

손을 내미는 윤진에게 국희는 테이크아웃 캐리어를 넘기며 영혼 없는 사과를 했다. 윤진보다 범안이 빨랐다. 캐리어를 먼저 받아 든 범안의 매너에 윤진이 활짝 웃었다.

"이왕 나온 거 공원 가서 마셔요, 실장님."

"그러죠."

오글거리는 애교에 국희는 속이 메스꺼웠다. 범안은 태평히 세준에게 묵례하고 정문으로 걸어갔다. 국희에겐 눈짓조차 하지 않았다.

"오빠, 수고해."

윤진도 가뿐히 인사하고 뒤따랐다. 앞서 가던 범안이 발걸음을 멈추고 그녀를 기다렸다. 곧이어 그들이 나란히 보폭을 맞춰 걸어갔다.

"타세요."

열리는 엘리베이터 버튼을 잡고서 세준이 손짓했다. 국희는 천천히 들어가며 곁눈질로 범안과 윤진의 등을 일별했다. 윤진이 또 까르르 웃었다. 범안이 그녀에게 옅은 미소를 지었다. 다정해 보였다. 너무나도 다정해 보였다. 그런 데다 잘 어울리기까지 했다. 세련된 슈트 차림의 범안과 럭셔리한 명품 원피스 차림인 윤진이, 마치 잡지에서 오려다 붙여놓은 것처럼 기막히게 잘 어울렸다.

국희는 저도 모르게 제 몸을 훑었다. 조신한 비서 유니폼을 입은 호리호리한 몸매. 볼품없진 않지만 콜라병 몸매의 윤진과 비교가 되어도 너무 되었다. 공연히 씁쓸했다.

"지국희 씨."

19층과 20층을 각각 누르고서 세준이 나지막이 불렀다. 하지만 국희는 대꾸하지 않았다. 세준은 지긋한 시선으로 그녀를 보았다. 국희는 멍한 눈초리로 LED 화면을 주시하고 있었다. 깊은 상념에 빠져 있어 못 듣고 있었다. 용건을 꺼내지 못한 세준은 피식 웃고 말았다.

19층에서 국희가 먼저 내렸다. 문이 닫힐 때까지 세준은 그녀의 뒷등을 물끄러미 주시했다.

편명호 사장을 통해 특채로 채용된 신입 비서라 들었다. 비상구에서 처음 만났고, 임원회의 때 범안의 비서인 것을 알게 되었다. 임원들은 입사 한 달 차인 기획실장에게 비서가 배정된 것에 편명호 사장의 직권남용이라고 입방아를 찧었었다. 세준에게 있어선 관여하고 싶지 않은 문제였다.

기획이사실로 돌아온 세준은 노트북을 열고 인트라넷에 접속했다. 인사기록부에서 비서 명단을 살펴봤다.

—지국희.

스물일곱. 비서학과를 졸업하고, 사회 경력은 전무하다.

그의 망막 가득 모니터 화면에 띄워진 국희의 프로필 사진이 채워졌다. 윤기가 도는 갈색의 동공은 똘똘해 보이고 야무진 이목구비는 활기가 넘쳤다.

그녀가 어떠한 경로를 통해 특채로 들어왔는지도 새삼 궁금해졌다. 저녁 식사를 핑계 삼아 대화를 나눠볼 참이었는데 타이밍이 좋지 않았다.

뇌리에 조금 전의 상황이 떠올랐다. 가히 충격적인 장면이었다. 탄력 있어 보이지만 전체적으로 여린 몸매의 소유자인 그녀가 소매치를 업어치기해서 잡았다. 소매치기가 아무리 왜소하다고 해도 남자다. 그런데 보통의 여자가 소매치기를 직접 잡을 수 있단 말인가. 상상조차 안 되는 행동이었다.

비상구에서도 예사롭지 않던 그녀였다. 빵을 씹으며 '씹어 먹어도 시원찮을 새끼' 라고 웅얼대던 목소리를 명료히 들었었다. 그런데 회의 자료를 배포하던 모습은 여느 비서 못지않게 조신하고 여성스러웠다.

쿡, 세준은 짤막히 웃음을 흘렸다.

어려서 소중히 갖고 놀던 투명한 구슬 같다. 그저 무심히 보면 지극히 평범하고 흔하디흔한 구슬이었다. 하지만 햇빛이 화창한 날 하늘 높이 구슬을 치켜들면, 눈부신 햇빛이 투과되어 반짝반짝 빛이 났었다. 그 구슬이 꼭 숨겨진 보물 같다고 생각했었다.

왜 그런지 그 구슬이 오버랩되는 여자, 지국희.

유심히 국희의 얼굴을 보는데 내선이 울렸다.

"부회장님 호출이십니다."

비서의 전언에 세준은 인트라넷을 닫고 일어났다.

여유로운 걸음걸이로 부회장실로 이동하니, 아버지 배강수와 어머니 송 여사가 대화 중이었다. 세준은 반듯이 인사하고 맞은편 소파에 앉았다. 송 여사의 입매에 흐뭇한 미소가 드리워졌다.

"점심 식사는 했니?"

"네. 한데 어머니가 웬일이세요?"

"결연 맺은 양로원에 봉사 활동을 다녀온 길이다. 다음엔 너도 같이 가자꾸나. 번거롭더라도 너도 한 번쯤 참여하는 것이 대외적으로 좋을 거야."

안팎으로 내조의 여왕이라고 불리는 송 여사다. 장 회장의 둘째 처남 배강수가 형인 첫째 처남 배영수를 누르고 부회장으로 우위를 선점한 데는 송 여사의 몫이 컸다. 배강수에게 있어 그녀는 가장 큰 조력자이며 인생의 동반자였다. 배강수와 송 여사의 현재 가장 큰 목표는 아들 세준이 경영권 후계자로 확정되는 것이었다.

"그런 건 차근차근 해도 돼."

배강수가 소파 등받이에 느긋이 등을 밀착시키며 말을 이었다.

"먼젓번 회의로 임원들 반응이 좋다. 이제야 너를 인정하는 분위기가 조성됐어."

"편범안은 엉망이라면서요?"

"기본도 안 된 녀석을 후계자 후보라고 앉혀놨으니 그렇지."

송 여사가 끼어들어, 배강수가 빈정거리며 조소했다.

"녀석은 의욕도 없어. 시드니에서 예술학을 전공하고 공연무대 연출을 했다던데, 그런 녀석을……. 부자가 다 한심하지."

"우리 세준이가 후계자로 낙점되는 건 시간문제겠네요. 사실 그동안 억울하게 편기안한테 밀렸었잖아요. 이제 인정받을 일만 남은 거죠."

부모님의 대화가 이어졌다. 그동안 세준은 차분히 듣기만 했다.

항상 부모님의 대화는 한결같았다. 오롯이 경영권 승계만이 전부인 사람들처럼.

경영권 승계가 관행에서 무너지고, 편명호 사장의 장남 편기안이 독보적인 후계자 후보로 자리매김하면서 내내 살벌한 분위기였다. 편기안은 그 누구도 범접할 수 없는 명석하고 뛰어난 인재였다. 임원들은 암묵적으로 차기 경영자로 편기안을 지목하고 있었다. 세준 또한 편기안을 인정했다. 하지만 부모님의 의중은 달랐다. 항상 장 회장이 세준을 무시하고 편기안을 편애한다고 분통을 터뜨렸다.

그런데 두 달 전 편기안이 돌연 사망했다. 그 후부터 부모님은 순리대로 경영 후계자가 결정될 것으로 기대하고 있었다. 후계자가 되고 싶은 건 세준도 마찬가지였다. 하지만 그것보다 편기안처럼 당당히 인정받고 싶은 마음이 더 컸다.

"배 이사, 편 사장이 2차 브랜드 확장 안건 회의를 계획하고 있다. 이번에도 편범안에게 PT를 시킬 것이 뻔해. 그러니 너도 준비해라."

"네."

꾹 다물어진 마른 입술을 떼며 세준이 대답했다.

"또 망신당하겠군요."

"무리수를 두는 거지."

송 여사가 붉은빛이 감도는 홍차 잔을 손톱으로 건드렸다. 그녀의 빈정거림에 배강수가 얄팍한 입술을 비릿하게 올렸다. 뿌듯한 눈길로 아들을 보던 송 여사가 홍차를 한 모금 마셨다. 세준은 묵직한 숨을 나지막하게 토해냈다.

연극을 하는 기분이다.

언짢은 속내를 들키지 않으려 짐짓 과장된 걸음걸이를 옮기는 것이.

출근길과 마찬가지로 퇴근길도 지하철을 이용하기 위해 역으로 이동하면서 국희는 힐끔 눈길을 올렸다. 곁의 범안은 무감한 표정이었다.

치. 제 입술이 삐죽 튀어나왔다.

윤진과 커피를 마시겠다고 갔던 범안은 퇴근 시간을 꽉 채우고서야 실장실로 돌아왔다. 밀착경호를 해야 될 상황이었으나 행여 뒤쫓았다가는 엉뚱한 의심을 살 일이었다. 국희는 하는 수 없이 사무실에서 얌전히 기다렸다. 그동안 PC의 신변 안전에 대한 불안 때문인지, 여우 같은 윤진 때문인지 심기가 불편했다. 한데 범안은 평온한 표정으로 돌아왔다. 윤진과의 시간이 즐거웠던 모양이라고 지레짐작하면서 더욱 기분이 상하고 말았다.

"각자 갈 길을 갈래, 내가 너 바래다줄까? 정해."

플랫폼 안전선에서 멈추며 범안이 뚝뚝하게 말했다.

오전의 지옥철과 달리 퇴근 시간 플랫폼은 한가로운 편이었다. 6시 정각에 칼퇴근한 덕분이었다. 국희는 부러 범안과 떨어진 지점에 섰다.

"내가 너 수행하고 간다. 끝."

그녀가 팔짱을 끼고서 깐깐히 턱을 올렸다.

둘의 시선이 교차하며 대립하였다. 잔뜩 못마땅한 기색인 범안을 국희 또한 질세라 쏘아봤다. 자칭 타칭 '명랑쾌활녀' 였는데 이상하게도 범안에게만은 심술이 났다. 배배 꼬인 꽈배기 속내가 내심 의아하기도 했다. 감정 싸움의 일면인 건지 신경이 자극된 건지 도통 분간도 되지 않았다.

"너 나한테 불만이 뭐야?"

"너야말로 나한테 불만이 가득한 것 같은데?"

볼멘소리를 내는 국희에게 범안이 비딱하게 반문했다.

범안의 심기도 국희와 비슷했다. 커피를 들고서 윤진과 정문 맞은편 공원으로 갔었다. 마케팅 전략에 대해 긴 대화를 하면서도, 머릿속 한편에 그려진 그림이 지워지지 않았다. 엘리베이터 앞에서 서로를 마주 보던 세준과 국희의 모습이었다. 그들에게서 서로가 낯설지 않은 기류가 감돌았다. 더군다나 그들은 서로에게 다정히 웃고 있었다. 세준의 서글서글한 눈웃음도 거슬렸는데, 국희마저도 세준에게 부드러운 눈짓을 보내고 있었다.

"난 그런 거 없거든요?"

"여기 쓰여 있네."

범안이 던지듯 말하고서 불쑥 다가왔다. 그의 검지가 허공을 갈랐다. 무심코 국희는 검지를 좇으며 올려다봤다.

"불. 만."

검지가 야무지게 그녀의 이마를 콕콕 찔렀다. 띄엄띄엄 힘줘 읊조리는 범안의 표정이 얄궂었다. 얼토당토않은 시비에 국희는 콧방귀를 뀌었다. 그녀는 손날을 휘저으며 공격 모드에 돌입했다. 그는 한 걸음 크게 물러나며 거뜬히 피해 버렸다.

"9년 전 일로 서운하다면 만회할 기회를 달라고 했잖아."

"참회나 하세요."

"아니면 나한테 미련이 있어서 퉁퉁거리는 거야?"

"맞고 싶냐?"

냉큼 받아치며 국희가 발을 휙 들었다. 금방이라도 찰 기세였다.

어처구니없어하며 범안은 헛숨을 쉬었다. 대적하는 사람들처럼 두 사람은 곧바로 경계 태세를 갖췄다. 사나운 눈초리를 곧장 받던 범안은 끝내 웃음을 터뜨렸다. 열여덟 지국희와 별반 다르지 않은 스물일곱 지국희였다. 발끈한 성미도, 거침없는 폭력도 똑같았다. 잊고 살았던 추억이 떠올랐다. 오랜만에 그는 뇌가 맑아지는 기분을 느꼈다.

왜 웃는 거야? 야멸차게 씩씩거리던 국희는 입술을 삐죽거렸다. 듣기 좋은 울림이 귓바퀴를 자극했다. 샐그러진 동공을 들던 국희는 범안의 밝은 웃음을 보고야 말았다. 예전에 즐거이 웃어젖히던 범안의 얼굴이 상기되었다. 문득 잊었던 감정이 되살아났다. 붙박아뒀던 시선을 얼른 거두며, 그녀는 정신을 일깨우려 애썼다.

지하철이 플랫폼으로 들어왔다.

승객이 붐비지 않아 내부는 한결 여유로웠다. 범안은 중앙 지점에 섰고, 국희는 주의 깊은 눈초리로 주위를 살폈다. 뒤편으로 밀려들어 오는 승객 하나하나를 예의 주시했다. 불길한 기운이 감지되지 않자, 그제야 똑바로 섰다. 그리고 두 사람은 대화 없이 잠잠히 광고판을 멀거니 응시했다. 부러 서로를 보진 않았다. 그러나 뼛속까지 서로를 의식하고 있었다.

추억이 오버랩되어서일까.

감정이 오묘했다. 두 사람의 뇌는 버스를 탔던 지난 추억을 되새기고 있었다. 상당한 세월이 흘렀기에 오래 묵은 기억인데 엊그제 겪은 일처럼 선명했다. 범안의 동공 끝도, 국희의 동공 끝자락도 그곳에 있었다. 9년 전 그 버스, 그 거리에.

흐릿한 초점으로 광고판을 보던 범안은 눈꺼풀을 내리깔았다. 푸르스름한 지하철 바닥이 눈동자 가득 채워졌다. 보진 않았으나 그는 오롯이 국희를 느끼고 있었다.

그립다.

어쩌면 가장 편하던 시절이 아니었을까. 지극히 평범했기에 더 행복했던 그때.

국희야, 나는 그때가 그립다.

"넌 건너서 되돌아가. 여기까지면 됐어."

목적지 역에 도착했다. 지하철 플랫폼을 내딛던 범안이 힐끗 넘겨다봤다. 국희는 가타부타 아무런 부언 없이 묵묵히 걸음을 옮겼다. 끝까지 오피스텔까지 수행하려는 목적이 다분했다. 할 수 없이 범안은 그녀의 뜻을 존중했다.

"너 언제부터 배세준 이사와 친했어?"

"안 친한데?"

걸으며 범안이 넌지시 물었다. 국희는 별반 감흥 없이 무감하게 대꾸했다.

"왜 친하다고 생각하는데?"

"네 행동이 다르잖아."

"내 행동이 무슨?"

"넌 나한테만 퉁명스럽잖아, 다른 사람들한테는 친절하고. 공평치가 않아."

사뭇 볼멘 어투였다. 국희는 왜 그런지 기분이 한결 좋아졌다. 놀리듯 허허, 웃어대었다.

"친절도 마음이 동해야 하는 거야."

"그럼 배세준 이사는?"

이어진 질문이 황당했다. 그녀는 입가에 그려진 웃음기를 지웠다. 그가 어째서 배세준 이사와 비교를 하는 건지 가늠되지 않았다. 전혀 상관없는 사람 아닌가.

"도착했습니다."

대답을 회피하듯 국희가 딱 잘랐다.

오피스텔 로비에 들어선 범안은 말없이 그녀를 주시했다. 의식적으로 외면하는 것처럼 그녀는 바른 자세로 엘리베이터 앞에 서서 버튼을 누를 뿐이었다. 불현듯 그녀가 실루엣처럼 부예졌다. 손대면 흩뿌려지듯 소실되는 옅은 실루엣. 한 걸음만 움직이면 바로 곁으로 갈 수 있을 듯한데, 다가가려 하면 할수록 까마득하게 멀어졌다.

다가가기엔 너무 늦은 건가.

아스라한 기억의 잔영은 깊은데 현실은 씁쓰레하다. 범안은 우뚝 멈추고 말았다. 무거운 발길이 떨어지지 않았다.

그때 국희가 돌아봤다. 화려한 로비 조명을 받은 그녀의 모습이 하얗게 비쳤다.

"뭐 해? 빨리 와."

붉은 윤기가 도는 입술이 싱그레 웃었다. 초승달처럼 기울어진 동공도 반지르르한 빛이 감돌았다. 순간, 흐릿하던 그녀가 또렷해졌다. 가만히 바라보던 범안은 해사하게 웃었다. 기다란 다리로 성큼성큼 걸음을 내디뎠다. 그녀와의 거리가 점점 가까워졌다.

"어서 올라가십시오."

엘리베이터가 열리자, 국희는 버튼을 누르고서 한편으로 비켜섰다. 자연스레 받아들이며 범안은 안으로 들어갔다.

"딴 데로 안 샐 거지요?"

"네, 그러겠습니다."

짐짓 엄한 어투의 그녀에게 범안은 정중히 대답했다. 마음에 드는지 국희가 흡족한 미소를 머금었다.

"내일 봐."

"응."

돌아서는 국희를 범안은 잠자코 지켜봤다. 서서히 닫히는 문틈으로 왔던 길을 되돌아가는 그녀의 등이 보였다. 문이 완전히 닫히려는 찰나, 범안은 열림 버튼을 눌렀다. 느릿하게 엘리베이터가 열렸다. 그녀의 등을 좇으며 로비로 나왔다.

"지국……."

막 그녀를 부르려는 찰나. 좌측의 관리사무소 유리문 너머 드리워진 그림자를 발견했다. 그다. 감시자. 범안의 발걸음이 정지되었다. 가볍고 산뜻한 걸음걸이로 정문 밖으로 나간 국희는 푸른 신호등에 맞춰 횡단보도를 건너고 있었다.

시선을 느낀 감시자가 고개를 돌렸다. 범안은 하는 수 없이 모른 척 되돌아섰다. 국희는 어느 틈에 공원 울타리 모퉁이를 돌아 사라졌다.

803호로 돌아온 그는 태블릿을 켜고, 인터넷 검색창에 '삼척'을 입력했다. 주말과 퇴근 후의 시간에는 확실히 감시자가 지켜보고 있었다. 이유는 알 수 없었으나 출근길과 평일 낮은 예외였다. 평일 낮을 이용하면 되는 건가.

다음 날, 출근하자마자 범안은 결재 서류를 작성했다. 그러고선 곧바로 사장실로 올라갔다. 느닷없는 아들의 방문이었으나 편명호는 의연히 대했다. 범안은 그에게 결재를 올렸다.

"금요일 출장 예정입니다. 승인해 주십시오."

내용을 꼼꼼히 읽어 내려가는 편명호에게 범안은 반듯이 설명하기 시작했다.

"인성그룹 매장 브랜드 분포가 다른 지역에 비해 현저하게 떨어지는 강원도를 시찰할 예정입니다. 강원도 지역 틈새를 노릴 만한 브랜드를 기획해 볼까 합니다. 그전에 지역 파악이 먼저일 것 같습니다."

"장기출장을 다녀오겠다는 거냐?"

"첫 시찰은 하루나 이틀 정도로 예상하고 있습니다. 다녀온 후엔 잦아질 가능성도 있습니다."

"혼자 다니지 말고 수행비서를 꼭 대동해라."

"알겠습니다."

예측했던 명령이었다. 범안은 명료히 대답하고서 물러났다. 그를 편명호가 뚫어지게 주시했다.

"이제 시작할 마음이 든 거냐? 시작이 반이 아니다. 성과만이 최선이다."

"네."

"출장을 다녀와서는 3분기 임원회의 2차 보고도 준비해라. 먼젓번처럼 실수가 있어선 안 된다. 철저히 준비하고, 각오를 단단히 해라."

"알겠습니다."

터럭만큼의 흐트러짐도 용납하지 않겠다는 뜻이었다. 범안은 강한 눈빛으로 허리를 꾸벅 숙였다. 굳건한 의지가 내포된 자세였다. 편명호는 고개를 주억거렸다.

이내 범안이 사장실에서 나갔다. 그의 뒷등을 냉철한 눈으로 바라보던 편명호가 낮은 숨을 내쉬었다.

휴대폰이 울렸다. 발신자는 ㄱ경찰서 박 반장이었다.

"그래, 어떻게 되었나?"

[지금으로선 미제 사건이나 자살로 종결될 가망성이 높습니다. 오피스텔 주변 도로 CCTV를 모두 확보해 수차례 확인했지만, 용의자일 만한 사람은 찾을 수가 없었습니다.]

"침입의 흔적이 있다고 하지 않았나?"

[일전에도 말씀드렸다시피 현장에서 발견된 족적만으론 타살이라고 결론짓기가 어렵습니다. 족적의 모양새도 모호하여 아드님의

족적일 확률을 백 퍼센트 배제할 수 없습니다. 어림잡으면 크기가 비슷하기도 합니다. 이 사건이 타살이라면, 증거도 불충분하고 동기 여부도 명확지 않습니다.]

"안수인은 찾았나?"

[아직 못 찾았습니다. 그런데 저희만 안수인을 찾는 게 아닌 모양입니다. 안수인 본가와 주변 지인을 탐색하고 다닌 사람이 있습니다.]

그의 말에 편명호의 눈썹이 꿈틀했다.

"그자가 누구지?"

[조사하고 있습니다. 조만간 보고드리겠습니다.]

"알겠네."

덤덤히 대답한 편명호는 전화를 종료했다. 푸른빛이던 액정이 일순 붉은빛으로 바뀌었다. 끔벅끔벅 명멸하는 휴대폰을 내려놓았다. 그는 초점 없는 시선을 책상 언저리에 두었다. 그곳엔 장남의 사진이 담긴 액자가 있었다.

"JYG엔터테인먼트와 파트너십을 협약하여 TV 등의 미디어 매체를 이용한 광고 제작에 들어갈 예정입니다. 이 협약으로 더 효율적인 브랜드 광고 효과가 도출될 것이라 예상됩니다."

전략 분석 자료를 훑어보던 범안은 힐끗 손목시계를 봤다. 시곗바늘이 오후 2시를 넘어가고 있었다. 마케팅전략팀 회의가 터무니없이 길어지고 있었다. 김 대리의 브리핑이 끝날 기미 없이 이어졌다.

"각 지점마다 파티쉐의 장점을 살린 디저트를 추가해 타 브랜드와 차별성을 두고, 고객 만족도를 높일 방안으로 포인트나 스티커 제도를 도입하여 고객과의 커뮤니케이션을 이끌어낼 계획입니다."

징— 재킷 안주머니에 넣어뒀던 휴대폰이 부르르 진동했다. 범안은 휴대폰을 꺼내었다. 기다리던 인규의 전화였다.

"죄송합니다. 회의는 계속 진행하시고, 나머지는 서면으로 보고해 주시기 바랍니다."

범안은 양해를 구하고서 자리에서 벗어났다. 그는 통화 시작 버튼을 밀며 회의실 밖으로 이동했다.

"편범안입니다."

복도 맞은편에서 걸어오던 직원이 범안에게 묵례했다. 범안은 가벼이 답례하고서 비상구로 들어갔다. 위아래 계단을 세심하게 살펴봤다. 적막이 흐르는 비상구에는 아무도 없었다.

[이인규입니다. 삼척은 언제쯤 가실 예정이세요?]

"금요일에 이동할 계획입니다."

그는 최대한 목소리를 낮췄다. 통화하며 천천히 19층으로 올라갔다.

[혼자 움직이실 건가요?]

"그럴 계획입니다."

[헛걸음하실 수도 있으니 목요일에 직원을 미리 보내 확인하고 연락드리겠습니다.]

"알겠습니다."

간단히 대답하고 전화를 끊으려는데 인규가 '편범안 씨' 하고 불렀다.

[한 가지 묻고 싶은 게 있습니다. 안수인 씨를 찾으시는 이유를 말씀해 주시겠습니까?]

"처음 의뢰할 때 말씀드렸을 텐데요."

수인을 찾기 위해 인규의 흥신소를 선택한 이유는 하나였다. 다른 곳은 죄다 비용에 대해서만 주절주절 꺼내었는데, 인규의 첫 질문은 달랐다. 찾는 이유를 요구했다. 묻고 싶은 것이 있다고 둘러댔는데, 체납이나 범죄와 연관되었다면 맡을 수 없다는 강경한 답이 돌아왔다. 그 발언으로 신뢰가 되었다. 범안은 즉시 의뢰를 맡겼다.

[명확히 이유를 말씀해 주지 않으셔서 의아한 부분이 많습니다. 무엇보다 조사하다 보니 석연치 않은 몇몇 점이 나타났습니다.]

"그게 뭐죠?"

[원래는 강원도로 같이 이동하면서 설명하려던 부분이었으나 혼자 가신다니 말씀드리겠습니다. 안수인 씨는 현재 친구 집에 머물고 있습니다. 한데 안수인 씨는 다른 이름으로 신분을 숨기고 있는 상태입니다.]

"신분을 숨기고 있다고요?"

전혀 몰랐던 사실이다. 그저 장례식이 끝나고 사라졌다고만 여겨왔는데…… 어째서?

[네. 전혀 다른 이름으로, 친구가 아닌 사촌 행세를 하고 있습니다. 혹시 도피 중 아닙니까?]

"그건 저도 모르는 일입니다."

[편범안 씨를 감시하고 미행하는 사람이 있지 않습니까?]

"그 문제는 안수인 씨와 상관없습니다. 미행이 아니고 개인적인 사생활과 관련이 있습니다."

차분한 설명에 휴대폰 너머가 조용해졌다.

[편범안 씨.]

"네."

짧은 침묵을 깨고 인규가 불렀다. 담배연기를 내뿜는지 '후우.' 하는 소리가 들려왔다.

[강원도에 가셔서 뜻하지 않은 문제가 생긴다면 바로 연락 주십시오. 그리고 번호 하나 문자로 보내 드리겠습니다. 동해시에 있는 강력계 형사입니다. 혹시 긴박한 일이나 위험한 일이 발생한다면 이 친구에게 연락하십시오.]

"무슨 문제를 알게 되신 겁니까?"

[아닙니다. 노파심에 대비 차원으로 알려 드리는 겁니다. 사건 · 사고란 언제 어떻게 발생할지 장담할 수 없으니까요.]

차분한 음성은 거짓이나 과장이 없었다.

"알겠습니다. 고맙습니다."

인사를 끝으로 범안은 통화를 끝냈다. 곧이어 안수인의 가명과 기거하는 곳의 주소, 동해시 강력계 형사의 연락처가 적힌 문자메시지가 날아왔다.

—김현경

수인의 가명을 새겨 읽고서 범안은 휴대폰을 바지주머니에 넣었다. 비상구에서 나와 적요한 정적이 흐르는 19층 복도를 걸었다.

장례가 끝나자마자 홀연히 사라진 수인. 그녀는 가명으로 신분을 숨긴 채 숨어 있었다. 어째서일까. 형의 죽음과 연관이 있어 숨어 지내는 걸까? 흉흉한 의혹이 치솟았다. 내딛는 발걸음이 무지근해졌다.

5화

흐린 등빛 아래

또 뭐가 필요하나?

금요일, 국희는 강원도 출장 준비로 분주했다. 범안은 어제서야 강원도 출장이라고 말해주었다. 당일로 계획하고 있으나 이틀이 될 가능성도 있다고 했다. 이틀. 둘이 함께 밤을 보낼지도 모른다. 가방에 속옷을 넣던 국희는 멈칫했다.

제 손에 들린 평범한 디자인의 면 속옷을 내려다봤다. 다른 걸 챙길까? 산뜻한 것이 좋을 듯하다. 그녀는 서랍장으로 가려고 침대에서 일어났다.

미친! 내가 지금 무슨 생각을 하는 거야? 퍼뜩 제정신을 차리고 털썩 도로 앉았다. 신경질을 부리듯 거칠게 속옷을 가방에 넣으며 괜스레 뺨이 발그레해졌다.

이어 옷가지를 챙기는데, 선혁의 전화가 왔다.

[아무래도 걱정이 된다. 정말 혼자서 괜찮겠어? 대기하고 있는 요원을 보내줄게.]

“아니에요. 어린애도 아니고, 종일 뒤따르는 사람을 눈치 못 채겠어요? 공연히 의심 사요. 편 실장님께 경호요원을 붙이겠다고 밝히면 모를까.”

국희의 대답에 휴대폰 너머가 잠잠해졌다. 예정에 없던 출장이라 대처 문제로 그도 난감한 모양이었다.

“장거리 출장이니 대비 차원에서 경호원을 대동한다고 말하면 안 될까요?”

[편 실장님 성격상 원치 않으실 거다. 사장님도 절대 함구하라고 한 사안이라 어렵고.]

“그럼 조심히 잘 다녀올게요. 위험에 노출된 상황도 아니고, 편 실장님이 유명인사도 아니니 별다른 일은 없을 거예요.”

[그래, 수고해라.]

통화가 끝났다. 가방을 지그시 주시하는 국희의 미간이 찌푸려졌다. 기밀이면서 절대 함구해야 하는 사안. 무언가 심상치 않다. 사장님은 아들에게 무엇을 숨기는 걸까?

“국희야, 새 스타킹 있어?”

방문이 열리며 영희가 들어왔다. 서랍장에서 스타킹을 꺼내 건네고, 국희는 짐을 마저 챙겼다. 영희가 그런 국희를 의아한 듯 쳐다봤다.

“오늘 출근 안 해?”

"출장 가."

"그 안구정화 실장과? 1박이야?"

"예정은 당일인데 그렇게 될 수도 있다데?"

돌연 영희의 눈동자가 번뜩였다. 국희는 가방 지퍼를 닫고서 일어났다. 흰 티셔츠 위에 은은한 하늘색 재킷을 걸쳤다. 빤히 바라보던 영희가 못마땅한 듯 참견했다.

"면바지 말고 스키니 입어, 스키니. 내 거 줄까?"

"불편하게 무슨 스키니."

"안 불편해. 스판이라 쫙쫙 펴져. 갖다 줄게."

"됐어."

후다닥 움직이려는 언니를 만류하고서 국희는 가방을 들었다. 아쉬운 기색으로 영희가 입맛을 다셨다.

"스키니를 입으면 섹시해 보일 텐데."

"출장 가는데 섹시는 왜 찾아?"

"뭐, 이해 못 하면 됐고. 그런대로 봐줄 만하다."

참으로 답답하다는 듯 혀를 차던 영희가 심드렁하게 끄덕였다.

"이번 기회를 놓치지 말고…… 맛있는 거 많이 먹고 와. 알았지?"

방에서 나오는 국희를 쫓으며 영희가 말했다. 뭔가 의미심장한 말인 듯했다. 이해 못 하고 멀뚱거리자, 그녀가 음흉하게 배시시 웃었다.

"다녀오겠습니다."

"조심히 다녀와."

평상에서 두런두런 앉아 담소 중인 어른들께 인사하고 국희는 가뿐한 걸음을 옮겼다.

산뜻한 공기가 감도는 아침이었다. 청정한 하늘엔 두툼한 솜뭉치 같은 구름이 흐르고, 흙냄새를 실어온 바람이 텁텁한 뇌를 여과시켰다.

초록색 대문을 열고 골목으로 나왔다. 그곳엔 주차된 제 차에 기대고 선 범안이 있었다. 국희를 발견한 그가 여린 미소와 함께 손을 살짝 들었다. 하얗게 발광하는 햇살 속에 묻힌 그가 눈부셨다.

움찔, 하고 말았다. 골목길 발광체보다 더 감탄스러운 건 빠른 제 반응이었다.

국희는 제 가슴속에서 일어나는 파장을 꾹꾹 누르고서 짐짓 태연한 척 걸어갔다. 범안은 그 속을 범안은 속을 간파하지 못하고 여유만만하게 웃었다.

"기다렸어? 왔으면 전화 주지."

"제시간에 나왔잖아."

그가 자연스레 손을 내밀었다. 국희의 어깨에 매달린 가방을 달라는 몸짓이었다. 국희는 가방을 넘겼다. 자연스레 받아 든 범안이 제 가방이 놓인 뒷좌석에 가지런히 그녀의 가방을 놓았다. 괜히 불만스러워진 국희는 볼멘 표정으로 그의 뒷등을 주시했다.

어지간히 멋져야지, 이 정도면 정상이 아닌 거다. 진득거리는 상념을 외면하고, 국희는 보조석으로 갔다. 경호요원의 차량이 골목 어귀에 주차되어 있었다. 곁눈질로 힐끔 일별하고 차에 탔다.

"아침 먹었어?"

"응. 너는?"

"난 괜찮아."

가볍게 대답하며 범안은 운전을 시작했다.

그의 눈이 백미러 너머 뒤편의 검은 차에 꽂혔다. 검은 차는 간격을 두고 뒤따랐다. 도로로 진입하면서도 범안은 검은 차를 내리 주시했다. 감시자가 여지없이 강원도까지 쫓는다면 안수인을 만나긴 어렵다. 따돌려야 하나. 그는 심각하게 고심했다. 그런데 검은 차가 좌회전 깜빡이를 켰다. 신호대기에 걸린 범안의 차는 직진 도로에서 정차했다. 검은 차는 좌회전 도로로 꺾어졌고, 이내 유유히 사라져 갔다.

먼젓번 인규와 동행했을 때와 다른 행로다.

어째서일까. 다른 점이라면 수행비서를 둔 것 하나일 뿐이다. 범안은 슬며시 보조석의 국희를 곁눈질했다. 국희는 무심히 오른쪽 차창 밖을 내다보고 있었다. 시선을 느낀 국희가 고개를 돌렸다.

"배고프면 말해. 가다가 휴게소 들를게."

그는 의구심이 이는 속내를 내색하지 않았다. 국희는 가벼운 미소를 지었다. 차 안의 정적을 깨려 범안은 라디오를 켰다. 그의 심란한 눈길은 앞창의 도로를 직시했다. 뭔가 석연치 않다. 놓치고 있는 게 뭘까?

평일 오전의 고속도로는 한적했다. 드문드문한 차량 사이로 흰색 자동차가 시원스레 달렸다. 덕분에 정오 무렵 동해고속도로의 유일한 휴게소인 동해휴게소에 들를 수 있었다.

"배고프다. 넌 아침도 안 먹어서 더 하겠네?"

"괜찮아, 익숙해서."

"매일 아침을 안 먹는 거야?"

차 문을 닫는 범안에게 국희가 물었다. 혼자 사는 그가 밥을 제대로 해결할 리는 만무했다. 평창동 본가가 있으면서 그가 따로 독립한 이유가 새삼 궁금해졌다.

"응. 습관이 되어서."

"왜 혼자 살아?"

"그게 편하고 익숙해."

"시드니에서는? 기숙사에 있었어?"

"고등학교 때만. 대학 땐 기숙사에 들어가지 않고 따로 지냈어."

감정 기복 없는 평온한 대답이었는데 이상하게도 가슴 한편이 저릿했다. 열일곱부터 시드니에서 지냈으니 혼자 산 세월이 10년이 넘었다. 국희의 눈길이 바닥으로 이동했다. 평탄한 회색의 시멘트 바닥이 망막에 채워졌다.

"외롭진 않았어?"

"글쎄. 외로웠을 것 같아?"

"아니……. 난 한 번도 혼자 지내본 적이 없어서 상상은 안 되지만……."

대수롭지 않게 픽 웃는 범안. 갸웃하던 국희는 말을 이었다.

"심심하긴 할 것 같아. 워낙 시끌시끌한 틈에서 살아서 그런가?"

"그래?"

"우리 집은 대가족이거든. 내가 언니, 오빠들 틈에 막내로 태어난 것도 있고, 할아버지 할머니랑도 같이 살 거든. 우리 집은 조용할 날이 없어."

질린다는 듯 그녀는 고개를 설레설레 가로저었다. 식당으로 들어서서 메뉴판을 훑었다. 고속도로엔 차들이 많지 않았는데 휴게소 식당에는 사람들이 꽤 되었다. 국희는 번호표를 뽑아 들고 대기했다.

"시끄럽긴 해도 재밌겠다."

"아니야. 얼마나 귀찮게 하는데. 늦잠 한 번 못 잔다니까? 일요일이면 대청소해야 되지, 난 막내라고 심부름도 많이 시킨단 말이야. 물론 오빠한테 넘기면 되지만."

나이 서열론 하등이었으나 서열도 무시할 수 있는 만만한 지국철이 있다.

"대가족인지 몰랐어."

상상하는지 범안이 쿡쿡거렸다.

"원래는 부모님하고만 살았는데 8년 전부터 할아버지랑 할머니랑 같이 살게 된 거야."

"8년 전? 그럼 그때 예전 집에서 이사 간 거야?"

범안의 질문에 국희가 끄덕거렸다.

5년 전, 찾을 수 없었던 이유를 그는 깨달았다. 시드니로 쫓겨나고 한동안 감시하는 아저씨가 있어 아무것도 할 수 없었다. 3개월을 갇혀 지냈다. 그러다 학교 기숙사로 들어가면서 간신히 자유를 얻었으나 짧았던 한국 생활로 연락처를 알고 지내는 녀석이 없었다. 국희와 연락할 길이 없어 막막해하다가 학교로 연락했다. 하지만 학교에서는 학생 정보를 알려줄 수 없다고 매몰차게 거부했다. 국희 앞으로 메모를 남겨놓았지만 연락은 없었다. 아버지 입김이 들어간 것이 분명했다. 달리 방도가 없었다.

한없이 국희에게 미안하면서도 절망했다. 자신의 나약함에 진저리가 쳐졌다.

그러다 5년 전, 외할머니가 별세하셨다. 그 일로 범안은 귀국했었다. 아버지는 범안이 한국에 머물 수 있는 유효시간을 장례 기간으로 한정 두었다. 발인식이 끝난 후, 자유로운 기한은 하루뿐이었다. 그는 그 하루 동안 국희를 찾았었다. 바래다줬던 기억대로 그녀의 집을 찾아갔으나 오래전 이사하고 난 후였다. 그녀의 아버지가 운영한다는 태권도 도장도 사라지고 없었다. 근처 부동산을 돌아 문 닫은 태권도 도장을 어렴풋이 기억하는 어르신을 만났을 뿐이었다. 끝내 무기력하게 시드니로 출국했던 범안이었다.

"뭐 먹을 거야?"

"넌?"

"난 우동."

"나도 우동."

따라 하는 범안을 국희는 힐끗 올려다봤다. 범안이 내려다보며 입술을 살며시 늘렸다. 둘의 눈이 마주쳤다.

후다닥 피하듯 눈을 돌리고서 국희는 우동을 주문했다. 또 의식이 된다. 빈자리에 앉아 쓸데없이 주문표를 꼬물거렸다. 느긋이 등받이에 기대앉은 범안은 당당히 국희를 보았다. 그의 의연한 태도가 상당히 거슬렸다.

딩동— 주문번호가 전광판에 떴다. 범안이 '내가 가져올게.' 라며 시원스레 걸어갔다.

이놈의 출장, 왠지 무진장 거북하다.

그의 등을 훔쳐보며 국희는 입술을 질근거렸다. 범안이 우동을 가져와 국희 앞에 놓아주었다. 국희는 배고파서 등딱지가 붙었다고 호들갑을 떨며 젓가락을 들었다. 꿀렁거리는 내장을 외면하고서 오롯이 먹는 것에만 온 신경을 집중시켰다.

"커피 사올게. 차에 가 있어."

식당을 나서며 범안이 커피전문점을 가리켰다. 아이스 아메리카노를 주문하고서 국희는 입구에서 대기했다. 정오가 넘은 햇볕은 한여름처럼 강렬하지는 않았지만 포근히 따듯했다. 어디선가 바다 향을 실은 바람이 불어와 머리카락을 간질였다. 쓰윽 넘기는데 선혁으로부터 전화가 왔다.

[강원도 도착하면 체크해서 수행보고해라.]

"수행보고라면 무슨? PC 수행보고를 하란 말씀입니까?"

[그것보단 편 실장님 동향보고를 하란 말이다. 어디를 가는지, 누굴 만나는지 등 세세하게.]

"네? 일일이 그걸 다 보고하라고요? 어째서……."

[지시 사항이다.]

편명호 사장에게서 나온 지시라는 의미였다. 마른침을 꿀떡 삼키고서 입을 열었다.

“……할 수 없습니다. 아니, 하지 않겠어요.”

[뭐라고?]

그녀의 일축에 선혁이 당황했다.

[지국희!]

“PC 오십니다. 끊겠습니다.”

엄격한 목소리가 휴대폰을 타 넘었다. 국희는 강경한 태도를 굽히지 않았다. 그녀는 먼저 전화를 끊어버렸다. 곧바로 휴대폰이 울렸다. 발신자는 여지없이 선혁이었다. 무음으로 바꾸고서 전화를 무시했다.

기밀인 이유를 알 것 같다. 경호보단 감시가 우선이었나 보다.

내내 헤매던 의구심의 답이 짐작되고 말았다. 한없이 불편해지는 답이었다.

범안이 커피 캐리어를 들고 커피전문점에서 나왔다. 그녀는 씁쓰레한 감정을 지우고 환히 웃어 보였다.

동해시 번화가에 도착한 범안은 인성그룹 브랜드 매장 순회를 했다.

세심한 체크는 아니었다. 시찰 나온 본사 실장님에게 쩔쩔매는 지점장이나 매니저들에게 의례적인 사항만 확인할 뿐이었다. 식사대접을 하겠다는 카페 IN의 지점장 말을 거절한 그는 곧장 삼척으로 이동했다. 삼척 시내에서도 동해시와 별반 다르지 않았다. 전시용 시찰이 아닌가, 의심스러웠다.

“인성그룹 브랜드가 많구나. 카페 IN은 알고 있었지만 알흠다운 화장품도 인성인지 몰랐어. 베이커리 브랜드도 생겼다가 금방 없어진 건 아는데."

"인성은 개별 브랜드가 의외로 많아. 자체 브랜드도 있고, 프랜차이즈를 인수한 경우도 있고. 유행처럼 번지는 업종은 우후죽순처럼 늘리고 있어."

"그래? 왜 그렇게 하는 거야? 유행이라서?"

"글쎄, 시장 확장 전략이라곤 하는데 하나의 브랜드가 성공하면 실패한 브랜드들의 리스크를 덮어주는 전례 때문인 듯해."

범안의 부연에 국희는 이해하고 끄덕였다.

어느덧 느지막한 오후로 접어들고 있었다. 삼척 시내에서 나온 자동차는 해안도로를 한참 달렸다. 초록빛의 송림과 기암절벽의 절경이 장관이었다. 국희는 보조석 창을 내리고 바다 향 실은 해풍을 맞았다. 머리카락이 사정없이 휘날렸다. 머리카락을 잡으면서 그녀는 눈꺼풀을 닫았다. 바다의 진득한 향이 코끝을 자극했다.

넌지시 국희의 옆얼굴을 일별한 범안의 입술이 가느다랗게 늘어났다.

[50미터 앞 목적지입니다.]

내비게이션 양이 조신하게 안내했다. 인가가 드문드문한 마을이었다. 자그마한 모래사장과 바다를 품은 마을은 한없이 한적했다. 안내에 따라 차는 바다가 보이는 좁은 골목으로 접어들었다. 오르막길로 올라 남색 대문이 보이는 지점에서 안내가 끝났다.

"잠깐 차에서 기다려."

범안이 안전벨트를 풀고 운전석에 내렸다. 남색 대문으로 간 그는 초인종을 누르고서 기다렸다.

[누구세요?]

"김현경 씨 계십니까?"

인터폰을 통해 들린 차분한 음성에 범안은 물었다.

[……김현경 씨요? 누구시죠?]

"편범안이라고 합니다. 편기안 씨 동생이요."

음성이 여릿하게 흔들렸다. 음성의 주인을 간파한 범안이 솔직하게 밝혔다.

짧지만 긴 듯한 침묵이 흘렀다.

잠시 후, 남색 대문이 열리며 기다리던 사람이 나타났다. 머리를 깔끔히 하나로 묶은 화장기 없는 얼굴. 안수인이었다. 5년 전 잠깐 봤던 단아한 인상이 그대로였다. 다만 핼쑥해진 얼굴이 창백하니 핏기가 없었다.

"안녕하세요. 저 기억하세요?"

범안은 짧게 묵례했다. 수인이 불안한 시선으로 주변을 두리번거렸다. 그러다 뒤편에 주차된 흰색 자동차로 옮겨졌다. 그녀의 눈길이 보조석에 앉아 있는 국희에게 머물렀다.

"형에 관해 묻고 싶은 것이 있어서 왔습니다. 잠시만 시간 내주세요."

"혼자 오셨어요?"

"수행비서와 왔지만 신경 쓰지 않으셔도 됩니다."

범안은 안심시키듯 단호히 말했다.

"저쪽 아래에 작은 슈퍼가 하나 있어요. 거기서 기다려 주시겠어요? 준비하고 내려갈게요."

망설이던 수인이 결심하고서 바닷가 어귀를 손가락질했다. 위치를 확인한 범안은 남색 대문에서 물러났다. 수인은 도망치듯 안으로 사라졌다.

차로 돌아간 범안은 주저 없이 시동을 걸었다. 왔던 길을 되돌아간 그는 바닷가가 내다보이는 작은 슈퍼마켓 근처에 주차했다. 차에서 내린 그는 슈퍼마켓에서 음료수를 사왔다.

"잠깐 기다려."

국희에게 음료를 건넨 그는 슈퍼마켓 앞에 놓인 플라스틱 테이블로 갔다. 나머지 음료수를 테이블에 놓고서 의자에 앉았다.

무슨 일이지? 보조석 백미러로 범안을 물끄러미 보며 국희는 갸웃거렸다.

남색 대문에 다다랐을 때부터 범안의 표정은 가라앉아 있었다. 그러고 나서 남색 대문 너머로 누군가를 만났다. 차 안에서는 그 사람의 얼굴을 확인할 수가 없었다. 몇 마디를 하고서 돌아온 범안은 차를 이동해 이곳으로 왔다.

궁금증에 시달리던 찰나, 한 여자가 걸어왔다. 하늘거리는 흰색 스커트를 날리며 여자가 범안 곁으로 갔다. 그녀를 국희는 뚫어져라 지켜봤다.

예쁘고 단아한 여자였다. 그녀는 그늘진 낯빛으로 범안에게 인사했다. 범안이 의자에서 일어나 그녀를 맞이했다. 두 사람은 의자에 마주 보고 앉아 대화를 시작했다. 차분함을 가장하고 있으나 심상치 않은 기류가 감돌았다. 캔 뚜껑을 머금고 있던 국희는 입술을 떼었다. 그녀의 눈동자가 가늘어졌다.

바다를 품은 짠바람으로 가느다란 머리카락이 너울댔다. 수인이 바람결에 날리는 머리카락을 쓸어 귀 뒤로 넘겼다. 범안은 그녀 앞으로 음료수를 밀었다. 하나 그녀는 거들떠보지 않았다.

"……저를 어떻게 찾으셨죠?"

"전문가를 썼습니다."

"전문가요?"

"꼭 묻고 싶은 것이 있습니다. 그런데 인사기록카드에 기재된 내용이 모두 틀리더군요. 혼자 어려워서 사람 찾는 전문가에게 의뢰했습니다."

범안의 차분한 설명에도 수인은 경계를 풀지 않았다. 단아한 눈매가 날카롭게 변질되었다.

"무엇을 묻고 싶으신 건데요?"

"8월 13일. 아시죠? 형이 투신한 날."

범안이 또박또박 말했다. 8월 13일이라는 날짜에 수인의 눈썹이 움찔했다.

"형은 그날 정상 출근했고, 안수인 씨도 마찬가지였죠. 비서로 형을 보좌하는 안수인 씨가 그 누구보다도 형에 대해서 가장 많이 알고 있잖아요. 그날의 형에 대해서 알고 싶습니다."

"경찰 참고인 조사 때 말한 것이 전부예요. 전 더는 할 말이 없어요."

"형의 일과만이라도……. 무슨 일을 했는지, 평소와 다른 점은 없었는지 말씀해 주세요. 부탁드립니다."

선을 긋듯 매몰찬 눈빛의 수인에게 범안은 고개를 숙였다.

절실했다. 형과 유일하게 연결된 사람, 안수인. 그녀밖에 없다.

"안수인 씨를 추궁하려는 건 아닙니다. 그저 알고 싶을 뿐입니다."

거듭 부탁하는 범안을 수인이 또렷이 주시했다.

몇 초의 무거운 침묵이 흘렀다. 결심하듯 수인이 숨을 들이마시더니 양손을 꽉 맞잡았다.

"편 이사님은 평소와 크게 다르지 않았어요. 조찬 모임이 있었고, 정확한 시각에 출근했어요. 오전엔 이사진회의에 참석하셨고, 구내식당에서 점심을 하셨죠. 오후엔 마케팅 프로젝트 기획안을 검토하셨고, 각 부서 실장님들에게 결재 보고를 받았습니다. 그리고 저녁 8시경 퇴근하셨어요."

"그 후엔 모르시나요?"

"전 수행비서가 아니라서 퇴근 이후엔 관여하지 않아요."

"그날 이전에 별다른 일은 없었나요? 만나는 사람이나 심경 변화를 일으킬 만한 일은?"

범안은 간절히 물었다.

"편 이사님의 이성 관계는 없는 걸로 알고 있어요. 물론 제가 사생활을 전부 알진 못하지만. 아시다시피 편 이사님은 언제나 올곧이 업무에만 충실하셨던 분이라……."

수인이 말끝을 흐렸다. 끝까지 듣지 않아도 될 말은 '모른다.'였다.

"……저는 형의 자살을 믿을 수가 없어요."

"그러시겠죠."

나직한 중얼거림에 수인이 이해한다는 듯 동조했다. 말뜻을 바로 간파하지 못하는 수인에게 그는 눈길을 올렸다. 번뜩이는 그의 눈빛엔 흔들림이 없었다.

"형의 사인을 자살로 보지 않아요."

"네?"

"안수인 씨도 지난 5년 동안 형을 보좌해서 아시잖아요, 형이 어떤 사람인지. 형은 자살할 사람이 아니에요. 설사 힘겨운 일이 있더라도 현실도피를 할 사람은 아니에요."

강경한 어조에 수인이 기겁했다.

"……타살을 의심하는 건가요?"

"네."

"경찰에게 무슨 말을 들으신 거예요?"

"아니요. 경찰에겐 확인 못 했어요."

아버지는 그가 형의 사고에 연연하는 걸 원치 않았다. 담당 형사를 만나봤지만 피해자 법적 보호인의 요청에 따라 보안 사안이라고 전달받았다. 가족인 범안에게조차 절대함구라고 했다. 범안은 아버지에게 항의했으나 냉담한 답을 받았다.

"너는 일절 관여하지 마라."

"어째서요? 제 형입니다! 저도 명확히 알아야 돼요!"

"넌 형의 죽음이 불명예스럽게 언론에 공개되길 원하느냐? 동생이 형의 사인을 캐고 다닌다는 것을 언론이 알게 되면 얼마나 지레짐작하고 달려들겠느냐? 가십거리를 만들어 네 형에 대해 오만 가지 소문을 퍼뜨릴 거야."

아버지는 오롯이 언론과 세간의 시선만이 중요한 사람이었다. 형의 사인을 실족사로 공개하고 이 사건을 마무리 지으려 했다.

"그런 게 뭐가 중요해요? 형이 죽었는데!"

아무리 외쳐도 소용없었다. 절대 돌아오지 않는 메아리가 벽과 부딪치는 대립이었다.

뇌리에 떠오른 과거 상념을 덮고서 범안은 입을 열었다.

"저의 심증일 뿐입니다."

침잠한 범안의 동공을 빤히 보던 수인이 일어났다.

"……전 편 이사님 사망에 관해선 아는 게 없어요. 제 답은 이게 전부예요."

"혹시 생각나는 것이 있으시다면 연락 부탁드립니다."

서둘러 슈트 재킷 안주머니에서 명함지갑을 꺼냈다. 그의 손끝이 미세하게 떨렸다.

"네."

명함을 받은 수인이 돌아섰다. 범안은 붙잡지도 못하고 그녀의 등을 무기력하게 주시했다.

무엇이든 실마리를 얻고자 하는 마음은 간절한데 성과가 없었다. 역시 공연한 기대였다. 시야가 침침할 정도로 어둑해진 막은 걷힐 기미가 없었다. 어디서 시작해야 하는가. 불필요한 억측일 뿐일까?

한 발짝 움직였던 수인이 주저하듯 멈칫거렸다. 그녀의 아랫입술이 질끈 맞물렸다가 풀렸다.

"편 이사님은…… 평소에도 동생분 얘기를 많이 하셨어요. 언제나 기계처럼 딱딱하신 분이셨는데 동생분에 관해선 아니었어요. 먼젓번엔 동생분이 공모전에서 수상했다고 얼마나 뿌듯해하고 자랑하셨는지 몰라요. 동생분이 기획한 뮤지컬이 공연 중인데 못 보러 간다고 아쉬워하셨고요."

수인이 조곤조곤 떨리는 음성으로 말했다.

일순 평정심을 잃지 않던 까만 동공이 일렁거렸다. 범안의 동공에 촉촉한 어둠이 감돌았다. 울컥 솟구치는 감정을 억누르려 주먹을 그러쥐었다. 눈 끝에 여울지는 액체를 숨기려 목을 비틀었다.

"그럼……."

수인이 왔던 길을 되돌아갔다. 멀어져 가는 그녀를 범안은 보지 않았다. 가슴 깊이 일어난 감정을 억제하려 눈을 질끈 감았다. 그의 주먹이 부들부들 울었다.

누굴까.

수평선이 붉게 물들어갔다.

같은 곳에 머문 채로 국희는 앞창 너머 바닷가를 응시했다. 작은 슈퍼마켓 앞에서 여자를 만났던 범안은 '잠시만' 이라고 양해를 구하고서 혼자 바닷가로 나갔다. 그러고는 해가 저무는 수평선을 한참 동안 지켜보고 있었다. 한없이 고독해 보였다.

궁금했으나 섣불리 그의 감정에 끼어들 수 없었다. 묵직한 감정이 가늠되어, 그녀는 막연히 기다렸다.

수평선의 붉은 기운이 짙어졌을 때야 그녀는 차 밖으로 나왔다. 바닷가로 향하는 계단을 내려가 모래사장을 디뎠다. 시선을 감지한 범안의 고개가 돌려졌다. 흩뿌려지듯 불그스레한 기류가 번지는 수평선을 등지고 그가 그녀를 응시했다.

조화로운 화폭 같았다.

붉은 수평선 속에 묻힌 범안의 모습은.

국희는 보드라운 모래를 밟으며 천천히 그에게 다가갔다. 비릿한 향을 품은 바닷바람으로 그들의 머리카락이 나부꼈다. 짙은 밤바다 같은 동공이 점점 가까워지는 국희에게 머물렀다. 지그시 응시하던 범안의 다리도 움직였다.

"배고프지? 밥 먹으러 가자."

밝은 어조. 무언가에 압박된 듯 짓눌렸던 표정도 일순 환해졌다. 마치 가면을 쓰듯 그의 표정이 바뀌었지만 국희는 굳이 묻지 않았다. 짐짓 천연덕스레 활짝 웃었다.

"뭐 먹을 건데?"

"글쎄, 오늘 따라다니느라 고생했으니까 네가 먹고 싶은 거 다 사줄게."

"난 별로 한 일도 없는데?"

"그렇긴 하다."

범안이 가볍게 응수했다.

"공격이냐?"

국희는 새쭉하게 쏘아댔다. 차 문을 열면서 범안이 쿡쿡거렸다. 그러면서 대꾸 없이 운전석에 올랐다. 부러 잔뜩 인상을 찌푸리면서 그녀도 보조석에 올랐다.

"씹는 거 보니 맞는데?"

"그럴 리가요. 제가 어찌 감히 지국희 씨에게 덤빕니까?"

"놀리냐? 그거 지금 지능적인 콤보 공격인 거지?"

너스레를 떠는 범안에게 재차 따졌다. 범안이 입술을 벌리고 소리 내어 웃었다.

"왜 대답을 안 해? 어!"

버럭 일갈하는 제 말이 재미있어서인지, 가슴속에 일렁이는 감정을 누르기 위한 과장된 웃음인지 헷갈렸다.

"너 자꾸 웃기만 할래? 무시하냐?"

그래도 그가 어둑하니 있는 것보단 낫다고 생각했다.

웃는 게 낫다고.

"저기로 갈까?"

자그마한 바닷가 마을에서 빠져나온 차량은 해안도로를 유유히 달렸다. 운전하던 범안이 해안도로 가에 세워진 안내판을 가리켰다. 범안의 손가락을 좇은 국희는 끄덕였다.

얼마 안 가 어둠이 내린 삼척항에 도착했다. 항의 크기는 그리 크지 않았다. 아담한 마을을 낀 고즈넉한 곳이었다. 바다가 내다보이는 활어회 센터에 들어가서 주인이 추천하는 회를 시켰다.

"소주도 한 병 주세요."

깔끔하고 맛깔스럽게 깔리는 상차림을 보면서 국희는 주문했다. 종업원이 재빨리 소주를 가져다줬다.

"한 잔 마셔."

"안 올라갈 거야?"

빈 잔에 각각 소주를 채우는 그녀에게 범안이 능청스레 물었다.

"간단히 마시고 깨고 올라가면 되지."

"나는 쉽게 안 깨는데? 장거리 운전하기에 위험해."

"난 술 금방 깨거든요? 내가 운전하면 되거든요?"

은근슬쩍 던져지는 농담을 맞받아치며 국희는 이죽거렸다. 범안이 쿡쿡거리며 웃었다.

챙— 하는 청청한 소리를 내며 두 잔이 부딪쳤다. 단숨에 소주잔을 비우는 국희와 달리 범안은 입술만 축이고서 잔을 내렸다.

"소주 못 마셔?"

"못 마시는 건 아니지만 술이 약한 편이야."

"사내자식이. 건배를 했으면 한 방에 터는 거야. 빨리 쭉 마셔."

국희의 채근에 그가 하는 수 없이 소주를 쭉 들이켰다. 혀끝을 톡 쏘아대는 액체에 그의 눈살이 절로 찡그려졌다. 국희는 잽싸게 상추를 펼쳐서 초고추장 찍은 회를 넣고, 마늘도 올리고, 청량고추도 얹어 크게 쌌다.

"안주. 아, 해."

가느다란 팔을 쭉 뻗으며 쌈을 내밀었다. 그녀의 돌발행동에 범안은 당황했다.

"팔 아파!"

쭈뼛대는 그에게 버럭 외쳤다. 곧 그가 목을 빼내어 받아먹었다. 그녀는 흡족해하며 크게 웃었다. 그런 그녀를 뚫어져라 보면서 범안은 열심히 오물거렸다.

"윽."

쌈을 씹던 범안은 짧은 탄성을 내었다. 혓바닥으로 강렬한 알싸함이 번졌다. 입안 곳곳을 불태우는 것처럼 매운 기운은 정열적이었다. 점점 그의 뺨이 발그스레하게 익어갔다. 천연덕스레 굴던 국희는 목젖이 보이도록 입을 벌리고서 깔깔거렸다.

"너, 정말…… 하……."

확 달아오른 얼굴로 따지려던 범안이 말끝을 맺지 못했다. 잇속을 자극한 알알한 기운이 연속해서 치솟는 모양이었다. 그가 연달아 물을 들이켰다. 국희는 조금 미안하기도 하고 고소하기도 했다.

"아까의 복수다. 까불지 마라."

그녀는 킬킬거리며 엄포를 놨다. 그러면서 세 잔이나 물을 비우고도 정신 못 차리는 범안에게 오이를 내밀었다. 이건 순수한 오이라며 능청스레 어깨를 으쓱하며.

"너 매운 거 되게 못 먹나 보다. 마늘이랑 청량고추 하나씩밖에 안 넣었는데."

"시드니 식습관에 혀도 익숙해졌나 봐."

오이를 받아 든 범안은 그제야 여유를 찾았다. 그녀의 짓궂은 장난으로 한순간에 무거웠던 마음이 털어졌다. 한결 가벼워진 기분이었다. 오이를 입에 넣었다. 아삭하고 시원한 오이가 혓바닥에 잠식된 알알한 기운을 씻겨냈다. 비로소 그의 표정도 평온해졌다.

"시드니에선 뭐 했어? 공부했어?"

국희는 살며시 안도했다. 그녀의 질문을 받고서 범안은 공간예술학을 전공하고, 한국 오기 직전 뮤지컬 공연 기획을 했던 것을 숨김없이 털어놨다. 편안한 대화가 이어지고 소주 한 병이 거의 비워졌다. 범안은 한 잔 정도만 마셨고, 국희가 혼자 다 마셨다.

"그럼 한국엔 9년 만에 온 거야?"

"응. 경조사가 있어 한번 들른 적은 있지만."

"아까 그 여자는 누구야? 첫사랑, 그런 거냐?"

질겅거리던 회를 꿀꺽 삼키고서 넌지시 물었다. 여자와 범안의 분위기가 심상치 않아 못내 신경 쓰였지만 호기심인 척 굴었다.

"첫사랑은 지국희인 걸."

그가 픽 웃으며 소주병을 들었다.

국희는 움찔했다. 지그시 소주병 입구를 주시했다. 투명한 액체가 투명한 잔을 채웠다. 무색인데도 훤히 들여다보인다. 그것은 속을 감싼 겉도 투명하기에. 사람도 소주를 닮았으면 좋겠다. 그럼 보여달라 투정부리지 않아도 되잖아. 공연히 들끓는 속을 투명한 소주로 대신 잠재웠다.

"……왜…… 갑자기 사라졌던 거야?"

홀로 3년 동안 해왔던 질문을 9년 만에 꺼냈다. 빈 소주병을 내려놓던 범안의 손이 허공에서 멈칫했다. 짧은 망설임이었다. 소리 없이 소주병이 테이블에 놓여졌다.

그가 주저한다. 몇 초의 침묵으로 답을 들은 듯했다.

"말하기 싫으면 안 해도 돼."

국희는 짐짓 태연한 척 굴었다. 두 사람 사이를 불편한 공기가 가로막았다. 별안간 범안이 소주잔을 들어 쭉 들이켰다.

"……싫은 것보다 어려운 거야."

그가 나지막하게 말했다.

"보이기 싫은 게 아니라 보여주고 싶지 않아서."

모호한 말은 무거웠다.

탁— 소주잔을 내려놓고 국희는 젓가락을 들었다. 회를 씹으며 아무렇지 않게 '맛있다.' 라고 혼잣말을 했다. 범안의 눈길이 올라왔다.

"국……."

그의 입술이 벌어지려는 찰나였다.

"싫다고요!"

돌연 뒤편이 소란스러워졌다. 국희와 범안의 눈길이 그쪽으로 이동했다. 이십대 초반 정도인 여자 둘이 있던 자리였다. 근처 테이블에서 술을 마시던 남자들이 그녀들에게 알짱거리고 있었다. 동네 양아치처럼 보였다.

"튕기니까 더 예쁘네."

"오빠들이 재미나게 해줄게."

한 녀석이 능글스레 깐죽거리며 화려하게 꾸민 여자의 옆자리에 앉았다. 다른 녀석도 재빨리 앞자리에 앉으며 소주병을 들었다.

"몇 살이야? 스무 살?"

"왜 이러세요!"

어깨에 팔을 두르는 녀석을 거부하며 여자가 앙칼지게 소리쳤다. 질색하고 밀어내도 녀석들은 익숙한 듯 눈썹도 꿈틀 안 했다. 국희의 성질이 불끈 올라왔다. 그녀는 서슴없이 일어나 그 테이블로 걸어갔다. 이미 예측했던 범안은 짤막히 한숨 쉬고서 따라 일어났다.

"싫다잖아."

여자 어깨에 놓인 녀석의 손을 우악스레 잡아채며 국희는 으르렁거렸다. 녀석이 황당한 얼굴로 올려다봤다.

"뭐야?"

"곱게 마시고 곱게 꺼져라."

"이게 맞고 싶나?"

다른 녀석이 팔을 들었다. 순간 커다란 손이 녀석의 팔목을 낚아챘다. 기다란 그림자가 녀석의 머리 위로 드리워졌다.

"손 내려."

"하, 이 새끼는 또 뭐야?"

범안에게 욕설을 퍼부으며 녀석이 제 팔을 흔들었다. 미리 짜놓은 것처럼 죽이 척척 맞았다. 범안과 국희는 동시에 녀석들의 팔을 풀어주고서 한 발 물러났다. 그러곤 일촉즉발 같은 상황을 즐기듯 여유만만하게 경계했다.

"시팔, 쌍으로 이것들이."

맞은편에 있던 스포츠머리 녀석이 의자를 발로 찼다. 여자들은 외마디 비명을 지르며 구석진 곳으로 피했다. 종업원과 주인도 어찌지 못하고 안절부절못했다. 반면 국희와 범안은 태평했다.

"그만합시다."

"뭘 그만해!"

범안이 국희의 팔을 잡아 뒤로 밀어냈다. 그 모습에 스포츠머리의 얼굴이 붉으락푸르락해졌다. 그가 소주병 주둥이를 잡았다. 금방이라도 휘두를 기세였다. 범안은 재빨리 국희 앞을 가로막고 섰다. 시야를 차단시키는 너른 등에 국희는 기함했다.

"이모! 매운탕 2인분 주세요!"

그때 유리문이 열렸다. 정복을 입은 경찰 두 명이 들어왔다. 잔뜩 겁먹었던 주인이 화색을 띠며 그들을 맞이했다. 구석진 테이블에 한데 모였던 무리가 긴장했다.

"왔어? 순찰했어?"

"한 바퀴 돌고 배고파서 요기 좀 하려고요."

빈자리를 찾으려 휘둘러보던 경찰들의 시선이 구석으로 옮겨졌다. 소주병 주둥이를 잡았던 스포츠머리의 손이 잽싸게 떼어졌다.

"김돌만, 네 녀석 오랜만에 보네? 서울 갔다더니 언제 왔냐?"

"안, 안녕하세요."

스포츠머리와 안면 있는지 경찰이 아는 척했다. 꾸벅 묵례한 스포츠머리가 친구와 함께 후다닥 입구로 걸어갔다.

"이제 정신 좀 차렸냐?"

"그럼요, 그럼요."

경찰의 이죽거림에 건성으로 대답하고서 녀석들이 부리나케 계산을 치르고 나가 버렸다. 한 걸음 떨어져 있던 여자들이 그제야 고맙다고 인사했다. 국희는 별거 아니라고 손사래 치고서 범안과 함께 자리로 돌아갔다.

"우리도 매운탕 먹을까?"

"지국희."

아무 일도 없었다는 듯 천연덕스레 구는 국희에게 범안이 엄한 눈초리를 보냈다.

"마시자. 짠!"

국희는 어물쩍 넘기려 소주잔을 그의 잔에 부딪혔다. 그러나 범안의 무시무시한 눈초리는 거둬지지 않았다. 매서운 눈길을 외면하고서 그녀는 번쩍 손을 들었다.

"여기 매운탕 주세요!"

어차피 잔소리해도 소귀에 경 읽기일 것이 뻔했다. 범안은 도리질하고서 남은 소주를 비웠다. 그러면서 국희를 힐끔 봤다. 이 위험천만한 여자를 어쩌면 좋을까. 주머니에 넣어버릴 수도 없고.

"안주."

얄미운 국희가 오이를 내밀며 배시시 웃었다. 어처구니없어 범안은 헛웃음을 쳤다.

찰칵.

남색 대문에 끼워진 열쇠가 돌아갔다. 그 소리가 적막한 공기를 뚫었다. 얌전히 대문을 닫고서 어둠이 내린 마당을 가로질렀다. 집 안으로 들어간 여자는 곧장 작은 방으로 향했다.

"배고프다. 수인아, 우리 저녁 뭐 먹을까?"

방으로 들어서는 그녀를 수인이 올려다봤다. 옷가지가 널브러진 방 안을 보고 그녀가 놀랐다.

"너 뭐 해?"

"응. 인제 가려고. 그동안 고마웠어, 민지야."

"어디로?"

후다닥 제 앞에 앉는 민지에게 수인이 힘없이 웃었다.

"갈 곳도 없다며? 집으로 가는 거야?"

대답은 안 하고 수인이 엉성하게 끄덕거렸다. 그러면서 캐리어에 짐을 마저 쌌다. 한 달 사이에 비쩍 마른 그녀의 얼굴을 민지가 꼼꼼히 살펴봤다.

"저녁은 먹고 가."

"아니야. 그냥 지금 갈래."

"나한테 미리 전화라도 해주지. 그럼 일찍 퇴근하고 왔을 거 아냐."

"갑자기 결정한 거야. 나오지 마."

마당까지 쫓아 나오는 민지에게 수인이 손짓하며 만류했다. 하지만 그녀는 끝끝내 대문 앞까지 따라 나왔다. 수인은 왼쪽 벽에 주차해 놓은 제 차 트렁크에 짐을 넣고서 올라탔다. 주차된 차를 빼고서 수인이 운전석 창을 내렸다.

"갈게. 그동안 고마웠어."

인사한 수인이 주저하듯 마른침을 꿀꺽 삼켰다.

"……민지야, 혹시 누가 나 찾으면 모른다고 하면 돼."

"너 사채업자에게 쫓기는 거야?"

민지가 놀라 물었다.

한 달 전 무턱대고 찾아온 수인의 몰골은 말이 아니었다. 며칠 동안 굶은 사람처럼 퀭했고 불안으로 떨어댔다. 그러면서 갈 곳이 없다며 사촌인 척 있게 해달라고 부탁했었다. 민지는 투병 중인 동생으로 인해 수인의 어려운 집안 사정을 낱낱이 알고 있었다. 그렇기에 막연히 빚 문제라고 어림짐작하고 묻지 않았었다.

"아니야. 갈게."

"전화해. 꼭 전화해."

걱정스레 보는 민지에게 끄덕거리고서 수인은 핸들을 꺾었다. 골목을 빠져나가는 와인색 자동차를 민지가 불안한 시선으로 주시했다.

비탈진 골목을 내려온 수인의 차는 마을 입구를 지나쳐 해안도로로 빠져나갔다. 어두운 기류 속에 헤드라이트가 유유히 빛났다. 빠른 속도로 달리는 빨간 차의 빛이 이내 사라졌다.

그때 반대편 해안도로에서 달려온 재색 자동차가 마을 입구로 들어섰다. 재색 차는 수인이 지나쳐 왔던 길을 타고서 비탈진 골목으로 올라갔다. 그러고는 남색 대문 앞에서 멈췄다.

"그만 일어날까?"

소주병이 바닥을 드러내자, 국희는 말했다. 업무 중이나 마찬가지기에 딱 적당한 주량에서 자중했다.

"지국희, 술 잘하는구나."

"우리 식구들에 비하면 아무것도 아니지. 우리 식구들은 완전 말술이거든."

횟집에서 나오며 그녀는 가볍게 웃었다. 곁에서 범안이 빙그레 웃었다.

약속이나 한 듯이 두 사람의 발길이 바닷가로 이동했다. 서늘한 바닷바람이 소용돌이치듯 불어와 건드렸다. 상쾌했다. 그녀는 한껏 기분이 좋아져 턱을 들었다. 곁의 범안도 바지주머니에 손을 꽂고 잔잔히 미소 지었다.

수평선 너머 창백한 달이 기울어졌다.

흰 거품을 내뿜는 파도의 초연한 소리가 정적을 깨웠다. 보드라운 모래사장을 디디는 국희를 범안이 또렷이 내려다봤다. 짙은 먹물 같은 어둠을 뚫고서 둘의 눈길이 충돌했다.

"밤바다라 좀 춥네."

회피하며 그녀는 발을 뗐다. 범안이 걸음을 멈추고 슈트 재킷을 벗으려 했다.

"벗지 마, 괜찮아."

"기다려."

거부했으나 그가 웃으며 재킷의 앞섶을 벌렸다.

"저기 있다."

그때, 거친 목소리가 들렸다.

둘의 시선이 반사적으로 옮겨졌다. 먼발치서 어깨에 힘을 잔뜩 준 다섯 남자가 다가오고 있었다. 두 녀석의 손에는 기다란 각목이 들려져 있었다. 낯익은 두 녀석이 무리에 섞여 있었다. 아까 횟집에서 실랑이를 벌였던 김똘만이었다. 녀석들이 패거리를 몰고 온 모양이었다.

아놔, 저 한결같은 녀석들.

오만상을 찌푸리며 무리를 쭉 둘러봤다. 껄렁거리는 모양새로 녀석들이 점점 가까워졌다. 둔한 녀석, 비쩍 마른 녀석, 그저 그런 녀석. 셋쯤은 처리할 수 있을 것 같다. 나머지 둘은 범안이 맡아줄 수 있을까? 예전엔 꽤 하긴 했는데?

은근슬쩍 범안을 올려다봤다.

"이 상황에서 가장 말끔한 선택이 뭔지 알아?"

범안이 녀석들을 주시하며 속닥이듯 은밀히 말했다. 사뭇 진지한 어투였다. 응? 의아한 그녀 턱이 갸우뚱했다.

"튀자."

"뭐?"

돌연 범안이 그녀의 손을 덥석 잡았다. 그러더니 모래사장을 달리기 시작했다. 예상치 못한 범안의 기민한 행동에 국희가 까르르 웃음을 터뜨렸다.

"저것들 잡아!"

잔뜩 겁주며 설렁설렁 걸어오던 녀석들이 순간 당황했다. 녀석들이 우왕좌왕하듯 뒤쫓았다. 범안의 손아귀에 힘이 들어갔다. 움푹움푹 꺼지는 모래사장을 달리는 두 사람의 손이 꽉 맞잡혔다.

까만 고요를 깨우는 소리.

아리따운 속삭임이면 좋으련만.

"이런, 쌍!"

고작 들리는 소란스러운 음성은 거칠고 투박한 욕설이었다. 긴박한 발소리를 먹어버리는 보드라운 모래사장을 내달려 길로 나왔다. 맞잡은 서로의 손은 놓지 않았다. 늦은 시각이라 활어회 센터

뿐만 아니라 근처 상가들의 불빛은 꺼져 있었다. 자그마한 항을 낀 마을이라 상가들 조명이 꺼지자 시커먼 암흑이 뒤덮였다.

"너 꽤 달린다?"

"지국희만 하겠어?"

숨을 약간 헐떡이며 국희는 물었다. 사뭇 즐기는 어투로 범안이 대답했다. 이 와중에 국희는 쿡 웃고 말았다. 범안의 입꼬리도 피식 올라갔다.

왠지 재미났다. 왜 그런지. 그것은 국희의 뇌도, 범안의 뇌도 같은 답을 내놓고 있었다.

달리다가 국희가 힐끔 돌아봤다. 둔해 보이던 녀석들은 이미 상당히 멀어졌고 지극히 일관적인 세 녀석은 이를 악물고 쫓아오고 있었다.

"이쪽."

상가들 사이의 좁은 틈으로 범안이 들어갔다. 절대 놓지 않으려는 듯 손을 꽉 쥐고서 틈을 가로질렀다. 산을 깎아놓은 듯한 비탈진 오르막길이 나타났다. 오르막으로 올라 널따란 주택가 골목으로 내달렸다. 타다닥. 규칙적인 둔탁한 발걸음 소리와 헐떡거리는 숨소리가 간헐적으로 들렸다.

"저 녀석, 근성 있네."

뒤돌아본 국희가 중얼거렸다.

한 녀석이 어렴풋이 보이고 나머지 녀석들은 시야에 잡히지 않았다. 간신히 떨쳐 놓은 모양이다. 범안이 ㄱ 자로 꺾어진 골목으로 들어갔다. 대문 위 낮은 처마에는 희미한 빛을 내는 지등이 하나 매달려 있었다. 그가 우측 대문의 기둥 사이로 들어가며 국희 팔을 휙 당겼다. 순식간에 제 몸이 그의 가슴팍에 와락 안겼다. 기다란 팔이 제 등과 어깨를 감고, 커다란 손이 뒤통수를 감싸며 꽉 눌렀다. 마치 꼭꼭 숨겨놓듯.

밀착되어 들썩이는 가슴팍 너머 서로의 심장박동이 고스란히 전해졌다.

지등이 깜박깜박 점멸했다. 팔라민트 수명이 다 된 듯 여린 등빛이 꺼지고 켜지고를 반복했다.

국희의 눈꺼풀도 깜박깜박했다. 셔츠 위로 드러난 그의 뇌쇄적인 쇄골이 시야에 가득 찼다. 그런 데다 그의 뜨거운 숨결이 머리카락을 건들며 제 목덜미로 내려앉고 있었다. 소름 끼치는 전율이 짜릿 흘렀다. 마구잡이로 뛰어대는 심장박동을 주체할 수 없었다. 뛴 탓인지, 안긴 탓인지 분간되지 않았다.

"이것들 어디 갔어?"

타다닥타다닥— 달리는 발걸음 소리와 욕설이 가까워졌다.

"시팔, 넌 저쪽으로 가!"

시간 차로 웅성거리는 소리들이 이어졌다. 뒤처졌던 녀석들이 골목에 다다른 모양이었다. 갈래로 나뉜 길 사이로 녀석들이 뿔뿔이 흩어졌다. 반대편으로 이동하려던 녀석이 우뚝 걸음을 멈추고 주택 골목을 쳐다봤다. 목을 길게 빼고 휘휘 안을 보던 녀석이 걸음을 옮겼다.

씩씩거리는 남자의 거친 숨소리가 다가왔다. 허리를 감은 범안의 팔심이 강해졌다. 보호하듯 그녀를 더욱 세게 안으며 몸을 틀었다. 둘의 몸이 대문의 구석진 모서리로 깊숙이 숨겨졌다.

국희는 기분이 이상했다. 항상 의뢰인을 경호하고 보호하던 자신이 보호받는 이 상황이. 지금까지 누군가에게 이렇듯 보호받았던 적이 없었다. 그것도 남자에게.

종일 그랬다. 무거운 가방을 가져가는 것부터 시작하여, 양아치 녀석들과의 사이를 가로막아 주었고, 춥다고 하니 재킷을 벗어주는 것 모두. 그에게 여자로서 보호받는 기분.

남자다. 범안은 남자다.

돌연 떠오른 단어에 가슴이 반응했다. 두근두근. 차츰 숨을 고르던 심장이 가쁘게 뛰어대기 시작했다.

"저쪽!"

큰 외침 소리. 대문에 거의 다다랐던 녀석의 발이 후다닥 틀어졌다. 곧이어 발걸음 소리가 멀어졌다. 잠시 후 어수선한 소란이 잠재워지며 주위가 적막해졌다.

묶듯 감았던 그의 팔이 느슨해졌다. 어깨에 박혀 있던 이마를 들고서 올려다봤다. 범안의 갸름한 턱이 망막에 메워졌다. 그의 짙은 동공과 눈이 마주쳤다. 흐린 등빛 아래, 두 사람의 눈길이 겹쳐졌다.

묘한 기류가 전이되었다.

그 순간, 범안의 턱이 더 아래로 수그러졌다. 그의 입술이 더욱 기울여졌다. 촉촉한 입술이 점점 가까워져서 코앞에 다다랐다. 거칠게 뛰어대는 심장박동으로 금방이라도 숨이 꼴딱 넘어갈 지경이었다. 그녀는 저도 모르게 눈을 질끈 감았다. 그녀의 입술에서 눈길을 떼지 못하고 범안이 고개를 더 깊게 숙였다. 서로의 입술이 닿아갔다.

그녀 입술을 머금으려는 찰나, 범안은 보고 말았다. 오만상을 찌푸리듯 잔뜩 찡그린 눈꺼풀과 꽉 다문 입술. 픽, 범안은 한쪽 입꼬리를 올렸다.

아직은 아니다.

먼젓번 충동적으로 실수한 것처럼 또 얼렁뚱땅 그녀의 입술을 훔치고 싶지 않았다. 그는 쓰윽 고개를 들며 국희의 얼굴에서 떨어졌다.

뭐지?

국희는 의아했다. 질끈 감고 대기하는데 기다리던 접촉으로 이어지지 않았다. 갸우뚱하면서 슬며시 눈을 떴다. 순간 흡사 놀리듯 비뚤어진 범안의 입술이 시야에 들어왔다. 그제야 퍼뜩 제정신이 돌아왔다.

참 나, 떡 줄 놈은 생각도 안 하는데 혼자 뭐 한 거야? 뺨이 화끈 달아올라 재빨리 눈길을 내렸다. 빠른 심장박동을 숨기고 벗어나려 꼬물거렸다. 그러자 범안의 팔이 자연스레 풀렸다.

"김똘만! 각목 들고 어딜 다니는 거야!"

골목 밖에서 우레 같은 고함이 쩌렁쩌렁 울렸다.

"아니에요! 우리끼리 장난치는 거예요."

"똘만아! 이 꼴통아! 또 무슨 사고를 치려고? 우리 쉬게 좀 해주라, 똘만아!"

타다닥— 내달리는 무리가 앞길을 지나쳤다. 스포츠머리인 김똘

만도 포함되어 있었다. 그 뒤로 사이렌을 켜지 않은 경찰차가 한가로이 쫓아갔다.

"김똘마니! 어디 가는데? 형들이랑 같이 가자."

"시팔! 쫓아오지 마요! 장난친 거라니까!"

"형한테 욕하면 안 되지, 철창 밥 배불리 먹여줄까?"

보조석 차창 밖으로 머리를 내민 경찰이 얄궂게 이죽거렸다. 김똘만의 신경질적인 욕설이 날아갔다.

범안과 국희는 좁은 골목에서 나와 널따란 길로 나갔다. 비탈진 골목 아래로 도망치는 양아치 녀석들을 경찰차가 따라가고 있었다.

"김똘만이 문제구만."

멀거니 바라보며 국희가 혀를 찼다.

"쿡."

뒤에서 여릿한 웃음소리가 들렸다. 그녀는 잠시 망설였다. 선뜻 볼 수 없었다. 하마터면 키스할 뻔했다. 잔뜩 볼멘 표정이 되어 돌아보니 범안이 웃고 있었다. 즐거이 웃는 얼굴은 해사했다. 순간 긴장했던 마음에 바람이 들었다. 국희도 쿡 웃고 말았다. 어이없는 해프닝으로 겪은 상황이 한심하기도 했지만 우습기도 했다. 이내 둘은 소리 내어 웃음을 터뜨리고 말았다. 인적 없는 한적한 골목에 듣기 좋은 웃음소리가 퍼졌다.

"내려가자."

웃음기를 머금고서 범안이 말했다. 국희도 끄덕이곤 그와 나란히 걸음을 옮겼다.

"그나저나 술을 마셔서 어쩌지? 바로 출발할 수도 없고."

상가가 즐비한 길로 내려오면서 범안이 난감해했다.

"한숨 자고 가면……."

되지…… 라고 말하려던 찰나, 딸꾹질이 나올 뻔했다.

빨간색 벽돌로 된 건물의 빨간색 글씨로 써진 하얀 간판을 본 탓이었다.

—자고가 모텔

끝맺지 못한 국희의 말을 들으려 걷던 발을 멈춘 범안의 시야에도 '자고가 모텔'이 들어왔다. 입구 앞에는 '방음 완비, 호텔 수준급 시설'이라는 친절한 안내 간판까지 있었다.

'방음 완비'라는 글자 때문일까? 뇌리에 빨간 딱지 이미지가 연상되고 말았다. 무심코 침을 꼴딱 삼킨 국희는 후다닥 시선을 떨궜다.

"차, 차에서 잠깐 눈 붙이자."

국희는 도망치듯 모텔 건물 앞을 지나쳤다.

그녀의 등을 바라보던 범안이 슬그머니 '자고가 모텔' 간판을 쳐다봤다. 쿡쿡거리며 그가 국희의 뒤를 따랐다. 화난 듯 실룩거리는 그녀의 등을 또렷이 지켜보며.

차는 얌전히 바닷가 앞 도로에 주차되어 있었다. 암흑에 완전히 묻힌 차 안에는 한 치 앞도 보이지 않았다. 그와 단둘이 차 안에 있으려니 불쑥 긴장되었다.

"확실히 밤이 되니까 쌀쌀하다."

"조금만 기다려. 금방 따뜻해질 거야."

히터를 켜면서 범안이 다정히 말했다.

"졸려. 술 마시고 뛰어서 그런가 봐."

국희는 큰 동작으로 등받이를 젖히고서 털썩 드러누웠다. 그러고는 팔짱을 끼고서 눈을 감았다. '난 절대 널 남자로 안 봐.' 라고 각인시키듯 태평히 굴었다.

좁은 공간의 냉기는 금세 따뜻이 데워졌다.

범안은 기가 막혔다. 일부러 태연스레 행동하는가 싶어 잠자코 지켜봤다. 한데 그녀는 금세 나 몰라라 잠들어 버렸다. 오른편으로 고개를 꺾고서 새근새근 잠든 그녀를 지켜보던 범안이 짧게 헛웃음 쳤다.

지국희, 날 무시해도 너무 무시하네.

피식 웃고서 슈트 재킷을 벗었다. 그녀의 상체에 덮어주고 운전석 등받이를 젖혔다. 꼬물꼬물 재킷을 잡은 그녀가 몸을 틀었다. 범안은 오른팔로 팔베개하고 지그시 그녀의 좁은 등을 주시했다. 그의 입술이 기름하게 늘어났다. 그는 조용히 눈꺼풀을 닫았다.

고즈넉한 바닷가가 자욱한 안개로 둘러싸였다.

숨은그림찾기처럼 흰색 자동차가 짙은 안갯속에 파묻혔다.

서늘한 기운으로 부스럭거리며 손아귀에 잡히는 아무거나 잡아당겼다. 보들보들한 감촉은 아니지만 제법 쓸 만했다. 턱까지 끌어당기다가 무지근한 눈꺼풀을 떴다.

앞에 뿌연 기류가 흐르는 창이 있었다. 송아지처럼 끔벅대던 국희는 빙그르르 눈알을 굴렸다. 범안의 슈트 재킷을 덮은 채로 그녀는 혼자 있었다. 손목시계를 확인하니 6시가 넘어가고 있었다. 해는 이미 뜬 듯 불투명한 막처럼 가로막힌 안개의 색이 뚜렷이 드러나 있었다. 부착된 실내 거울을 펼쳐 헝클어진 머리카락을 손가락으로 빗었다. 범안의 슈트 재킷을 털어내고 곱게 개어 뒷좌석에 놓았다.

서서히 안개가 걷혔다.

곧이어 범안이 포착되었다. 그는 바지주머니에 양손을 꽂고서 느른히 모래사장을 거닐고 있었다. 물끄러미 응시했다. 먼 거리라 표정이 보이지 않았다. 하지만 너른 어깨에 내려앉은 압박감이 감지되었다. 어제의 연장선상인 듯하다.

범안은 이상하다. 가벼운 듯 보이지만 가볍지 않다. 까부는 듯 보이지만 진지하다. 그리고 무언가에 사로잡혀 숨기는 것이 있는 듯하다.

국희는 꿰뚫어 보듯 그를 놓지 않고 응시했다. 시선을 느낀 그의 고개가 돌려졌다. 깨어난 그녀를 발견한 그의 얼굴이 일순간 밝아졌다. 조금 전까지 드리워졌던 그늘은 순식간에 소멸되었다.

또 감추고 있다.

발길을 틀어 차로 걸어오는 범안을 보면서 국희는 모른 척했다.

"일어났어? 불편하게 잠들었는데 괜찮아?"

"깜박 잠들었나 봐. 넌 안 잤어?"

"지국희가 코를 그렇게 심하게 골 줄 몰랐네?"

차에 들어와 안전벨트를 매며 범안이 농담조로 말했다.

"무슨 소리야? 나 잠버릇…… 아주 얌전하다고."

국희가 미간을 찌푸렸다.

발차기하는 버릇은 있어도 코는 안 고는데? 골았나? 미심쩍어 갸우뚱하는데 범안이 짤막히 웃었다. 놀린 모양이다. 입술을 삐죽거리며 그녀도 안전벨트를 맸다.

"가다가 배고프면 말해."

"알았어."

범안의 편안한 말에 국희도 편히 대답했다. 둘의 시선이 잠시 서로에게 머물렀다. 잔잔한 미소와 함께 차가 여유롭게 출발했다.

"주말 잘 보내."

다행히 이른 아침의 토요일 상행선 고속도로는 한가로웠다. 막힘없이 달려온 차는 정오가 되기 전에 국희 집 앞에 도달했다. 슈퍼 앞에 주차하고 트렁크에서 가방을 꺼내주며 범안이 말했다.

"조심히 운전해."

"국희야."

운전석으로 이동하는 그에게 인사하고 국희는 대문으로 걸어갔다. 운전석을 열다 말고 범안이 그녀를 불렀다. 대문 손잡이를 잡던 그녀가 멈춰 섰다.

"내일은 뭐 해?"

"결혼식 가야 하는데? 왜?"

"오래 걸려?"

무심히 반문하는 국희를 보면서 범안이 부드럽게 웃었다. 순간 그의 동공에 서린 속말을 간파했다.

만나자는 뜻? 설마…… 데이트? 설레발치는지는 모르겠으나 별안간 가슴이 요동쳤다. 우물쭈물 망설이던 대답을 하려던 찰나, 대문이 벌컥 열렸다.

"다녀오겠습니다!"

분위기 깨는 데는 일인자, 지국철.

"엄마! 국희 왔어!"

국철이 앞을 가로막은 국희를 보고서 냉큼 안쪽에다 소리쳤다. 그러곤 여느 때처럼 무념하게 배시시 거렸다.

"언제 왔어?"

"방금. 오빠는 어디 가냐?"

참으로 쓸데없이 친절한 오빠를 게슴츠레 보면서 국희는 심드렁하게 물었다. 출근할 때도 대충 입으면서 웬일로 슈트까지 빼입고 헤어스타일도 단정히 다듬은 오빠가 낯설었다.

"친구가 소개팅 해준다고 해서. 나 어때?"

"그런대로 봐줄 만하다. 이건 떼라."

국희는 손을 뻗어 그의 목을 단단히 조인 넥타이를 풀었다. 거부하며 국철이 턱을 까닥거렸다.

"왜? 기껏 신경 써서 골랐단 말이야."

"샌님이 더 샌님처럼 보인다."

가차 없는 말에 요동치던 국철의 몸짓이 잠잠해졌다. 국철은 얌전히 동생의 손길이 끝나길 기다렸다. 그녀는 넥타이를 푼 후, 손가락으로 꼼꼼히 빗어진 오빠의 앞머리를 약간 흐트러뜨려 자연스럽게 만들었다.

"됐다. 가라."

쭉 오빠의 전신을 훑고서 허락했다. 국철이 의기양양 끄덕이며 주먹을 불끈 쥐었다.

슈퍼 앞에서 남매를 지켜보던 범안의 입술에 흐뭇한 미소가 머금어졌다. 사뭇 말투는 뚝뚝했지만 살가운 애정이 담긴 그녀의 손길이 보기 좋았다.

대문을 나선 국철이 비로소 슈퍼 앞에 있는 범안을 발견했다. 그러곤 국희와 아무런 연관도 짓지 않고서 부리나케 걸어갔다.

저 밥팅은 눈치도 말아 잡숴으니까 여태 모태솔로지. 서른 살 오빠가 한심하여 쯧쯧거리던 그녀는 범안에게로 눈길을 돌렸다. 집 안에서 '국희 왔다네요, 어머니!' 하는 아빠의 목소리가 들렸다. 지체하고 있다간 분명 식구들 중 한 사람이 나올 것이다.

"가."

"그래, 들어가."

용건을 뱉어내지 못한 채 범안은 끄덕거렸다. 이내 그녀는 초록 대문 안으로 사라졌다. 작은 소리와 함께 대문이 완전히 닫혔다. 데이트 신청을 하려 했는데 타이밍이 맞지 않았다. 아쉬운 미소를 흘리고서 그는 차에 올랐다.

일요일 정오.

보행자신호가 켜졌다. 새하얀 차가 느긋이 횡단보도 정지선에서 멈췄다. 단발머리 여자가 명랑히 횡단보도를 뛰어갔다. 동공이 여자의 뒷모습을 좇았다. 국희와 헤어스타일이 비슷했다. 선하게 그려지는 국희의 얼굴에 범안은 옅은 미소를 지었다.

휴대폰이 울려 확인하니 인규였다. 범안은 블루투스를 귀에 꽂았다.

"네."

[안수인 씨가 사라졌어요.]

"그게 무슨 말입니까?"

그의 눈매가 가늘어졌다.

[강원도에 다녀오시면 만나서 직접 전달하려 했던 내용이 있었어요. 그전에 확인할 것이 있어 지금 강원도에 왔습니다. 그런데 안수인 씨가 거처하던 곳에서 떠났다고 합니다.]

"……저를 만난 직후에 사라졌다는 말입니까? 자의로?"

[네, 그런 듯합니다.]

인규가 침착히 말을 이었다.

[시간이 되신다면 만날 수 있을까요? 전화로 설명하기엔 길고 복잡해요.]

"지금 볼일이 있어서 외부입니다. 저녁 시간은 괜찮으십니까?"

[어차피 지금 서울로 올라가면 늦은 오후일 겁니다. 저녁때 제가 찾아뵙죠.]

"네, 이따 연락드리겠습니다."

차분히 대답하고 전화를 끊었다.

차는 평창동 골목으로 들어섰다. 울창한 정원수가 가득한 넓은 벽 앞에 멈춰 리모컨 버튼을 눌렀다. 은색의 차고 문이 신호를 받아 스륵 열렸다. 차가 차고 안으로 들어섰다.

달그락거리는 소리가 퍼졌다. 식당을 채운 유일한 소리였다.

편명호는 반찬으로 젓가락을 집다 말고 맞은편 아들에게로 시선을 두었다. 그의 잇새에서 중후한 목소리가 울려 나왔다.

"매장 시찰은 제대로 한 거냐? 관리자는 소소한 것도 놓치지 말아야 한다. 무엇보다 냉철한 눈을 가져야 한다."

밥을 씹던 범안은 입술을 꾹 다물었다.

"이번 임원회의 PT는 철저히 준비하고 중간 검토를 받아라."

"네."

일요일 점심을 함께 하자는 전언으로 평창동 본가에 온 범안이었다. 그런데 식사를 시작한 지 얼마 안 되어 아버지의 냉담한 설교가 시작되었다. 깨작거리던 범안이 젓가락을 결국 내려놓았다. 보다 못한 어머니가 자그마하게 입을 열었다.

"여보, 식사는 끝내고……."

"경영 후계자를 만만히 보면 안 돼요. 기안이는 명석해서 알아서 했지만 이 녀석은 다르지 않소?"

불쑥 나온 장남 이름에 어머니가 무너졌다. 금세 눈시울이 붉어진 그녀가 부들거리며 일어났다. 아들을 가슴에 묻고 간신히 지탱한 지 두 달. 그녀는 원망 섞인 흐느낌을 짓누르며 부리나케 안방으로 들어갔다.

식당엔 죽음 같은 침묵이 짙게 깔렸다.

"일어나 보겠습니다."

범안은 건조하게 인사하고 식당에서 나왔다. 편명호의 젓가락도 내려졌다.

"가볼게요."

그는 안방으로 갔다. 작게 노크하고 문을 여니 어머니의 등이 보였다. 두 달 사이에 부쩍 마른 가냘픈 등이었다. 옅은 흐느낌 사이로 고개만 끄덕거리는 답이 왔다.

탁한 공기를 뚫고서 밖으로 나왔다. 그를 배웅하는 이는 아무도 없었다. 주차된 자동차에 올라탄 그는 눈을 질끈 감았다. 근 한 달 만에 온 집이다. 그런데…….

머릿속에 잠식되는 상념을 떨치려 눈을 부릅뜨고서 시동을 걸었다.

일요일 한낮의 거리는 활기 넘쳤고, 말간 하늘도 화사했다. 유난스레 햇볕이 좋아 더운 열기까지 동반하고 있었다. 그러나 차 안은 추웠다. 시릴 정도로 추운 기운이 어깨를 짓눌렀다. 멍하니 운전하던 그는 어느 순간 현실을 직시했다. 낯익은 골목이 시야에 들어왔다. 그제야 무심코 국희의 집으로 향했음을 인지했다. 결혼식에 간다던 그녀 말이 떠올랐다.

그는 휴대폰 단축 번호를 눌렀다.

"지국희, 어디야?"

[집. 왜?]

무뚝뚝한 국희의 음성이 들려왔다. 그녀의 목소리를 들으니 묘한 안도감이 솟았다. 그는 픽, 짧게 웃었다. 목소리만으로도 이렇게 안도가 된다. 그녀를 빨리 마주하고 싶은 욕구가 일었다.

"데이트하자. 나와."

"뭐야……."

거침없이 통화 종료가 되었다. 까무룩 꺼지는 휴대폰을 보며 국희는 황당했다. 명령이냐? 무턱대고 나오라니.

"왜? 무슨 일 있어?"

쟁반을 든 채로 마당에 우두커니 서버린 국희를 아빠가 의아한 듯 쳐다봤다. 그녀는 아무것도 아니라고 고개를 흔들었다.

결혼식에 다녀왔으나 뷔페 음식은 언제나 금세 허기를 일으켰다. 국희는 오후 4시가 넘어가는 시점부터 배고프다고 칭얼거렸다. 그래서 식구들은 평소 때보다 이른 시각에 저녁 준비로 분주했다. 저녁메뉴는 삼겹살이었다. 아빠는 바비큐그릴 준비를 했고, 식구들은 반찬을 날랐다. 그들은 날 좋은 주말이면 곧잘 마당 평상에 둘러앉아 고기를 구워 먹었다.

장난이겠지?

무시하려 한 걸음 옮기는데 자동차 엔진 소리가 대문 너머에서 들렸다. 설마 집 앞에 온 건가?

"누구세요?"

주춤대는 사이, 밖에서 낯익은 목소리가 들렸다. 헉. 지국철에게 들키면 안 되는데?

"국희야! 너 손님 왔는데!"

벌컥 대문을 열면서 국철이 쩌렁쩌렁 소리쳤다. 어물쩍거리던 국희와 역시나 어정쩡하게 있던 범안의 눈이 마주쳤다. 그도 당황한 기색이 역력했다.

"오!"

"왜? 누군데? 국희 애인이야?"

영희가 방정맞은 탄성을 질렀다. 호기심 어린 시선을 보내며 엄마가 입술을 말아 올렸다.

"국희네 실장님. 잘생겼지?"

"실장님이라고? 몇 살이래니?"

"동갑이래."

모녀가 두런두런 속닥이면서 노골적으로 범안의 전신을 훑었다.

온몸 구석구석 박히는 눈초리를 의식한 범안은 얼떨결에 허리를 숙여 인사했다. 이런 불시의 인사를 하게 될 것이라곤 상상도 못했다.

대문 앞에서 서성대다 국철과 마주쳤다. 그의 질문에 단순히 '지국희 씨 찾아왔습니다.'라고 정중히 대답했을 뿐이다. 그런데 그가 이토록 무념하게 대문을 열 줄은, 더군다나 마당에 국희 가족이 한데 모여 있을 줄은 예상 못 했다.

"누구신가?"

집 안에서 나오시던 할아버지의 시선도 범안에게 꽂혔다. 엄마가 호들갑스레 할아버지 자리를 봐드렸다.

"국희가 모시는 실장님이시래요, 아버님."

"그런가? 어차피 식전일 텐데 마침 잘 왔네. 같이 밥 먹으면 되겠네."

또 한 차례 깊숙이 인사하는 범안에게 할아버지가 정온히 말했다. 숯불을 피우던 아빠도 '들어오라' 며 손짓했다.

"아, 아니야. 우리 나갈 거야."

국희는 서둘러 손사래 쳤다. 돌연 엄마가 낚아채듯 그녀 팔을 잡아끌어 평상에 앉혔다. 아빠가 그릴에서 떨어져 범안에게 다가갔다.

"급한 일 있어요?"

"아닙니다."

"그럼 어서 들어와요. 밥 안 먹었죠?"

"네."

친절히 웃는 아빠에게 범안은 고분고분 대답했다. 환대하는 손짓에 그는 어쩔 수 없이 발을 들여놨다. 보다 못한 국희는 엄마의 우악스러운 손아귀에서 벗어나려고 몸부림쳤다.

"나간다니까!"

"이 매정한 것! 실장님 식사는 하셔야지!"

쫙! 여지없이 엄마의 갈퀴 같은 손바닥이 등짝을 갈겼다. 후끈후끈한 통증으로 꽈배기처럼 몸을 비트는 국희를 영희가 킬킬거리며 잡았다.

참혹한 소리에 범안도 흠칫했다. 후다닥 달려온 엄마가 그의 팔을 덥석 잡았다. 그는 저도 모르게 지레 겁먹고서 고삐 잡힌 송아지처럼 쭈뼛쭈뼛 엄마를 따랐다. 영희가 자리를 마련했고, 엄마가 그를 국희 옆자리에 앉혔다.

"편히 앉아요."

살가운 엄마의 미소에 범안은 머쓱하게 웃었다.

"맥주 가져와."

국철을 툭 치며 영희가 명령했다. 어디서 봤더라, 범안의 얼굴이 낯익어 갸웃거리던 국철이 자동으로 달려갔다. 역시 말 잘 듣는 지 국철.

"막걸리도 가져와라."

"하명 받들겠습니다!"

"왜 할아버지까지 그러셔?"

할아버지에게 큰 소리로 대답하고 국철이 슈퍼 후문으로 사라졌다. 금주 중인 할아버지였다. 국희의 볼멘 투정에도 할아버지는 못 들은 척했다. 그 누구도 그녀에게 관심을 두지 않았다. 그녀의 불만은 무관심해에 종이배를 띄우고 외로이 항해했다.

끝내 국희는 애먼 범안만 째렸다.

매서운 눈초리에 범안도 난감해했다. 속내는 싫지 않았다. 점수를 매기는 듯한 가족들의 따끔한 눈초리를 거역할 순 없었지만, 이상하게도 불편하지 않았다. 편했다. 가슴 언저리의 묵직한 감정이 일순 소실되었다.

그는 곁의 국희를 쳐다봤다. 물을 벌컥대는 그녀는 심통이 잔뜩 난 아이처럼 퉁퉁 부어 있었다. 그의 입술에 옅은 미소가 번졌다.

"한 잔 받게."

국철이 맥주 한 무더기와 막걸리를 낑낑거리며 가져왔다. 할아버지가 먼저 맥주병을 들었다. 재빨리 무릎을 꿇은 그가 공손히 받았다. 그러고는 막걸리를 들고서 할아버지 잔을 채웠다.

폼은 그럴싸했다.

범안이 우리 집 평상에 앉아 어른들에게 술을 따르고 있다니…….

낯설고 비현실적인 광경에 국희는 마른 입술을 다셨다. 공연히 쉴 새 없이 갈증이 나서 연거푸 물만 들이켰다.

"나도 한 잔 줘요."

엄마도 맥주잔을 내밀었다. 범안이 마찬가지로 공손하게 술을 따랐다.

그의 손짓, 발짓, 몸짓 하나 세세히 지켜보던 가족들의 입매가 흐뭇해졌다.

엄마의 처진 눈꼬리는 연신 펴지지 않았다. 예비 사위가 온 양 뿌듯해했다. 이 집안에 들어온 딸과 연관된 유일한 남자였다. 서른 셋 영희는 바람기가 있는지 한 남자를 진득이 사귀는 법이 없고 독신주의라고 읊어대기 일쑤였다. 국희는 반대로 남자와 어울리기는 커녕 여자친구들하고만 팔랑팔랑 어울릴 뿐이었다. 이런 상태였기에 엄마 입장에서는 범안이 '완벽한 먹잇감' 같았다.

"어서 먹어요."

"감사합니다."

구운 삼겹살을 범안 앞에 놓고서 엄마가 젓가락을 건넸다. 쑥스러워하며 범안이 받아 들었다. 막걸리로 목을 축인 할아버지가 그를 또렷이 주시했다.

"그래, 우리 국희와는 얼마나 만났나?"

"아니라니까!"

너무나도 진지하고 엉뚱한 오해에 참다못한 국희는 버럭했다. 하지만 역시 무시당했다. 커다랗게 상추쌈을 싼 엄마가 범안에게 내밀었다.

"먹어요."

"괜찮습니다."

"어서, 빨리."

나긋나긋한 채근에 머뭇대던 범안이 손을 올렸다. 엄마가 '어흥.' 하는 이상한 호랑이 울음소리와 함께 도리질했다. 하는 수 없이 그는 입을 벌렸다. 그의 입안에 상추쌈을 넣어주며 엄마는 살갑게 웃었다.

점잖고, 키도 크고, 잘생겼고.

엄마는 무엇 하나 마음에 들지 않는 구석이 없었다. 그릴에 고기 굽는 아빠도 슬그머니 넘겨다보며 허허 너털웃음을 흘렸다.

온화한 공기가 그의 주위를 감쌌다. 범안은 미소를 띠고서 상추쌈을 열심히 씹었다. 그때, 젓가락 하나가 쓱 밥 위로 왔다. 구운 고기가 밥 위에 놓여졌다. 놀란 범안은 고개를 돌렸다. 인자한 미소를 머금은 할머니와 눈이 마주쳤다.

지끈, 갈비뼈 안쪽에 시큰한 통증이 왔다. 그 아래 숨겨져 있던 뜨거운 저림이 울컥 치솟았다.

그는 황급히 눈을 내리깔고서 상추쌈을 꾹꾹 씹었다.

이런 적이 있던가.

평생 단 한 번도 느끼지 못한 따스함이다.

쿡. 옆구리에 감촉이 느껴졌다. 국희의 손가락이었다. 목구멍에 상추쌈을 넘기고서 보니, 국희가 불만스레 쏘아봤다.

'너는 눈치 없이 진짜 들어오면 어떡해?'

그녀가 입 모양으로 이죽거렸다.

'빨리 먹고 가.'

연달아 입술을 질근거리는 그녀를 가만히 바라봤다. 그녀와 따뜻한 가족들. 망막 가득 포근함이 물들었다. 범안의 입술이 빙그르르 늘어났다.

"내 잔도 한 잔 받아요."

집게를 내려놓고 다가온 아빠가 맥주병을 들었다. 범안은 곧장 무릎을 일으켜 공손히 받아 한 번에 비웠다.

"운전할 사람 계속 술을 주면 어떡해?"

"취할까 걱정하는구나?"

"아니거든!"

국희의 질책에도 영희는 스스럼없이 깐죽거렸다. 버럭 일갈하는데, 뭐가 그리 우스운지 식구들이 일제히 까르르 웃음을 터뜨렸다.

"안주, 안주."

엄마는 상추쌈을 또 싸서 내밀었다. 이번엔 범안이 목을 쭉 빼고 냉큼 받아먹었다.

주거니 받거니 화기애애한 분위기가 무르익었다. 계주 배턴을 넘겨받듯 식구들이 돌아가면서 범안의 잔에 술을 채웠다. 문제는 식구들뿐만 아니라 넙죽넙죽 잘도 마시는 범안이었다.

"넌 왜 주는 대로 다 마셔?"

그런 범안을 국희는 자그마하게 타박했다. 한데 범안의 턱이 비스듬히 까닥거렸다. 그런 데다 배시시 웃기까지 했다. 그제야 발그레한 뺨과 흐릿하니 풀린 동공이 제 눈에 들어왔다.

취했다, 이 녀석.

"술 떨어졌다. 가져와."

"그만 마셔! 너 일어나!"

빈병을 흔들어대는 영희에게 꽥 고함치고서 그녀는 우악스레 범안의 팔을 잡았다. 허둥지둥 신발을 신고서 그를 챙겼다. 어기적거리면서도 범안은 얌전히 신발을 신었다. 그러고 나서 가상하게도 반듯이 서려고 노력했다.

"인사해, 인사해."

"잘 먹었습니다."

국희는 손바닥으로 범안의 뒷목을 지그시 눌렀다. 취한 범안이 지시에 따라 잘도 넙죽 인사했다. 가족들이 흐뭇해하며 연신 끄덕거렸다.

"다음에 또 놀러 와요, 언제든지."

"네."

다정한 엄마의 말에 범안이 냉큼 대답했다.

그녀는 거칠게 그를 끌어냈다. 대문을 닫자마자, 범안이 휘청했다. 비틀대는 그를 잡고서 넘어가지 않도록 지탱했다. 그런 그녀를 내려다보며 범안이 실없이 웃었다.

"차 키 내놔."

까닥대는 손을 본 범안이 주섬주섬 재킷에서 차 키를 꺼냈다.

그녀는 차 키를 빼앗고서 보조석 문을 열었다. 구겨 넣듯 그를 보조석에 앉히고 투덕투덕 차 앞을 돌아갔다. 운전석에 타고 보니 범안은 삐딱하게 기울어진 상태로 있었다. 그의 눈꺼풀은 벌써 가물가물했다.

말술인 식구들 상대하느라 애썼네.

인정할 건 해주고서 상체를 들었다. 범안 위를 덮듯이 아슬아슬하게 서서 보조석 등받이를 약간 내렸다. 그의 등이 쓱 비뚤어졌다. 편히 눕히고 안전벨트까지 매주고서 운전석에 바로 앉았다. 범안의 고개가 움직였다. 그녀 쪽으로 틀어진 얼굴이 시야에 완전히 들어왔다.

눈을 감은 얼굴. 시선을 사로잡는 이목구비. 취기로 발긋해서 그런가? 유난히 더 매력적이다. 빤히 보던 눈길이 선홍빛으로 물든 촉촉한 입술에 머물렀다. 다물린 입술선도 그린 듯 매혹적이다.

홀려선 안 된다. 국희는 설레설레 도리질 쳤다. 후다닥 똑바로 앉으며 핸들을 쥐었다. 들숨을 크게 내쉬고서 제 몸에도 안전벨트를 했다. 백미러를 넘겨다보니 검은 차가 대기 중이었다. 시동을 걸었다.

바짝 긴장했던 몸이 대문을 나서자마자 풀렸다. 덕분에 정신력으로 부여잡았던 취기가 확 올라왔다. 뿌연 시야가 울렁거려 메스꺼웠다. 어려운 자리라 어른들이 권유하는 술을 거절하지 못한 탓이었다. 그래도 즐거웠다. 그녀 가족들의 환대가 낯설지만 행복했다.

국희는 화난 표정이 역력했다. 그가 식구들 사이에 낀 것이 마뜩잖은 모양이었다. 그러면서도 취한 그를 세심히 챙기는 그녀. 비척거리는 몸을 잡아주는 손, 안전벨트를 채워주는 꼼꼼함. 지국희는 역시 지국희다. 아닌 척 굴어도 한없이 따뜻한 여자, 지국희.

차가 출발했다. 좁은 차 안에서 그녀가 세세히 느껴졌다.

너의 숨소리, 너의 체향. 그리고 따스한 공기.

범안은 감은 눈을 떴다. 시야 너머 운전 중인 그녀가 있었다. 그의 기척을 느끼지 못한 그녀의 눈길은 도로에 머물러 있었다. 눈꺼풀만 끔벅이며 미동 없이 바라봤다. 동공 가득 그녀가 찼다.

국희야.

나는 네가 좋다.

핸들에서 손이 뗀 그녀가 느른한 동작으로 흘러내린 머리카락을 만졌다. 쓰윽 쓸어 귀 뒤로 넘기는 손짓. 가늘고 긴 그녀의 손가락. 부드러운 머릿결로 가려졌던 옆얼굴이 선명이 드러났다. 그녀 얼굴이 더 또렷이 보였다.

오래전이나 지금이나 네가 좋다.

삐—

번호판을 인식한 주차장 차단기가 올라갔다. 작은 경고신호음이 울리는 가운데 부드러운 곡선을 그리는 오피스텔 주차장에 진입했다. 자동차 바퀴가 미끄러지듯 안전히 움직였다. 빈자리에 주차하고서 백미러를 확인했다. 검은 차는 한 블록 떨어져 주차하고 있었다. 주말이라 종일 근접경호 중인 요원이었다. 선혁이 고용한 경호 요원들이기에 국희는 전화로 간단히 인사를 나눴을 뿐이었다.

안전벨트를 풀고 보조석으로 고개를 돌렸다. 그런데 자는 줄 알았던 범안이 눈을 뜨고 있었다.

"어? 깼어?"

깜짝 놀라 물었다. 깬 그를 전혀 의식 못 하고 있었다.

범안은 대꾸하지 않았다. 꼼짝 않고서 짙은 동공만 깜박일 뿐이었다. 심상치 않은 기류가 감지되었다.

어디 안 좋은가? 의아해하며 입을 열려는 찰나였다. 범안의 오른손이 올라왔다. 허공에서 멈춘 손이 맥없이 까닥까닥 움직였다. 가까이 다가오라는 신호였다.

영문 모르는 채, 국희는 상체를 그에게 가까이 숙였다. 그 순간, 그의 오른팔이 불쑥 올라왔다. 커다란 손이 낚아채듯 뒷목을 잡아끌어당겼다. 기습적인 힘에 국희는 파묻히듯 그에게 숙여졌다. 기회를 놓치지 않고서 범안의 입술이 제 입술을 머금었다. 움찔, 기겁한 국희는 바짝 어깨를 올리며 반항했다. 하지만 소용없는 가냘픈 몸짓에 불과했다. 뒷목을 잡은 손길은 강했고 매끄럽고 보드라운 입술의 움직임은 강렬하다 못해 거칠었다.

삼키듯이 압박하던 입술이 힘줘 제 입술을 벌렸다. 입안에 가득 고여 있던 서로의 숨결이 뜨겁게 교차했다. 두 개의 혀가 거침없이 말렸다. 잇속 가득한 온기도, 세포도 섞여 버렸다. 그 누구의 것도 아니었다. 그저 서로의 것을 탐했다. 거칠게 들썩거리는 너른 가슴팍의 미동도, 미약하게 떨리는 손끝도 세세하게 전해졌다. 뒷목을 잡은 범안의 손이 머리카락 속으로 파고들었다. 그의 가슴팍 위에서 축 처진 상태로 떨던 국희의 손이 옹그려졌다. 말린 주먹이 파르르 떨렸다.

심장에 파고드는 붉은 화기가 금방이라도 폭발할 듯이 용솟음쳤다. 내려져 있던 범안의 다른 손이 올라와 보드랍게 뺨을 쓰다듬었다.

전신에 따끔한 전류가 흐르는 것 같았다. 그의 손길이 닿은 뒷목부터 운전석 바닥에 떠 있는 발끝까지 찌릿찌릿한 전율이 끊임없이 번졌다. 그 발긋한 전율에 저절로 숨이 가빠졌다. 흠뻑 취한 혼이 쓰륵 빠져나갔다.

목마른 갈증을 취하는 듯 키스가 깊어졌다. 그 깊은 키스가 못 견디게 좋았다.

/

6화
잔영 속에 숨다

/

한껏 달뜬 공기가 차 안을 메웠다.

블랙홀처럼 빨려들던 진한 키스가 자연스레 멈추고 입술이 떨어졌다.

매끄럽고 촉촉한 입술이 제 입술 끝을 물 듯 머금다, 천천히 턱으로 이동했다. 데일 것처럼 달궈진 혀끝과 입술이 갸름한 턱을 타고서 내려가 목덜미를 훔쳤다. 얄팍한 살갗에 숨어 있던 동맥이 꿈틀대며 요동쳤다. 수축되어 버린 전신이 불끈거렸다. 뼛속까지 뜨거웠다.

무의식중에 입술이 벌어졌다.

"하."

끈적끈적한 숨소리가 토해졌다.

제 소리에 퍼뜩 이탈했던 혼이 돌아왔다. 몽롱하게 감겨 있던 눈을 부릅떴다.

반면 되레 그 소리는 범안을 자극하는 효과를 일으켰다. 조심스레 목덜미를 쓸던 입술이 벌어지며 깨물 듯 살갗을 삼켰다. 갖고 싶다는 진득한 욕망을 나타내는 손놀림이 그녀의 몸을 보듬었다. 빙그르르 한 바퀴 돌던 커다란 손이 봉긋한 가슴으로 올라왔다. 이내 그의 기다란 손가락이 어르듯 가슴을 쓸고서 그러쥐었다. 조심스럽기도 했고, 거침없기도 했다. 놀라면서도 아찔한 전율이 샘솟았다.

조금이라도 지체했다간 자신도 욕망에 무릎을 꿇을 것 같았다. 국희는 얼른 그를 밀쳐 냈다. 솟구치는 욕망으로 몰입하던 그가 움찔했다. 그 틈새로 국희는 상체를 일으켰다. 황급히 운전석 문을 잡아당겼다. 문이 열리자마자 차에서 뛰쳐나갔다. 문을 닫을 정신도 없었다.

"국희야!"

범안이 보조석에서 벌떡 일어났다. 그의 손이 다급히 안전벨트 버클을 찾았다.

"너 이 새끼! 틈을 주면 안 돼!"

자지러진 비명처럼 소리치고서 국희는 그대로 내달렸다. 먼발치서 대기 중이던 경호요원이 호기심 어린 시선으로 주시했으나 신경 쓸 여력은 터럭만큼도 없었다. 신음 비슷한 탄성을 낸 제 입술을 잡아 뜯으며 비상구로 도망쳤다.

"지국희!"

부리나케 차에서 내린 범안은 애타게 불렀다. 육식동물을 본 초식동물처럼 튀어버린 국희는 쏜살같이 비상구로 사라졌다. 쫓으려 한발 떼는데, 악어 입처럼 활짝 벌려진 보조석 문이 시야에 들어왔다. 빙 돌아 보조석 문을 쾅 닫았다.

그는 날숨을 뱉고서 휴대폰 단축번호를 눌렀다.

[얌전히 들어가기나 해!]

몇 번의 신호음이 가다가 통화 시작과 함께 국희가 꽥 외쳤다. 전화는 일방적으로 끊겨 버렸다. 통화 종료 깜박임과 함께 휴대폰 액정에 뜬 발신자 '지국희' 에게 톡을 보냈다.

—도망가지 말고 얘기 좀 하자.

어디쯤 있는 건지 곧바로 읽혔다. 하지만 묵묵부답이었다.

—내가 갈게. 어디야?

연달아 보내고 기다렸으나 끝내 답은 오지 않았다. 시간을 주기로 하고 휴대폰을 바지주머니에 넣었다. 무심한 눈길로 검은 차를 찾았다. 종일 뒤를 따라다닌 감시자 차량은 여지없이 주차장에서 대기 중이었다. 익숙한 터라 가벼이 일별하고서 자연스레 비상구로 걸어갔다.

주차장에서 줄행랑친 국희는 그대로 지하철역으로 내달렸다. 잘

못했다간 범안에게 꽁지가 잡힐 것 같았다. 도망치는 동안 범안으로부터 톡이 왔으나 완전히 무시해 버렸다. 답할 정신도 없었다. 돌진하듯 플랫폼으로 들어선 후에야 오피스텔 경호요원에게 문자 메시지를 보냈다.

—지국희입니다. PC 오피스텔로 귀가했는지 확인 좀 해주십시오.

최대 속도로 달린 바람에 폐활량이 부족했다. 가쁜 숨을 몰아쉬는데, 띠리리리— 지하철이 들어섰다. 지하철에 오르는데 경호요원의 답변이 왔다.

—PC 귀가하셨습니다.
—수고하십시오.

답을 보내고서 간신히 안정적인 호흡을 삼켰다.

일요일인데 공연히 경호요원을 번거롭게 만든 것 같아 미안했다. 그나마 다행인 건 범안이 무작정 쫓아오지는 않고 오피스텔로 귀가한 것이었다.

편범안 이 자식, 그 상황에서 뜬금없이 왜 키스해서는. 키스뿐만 아니다. 선을 넘어서는 진득한 접촉을 하고 말았다. 그걸 거부조차 하지 않았고, 되레 느끼기까지 했다.

자신이 저주스러워 절망하며 그녀는 문가 봉에 이마를 대었다. 차디찬 봉의 기운이 발긋한 속내를 식혀주었다.

설마 요원도 본 건 아닐까.

그제야 걱정이 되었다. 한 블록 떨어진 거리라 그들이 차 안에서 벌인 농밀한 접촉은 못 봤을 확률이 높았다. 그러나 '혹시' 라는 것도 있고, '촉' 이라는 것도 있다. 이상스러운 기운을 감지했을 수 있다.

문득 강원도 출장길에서 들은 '선혁의 수행보고 명령' 이 기억났다. 아마 다른 요원들은 범안의 동태보고를 하는 모양이다. 오늘 범안은 그녀의 집에 들렀고 취해서 나왔다. 만약 사장님께 보고가 들어간다면 거취 변화가 생길 수도 있다.

돌연 불안했다.

한때 '편범안 경호는 죽어도 못 해!' 라고 박차고 나왔던 날이 까마득했다. 그사이 범안의 곁이 익숙해진 건가. 아니면 다른 감정일까. 헷갈렸다.

샤워를 마친 범안은 욕실에서 나왔다.

물기 서린 단단한 근육이 움직임을 따라 꿈틀거렸다. 목욕타월로 하체를 가리고 수건으로 젖은 머리카락을 털어냈다. 찬물로 샤워한 터라 내장에 남은 알코올 기운이 거의 다 소멸한 상태였다. 갈증은 냉수로 달랬다.

빈 글라스를 아일랜드 식탁에 내려놓고 가만히 주시했다.

감정이 급격히 일깨워지고 있다. 한 번 치솟기 시작한 감정은 제어되지 않고 양분을 받은 양 점점 커지고 있었다. 억지로 지웠고, 포기했던 감정이라 더더욱 급속도로 되살아나는 모양이다.

그런 데다 취기 어린 탓에 더더욱 감정에 불이 지펴졌다. 화르르 불타 버리듯 대담하게 덤벼들고 말았다. 그러나 성급한 것은 인정해야 했다. 조금 더 조심히, 소중히 대하고 싶었는데. 후회 아닌 후회가 되었다.

큰 날숨을 내쉬고 범안은 냉수를 한 잔 더 마셨다.

주방에서 나와 드레스룸으로 들어갔다. 활동 편한 면바지를 입는데 초인종이 울렸다. 브이넥 티셔츠를 걸치고 인터폰을 확인했다. 정확한 시각에 도착한 인규였다.

"오셨어요."

"저녁은 했어요?"

"네. 안 하셨어요?"

"아쉬워라. 배고파서 사왔는데 먹어도 되나?"

"그럼요."

인규가 쇼핑봉투를 흔들어대며 넉살스레 너털웃음을 지었다. 사뭇 놀러 온 친구처럼 보였다. 제집처럼 편히 들어선 그는 내부를 휘둘러보며 휘파람을 불었다.

모던한 4인용 소파와 유리테이블이 배치된 거실과 하얀색 아일랜드 식탁이 둘린 주방을 훑은 그가 안쪽을 살폈다. 주방 옆으로 전면 유리벽이 공간을 나눠놓고 있었다. 옅은 바다색처럼 푸르스름한 빛을 띠는 유리벽 뒤로 클래식한 침대가 있었다.

"겉도 좋아 보이더니 속도 끝내주네. 혼자 살아요?"

"네."

"나도 혼자 사는데 삶의 질이 다르네? 난 언제 이런 데 살아보나?"

거실 테이블에 쇼핑봉투를 놓으며 인규가 농담했다. 그러면서 분주하게 소주와 맥주, 종이컵 등과 먹음직스레 포장된 족발을 꺼냈다. 범안은 주방에서 술잔을 가져왔다.

"같이 먹어요."

"드세요. 저도 고기를 먹은 참이라."

"술은 좀 해요?"

"아니요."

오래된 친구처럼 도란도란 대화가 이어져 갔다. 범안은 소주병을 들어 그의 잔을 채워줬다.

"그럴 것 같더라니."

"왜요?"

"얼굴 보면 딱 알죠. 곱상하니 술 안 좋아하게 생겼어요. 그래도 한 잔 받을래요?"

"맥주로 한 잔 주세요."

맥주잔을 들자, 인규가 호탕하게 껄껄거렸다. 옅은 황토색 맥주가 하얀 거품을 일으키며 투명한 글라스에 채워졌다. 보글보글 끓어오르는 기포를 응시하며 범안은 입을 열었다.

"안수인 씨는 어떻게 된 겁니까? 사라진 것이 확실합니까?"

"심각한 얘기는 차근차근 하려고 했는데……. 마음이 급하죠?"

"네."

범안은 빠른 시일 내에 다시 삼척으로 내려갈 계획이었다. 그러나 그를 만난 직후 안수인이 도로 숨어버렸다. 그녀는 마치 짙은 잔영 속에 숨은 안개 같다. 빛을 머금는 순간 소실되는.

"듣고 싶던 말은 들었어요?"

"아니요."

"그럴 것 같더라니. 원래 속 시원히 털어놓는 사람이었으면 그리 숨지도 않지."

인규가 혀를 차며 손가락으로 관자놀이 부근을 긁적거렸다.

"얘기 좀 해주면 안 될까요? 무슨 연유가 있는지."

범안은 인규를 차분히 마주 봤다. 그간 몇 번의 대화와 만남으로 그의 성향은 파악했다. 그는 타산적인 면도 없고 가식도 없었다. 또한 긴밀한 내용을 흘리고 다닐 사람도 아니었다. 결심한 그는 입을 떼었다. 차근차근 털어놓는 이야기를 인규는 진중히 들었다.

"……그래서 안수인 씨를 만나고 싶었어요?"

"네. 형의 스케줄을 낱낱이 꿰고 있는 사람이니까요. 지푸라기라도 잡고 싶은 심정이었죠. 이러면서도 경찰이든 누구든 제가 억측하는 거라고 말해주길 바랍니다."

씁쓰레해진 범안을 뚫어지게 주시하던 인규가 소파에서 일어났다. 테라스로 나간 그는 구석구석을 앉았다 일어났다를 반복하며 샅샅이 살피기 시작했다. 범안은 한 발짝 물러난 상태로 지켜봤다.

"형의 체형과 키가 범안 씨와 비슷합니까?"

"저보다 1, 2센티 정도 작습니다."

"이리 와봐요."

다가오라는 손짓으로 범안은 인규 앞에 섰다. 인규는 범안을 테라스 난간에 바로 세우고 난간 높이와 그의 체형을 가늠했다. 그러곤 테라스를 등지게 돌려놓고서 같은 동작을 반복했다.

"언론엔 실족사라고 밝혔고 경찰에선 자살이라고 했죠?"

"네."

"난간 높이를 보면 충분히 실족할 수 있긴 합니다. 취한 상태로 비틀대다가 자칫 잘못하면 넘어갈 확률이 있죠. 난간 높이보다 키가 상당히 크니까."

"형은 취할 정도로 술을 마시지 않습니다."

범안은 단호히 대답했다.

"경찰에서 자살이라고 말한 건 단순 유서 때문입니까?"

"그렇게 알고 있습니다."

"부검은 했어요?"

"네. 의심 살 만한 점은 발견하지 못했다고 들었습니다."

난간에서 물러나며 인규가 재킷 주머니에서 담배를 꺼냈다. 담뱃갑을 슬쩍 들며 양해를 구하여 범안은 거실에서 종이컵을 가져왔다. 그가 자그마하게 '고맙다.' 하고 담배를 물었다.

"사건종결 공문은 받았나요?"

"아직이요."

"8월 13일에 일어난 단순 자살인데 아직 종결 공문이 없다……. 희한하게도 보안 사안이고……."

혼잣말처럼 중얼거린 인규가 담배 연기를 내뿜었다.

"안수인 씨를 추적하면서 알게 된 사실이 있어요. 개인적인 사생활일 수 있어 성급히 언급할 수 없었죠. 지금도 내용을 들었지만 편기안 씨 사고와 기인한 사안인지 연관이 안 되어 조심스럽긴 해요."

짧은 침묵이 흘렀다. 가라앉은 침묵 속에서 담배 연기가 어둑한 공기 속으로 흩어졌다.

"안수인 씨에게 빚이 많았어요."

침묵을 깨며 인규가 말했다.

"빚이요?"

"네. 안수인 씨에겐 혈액암으로 투병 중인 남동생이 있어요. 투병 기간이 상당히 길었죠. 부모님은 동네 작은 세탁소를 운영하며 근근이 살기에 병원비를 감당하기 어려웠고요. 보험료로도 턱없이 부족할 만큼 큰 금액이었으니까. 그래서 캐피탈 등에 빚을 지고 있었어요. 그런데 몇 달 전 안수인 씨가 그 큰 빚을 모두 갚았답니다."

그가 종이컵에 담배를 끄고서 말을 이었다.

"적금이 만기되어 갚은 것도 아닐 거예요. 안수인 씨 월급의 대부분은 빚의 이자를 갚는 데 사용했다더군요. 제 심증엔 어디선가 목돈이 유입된 것 같아요. 그 심증을 받쳐 주는 건, 편기안 씨 사고 직후 안수인 씨가 신분을 감추고 숨어 지낸 사실이고요."

"불법적인 돈거래를 한 겁니까?"

"사채는 아닌 듯해요. 사채가 원인이라서 도망쳤다면 부모님 세탁소 또한 멀쩡하기 어렵죠. 그리고."

두 사람이 마주 보고 섰다.

"안수인 씨를 찾는 사람이 있어요. 경찰도 아니고 사채업자처럼 보이지는 않는답니다. 안수인 씨가 사라진 직후 찾아온 모양이더군요. 이 사실은 안수인 씨가 기거하던 곳의 친구를 설득해서 간신히 얻은 정보예요. 그 사람 또한 안수인 씨 행적을 전혀 모르고요."

범안의 미간이 좁혀졌다.

"제가 말씀드리고 싶은 건 의뢰하셨던 일은 끝났다는 거예요. 어디까지나 편범안 씨가 의뢰하셨던 부분은 안수인 씨를 찾는 용무였으니까요."

"네, 압니다."

"그런데 안타깝게도 안수인 씨가 또 사라졌지요. 이런 상황이니 진행을 계속할 건지, 끝낼 것인지 결정해 주셔야 해요."

사실 범안도 심경이 복잡한 상태였다. 갈피를 잃은 심경이었다.

"솔직히 저는 촉이 와요. 직감이라고 해야 할까요?"

"네?"

관자놀이를 검지로 톡톡 건들며 인규가 범안을 똑바로 봤다. 그의 눈빛이 예리하게 빛났다.

"다른 방향으로 진행해 보면 어떨까요? 사람을 찾는 목적이 아닌 본격적으로 편기안 씨 사고 추적을요. 보안 사안이라고 경찰이 가린 부분을 조금 돌아서 파헤쳐 보죠?"

"가능합니까?"

"한번 해보죠. 편범안 씨가 진짜 찾고 싶은 것이 있지 않습니까?"

번뜩이는 눈동자들이 허공에서 부딪쳤다. 인규가 강단 서린 어조로 입술을 뗐다.

"진실."

—도망가지 말고 얘기 좀 하자. 내가 갈게. 어디야?

집으로 귀가한 국희는 범안의 메시지를 읽었다. 심각한 눈초리로 노려보다가 애먼 휴대폰을 던질 동작을 취했다. 그러다 할부가 아직 끝나지 않았기에 자중했다. 얌전히 내려놓고 돌아서다가 벽에 걸린 거울을 봤다.

거울 속의 제 얼굴을 흘끗거리던 그녀는 슬금슬금 다가갔다. 목 부분에 어슴푸레하게 붉은 기가 돌고 있었다. 거울 가까이 선 그녀는 목을 쭉 빼내었다. 일순, 심장이 덜컥했다. 착시가 아니었다. 새하얀 목덜미에 동그스름한 붉은 자국이 있었다. 물론 눈여겨보지 않는다면 모르고 지나칠 수 있을 정도로 옅은 색이었다. 그러나 그녀 눈에는 너무나도 선명히 도드라져 보였다.

"아! 미쳐! 지국희!"

신경질적으로 제 머리카락을 마구잡이로 헝클어뜨렸다. 그러고선 침대에 벌러덩 드러누웠다. 씩씩거리는 숨을 토해내며 초점 없는 시선을 천장에 뒀다.

하얀 천장에 스르륵 남녀의 형상이 나타났다. 차안에서 농밀한 키스를 나누는 그들. 그들의 온도는 섭씨 100℃가 족히 넘을 듯하다. 잡아먹을 듯이 키스를 퍼붓던 남자의 입술은 목덜미를 삼키고, 남자의 손은 진한 애무를 한다. 여자는 얼빠진 얼굴로 '하!' 하고 신음한다.

들썩, 발을 들었다. 끈적이는 그들에게 발길질을 휘둘렀다. 망상이 뻥 터져 버렸다.

팽그르르 엎드려 베개에 얼굴을 파묻었다. 그러다 주먹으로 침대를 팡팡 때렸다.

어쩌자고 덥석 받아들인 걸까?

어쩌자고!

탄탄한 근육이 드러난 상체에 흰 셔츠를 걸쳤다. 단추를 채우며 정면의 거울을 들여다보던 범안은 턱을 기울였다. 무난한 셔츠가 썩 마음에 들지 않는다.

다른 게 나으려나?

그는 흰 셔츠를 벗고서 검은색 셔츠를 꺼냈다. 여유로운 동작으로 휘돌려 입고서 거울을 봤다. 검은색 셔츠 또한 마땅찮다.

칙칙한가?

다시 벗고서 정렬된 셔츠들을 차근차근 살폈다. 옅은 하늘색의 밝은 컬러 셔츠로 결정했다. 입은 후 거울을 보니 낯빛이 조금 더 해사해 보였다. 머리카락을 매만지고 매끈한 턱도 손가락으로 쓸어보았다. 그는 만족해하며 남색 계열 넥타이를 골라 맸다. 슈트 재킷을 걸치고 손목시계 시각을 확인했다.

국희가 도착하려면 30분이나 남았다. 그럼에도 벌써 모든 준비를 끝내고 말았다. 어젯밤 인규와의 대화로 복잡해졌던 마음은 어느 틈에 국희와의 대면을 기대하고 있었다. 그녀는 메시지를 여지없이 무시하고 있으나 기분이 상하진 않았다. 되레 들떴다.

할 일 없이 서성대던 그는 시각을 확인했다. 아직도 20분.

오늘따라 유난히 시간이 더딘 기분이었다. 거실 소파에 앉아 다리를 꼬아봤다가, 현관 앞으로 걸어가 바지주머니에 손을 꽂고서 자세도 잡아봤다. 그러면서 또 손목시계를 확인했다.

10분.

조바심도 나고 은근히 긴장도 되었다. 그 긴장감이 설렌다.

차라리 지하철역으로 갈까?

범안은 구두를 신고서 803호에서 나왔다.

돌아가고 싶다.

또각또각 걷던 발이 우뚝 멈춰졌다. 국희의 퀭한 동공이 오피스텔을 훑었다. 세련된 자태를 뽐내는 오피스텔이 고고하게 내려다봤다.

아, 진짜 돌아가고 싶다.

접착제가 붙은 양 보도블록에서 발바닥이 떨어지지 않았다. 굳이 움직이라고 채근하고 싶지도 않았다. 이대로, 이대로 땅굴이라도 파서 들어가고 싶었다.

"아이…… 씨……."

울상을 짓던 국희는 돌연 몸서리치듯 어깨를 마구 흔들어댔다. 발도 동동 구르고 주먹 쥔 팔을 산만하게 떨어댔다.

"못살아, 못살아!"

머릿속에 난무하는 온갖 욕설들을 삼키고서 재킷주머니에서 휴대폰을 꺼냈다. 연거푸 심호흡하고 단축번호에 손을 대었다. 손가락이 곧바로 행동하지 못하고 멈칫했다. 허공에서 부르르 손가락이 떨렸다. 튀려면 지금이 기회였다. 하지만 쓸데없이 반듯한 이성이 용납하지 않았다.

"지국희입니다. 오피스텔 도착했습니다. 수고하셨습니다."

[네, 수고하십시오.]

경호요원의 답을 받고서 굳어 있던 무지근한 발을 움직였다. 엘리베이터 앞에 도달했다. 버튼을 누르고 그녀는 머리를 깊숙이 조아렸다. 딱딱한 바닥을 잡아먹을 듯이 노려봤다.

"하아."

꺼질 듯한 한숨이 잇새에서 뱉어졌다.

밤새 잠을 이룰 수 없었다. 월요일 아침이 영원히 오지 않길 빌었다. 그러나 그녀가 키스하건 말건, 지구는 자전하고 태양은 어김없이 떠올랐다.

열린 엘리베이터는 텅 비어 있었다. 국희는 도살장에 끌려가는 돼지의 심정으로 안으로 들어갔다. 8층 버튼을 누르고 멀거니 LED 화면을 올려다봤다. 엘리베이터가 상승하기 시작했다.

1…… 2…….

"어떡해? 어떡해!"

별안간 그녀는 탄성 같은 소리를 내며 정신 사납게 다리를 떨어댔다. 엘리베이터가 8층에 도달했다. 재빨리 반듯이 섰다. 딩동, 하는 청청한 신호음은 심장을 긴장시켰다. 침착하자. 자연스럽게 하면 돼. 아무 일도 없었던 것처럼. 자기 최면을 걸면서 눈을 부릅떴다. 거뭇한 그림자가 문밖에서 대기 중이었다. 눈을 끔벅거리며 열리는 문을 지켜봤다.

"악!"

순간, 그림자의 얼굴을 본 그녀가 외마디 비명을 질렀다. 무심히 서 있던 범안이 그 소리에 깜짝 놀랐다. 귀신을 본 듯 커진 동공과 그의 눈동자가 충돌했다. 짧은 몇 초 동안 말줄임표가 지나갔다.

"왜 그래?"

"……너…… 왜…… 왜 여기 있어?"

당황한 범안의 질문에 국희는 눈알을 희번덕거렸다. 그녀는 무심결에 제 몸을 손바닥으로 가리며 한 걸음 물러났다. 그제야 범안이 그녀의 반응을 인지했다. 경계 어린 시선으로 눈을 부라리는 국희. 자신만큼이나 잔뜩 긴장한 그녀.

그녀의 심리를 간파한 범안은 픽, 웃었다. 무던한 반응이었으면 실망했을 거라고 그는 생각했다. 그녀의 반응에 한결 기분이 좋아졌다. 슬그머니 장난기가 발동했다.

"너 올 시각이라 마중 나가려던 참이었지. 일찍 왔네?"

"뭐…… 뭐 하러 마중까지……."

국희가 옹알이하듯 웅얼대며 안쪽 열림 버튼을 눌렀다.

발긋해진 그녀의 뺨이 범안의 동공에 채워졌다. 느긋한 척 발을 디뎠다.

"어제는 잘 잤어?"

"……아주 푹 잤어."

범안은 지극히 편안해 보였다. 당황하는 제 모습과 다른 여유만만인 그의 태도가 상당히 거슬렸다. 그녀는 닿으면 데이기라도 하는 것처럼 후다닥 한편으로 비켜섰다. 엘리베이터 문이 닫혔다. 밀폐된 공간에서 단둘이 되자 엄청난 압박감이 짓눌러 왔다. 그런 데다 엘리베이터가 유독 느렸다. 아예 움직이지 않는 것 같았다.

왜 이렇게 느려?

애먼 엘리베이터를 타박하며 국희는 입술을 질근거렸다. 조아린 정수리 위로 범안의 시선이 감지되었다. 하지만 절대 고개를 들지 않았다. 그나마 쏟아진 머리카락이 제 얼굴을 가려주는 것이 얼마나 다행인지 몰랐다.

"지국희."

그때 목덜미에 범안의 따스한 숨결이 닿았다. 그의 입술이 바로 뒷목 근처에 있었다. 철렁, 심장이 추락했다. 얼음이 된 국희는 침도 삼키지 못했다. 울툭불툭 온몸의 맥박들이 뛰어댔다.

"버튼 안 눌렀어."

귓가에 속닥이는 얄궂은 음성.

무안한 상황이 되고 말았다. 엘리베이터는 느린 것이 아니라 진짜 움직이지 않는 것이었다. 긴장한 나머지 버튼 누르는 것조차 망각하고 있었다. 그녀는 민망함에 울상이 되었다. 자책하며 국희는 고개를 더 수그렸다. 쏟아진 머리카락으로 얼굴을 완전히 숨겼다. 죽도록 창피해서 범안의 얼굴을 볼 수가 없었다. 이런 심정을 아는지 모르는 척하는 건지 범안은 느긋이 지하 2층 버튼을 눌렀다. 정지해 있던 엘리베이터가 비로소 하강했다.

쿡.

범안은 힐끔 그녀를 내려다봤다. 머리를 조아린 모양새가 한없이 귀여웠다. 자꾸 바람 빠진 것처럼 웃음이 새어 나왔다. 꿀떡 삼키고서 시선을 돌리려는 찰나, 그녀의 목덜미가 동공에 들어왔다. 머리카락이 앞으로 쏟아진 탓에 목덜미가 완전히 드러나 있었다.

투명할 정도로 새하얀 목덜미. 얇은 살갗 아래로 푸르스름한 심줄이 흐릿하게 내비쳤고 자그마하게 붉은 기가 착색된 부분이 있었다. 스치듯 보면 전혀 표 나지 않을 정도로 옅은 자국이었다. 그러나 범안의 눈동자엔 유독 또렷이 보였다. 어제 그가 만들어낸 키스마크인 탓이었다.

하얀 살갗, 푸른 심줄, 붉은 반점의 조화가 무진장 선정적이었다.

돌연 맥박이 빨라졌다. 갈비뼈 안쪽도 뻐근해졌다. 시선을 떼지 못하고 내려다보던 그는 이끌리듯 손을 올렸다. 검지가 목덜미의 키스마크에 슬쩍 내려앉았다.

"헉."

국희는 멍하니 있었다. 그런데 별안간 목덜미에 섬세한 감촉이 닿았다. 옅은 접촉이었는데 오소소한 소름과 함께 솜털이 바싹 곤두섰다. 소스라치게 놀라 번쩍 고개를 들었다. 가자미눈으로 휙 돌아봤다.

"뭐, 뭐야?"

"아…… 아니…… 목에 뭐가…… 묻어서……."

무심코 저지른 제 행동에 놀라긴 범안도 마찬가지였다. 손가락을 치우면서 변명하며 당황해서 더듬거렸다. 어제 너무 진한 키스를 나눈 탓일까. 아무래도 이성이 마비된 모양이다. 화끈 얼굴이 달아올랐다. 그는 곧바로 국희를 등지고 섰다. 벌겋게 상기된 얼굴을 들키지 않으려고 큰 손으로 하관을 가렸다.

"뭐가 묻었는데?"

"……잘못 본 거야."

딩동. 다행히 엘리베이터가 지하 2층에 도착했다. 구제받는 기분이었다. 그는 하관에서 손을 떼지 않은 채 곧바로 내렸다.

"뭔데?"

범안을 매서운 눈초리로 주시하며 국희는 쪼르르 뒤따랐다.

진짜 뭐가 묻은 거 맞아? 일부러 만진 거 아니야? 변태 자식! 너른 등을 마음껏 쏘아봤지만 그는 눈길조차 주지 않았다. 흡사 도망치는 사람처럼 빠른 걸음을 유지했다. 평소 같으면 보조석 문도 열어주던 범안이었다. 그런 그가 운전석에 먼저 올라타고서 앞창만 봤다.

그녀는 보조석에 탔다. 거칠게 문을 닫고서 쏘아보는데 힐끗 곁눈질하는 그와 눈이 마주쳤다. 순간, 벌건 기운이 채 가시지 않은 그의 얼굴을 보고야 말았다. 깜짝 놀란 건 둘째 치고 그의 의중이 바로 간파되었다. 문득 떠오른 장면에 국희의 얼굴도 일순 시뻘게졌다.

우리 어제 여기서…….

부리나케 그녀는 보조석 창으로 외면했다. 잠잠해졌던 심장이 다시 벌렁벌렁 요동을 치기 시작했다.

헛기침하더니 범안이 차를 출발시켰다. 어색한 공기가 차 내를 꽉 채웠다.

"……출장을 다녀와서인가……. 오랜만에 출근하는 것 같네."

"어…… 그러네."

짐짓 아무렇지도 않은 척 범안이 조용히 웅얼거렸다. 국희도 자연스러운 척했다. 하지만 이상야릇하게 달뜬 공기는 사그라지지 않았다. 그가 손을 뻗어 라디오를 켰다. 라디오에서 상쾌한 아침을 깨우는 발랄한 노래가 흘러나왔다. 국희는 의식적으로 태연한 척 자그마하게 음률을 흥얼거렸다. 노래보다도 한층 더 박자가 빠른 심장박동을 숨긴 채.

"……오전 10시에 마케팅전략팀 전략회의가 있고, 2시에는 메이버 주최인 국제마케팅 심포지엄에 참석하셔야 합니다. 심포지엄에는 사장님을 비롯하여 전무님과도 동반이니 각별히 유념하라는 사장님 전언이십니다."

"지국희 씨는 심포지엄에 안 가나요?"

출근하고서 국희는 사무적인 태도를 유지했다. 범안도 한층 가라앉은 상태로 의연히 대했다.

"네, 사장님 비서실에서 이동하실 겁니다."

"알았어요."

"저는 사장실 호출이 있어서 다녀오겠습니다."

"그러세요."

범안은 차분히 대답했다. 짧은 묵례를 한 국희가 실장실에서 나갔다. 그는 결재 문건을 펼쳐서 꼼꼼히 살펴보기 시작했다.

며칠 동안 그는 업무에 주력했다. 최대한 편명호 사장과의 충돌을 피하기 위한 전략이었다. 아버지의 신의를 얻고 감시에서 벗어나는 것이 목적이었다. 그래야 형의 사고를 자유로이 파헤칠 요건이 갖춰진다는 판단에서였다.

결재를 끝낸 범안은 인터넷 뱅킹에 접속했다. 최근 입금계좌 목록 중 '이인규'를 선택해 이체를 끝내고서 휴대폰 문자메시지를 보냈다.

—선급금 입금했습니다. 조사 착수해 주십시오.

—알겠습니다.

잠시 후, 인규의 답이 왔다. 메시지를 확인하는 범안의 까만 동공이 짙어졌다.

다시 시작한다, 처음부터.

비서 유니폼 매무새를 단정히 다듬었다. 흘러내린 앞머리를 귀 뒤로 넘기고 긴장한 어깨도 반듯이 세웠다. 그러고서 국희는 사장실에 들어섰다. 책상에 앉아 있던 편명호가 소파에 앉으라고 손짓했다. 그녀는 얌전히 걸어가 소파에 착석했다.

"편범안 실장 수행하느라 고생이 많네. 출장은 잘 다녀왔나?"

"네. 편 실장님께서 오전 내에 보고서 작성해서 제출하신다고 하십니다."

"들었네."

편명호가 소파로 걸어와 널따란 1인용 중앙 자리에 앉았다.

"김 실장이 수행보고 명령을 내렸다던데. 자네는 왜 거부했지?"

"일반적인 수행보고라면 당연히 합니다. 하지만……."

"그럼 하게."

조곤조곤한 그녀의 말을 단박에 자르고서 편명호가 단호히 명령했다. 그에게서 느껴지는 압도적인 위압감에 국희는 마른침을 꿀떡 삼켰다.

정말 다르다.

임원회의가 있던 날, 컨퍼런스룸에서 처음 인사했었다. 그때도 느꼈지만 편명호는 범안과 분위기가 확연히 달랐다. 위엄 서린 이목구비는 범안과 닮긴 했지만 그에게선 보이지 않는 냉담함을 가지고 있었다.

"편 실장님께서는 오후 1시 동해시 천곡동에 도착하여 일대 브랜드 매장들을 시찰하셨습니다. 카페 IN를 비롯하여 알흠다운 화장품 매장 등에 방문하여……."

국희는 또박또박 말을 시작했다. 예리한 편명호의 눈초리가 그녀의 이목구비와 행색을 꼼꼼히 훑었다.

"삼척시 남양동에 도착한 시각은……."

"그만하게."

편명호가 말을 막았다.

"내가 듣고자 하는 말은 그런 말이 아닌 줄 알 텐데?"

"무슨 말씀이신지 모르겠습니다."

그의 눈매가 냉랭히 찌푸려졌다. 하지만 국희의 의지는 굳건했다. 동요 없이 소신대로 대답했다. 편명호가 포기한 듯 고개를 끄덕였다.

"그래, 그럼 거기까지 들은 걸로 하지."

"드릴 말씀이 있습니다."

국희의 말에 편명호는 빤히 그녀를 주시했다.

단단히 각오한 듯 힘준 목소리엔 떨림이 없었다. 예의에 어긋난 어조도 아니다. 당찬 눈동자는 흔들리지 않고, 꼿꼿하게 들린 턱은 강단이 서려 있다. 단순히 이목구비가 야무진 친구일 뿐이라고 생각했는데 외형뿐이 아니군.

"하게."

중후하고 나직한 명령이 떨어졌다.

국희는 바짝 긴장한 어깨의 힘을 풀지 않고서 입을 뗐다.

"저는 경호원입니다. 편 실장님 경호를 의뢰받고 채용되었습니다. 당연히 알고 계시겠지만, 경호는 경호 대상의 신변 안전에 대한 보호가 목적입니다. 이외의 일은 못 한다는 말씀을 드리고 싶습니다."

"당돌한 친구로군."

묵묵히 듣던 편명호가 피식 웃었다. 조소하는 건지 웃는 건지 분간이 되지 않았다. 움찔하면서도 그녀는 올곧은 자세를 유지했다.

"내가 범안이를 감시하는 것 같나?"

"……제가 판단할 문제는 아닌 것 같습니다."

"그런데 왜 그런 충고를 하지?"

"제 소신을 말씀드린 것뿐입니다."

"소신이라……."

되새김질하듯 읊조린 편명호가 꿰뚫어 보는 눈초리로 주시했다.

"범안이와 연애하나?"

"아, 아니요!"

편명호가 불쑥 물었다. 국희는 크게 부정했다.

"자네 집도 들락거리고 한다던데?"

"……그건…… 단순히…… 직장 상사에게 식사 대접을……."

"일요일에 굳이 집에서 따로 식사 대접을 하나?"

"우연찮게…… 어쩌다 보니…… 식사는 하셔야 되니까……."

정곡을 찌르는 질문에 국희는 뇌가 아득해졌다. 그나마 다행인 것은 그의 입에서 '키스' 등의 단어가 나오지 않는다는 것이었다.

"확실히 연애하는 건 아니다?"

"절대 아닙니다."

현재진행형은 그렇지만 미래형은 어찌 될지…….

라는 생각이 불현듯 떠올랐다. 어제오늘 벌어진 일로 인해서인지 미래형이 살짝 기대되긴 했다.

"그 말 믿어도 되나?"

"네?"

편명호가 뚝뚝하게 반문했다. 내포된 뜻을 간파한 국희의 입술이 움찔했다.

"왜 대답을 못 하지?"

차디찬 물음. 일순 살며시 요동치던 감정에 찬물이 끼얹어졌다. 마주 본 편명호의 눈빛은 감정 변화가 없었다. 범안의 눈동자를 닮아 유난스레 까만 눈동자였다. 그런데 눈동자에 어른거리는 감정은 완전히 달랐다.

주눅이 든 국희는 눈길을 내리깔았다. 고급 카펫의 문양을 멍하니 응시했다.

"네, 믿으셔도 됩니다."

제 목소리가 아닌 기분이었다. 선득한 감정에 입안이 쓰디썼다.

"그럼 나가보게. 그리고 범안에게 오찬 같이하자고 전하게."

가차 없이 편명호가 일어났다. 책상으로 걸어가는 그의 등을 힐끗 쳐다봤다. 메마르고 냉혹한 등. 한 치의 빈틈도 없을 듯하다.

"네, 알겠습니다."

의연하려 애쓰며 꾸벅 묵례하고 나섰다.

등에 꽂히는 편명호의 시선이 의식되었다. 하지만 돌아보지 않았다.

노트북 모니터 화면을 들여다보던 범안은 휴대폰을 들었다. 인터넷 화면을 번갈아 보면서 전화번호를 입력했다. 몇 번의 신호음이 가고 매니저가 전화를 받았다.

"오늘 점심 예약 가능할까요?"

[일반석은 모두 예약이 된 상태이고 VIP석이 남아 있는 상태입니다.]

"두 사람 예약해 주세요."

매니저의 질문에 따라 예약을 끝내고서 전화를 끊었다. 모니터로 시선을 옮겼다. 한강이 내다보이는 근사한 레스토랑 전경의 사진을 가만히 주시했다. 마우스를 클릭해서 레스토랑 리뷰를 살펴봤다. 장식이 예쁘게 된 코스요리를 먹는 여자의 사진이 있었다.

활짝 웃는 이미지와 국희의 얼굴이 오버랩되었다.

그의 입술이 빙그레 늘어났다.

국희는 느른히 실장실로 향했다. 발길은 무지근했고, 짧지도 길지도 않은 거리가 까마득하게 느껴졌다. 사람의 감정이 일순간 오르락내리락하는 수 있다는 것에 기막혔다.

"왔어? 사장실에서 왜 호출한 거야?"

낯익은 음성이 들렸다. 멍청하게 고개를 드니, 범안이 기획실장실에서 막 나오고 있었다.

"어? 아니…… 업무 보고. 회의 가세요?"

"응, 다녀올게요."

바인더를 들면서 그가 빙그레 웃었다. 매끄럽게 늘어나는 붉은 입술을 빤히 올려다봤다. 별안간 그가 아득하니 부옇게 보였다.

"다녀오세요."

"오늘 점심엔 맛있는 거 먹으러 가요."

자연스레 올라온 손이 숙여진 정수리에 얹어졌다가 떠났다. 쓰다듬은 것은 아니고 잠시 매만진 그 작은 동작에 가슴골이 찌릿했다. 성큼성큼 명쾌하게 걸어가는 그를 멀거니 보다가, 후다닥 정신을 차렸다.

"사장님께서 오찬 같이하시잡니다."

"어? 그래, 알았어요."

범안이 멈칫했다. 이내 그가 아쉬운 미소를 흘리면서 고개를 끄덕였다.

멀어지는 그의 등을 국희는 물끄러미 바라봤다. 모퉁이를 돈 그가 사라졌다. 그 빈자리엔 그녀 홀로 남았다. 그녀는 기획실장실로 들어가 소리 없이 문을 닫았다. 등을 기대었다.

왜 이런 기분이 드는 걸까. 진짜 연애한 것도 아닌데.

심장을 잡아 뜯긴 것 같다.

[편 실장님은 사장님과 오찬이 끝난 후 심포지엄으로 이동 중이시니, 넌 시간 되면 퇴근해라.]

"네, 알겠습니다."

선혁의 명령에 대답하고서 전화를 끊었다.

한입 먹었던 샌드위치를 들던 손이 허공에서 정지했다. 쟁반에 내려놓고서 차디찬 망고에이드를 마셨다. 다디단 음료가 입속으로 들어왔지만 쓴 혀끝을 달래지는 못했다.

꼬리가 잘려 나간 도마뱀이 된 심정이다. 위험에서 도망치기 위해 자의로 자른 것이 아니라 참혹한 무력에 의해 잘려 버린 기분. 물론 곧바로 새살이 돋고 꼬리는 원래대로 돌아올 것이다. 하지만 꼬리는 생겨도 꼬리뼈는 다시 재생되지 않는다고 했다.

아마 감정도 비슷할 것이다. 상처는 언젠가 치유되더라도 완전히 원상 복구되지 않을 것이고, 새 사랑을 하더라도 그만큼의 열정이 되살아나지 않을 것이다.

글라스 아래에 놓인 흰색 냅킨을 내려다봤다. 빙긋 웃는 범안의 해사한 얼굴이 겹쳐졌다. 우린 예전이나 지금이나 미래형이 없는 것 같다. 그러니 닫아야 옳다. 시작도 못 했는데…….

자조적인 쓴웃음을 뿌리고서 일어났다. 남은 샌드위치와 음료를 치우고 밖으로 나왔다. 입맛이 없어 느지막이 나온 터라 오후 1시가 훌쩍 넘어가고 있었다. 한적한 거리를 천천히 걸었다. 뒤꿈치가 묵직했다.

멀거니 하늘 끝을 주시했다. 우중중한 비둘기색을 띠던 하늘의 농도는 더 짙어져 있었다. 소나기가 내릴 것 같은 먹구름이다, 라는 생각을 하며 한 걸음 내디뎠다. 툭. 차가운 액체가 이마에 떨어졌다.

"어?"

물기가 묻은 이마를 훔쳤다.

마치 신호를 받은 듯 축축한 먹구름이 하늘빛을 집어삼켰다. 이내 굵은 소리와 함께 속사포 같은 빗방울이 쏟아졌다. 기습적인 소나기에 다리가 자동으로 움직였다. 그녀는 손바닥으로 이마 위를 가리고서 젖은 공기를 뚫었다.

택시 뒷좌석에서 세준은 손에 든 바인더를 넘겼다. 미팅을 마치고 온 협력사와의 콜라보레이션 기획안을 꼼꼼히 읽고 있는데 귓가에 우두둑 굵은 소리가 들렸다.

"소나기가 오네요."

운전기사가 와이퍼를 작동시키며 중얼거렸다. 대꾸하지 않고서 세준은 PPT만 읽어 내려갔다.

"아이고, 아가씨가 우산 준비를 못 했구먼."

연이어 기사가 혼잣말했다.

세준의 무심한 눈길이 창 너머로 옮겨졌다. 오전부터 우중충하던 하늘은 시커먼 먹구름에 덮여 있었고, 굵은 빗줄기가 보도블록을 강타하고 있었다. 물보라가 이는 빗속에서 인성그룹 비서 유니폼을 입은 여자가 달리고 있었다. 달리는 모양새가 낯익었다.

택시가 여자를 지나쳤다. 세준의 눈이 그녀를 좇았다.

"어?"

그제야 그녀 얼굴이 선명히 보였다.

"기사님, 세워주세요!"

그는 다급히 말하며 바인더를 서류가방에 넣었다.

택시가 도로를 깎으며 정지했다. 급정거로 도로가에 고인 빗물이 보도블록으로 사정없이 튀었다. 국희는 튀는 빗물을 번쩍 뛰듯이 피하고서 앞만 보고 뛰었다. 시커먼 그림자가 뒷좌석에서 내리며 우산을 폈다.

"지국희 씨!"

"응?"

낯익은 음성이라 그녀는 뛰는 걸 멈추었다.

세준이 커다란 우산을 들고 달려왔다. 그의 갑작스러운 등장에 깜짝 놀랐다. 그의 기다란 팔이 먼저 뻗어졌다. 그 짧은 순간조차도 국희에게서 비를 피하게 하려는 동작이었다. 덕분에 우산에서 벗어난 세준의 몸이 차가운 소나기를 맞았다.

"이사님."

"꼼짝없이 소나기에 당했네요?"

뒤늦게 우산 속으로 안착하며 그가 다정히 웃었다. 빗방울이 묻은 머리카락을 손가락으로 가뿐히 털어내는 그를 보면서 국희도 서둘러 젖은 상의와 머리카락을 매만졌다. 장시간 비에 노출된 것도 아닌데도 폭우처럼 쏟아진 탓에 상당히 젖어 있었다. 푹 젖어 뭉쳐 있는 머리카락을 손가락으로 빗는 그녀를 세준이 가만히 지켜봤다.

"괜찮아요?"

"네."

머쓱한 웃음을 흘렸다.

"어디 다녀오세요?"

"미팅 있어서 나갔다가 차에 문제가 있어서 맡기고 오는 길이에요. 우산이 있어서 다행이죠?"

우산대를 올리며 그가 넉살스레 말했다. 들썩거린 우산에서 빗방울이 우두둑 떨어졌다.

"이사님, 철저하시네요."

"소나기 예보가 있다고 카센터 직원이 챙겨준 거예요. 국희 씨는 어디 다녀와요?"

"전 그냥…… 점심."

"점심이 늦었네요."

세준은 끄덕이는 그녀를 내려다봤다.

비로 인해 물기 서린 하얀 얼굴은 투명할 정도로 창백했다. 그 탓에 갈색 눈동자가 더 초롱초롱했고, 홍색의 입술은 탐스러운 붉은빛이었다. 여느 때보다도 그녀가 여리게 보였다. 젖은 머리카락을 헤치며 물방울이 또르르 그녀의 이마를 타고 흘렀다. 그녀가 손으로 쓸어 닦고서 머리카락을 빗었다. 그러나 이마에 철썩 달라붙은 머리카락은 인지하지 못했다. 지켜보던 그가 대신 손으로 조심조심 떼어냈다.

이마를 스치는 감촉에 국희는 엉거주춤 있었고, 세준 또한 쭈뼛거리며 손을 내렸다. 긴장한 두 사람의 눈길이 허공에서 부딪쳤다. 동시에 어색한 웃음을 머금었다.

"고맙습니다."

"감기 걸리면 어쩌죠? 약이라도 미리 먹어야 되는 거 아닌가?"

"아니에요. 저 감기 잘 안 걸려요."

부드러운 미소가 내려와 국희도 편히 웃었다.

정지해 있던 발들이 움직였다. 우산 하나가 만들어낸 공간은 좁았다. 느린 걸음으로 빗속을 같이 걸었다. 멈출 기세 없이 빗방울이 거세졌다. 둥그런 우산을 타고 떨어지는 빗줄기가 시야를 가렸다. 비가 실어온 산뜻한 흙 향이 코끝에 맴돌았고, 보도블록으로 떨어지는 비가 투명한 물보라를 일으켰다.

"편 실장은 마케팅 심포지엄에 참석하나요?"

"네. 이사님은 안 가세요?"

"전 일정이 달라서. 편 실장은 벌써 갔어요?"

"네. 사장님과 오찬하시고 이동한다고 하셨어요."

그녀의 부연에 세준이 고개를 끄덕이며 웃었다.

"국희 씨는 편 실장하고 원래부터 아는 사이예요? 며칠 전 퇴근길에서 봤는데, 두 사람 경어를 쓰지 않더라고요."

"그게…… 아주 짧게 고등학교 동창이었어요."

"아주 짧게?"

의아한 듯 세준이 고개를 기울였다.

"편 실장님이 저희 학교로 전학 왔다가, 금세 전학 갔거든요."

"아…… 그렇게 짧게구나. 그럼 계속 연락하거나 친하던 사이는 아니었겠네요? 우연히 비서와 상사로 다시 만난 거예요?"

"네, 우연히요."

"기막힌 우연이군요."

공연한 억측을 만들고 싶지 않아 국희는 재빨리 대답했다. 눈썹을 슬며시 올리며 그가 감탄했다.

정말 기가 찬 우연이죠. 속말을 읊으며 머쓱하게 웃어 보였다. 그가 기분 좋은 듯 환한 미소를 지었다.

대화를 나누다 보니 인성그룹에 도착했다. 정문 입구로 들어서며 세준이 우산을 접었다. 한편에 놓인 우산 포장기에서 우산을 정리하는 그를 국희는 한 발짝 물러서서 기다렸다. 그러다 그의 어깨가 시야에 들어왔다. 왼쪽만 명암이 짙었다. 왼쪽 어깨가 흠뻑 젖어서였다. 눈앞에 그가 우산을 든 모양새가 선하게 비쳤다. 걸어오는 동안 그의 배려를 인지하지 못했었다.

한데 세준은 아무런 내색도 안 했다. 우산을 비닐로 싼 후에 돌아서는 그는 젖은 어깨를 털어내는 시늉조차 하지 않았다. 되레 젖은 그녀를 측은하게 바라봤다.

"젖어서 어쩌죠?"

"괜찮아요. 금방 마르겠죠. 한데 이사님이야말로……."

"저는 멀쩡해요."

어깨를 으쓱하며 그가 능청을 떨었다.

"참, 이사님 손수건! 매번 깜박해서 못 전해 드렸어요."

그제야 책상 서랍에 고이 놓아둔 그의 손수건이 떠올랐다. 비상구에서 빵 묻은 입을 닦으라고 건네줬던 손수건.

"바로 가져다 드릴게요."

"아니에요. 국희 씨가 써요."

조급히 몸을 돌리는데, 그가 그녀 팔을 덥석 잡았다. 따스한 온기가 젖은 옷을 타고 살갗에 스며들었다.

"그래도……."

"국희 씨가 많이 젖었잖아요. 나는 상관하지 마요."

"고맙습니다."

국희는 꾸벅 인사하며 주춤 한 발을 뗐다. 묶듯이 팔을 잡고 있던 따뜻한 손이 스륵 물러났다. 자연스레 로비를 가로지르며 그가 물었다.

"오늘 편 실장 수행 안 하겠네요?"

"네. 심포지엄 끝나면 바로 퇴근하시는 걸로 알고 있어요."

그녀의 대답에 세준이 고심 어린 시선으로 바닥을 내려다봤다. 엘리베이터 앞에 멈추자, 그가 먼저 여유로운 동작으로 버튼을 눌렀다. 그러고선 한차례 숨을 들이마셨다. 옹골진 그의 가슴팍이 크게 들썩였다.

"국희 씨."

서류가방 손잡이를 잡은 세준의 손에 힘이 바짝 들어갔다. 국희는 평온히 올려다봤다.

"오늘 선약 있어요? 없다면 저하고 저녁 해요."

"회식이요?"

"아니요, 사적으로. 국희 씨와 저, 둘만."

부드러웠지만 은근히 억양이 강했다. 농담인지 진짜인 건지 가늠할 수가 없어 국희는 눈꺼풀만 끔벅거렸다.

"부담 갖지 마요. 단순히 대화하고 싶어서 그래요."

그의 입술이 스륵 벌어졌다. 새하얀 치아가 드러나면서 서글서글하게 웃는 그의 낯빛이 화사했다.

"이따 퇴근하고 지하 2층 주차장에서 기다릴게요."

"이사……."

대답할 틈을 주지 않고서 세준이 강경히 말을 끝냈다. 불도저처럼 밀어붙이는 과단성에 국희는 당황했다. 딩동— 뻐끔하고 벌어진 입에서 소리가 나오려는 찰나, 기계음이 울렸다. 이내 엘리베이터 안을 메우고 있던 직원들이 우르르 빠져나왔다.

"오빠!"

그중 한 사람은 윤진이었다.

세준 앞에 서던 윤진이 곁에 있는 국희를 알아봤다. 국희는 곧바로 세준과 윤진에게 묵례하고 열린 엘리베이터를 타려고 했다. 그런데 세준이 제어하듯 국희의 손목을 덥석 잡았다. 국희나 윤진이나 그의 행동에 깜짝 놀랐다.

"같이 올라가요."

그가 아랑곳하지 않고서 자연스레 손을 놓았다. 윤진의 매서운 눈초리가 온몸이 젖은 국희에게서 세준의 젖은 어깨로 옮겨졌다.

그녀의 눈썹이 일그러졌다.

"어디 다녀와?"

일순 그녀의 억양이 까칠해졌다.

"응. 미팅이 있어서. 넌?"

"안내데스크에 등기가 와서."

"그래, 수고해라."

세준이 가벼이 끄덕이고서 오름 버튼을 눌렀다. 그리고 국희에게 먼저 들어가라고 손짓했다. 국희는 윤진에게 살짝 묵례하고 들어갔다. 뒷등에 가시 같은 뾰족한 눈초리가 꽂혔지만 무시해 버렸다.

"이사……."

"잠시만요!"

마치 누군가 조종하는 것처럼 입만 벌리려면 방해자가 나타났다. 막 닫히려는 엘리베이터로 남자가 허겁지겁 들어왔다. 마케팅 전략팀 김 팀장이었다. 그가 세준에게 인사하고, 국희는 그에게 인사했다.

"어디 다녀와요?"

"지인이 와서 점심이 좀 늦었네요. 이사님은 식사하셨어요?"

"네. 안 그래도 김 팀장님께 연락드리려고 했는데. 카페 IN 온라인 평가서하고 리서치 분석 자료 준비해 줘요."

"이사실로 올리겠습니다."

"아니요. 어차피 EI와의 콜라보 진행 관련 회의를 소집하려고 했어요. 회의실로 준비해 주세요."

"바로 회의실로 가시겠습니까?"

명료한 세준의 끄덕임에 김 팀장이 20층 버튼을 취소하고 15층 버튼을 눌렀다. 국희는 한 발 물러난 채 얌전히 있었다. 15층에 도달하자, 세준이 김 팀장과 함께 내렸다. 걸음을 옮기면서 그가 힐끔 국희를 쳐다봤다.

'이따 봐요.'

입 모양으로 말하며 빙그레 웃는 세준.

엘리베이터 문이 공간을 가르며 그와 국희의 눈길을 차단했다.

본의 아니게 수동적인 태도를 보이고 말았다. 그런 데다 세준은 어렵다. 이사인 직책이라서인지, 그에겐 본분이 들통 날 만한 일을 들켜서인지, 내면의 '조신'을 꺼내곤 한다. 범안이 본다면 코웃음 치며 비웃을 것이 분명하다.

19층에서 내리자마자 국희는 뛰듯이 기획실장실로 들어갔다.

마음 같아선 비서휴게실로 가서 사복으로 갈아입고 싶었지만 공연한 트집거리를 만들 수 있어 참기로 했다. 그녀는 문을 단단히 잠그고서 탕비실에서 마른 수건을 꺼내왔다. 젖은 상의로 인해 속옷까지 습한 기운이 번져 눅눅했다. 곧바로 상의 단추를 풀었다. 차마 속옷까진 벗을 수 없어 상의만 벗고 젖은 몸을 수건으로 닦아냈다. 수건으로 머리카락 물기를 마저 닦아내고 유니폼 상의를 탈탈 털어내는데 노크 소리가 들렸다.

"누구세요?"

"배윤진이에요."

놀라 묻는데, 카랑카랑한 목소리가 들렸다.

후다닥 상의를 입고 황급히 머리카락을 쓸어 귀 뒤로 단정히 넘겼다. 문을 여니 윤진이 등기봉투를 휘휘 저으며 비켜서라는 몸짓을 했다.

"편 실장님 국제 마케팅 심포지엄에 참석하시느라 외출 중이십니다."

"알아요. 지국희 씨 만나러 온 거예요."

퉁명스레 대답하며 윤진이 서슴없이 들어왔다. 서늘한 눈동자가 책상에 놓인 수건을 보며 일그러졌다. 영락없이 시비 걸 낌새라 국희는 조용히 문을 닫았다.

"저를 왜……?"

"지국희 씨 배세준 이사님한테 작업해요?"

"네?"

윤진의 독살스러운 눈길이 꽂혔다. 기막힐 정도로 황당한 말이었다.

"저번에 간식 사러 가서 한참 동안 안 왔을 때도 오빠랑 같이 있었죠? 그런데 오늘은 또 두 사람 어디 다녀와요? 아닌가? 오빠 돌아오는 시각에 맞춰서 일부러 나갔나?"

미간을 찌푸리는 국희의 눈길은 무시하고 그녀가 무턱대고 말을 이었다.

"지국희 씨 같은 사람 여럿 봤어요. 그래서 내가 잘 아는데, 지국희 씨에겐 오빠가 탑층으로 가는 고속 엘리베이터 같죠? 그래서 일부러 접근하는 거죠? 하지만 쉽지 않을 거예요. 지국희 씨가 온갖 술수로 오빠를 꾀이더라도 내가 두고 보진 않을 거니까. 난 절대 용납할 수 없어요."

파리 한 마리가 날아와 귓가에 맴돌며 앵앵거렸다.

"그리고 잘 모르나 본데…… 어차피 정해진 법칙이 있어요. 비슷한 조건의 사람과 당연히 연결되는 법칙. 지국희 씨 같은 사람이 아무리 발버둥 쳐도 절대 깰 수 없죠. 그러니 쓸데없는 기력 낭비하지 말죠? 피차 피곤하니까."

참으로 말 같지도 않은 소리를 굴려내는 조막만 한 입술이다.

"알아들었을 거라 생각해요."

"그냥 가시려고요?"

말을 끝낸 윤진이 문으로 걸어갔다. 꿈쩍도 안 한 상태로 듣고 있던 국희의 입술이 떼어졌다. 문의 손잡이를 잡던 윤진이 넘겨봤다. 국희는 평온한 표정으로 다가가 그녀 앞에 버티고 섰다. 윤진이 미간을 좁히며 뒤로 물러났다. 주춤한 등에 문이 닿자, 그녀가 꼬물꼬물 옆으로 움직였다. 국희는 한 발 크게 움직여 다시 가로막았다.

"왜…… 왜 이래요?"

불안한 시선으로 윤진이 눈썹을 치떴다.

"비켜요!"

곧 죽어도 큰소리는 치고 봐야겠는지, 윤진이 앙칼지게 명령했다.

탕! 별안간 국희는 손바닥으로 윤진의 머리통 바로 옆을 거침없이 내려쳤다. 문과 손바닥이 마찰되는 소리가 거칠고 삭막했다.

"악!"

반사적으로 눈을 감으며 윤진이 외마디 비명을 질렀다.

험악한 정적이 덮었다. 아무런 일이 일어나지 않자, 그녀가 눈꺼풀을 슬며시 떴다. 무감하게 바라보던 국희는 입꼬리를 비릿하게 올렸다.

"이런 초, 파리."

툭, 내뱉어지는 강약이 센 어조에 윤진의 관자놀이가 실룩했다. 문에서 느른히 손바닥을 떼고 한 발 물러났다. 능청스레 손바닥을 탈탈 털어내며 책상으로 걸어갔다. 윤진의 얼굴이 흉하게 일그러졌다.

"지금 때가 어느 때인데 계절 개념도 쌈 싸 먹고 나타났나. 이런 초, 파리는 한 방에 때려잡아야 돼요. 그죠?"

"그거 지금 나 비유해서 한 말이죠?"

"글쎄요. 난 국어를 잘 못 해서, 비유, 은유 그런 거 잘 몰라요."

어깨를 으쓱하며 너스레를 떨자, 윤진이 노려봤다. 국희는 태평스레 의자에 앉으며 노트북 모니터로 시선을 뒀다.

"무식하게 겁준다고 내가 꿈쩍할 것 같아요? 분명히 새겨들어요. 오빠한테 접근하면……."

"가세요."

인내는 남아 있지 않았다.

"내가 도전정신이 투철한 편이거든요. 나 자극하지 마요."

모니터만 주시하면서 경고했다. 가슴에 시린 바람을 품은 터라 목소리는 냉했다.

윤진의 아랫입술이 질끈 악물렸다. 잡아먹을 기세로 쏘아보던 그녀가 신경질적으로 밖으로 나갔다. 쾅, 소리를 내며 닫힌 문이 미약하게 흔들렸다. 그제야 모니터에서 눈을 떼었다.

정해진 법칙이라. 잘나고 높으신 분들이 많구나.

국희는 헛숨을 쉬었다. 씀바귀 풀을 한 무더기 뜯어 먹은 양 혀끝이 씁쓰레했다.

투두둑. 자동차 천장을 두들기는 빗소리가 투박했다. 털털대는 시동을 끄고 인규는 보조석 방향으로 몸을 틀었다. 쉴 새 없이 앞창을 닦아대던 와이퍼의 동작이 멈춰졌다.

"김 형사야, 동기 좋다는 게 뭐냐? 정보 좀 줘."

"안 돼."

눈썹을 찌푸리며 김 형사가 도리질했다.

"네가 웬일로 찾아왔나 했다. 내 권한 밖이야. 우리 팀 사건도 아니고 서장님 지시도 있고."

"서장님? 강 서장?"

"그래. 편명호 사장하고 강 서장이 친분이 있나 보더라고. 강 서장이 직접 보안 유지를 지시한 사항이라 절대 함구야. 그런 데다 박 반장이 담당이라고."

"박 반장? 박수철?"

인규의 질문에 김 형사가 머리를 주억거렸다.

"골치 아프네."

머리통을 손가락으로 긁적이면서 인규는 한숨을 내쉬었다.

박수철은 강력계 형사들 사이에서도 속물로 으뜸가는 인물이었다. 강 서장의 딸랑이 같은 박수철이므로 타인의 사건 개입을 용납할 리는 만무했다.

"네가 왜 그 사건을 물어? 3개월이나 된 사건인데?"

"그럴 일이 있어."

"사람 찾는 일만 한다며?"

"관련이 있는 거야. 촉이 좀 와서 그래."

인규는 농담조로 가볍게 대꾸했다.

"촉 좋아하시네. 아직도 몸이 근질근질하냐? 그러게 왜 그 사고를 네가 책임지고 옷을 벗어? 오지랖은 하여튼……."

"그만해라."

혀를 차대는 김 형사의 이죽거림을 그는 단칼에 잘랐다. 인규는 팀의 후배가 저지른 총기 실수로 강력계를 떠났었다. 막 팀장으로 승진했을 때였다. 허술한 총기 관리로 인해 연대 책임이 될 사안이었다. 그 책임을 인규가 모두 떠맡고 사직한 지 벌써 5년이었다. 새삼 상기되는 기억에 갑갑증이 올라왔다. 비로 인해 밀폐된 공간이지만 인규는 담배를 꺼내 물었다.

"이 사건 외압 있냐? 단순 자살 아니지?"

"말 못 한다니까. 그리고 우리 팀 사건 아니라고 했잖아."

차 안에 매캐한 담배 연기가 자욱해졌다. 김 형사가 보조석 창을 열었다. 빗방울이 틈새로 들어와 뺨을 갈겼으나 별반 상관하지 않았다.

"CCTV 카피본이라도 줘. 아님 정보만이라도."

"나 들어간다. 다음에 동기들하고 소주나 한잔하자."

대답을 회피하고서 김 형사가 차에서 내렸다. 파라솔 같은 커다란 무지개 우산을 쓴 그가 경찰서 입구로 걸어갔다. 그의 등을 인규는 물끄러미 주시했다.

'아니' 가 아니라 '말 못 한다' 였다.

듣고 싶던 답을 들었다.

담배를 끄고서 시동을 걸었다. 오래된 엔진은 털털거렸고 와이퍼는 느리게 까닥거렸다. 와이퍼로 떨어지는 비가 사방으로 흩뿌려졌다.

빗속의 도로를 탔다.

굵은 빗줄기는 서서히 가냘파졌다. 공원 인근 공영주차장에 도착했을 때는 비는 완전히 소멸했다. 인규는 차 안에서 담배를 한 대 태우고서 주차장에서 나왔다. 어스름했던 하늘이 서서히 짙어지고 있었다. 천천히 걸어 공원으로 걸어갔다.

야옹.

희뿌연 시계탑의 조명이 어둠을 일깨웠다. 잎이 풍성한 사철나무 아래 웅크린 길고양이가 자그마한 아기 울음소리를 냈다. 시계탑을 지나치는 그의 손이 허공으로 올라갔다.

"여기 하나."

볼펜으로 수첩에 끄적거리고 인규는 멈췄던 발을 움직였다.

"이쪽에 하나, 저기 둘."

횡단보도를 가운데 두고서 양방향으로 세워진 CCTV를 확인하고 메모했다.

신호등이 보행자신호로 바뀌었다. 횡단보도를 건너고서 빼곡히 세워진 빌딩 주변을 탐색했다. 개수를 정확히 확인하고 높은 오피스텔을 올려다봤다. 연이어 공원 모퉁이에 세워진 CCTV와 건너편 오피스텔과의 거리를 가늠했다.

하필이면 오피스텔 맞은편이 넓은 공원이다. 8층의 테라스 정면을 확보해 줄 만한 CCTV를 찾을 가망성이 없다. 고개를 설레설레 흔들고서 그는 오피스텔 정문으로 들어갔다. 로비의 내부를 휘둘러본 후에 느른히 관리사무소로 걸어갔다.

오후 6시 20분.

지하주차장에 들어서니, 세준은 차 밖에서 서성대고 있었다. 짐짓 초조한 기색이던 그의 표정이 국희를 발견하고서 일순간 환해졌다.

"왔어요?"

"기다리셨죠? 그런데 죄송하지만 저녁은 못 할 것 같아요."

"국희 씨."

"들어가겠습니다. 조심히 가세요."

꾸벅 묵례하고 돌아서는데 세준이 급히 잡았다.

"단순히 밥 먹고 대화하는 것뿐인데 어려워요?"

"다른 사람이 보기엔 단순하지 않을 수 있어서요. 그리고 솔직히 이사님과 개인적으로 따로 대화 나눌 것도 없잖아요."

어색한 분위기라 국희는 하하 가식 없는 웃음을 날렸다. 세준이 잠자코 내려다보다가 보조석 문을 열었다.

"모셔다 드릴게요. 가면서 얘기해요."

"저는……."

"타요. 이건 정말 거절하지 마요."

언뜻 사정하는 어조였다. 냉정히 거절하기가 어려워 머뭇거리는데 주차장으로 직원 몇이 나왔다. 괜스레 스캔들이 나올 법한 그림이라 어쩔 수 없이 차에 탔다.

"지하철역 앞에 세워주세요."

"집까지 모셔다 드릴게요."

주차장을 빠져나가는 차 안에서 국희는 단호히 말했다. 하지만 세준도 만만치 않았다.

"이사님 의외로 고집 있으세요."

"국희 씨도요. 저는 국희 씨와 조금 친해지고 싶어요, 개인적으로."

"왜요?"

"관심이죠. 국희 씨에 대한 관심."

힐끗 넘겨다보며 세준이 피식 웃었다. 멀뚱거리며 국희는 세준의 옆얼굴을 빤히 주시했다.

"이사님…… 원래 아무한테나 이렇게 관심을 보이세요? 아님 바람둥이?"

"바람둥이 같아요?"

넌지시 묻는 국희의 질문에 세준이 호탕하게 웃었다.

"절대 아니에요. 아무한테나 관심을 보이지도 않고요. 국희 씨가 아무나이지도 않고요."

"왜 제게 관심이 생기셨는데요?"

"국희 씨가 제 호기심을 자극시켰잖아요. 그래서 관심이 생긴 건데?"

세준이 농담했다. 국희는 반박할 수 없었다.

"어디로 가면 되죠?"

그가 내비게이션을 켰다. 이미 차는 지하철역을 지나쳤고, 큰 대로변을 열심히 달리고 있었다. 더군다나 그는 그녀를 내려줄 기미가 전혀 없었다.

"저는 이사님이 제게 개인적인 관심을 갖지 않으셨으면 좋겠어요."

오후에 내린 소나기로 묵은 먼지가 씻긴 듯 도시는 맑은 전경을 연출했다. 선명해진 빌딩 숲을 뚫어지게 응시하며 국희는 말했다. 초파리도 한바탕 윙윙거리고 간 마당이기에 더더욱 선을 그어야 했다.

"생각해 볼게요."

"그것도 안 돼요. 그냥 앞으로 관심을 뚝 끊으세요."

강경한 말에 그가 웃음을 터뜨렸다.

"편히 생각하는 건 어때요? 편한 친구처럼."

"한참 높은 이사님이시잖아요."

"그럼 편한 직장 상사 정도로. 이 정도 선은 괜찮죠?"

세준은 사정하듯이 눈을 찡그렸다. 하는 수 없다는 듯 쿡 웃어버린 국희가 내비게이션에 주소를 입력했다. 내비게이션의 안내에 따라 그는 핸들을 꺾었다. 그러면서 경계 어린 몸짓으로 팔짱을 끼는 국희를 일별했다.

거침없이 솔직한 여자다.

퇴근길 차량으로 인해 차는 속도를 내지 못했다. 느릿느릿 움직였지만 이상하리만치 갑갑하지 않았다. 옆자리에 앉은 그녀로 인해서인지, 차 안의 공기가 여느 때보다도 편하고 즐거웠다. 그의 입매가 호선으로 늘어났다.

국희는 멀거니 앞창을 응시했다. 좁은 차 안에서 세준과 단둘이 있는 것은 낯설고 어색했다. 그나마 그가 밉상인 동생과 다른 성격이라 다행이었다. 거리를 내다보다가, 살며시 그를 훔쳐봤다.

말끔하고 선한 이목구비. 전반적으로 준수하고 인상이 좋다.

영락없이 도련님 얼굴이야. 터무니없이 오해할 만하다고 넓은 아량으로 윤진을 이해해 주기로 했다.

[30m 앞 목적지가 있습니다.]

내비게이션이 차 안의 잔잔한 침묵을 깼다.

"배고프지 않아요? 난 좀 배고픈데."

"이 근처에서 간단히 요기 하실래요? 국수 어때요? 제가 살게요."

기어코 고집을 피우는 그의 말에 국희는 웃음을 흩뿌렸다. 결국, 골목 어귀에 있는 국수가게를 손가락질했다.

"정말요?"

"부담스럽긴 하지만 배고프다는 사람 매몰차게 보낼 수 없으니까."

그녀의 너스레에 세준이 빙그레 웃었다.

망설임 없이 차가 국수가게 앞에서 멈췄다. 안전벨트를 풀고 보조석에서 내리는데 휴대폰이 울렸다. 범안이었다.

[너 어디야? 나 지금 집 앞으로 가는 길인데?]

또렷한 시선으로 도로를 주시하며 범안은 핸들을 꺾었다.

국희의 집으로 향하는 골목 어귀로 유유히 진입했다. 국제 마케팅 심포지엄에 참여하고서도 집중할 수 없었다. 머릿속에는 온통 딴생각뿐이었다. 국희와 나누지 못한 대화가 못내 마음에 걸렸다. 그녀와 눈을 마주치고 솔직한 속내를 털어놓고 싶었다. 그래서 심포지엄이 끝나자마자 부리나케 빠져나왔다. 그 순간조차도 롤러코스터를 탄 듯 감정이 상하로 요동치며 들떴다.

[왜?]

퉁명스러운 대답이 들렸다. 범안은 그녀의 불퉁거림이 단순히 키스의 여파라고 생각했다. 픽 웃으며 무심히 눈길을 돌렸다.

"할 얘기가 있으니까. 나 거의 도착했……."

심플한 인테리어로 꾸며진 골목 어귀 국수가게 앞에 낯익은 여자가 서 있었다. 국희. 그녀를 발견한 범안의 입술이 길게 늘어났다. 그런데 차에서 내린 키 큰 남자가 그녀 곁으로 다가갔다. 입술에 번진 미소가 일순 사라졌다.

[배세준 이사?]

"어?"

휴대폰 너머에서 들린 말에 국희는 소스라치게 놀랐다. 눈동자를 희번덕거리며 급히 주변을 탐색했다. 아니나 다를까, 왠지 음침한 기운이 감도는 흰색 차가 서서히 가까워지고 있었다. 범안의 차였다. 돌연 심장이 벌렁거렸다.

"들어가죠."

스멀스멀 다가오는 검은 기운을 감지 못한 세준이 해맑게 웃었다.

"허."

국희는 기막힌 너털웃음을 흘렸다. 세준의 눈썹이 의아하다는 듯 올라갔다. 곧 그의 눈길도 그녀 시선 끝으로 옮겨졌다. 흰색 차가 그의 차를 조금 지나쳐 멈췄다. 이내 운전석 문이 열리며 기다란 다리가 시커먼 바닥에 내려졌다. 차에서 나온 범안이 거침없이 차 문을 닫았다. 쾅! 여릿하게 공기가 울렸다.

"배 이사님이 여기 왜 계세요?"

"편 실장은 왜 여기?"

"전 지국희 씨와 식사하려고."

사나운 기세인 범안을 마주한 세준도 미간을 좁혔다. 불꽃 튀는 범안의 동공이 세준에게서 국희로 옮겨졌다. 또 초식동물 포식자처럼 으르렁거리는 눈이었다. 이번의 대상자는 아무래도 자신 같아서 국희는 움찔했다.

"저는 지금 국희 씨와 국수 먹으려던 참이었어요."

'지금' 자를 강조하며 세준이 딱딱하게 대꾸했다. 그리고 일부러 그런 듯 범안과 달리 친밀감을 드러내며 '국희 씨'라고 불렀다. 범안의 한쪽 눈썹이 꿈틀했다.

"제가 방해한 모양이죠?"

"아무래도."

삐딱한 범안의 태도에 세준 또한 한 치의 양보가 없었다. 서로를 경계하는 남자들에게서 수컷의 본능이 물씬 풍겼다. 암컷을 차지하려는 동물적인 본능.

"제가 사겠습니다! 두 분 다 들어오세요."

언젠가 겪었던 기시감을 느끼며 국희는 손을 번쩍 들었다. 그러곤 시원스레 국수가게로 들어갔다. 마치 1등을 차지하려는 사람처럼 세준이 먼저 반응했다. 그가 국희의 뒤를 바로 따랐다. 아랫입술을 실룩거린 범안도 지지 않고 걸음을 옮겼다. 남자들의 너른 어깨가 좁은 국수가게 입구에서 끼듯이 부딪쳤다. 빠지직거리는 전류가 허공을 타고 서로의 눈동자와 충돌했다. 세준이 비키라는 듯 턱짓했다. 범안도 까딱하며 받아쳤다.

"어서 오세요."

문 앞 계산대에 있던 주인아저씨가 후다닥 닫힌 한쪽 문까지 마저 열면서 반색했다. 헛기침하면서 남자들이 안으로 들어왔다.

"사이좋게 여기 앉으세요."

국희는 나란히 놓인 의자를 빼놓으며 맞은편에 앉았다. 마뜩잖았지만 남자들이 순서대로 앉았다.

"멸치국수 맛있는데 드실 거죠?"

멸치국수 세 그릇을 주문하고서 젓가락을 테이블에 놓으며 천연덕스레 웃었다. 심통 난 아이처럼 뾰로통하게 부은 남자들의 표정에 웃음이 나오려고 했지만 간신히 삼켰다.

"많이 드세요. 모자라면 한 그릇 더 주문하고요. 그 정도는 제가 살 수 있어요."

'이 여자, 일부러 약 올리는 거지?'

'지국희 씨 선수인가? 이게 바로…… 어장 관리?'

범안은 불만스레 바라봤고, 세준은 알쏭달쏭했다.

노르스름한 말간 국물에 담긴 국수 세 그릇이 나왔다. 김 가루와 노란 지단, 김치가 어우러진 새하얀 국수에서 고소한 멸치 국물 향이 풍겨와 식욕을 자극했다. 혓바닥에 솟아오르는 군침을 삼키고서 국희는 휘휘 젓가락으로 국수를 섞었다. 크게 입에 넣고서 감칠맛에 흡족한 미소를 지었다. 짐짓 태연한 척 굴고 있지만 심경은 복잡했다.

이 남자들 왜 이럴까.

범안이야 처음이 아니니까 그러려니 해도, 세준까지 이런 반응이라 상당히 곤혹스러웠다.

"정말 맛있죠?"

속내는 내색하지 않고 활짝 웃으며 물었다. 세준은 친절한 미소로 응수했고 범안은 불편한 심기를 역력히 드러내며 까닥도 안 했다.

범안은 국수 맛을 음미할 기분이 아니었다. 짝꿍 세준도 못마땅했고, 무념하게 국수를 먹는 국희도 얄미웠다. 깐죽대는 후배도 골치 아픈데, 엉뚱하게도 배세준까지 가세를 한 듯하다. 그녀 주위를 맴도는 벌떼 같은 남자들 때문에 속이 탔다.

어제 확실히 도장도 찍었는데.

그는 애먼 국수를 강렬히 주시하다 젓가락을 움직였다. 그런데 국수 맛이 상당히 괜찮았다. 아버지와 함께한 오찬에서 거의 먹지 않아 빈속에 가까웠다. 허기를 느끼지 못했었는데 깔끔하고 개운한 맛에 식욕이 바싹 당겨졌다.

심드렁하게 앉아 있던 범안이 일순 빠르게 국수를 먹기 시작했다. 힐끗 보며 국희는 입매를 늘렸다.

그 모습을 세준은 놓치지 않았다. 일순 위장이 역류한 듯 입안이 써졌다. 곁눈질로 옆자리의 범안을 보고, 맞은편 국희를 바라봤다. 이런 감정을 느끼다니. 제 속에 일어나는 소용돌이에 그는 쓴웃음을 흘렸다. 눈길을 내리고서 까슬까슬한 혀에 닿는 국수를 억지로 삼켰다.

"제가 내죠."

"아니요. 제가 내겠습니다."

국수를 먹고 일어나며 세준이 말했다. 그러자 범안이 벌떡 일어나 계산대로 걸어갔다. 두 남자가 좁다란 계산대 앞에서 실랑이 아닌 실랑이를 벌였다. 주인아저씨가 '아무나 좀 빨리 내세요.' 하며 어정쩡하게 손만 파닥거렸다.

"제가 사기로 했잖아요. 박하사탕 하나씩 드시고 나가들 계세요."

국희는 잽싸게 계산대로 다가갔다. 남자들의 손바닥에 박하사탕을 하나씩 얹어주고서 등을 떠밀었다. 엉거주춤하는 남자들을 내몰고서 계산을 치렀다.

식당에 비치된 박하사탕 같은 건 먹어본 적이 없는 두 남자였다.

세준은 탐탁지 않은 사탕을 입에 넣었다. 단맛을 좋아하진 않았지만 나쁘진 않았다.

제 손바닥에 놓인 새하얀 박하사탕을 주시하던 범안도 사탕을 먹었다. 입안에 퍼지는 단맛과 함께 잇새로 시원한 바람이 들어왔다. 작게 공기를 빨아들이니, 뭉치로 된 바람이 잇속으로 들어와 마른 목구멍을 씻겨줬다. 박하사탕의 오묘한 맛이 무척 마음에 들었다. 입술에 여린 미소가 살며시 그려졌다.

"입맛에 맞으셨어요?"

"네, 맛있었어요. 잘 먹었어요."

가게에서 나온 국희에게 세준이 다정히 대답했다. 범안은 삐딱한 자세로 바지주머니에 양손을 꽂아 넣고 입안의 박하사탕만 굴렸다. 그녀는 샐쭉하게 범안을 흘겼다.

"타세요. 모셔다 드릴게요."

"제가 데려다줄 겁니다."

세준이 보조석 문을 열면서 친절히 말했다. 와작, 박하사탕을 씹고서 범안이 바지주머니에서 손을 빼내었다.

"아니요, 아주 가까워요! 전 걸어갈게요!"

국희는 양손을 번쩍 들고서 남자들을 저지시켰다. 그러고선 곧바로 도망치듯 몸을 돌렸다.

"지국……."

빠르게 오르막길을 내달리는 그녀를 범안이 부르려다 멈칫했다. 곁의 세준과 눈이 마주쳤다. 덩그러니 남겨진 남자들이 불편한 헛기침을 해댔다.

"편 실장, 술 한잔할래요?"

"그러……."

머쓱해진 세준이 먼저 입을 열었다. 대답하려는 찰나, 범안의 휴대폰이 부르르 진동했다. 슈트 재킷 안주머니에서 꺼내 확인하니 인규였다.

[오피스텔 앞인데 뵐 수 있을까요?]

"집에서 뵙죠. 지금 출발하면 30분 정도 걸립니다."

세준과 단도직입적인 대화를 나누고 싶었다. 그러나 후일로 미뤄야 하는 사안이었다. 범안은 돌아서서 정중히 입을 열었다.

"죄송합니다. 가봐야 합니다."

"그래요. 그럼 다음에 하죠."

세준은 가벼이 받아들였다.

꾸벅 묵례한 범안이 조급한 걸음으로 차로 갔다. 곧 그의 차가 먼저 국수가게 앞을 떠났다. 표정이 심상치 않다. 주시하던 세준의 눈매가 가늘어졌다. 골목 어귀를 빠져나가는 흰색 차 후미를 바라보던 그도 차에 올랐다. 근사하게 빠진 고급 스포츠카가 어두운 골목 밖으로 사라졌다.

범안은 조급한 발길로 8층에서 내렸다. 복도를 내달리듯 빠르게 걷는데 803호 앞에서 서성대는 인규의 모습이 보였다.

"오래 기다리셨죠?"

"아니에요."

자연스레 손사래를 치면서 인규가 사람 좋게 웃었다.

"종이 한 장 주세요, A4 같은 거."

두 사람은 집 안으로 들어갔다. 인규의 부탁대로 범안은 책장에서 A4용지를 꺼내왔다.

인규가 거실 테이블에 수첩을 올려놓고, 건네받은 A4용지에 약도를 그리기 시작했다. 네모난 모양에 공원이라고 써놓고, 횡단보도, 오피스텔 건물을 그렸다. 그리고 각각 지정된 자리에 동그란 점을 그려 넣었다.

"이 표시들이 오피스텔 주변에 세워진 CCTV들입니다."

"CCTV요? 아, 미처 CCTV는 생각지 못했어요."

그제야 범안은 그의 의중을 간파했다.

"당연한 겁니다, 사건 사고와 무결했던 사람이니까."

"CCTV에 그 사고가 잡혔겠죠?"

"편기안 씨 추락 장면은 포착되었을 겁니다. 여기, 여기에."

횡단보도 건너편 점과 공원 모퉁이 점을 각각 가리키며 인규가 말을 이었다.

"하지만 8월 13일 녹화본은 경찰에서 회수해 가서 아직 반납이 안 된 상태랍니다. 그러니 명확하게 확인하긴 어렵습니다. 또한 8층 테라스 정면은 확보했을 가능성이 낮습니다. 오피스텔 맞은편이 공원이라 그 높이를 포착할 만한 CCTV가 없죠."

그가 공원 시계탑을 볼펜으로 찍었다.

"여기 시계탑 근처 CCTV는 오피스텔 전면을 녹화했을 겁니다. 한데 거리가 멀고 밤 10시인 시점이라 어두워서 CCTV상으론 안 보일 겁니다."

"그럼 CCTV는 소용없겠군요."

그의 부연에 범안의 낯빛이 어두워졌다.

"다만 편기안 씨 사인이 타살이라는 전제 아래 가정한다면, 8월 13일 밤 10시를 기점으로 용의자가 오피스텔을 드나들었을 겁니다. 이 오피스텔엔 주차장, 정문, 로비 그리고 엘리베이터에 각각 CCTV가 있습니다. 각층 복도나 비상구에는 없으나 통로는 정문과 주차장뿐이니 반드시 이곳을 이용해야 합니다. 그러니 그 시각 전후로 CCTV에 용의자가 포착되었을 가능성이 있죠."

"그 CCTV도 경찰에서 회수해 갔나요?"

"네. 그래서 관리사무소에서 사건 당일 근무자를 확인했습니다. 그런데 그 근무자가 이달 초에 퇴사한 상태입니다. 그래서 먼저 그 사람부터 찾아볼까 합니다."

"하필이면 퇴사했군요."

암담한 사실에 범안은 짤막히 한숨을 쉬었다.

"그러니까요. 정말 하필이면……. 또 하나의 하필이면을 알려드릴까요?"

"무슨……?"

"신기하고 이상한 일입니다. 하필이면 그날의 근무자는 퇴사를 했고, CCTV는 고장이 났으니까 말이죠."

"고장이요?"

인규의 중얼거림에 범안은 눈을 찌푸렸다.

"네. CCTV 메인 프로그램 오류로 이 오피스텔 내 모든 CCTV

가 멈췄었답니다. 8월 13일 저녁 9시 30분쯤부터 녹화가 전혀 안 된 거죠."

"9시 30분이요?"

"기막힌 우연이죠?"

"우연일까요?"

"글쎄요."

도리질하는 인규를 범안은 뚫어지게 응시했다.

만약 고의라면……? 그의 입술이 굳게 다물렸다. 떠오른 단어를 입 밖으로 꺼내지 않았다. 입안에 고인 뜨거운 숨이 소용돌이치듯 혀끝에 맴돌았다.

범안은 젖은 머리카락을 마른 수건으로 털어냈다. 욕실을 나서는 물기 서린 몸이 환한 조명을 받아 눈부시게 발광했다. 징— 드레스룸으로 향하는데 아일랜드 식탁에 놓인 휴대폰의 진동이 울렸다. 눈길이 저절로 벽에 걸린 시계로 이동했다. 오전 7시도 안 된 이른 시각이었다.

"지국희, 무슨 일 있어?"

[실장님, 사장님께서 조찬하자는 전언이십니다. 일어나셨어요? 저는 거의 도착했습니다.]

업무적인 사안이라 존대하는 국희의 말소리 너머 여릿하게 지하철 소음이 들려왔다.

"조찬? 어제까지 그런 말씀 없었는데."

[저도 아침에 연락받고 바로 전화드렸는데 안 받으셔서.]

"진동으로 해놔서 몰랐나 봐요."

어젯밤 인규의 말을 내내 곱씹느라 휴대폰을 챙길 틈이 없었다. 진동인 상태로 식탁 위에 있어서 미처 전화 수신을 인지 못 했다.

[준비 가능하세요?]

"네, 알았어요."

담담히 대답하고 전화를 끊었다. 휴대폰 통화 내역을 확인하니 부재중 통화가 세 통이나 와 있었다. 하나는 '김선혁'이었고, 나머지는 국희였다.

어제 오찬은 상무와 함께였고, 심포지엄에서는 전무를 대동한 아버지였다. 아버지는 그를 붙박이처럼 앉혀놓았었다. 3분기 2차 임원회의가 임박한 탓이었다. 이 조찬 또한 공연히 만든 자리가 아닐 것이다.

매끄러운 근육이 드러난 가슴팍이 크게 들썩였다.

"평창동으로 가나요?"

차에 오른 범안은 국희의 뒤통수를 주시했다. 조찬 장소로 이동 중이라 국희가 운전대를 잡고, 그는 뒷좌석에 앉았다.

"아닙니다. 회사 근처 호텔 한식당입니다."

그녀가 룸미러로 넘겨보다 전했다. 끄덕거리고서 범안은 뒷좌석 차창을 조금 열었다. 차 안의 갑갑한 공기를, 가을의 퇴색된 향을 실은 바람이 중화시켰다. 짤막하게 숨을 토해냈다. 무엇 하나 제대로 하는 것이 없는 듯하다. 형의 일이나 아버지와의 관계도.

그리고 저 여자.

그는 국희의 뒤통수를 직시했다. 운전에 몰두한 자그마한 뒤통수. 일순 범안의 눈썹이 실룩였다.

어젯밤 골목에서 세준과 다정히 있던 모습이 상기되었다. 그 골목에 있었다는 건 퇴근하는 시점부터 같이 차를 타고 이동했다는 뜻이다. 하필이면 심포지엄에 가느라 수행을 안 하는 날, 같이 있었다. 마치 그가 없는 날을 기다렸다는 듯이.

"지국희 씨."

"네."

범안의 사무적인 어감에 국희는 반듯하게 대답했다.

"앞으로는 내가 어딜 가든 무조건 지국희 씨가 수행하세요."

단호한 명령에 국희는 룸미러 너머로 범안을 쳐다봤다. 뒷좌석의 범안은 꼿꼿한 자세를 유지한 채 그녀를 똑바로 주시하고 있었다. 까만 동공은 흔들림조차 없었다.

"24시간 수행하세요. 그게 어렵다면 평일은 자정까지. 되도록 주말도."

"네?"

별안간의 독단에 국희는 잠시 할 말을 잃었다.

"업무적으로 불가피한 사항이니 지키도록 해요."

강경히 말하고서 범안은 입을 다물었다. 그러곤 대화하고 싶지 않다는 듯 차창 쪽으로 고개를 돌려 버렸다.

"아……."

입이 뻐끔뻐끔 벌어졌지만 황당해서인지 말이 나오지 않았다. 범안의 미간은 잔뜩 좁혀져 있었다. 뭔가 심사가 단단히 꼬인 것 같다. 아무래도 업무와 전혀 무관한 심통인 것 같은데 갈피를 잡을 수가 없었다.

이걸 들어줘야 하는 거야?

그녀의 뇌는 혼란에 빠졌다. 진짜 비서라면 말도 안 된다고 거부했을 것이다. 그런데 원칙적으론 범안을 경호해야 하는 처지니 애매한 상황이었다. 아마도 선혁에게든 박 팀장에게든 하소연한다 해도 PC의 요구대로 하라고 할 것이다. 모호한 상황이 답답했다. 그러나 어차피 결론은 하나다. 아랫입술을 말아 올려 숨을 '훅' 올렸다. 앞 머리카락이 숨결을 타고 들썩 올라갔다.

"주말은 장담할 수 없습니다. 평일은 최대한 노력하겠습니다."

국희는 사무적으로 반듯하게 대답했다.

예상외로 고분고분 받아들인 그녀의 말에 범안은 되레 살며시 놀랐다. 그녀의 표정을 자세히 보기 위해 살며시 고개를 움직였다. 운전하는 국희의 야무진 옆얼굴이 시야에 들어왔다. 웃고 있진 않았지만 화난 표정도 아니었다.

범안은 다시 거리를 내다봤다. 그의 기름한 눈이 더 길게 늘어났다.

앙증맞은 꽃모양의 배가 누런 찻물에 동동 떠다녔다. 강물에서 유유자적 유람하는 하얀 돛단배처럼 평화로워 보였다. 초점 잃은 시선을 던지던 범안은 고개를 들었다. 둥그런 테이블에는 장 회장을 비롯하여 범안과 편명호가 있었고, 갈색 원목으로 된 미닫이문 앞에는 장 회장의 비서실장이 지키고 있었다.

역시 평범한 조찬이 아니었다. 조찬 장소가 호텔 한식당임을 인지한 후부터 예측한 상황이었다.

"……이윤 창출도 중요하지만 기업 윤리 또한 고수해야 된다. 이 두 가지가 효율적으로 융화되어야 올바른 경영이라고 난 생각한다."

알싸한 생강차를 한 모금 마신 장 회장이 찻잔을 내려놓았다. 그의 시선이 범안에게 옮겨졌다.

"편 사장도 같은 경영 방식을 추구하고 있어 내가 그만큼 신뢰하고 의지하고 있다. 너도 아버지의 뜻을 따라 잘하리라 믿는다. 지난번 PT에선 내가 놀랐다. 경영 지식이 전무한 상태이고, 입사한 지도 얼마 안 되었는데 브랜드를 정확히 관철하고 있더구나."

"한참은 부족하지요."

"충분히 잘하고 있습니다."

편명호의 말에 장 회장이 관대한 미소를 머금었다.

"가지고 있는 것보다 가질 것을 생각해라. 노력 여하에 따라 이루고자 하는 것을 갖게 될 것이다."

"네."

"일어나시지요. 아침부터 잔소리를 하는 것 같아 편 실장에게 미안합니다."

범안의 바른 대답이 흡족한지 장 회장이 너털웃음을 흘렸다.

편명호와 범안도 자리에서 일어났다. 대기 중이던 비서실장이 미닫이문을 열고서 한편으로 비켜섰다. 반대편의 경호비서들도 마찬가지로 일렬로 정자세를 취했다. 경호비서들의 호위를 받으며 장 회장이 앞서 걸어갔고, 그 뒤로 편명호와 범안이 움직였다. 선혁과 함께 국희는 제일 마지막 순서로 뒤따랐다.

"넌 내 차를 타라."

호텔 정문에서 장 회장이 먼저 차량에 오르고, 편명호가 범안에게 명령했다. 범안은 국희를 살며시 보고서 편명호와 함께 검은 차 뒷좌석에 올랐다.

국희는 홀로 범안의 차를 운전하면서 그들의 꽁무니를 쫓았다.

"확실히 연애하는 건 아니다? 그 말 믿어도 되나?"

편명호의 냉담한 말이 떠올랐다. 그건 괜한 언질이 아니었다. 새삼 범안의 실체가 각인되듯 선명히 다가왔다.

그와의 간격은 딱 이만큼이 아닐까. 우린 곁에 서는 사이가 아니라 이만큼 떨어진 거리만큼 맞닿을 수 없는 관계인 것 같다. 연일 계속되는 선득한 감정이 질린다.

자동차 후미를 멀거니 보던 국희는 도리질 쳤다.

장 회장과 함께 일행은 오전 9시쯤 인성그룹에 도착했다.

그와 편명호의 등장으로 로비는 분주해졌다. 보안직원들이 일사불란하게 움직였고, 직원들도 허리 숙여 인사하며 한편으로 비켜섰다. 장 회장과 편명호 사장, 그리고 경호비서 등이 엘리베이터에 먼저 올랐다. 다른 직원들과 마찬가지로 범안과 국희는 한편에 물러나 있었다.

엘리베이터 문이 닫히자마자, 범안은 목을 죈 넥타이를 느슨히 풀었다.

지독히도 갑갑한 자리였다. 아버지의 물밑 작업 같은 회동 자리는 앞으로도 끊임이 없을 것이다. 벗어나고 싶으나 버텨내야 했다.

넥타이에서 손을 뗀 그는 국희를 내려다봤다.

새벽부터 분주하게 바빴을 그녀였다. 룸 앞에서 식시 시간 내내 지루하게 대기까지 했다. 그러나 그녀는 피곤한 기색 없이 반듯한 자세를 유지하고 있었다. 미안하면서도 대견했다.

다음 엘리베이터가 도착했다. 출근 시간과 맞물린 시각이라 직원들이 꽉 메워졌다. 그 덕분에 국희와 범안은 구석진 자리로 밀려났다. 좁은 틈새까지 직원들이 억지로 끼워지며 정량을 채웠다.

엘리베이터가 상승했다.

그때였다. 근처에 있던 범안의 손가락이 손을 톡 건드렸다. 제 손을 스치는 감촉에 국희는 흠칫했다. 그런데 연이어 손가락이 톡톡 건드렸다. 힐끗 곁눈질로 그를 올려다봤지만 범안은 태연스레 앞만 주시하고 있었다. 많은 직원의 뒤통수가 제 앞에 있는 터라 국희는 소리도 못 내었다.

톡톡 건드리던 검지가 그녀의 검지를 묶듯이 감았다. 어깨에 바짝 힘이 들어가고, 심장이 긴장으로 얼어붙었다. 살짝 걸쳐진 듯 묶은 검지들이 자그마하게 꼬물거렸다. 슬며시 풀려는데, 그의 손가락들이 미끄러지듯 손바닥을 타고 내려왔다. 그러곤 일순 커다란 손이 작은 손을 쥐었다.

중간에 끼어 있던 낯익은 마케팅 부서 직원이 범안을 알아보고 묵례했다. 까닥, 가볍게 응하며 범안이 옅은 미소를 보냈다. 티 내지 않으려 노력하며 국희는 은근슬쩍 제 손을 빼내려 했다. 하지만 도망치는 그녀의 손을 범안이 강하게 움켜쥐었다. 손바닥을 타고서 미세한 맥박의 고동이 전해졌다. 그의 보드라운 살갗, 섬세한 손가락 마디마디, 손바닥을 타고 전해지는 미세한 맥박까지 세세하게 느껴졌다.

손바닥을 타고 온 온기로 인해서인지 얼어붙었던 심장까지 녹아들었다. 심장의 콩닥거리는 박동 소리가 너무 커서 엘리베이터를 꽉 메운 직원들에게 들릴 것 같았다. 말똥거리는 직원들 틈에서의 은밀한 접촉은 더더욱 묘한 설렘을 동반하며 심장을 달뜨게 했다.

"수고하세요."

직원들이 하나둘 빠져나갔다. 서서히 빈틈이 생기자, 아쉬움을 담고서 그의 손이 물러났다.

손은 자유를 찾았지만 남겨진 온기의 잔상은 사그라지지 않았다. 국희는 제 양손을 맞잡고 LED 층수 알림판의 숫자만 따라 읊조렸다. 18층에서 마지막까지 남아 있던 직원이 내렸다. 단둘이 되자, 국희는 잽싸게 문 앞으로 이동했다. 1층의 높이는 짧은 듯 길었다. 범안의 시선이 감지되었지만 무시했다. 그러고선 19층에 도착하자마자 서둘러 빠져나왔다.

"지국희 씨."

느긋한 그의 목소리가 놀리듯 들렸다.

빨리 그에게 벗어나고 싶은 마음에 걸음이 빨라졌다. 그런데 멍청한 판단이었다. 기획실장실 안은 되레 둘만의 공간이지 않은가.

기획실장실 탕비실로 후다닥 들어간 그녀는 냉수부터 벌컥벌컥 마셨다. 마른 목구멍에 시원한 기운이 퍼져서 비로소 막힌 숨통이 트이는 것 같았다.

"지국희 씨."

그런데 범안이 탕비실까지 들어왔다. 그가 이 안에까지 침범할 것은 생각지 못했기에 물을 넘기다가 사레들 뻔했다. 매캐하고 따끔해진 목을 컥컥거리며 그녀는 올려다봤다.

"왜…… 왜…… 요……."

"나도 물 마시려고."

범안이 유연한 동작으로 종이컵을 꺼내 정수기에서 냉수를 따랐다.

능청스레 구는 태도가 밉살스러웠다. 그의 오른쪽 공간이 비어 그쪽으로 빠져나가려는데, 비켜줄 요량인지 가로막을 요량인지 범안이 오른쪽으로 움직였다. 그의 너른 가슴팍이 제 앞길을 가로막자, 국희는 이번엔 반대편으로 빠져나가려고 했다. 동시에 범안의 어깨도 반대편으로 움직였다. 두 사람의 몸이 마찰하듯 또 마주 봤다.

"비켜."

그의 가슴팍을 탁 치면서 성질을 냈다. 찰나였지만 손바닥이 가슴팍의 단단한 근력을 느끼고 말았다. 주먹을 꽉 쥐며 국희는 다시 오른쪽으로 한 발 이동했고, 이번엔 범안이 순순히 비켜줬다.

"오늘부터 자정까지 수행인 거 맞지?"

"네네."

그의 옆을 빠져나오면서 국희는 건성으로 대답했다. 범안이 피식 웃으며 넌지시 내려다봤다.

"그럼 그 김에 데이트할까?"

"업무적이라면서요? 불가피하게."

힐끗 올려다보며 국희는 볼멘 표정을 지었다. 능청스레 어깨를 으쓱하며 범안이 빙긋 웃었다.

"업무적인 데이트."

"웃기시네. 됐거든요."

기도 안 차서 헛웃음을 치는데 내선이 울렸다. 국희는 탕비실에서 나와 전화 수화기를 들었다.

"늦게 받아 죄송합니다. 편범안 마케팅기획실장실입니다."

[편명호 사장님 비서실입니다. 사장님께서 2차 임원회의 PPT 오늘 중으로 중간보고하시랍니다.]

"네, 전해 드리겠습니다."

수화기를 내려놓으며 탕비실에서 나오는 그를 돌아봤다. 비서의 전언을 전하자, 범안의 잇새에서 나지막한 숨이 토해졌다. 입가에 맴돌던 미소도 걷혔다. 개인적인 감정은 묻고 사무적인 관계로 돌아서는 순간이었다.

"오후에 PPT 보낼 테니 보완 좀 해줘요."

"네."

그의 목소리에는 강약이 없었다. 국희의 대답을 듣자마자, 범안은 그대로 실장실로 들어갔다. 너른 어깨에 내려앉은 중압감이 고스란히 보였다.

"차 준비할까요?"

"괜찮아요. 필요하면 말할게요."

책상으로 돌아가 노트북을 켜는 범안은 그녀를 보지 않았다. 모니터를 주시하는 동공은 금세 탁해져 있었다. 조금 전까지 짓궂게 반지르르하던 윤기가 완전히 소멸하였다.

조금은 그에게 자유를 주실 순 없으신 건가. 다가가고 싶어 움찔했던 다리에 힘을 줬다. 국희는 조용히 묵례하고 실장실에서 물러났다. 소리 없이 닫히는 문 너머, 범안의 모습도 차단되었다.

[파일 보냈으니 보완하고 사장실에 대신 올려줘요.]

"네, 알겠습니다."

내선을 타고 흐르는 범안의 목소리는 무감했다. 지시에 따라 PPT 자료를 보완하고 기획실장실에서 나왔다. 20층으로 올라가 복도를 걷는데 부사장실 문이 열리며 배영수가 나왔다. 그의 뒤를 따르는 비서가 속삭이듯 입을 열었다.

"오전에 장 회장님과 편 사장님이 조찬을 하셨답니다. 편범안 실장님도 함께요."

"그래? 무슨 얘기가 오고 가는지 확인……."

맞은편에서 걸어오는 국희를 발견한 배영수가 입을 다물었다. 국희는 허리를 숙여 인사했다.

"처음 보는 얼굴인데 누구 비서인가?"

"편범안 기획실장님 비서 지국희입니다."

"아…… 그……."

배영수의 눈빛이 살벌해졌다. 그가 고압적인 자세로 '어서 가라'고 턱짓했다. 국희는 재차 묵례하고 사장실 문을 노크했다. 사장실로 들어가는 등을 배영수가 서늘히 주시했다.

"편명호가 채용한 비서라고?"

"네. 편 사장님 지시로 김선혁 비서실장이 채용했습니다."

"……저 친구 프로필은?"

"평범한 신입 비서입니다. 특별한 점은 발견할 수 없었습니다."

비서가 설명했다.

"신입 비서를 왜 채용했을까……."

"편 실장님이 업무 지식이 전무해서 채용한 것 같습니다."

"아니야, 단순 업무를 위해서라면 경력자를 붙였겠지. 초짜를 붙이진 않았을 거라고. 뭔가가 있어. 저 친구에 대해서 알아봐. 능구렁이 같은 양반이 무슨 속셈인지 알아보자고."

예리한 눈을 번뜩이면서 배영수가 말을 이었다.

"부회장 쪽 동태는 어떤가?"

"배강수 부회장님께서는 편기안 이사 사고 후엔 조용합니다."

"추이를 지켜보다 기회를 엿볼 참이겠지. 편기안도 없는 마당이니 세준이가 독보적인 존재라고 설레발을 치고 있을 거야. 그쪽도 잘 지켜봐."

배영수가 말했다. 비서가 고개를 끄덕이며 엘리베이터 열림 버튼을 지그시 눌렀다. 악어 입처럼 활짝 벌어진 사이로 그들이 들어갔다.

"거기서 뭐 하세요?"

"아니요, 아무것도."

사장실 문에 기대고서 숨죽이고 있는 국희를 비서가 의아한 시선으로 쳐다봤다. 국희는 계면쩍은 미소를 흘리며 떨어졌다.

"편 실장님 임원회의 PPT 중간보고서입니다."

"놓고 가시면 돼요."

"김선혁 비서실장님 어디 계세요?"

"사장님 외부 미팅 수행 중이세요."

대답을 듣고서 사장실에서 나왔다.

분명히 문틈 너머 배영수가 '저 친구 프로필은?' 이라고 묻는 소리를 들었다. 무던히 넘기기엔 찝찝한 말이었다. 곪은 종기일지도 모른다. 무시했다가 썩어버리는 고름 가득한 종기.

선혁과 상의해서 대처하기로 결정하고 그녀는 기획실장실로 돌아왔다. 닫혀 있는 실장실 문을 무심히 보고서 책상으로 돌아갔다. 모니터 화면엔 동그란 공이 사각의 공간을 부딪치고 다녔다. 마우스를 잡으려는 찰나, 실장실 안에서 도란도란 말소리가 들렸다. 사장실에 다녀온 사이 방문자가 있은 모양이었다. 손가락으로 툭 마우스를 건드렸다. 취객처럼 사방을 굴러다니던 화면보호기가 일순 씻겨 내려갔다.

"호호호."

그때, 실장실 안에서 간드러진 웃음소리가 들려왔다. 자동적으로 귀가 쫑긋거렸다. 낯익은 여우 웃음소리에 일어나 살금살금 까치발로 걸어갔다. 웅그린 고양이 자세로 실장실 문틈에 눈알을 댔다. 하지만 아무리 들여다보려고 해도 좁은 문틈으론 시야 확보가 어려웠다. 하는 수 없이 손잡이를 잡고서 빠끔히 열었다.

윤진이 있었다. 여느 때와 마찬가지로 몸매가 고스란히 드러난 미니 원피스를 입은 윤진이 범안과 소파에 마주 앉아 있었다.

저 초파리. 순간 눈이 쫙 찢어졌다.

"서둘러 찾아볼게요. 다른 거 필요하신 건 없으세요? 뭐든 편 실장님 일은 제일 우선해서 도와드릴게요."

"고맙습니다."

살랑거리는 윤진에게 범안이 그 특유의 기름한 웃음을 보냈다. 범안 입장에선 단순히 예의 바른 미소였지만 국희의 눈에는 호감 어린 미소로 보였다. 불쑥 열불이 올라왔다. 눈알이 튀어나올 정도로 희번덕거리고 있는 것도, 치솟은 엉덩이가 실룩대는 것도 그녀는 인지하지 못했다.

"오늘 저녁 어떠세요? 제가 근사하게 살게요."

"사려면 제가 사야죠."

요염한 동작으로 웨이브 머리카락을 넘겨대는 윤진을 보면서 범안이 친절히 웃었다. 투명한 레이저 광선을 사정없이 쏘아대는데, 시선을 느낀 윤진의 눈길이 움직였다. 그녀가 살짝 열린 문틈을 쳐다봤다.

소스라치게 놀란 국희는 잽싸게 쭈그려 앉았다. 조금만 늦었다면 들킬 뻔했다. 절묘한 타이밍으로 윤진은 열린 틈만 발견했다. 의심 없이 그녀는 범안에게 고개를 돌렸다. 쪼그리고 있던 국희는 유격훈련을 하듯 앉은뱅이 자세로 이동했다. 의자에 도착해서야 허리를 곧게 폈다. 아무 일도 없었다는 듯 매무새를 다듬고서 의연히 앉았다.

잠시 후, 윤진이 실장실에서 나왔다.

범안은 배웅하지 않았다. 삐쭉거리던 성질이 그나마 가라앉았다. 충돌했던 여파로 윤진이 국희를 가자미눈으로 째렸다. 국희도 까닥, 영혼 없는 인사로 대응했다. 그녀가 또각거리며 신경질적으로 기획실장실을 나갔다. 문을 쏘아보던 화살이 실장실 너머 범안에게로 옮겨졌다.

데이트하자고 할 땐 언제고, 저 초파리한테 저녁을 산다고?

불퉁거리는 미간이 잔뜩 찌푸렸다. 본인이 거절했다는 것은 완벽하게 망각하고서.

/

7화
9년 만의 데이트 아닌 데이트

/

도시에 걸친 노을이 여느 때보다도 찬란한 색채로 물들어간다.

하늘을 뚫어지게 주시하는 눈길은 독기가 가득했고, 내 천(川) 자를 그린 미간은 불만이 가득했다. 꾹 다문 입술도 삐루퉁 튀어나오고, 볼따구니 또한 복어처럼 부풀려진 상태였다.

신호대기로 흰색 자동차가 정지선에 멈췄다.

힐끗 범안을 쳐다보니 그의 표정은 한없이 평온했다. 부글부글 끓는 속을 누르고서 국희는 무심한 척 입을 열었다.

"배윤진 팀장님 왔다 갔더라?"

"아…… 너 사장실 갔을 때. 봤어?"

"어. 왜 온 건데?"

묻고선 국희는 바로 후회했다. 업무차 방문일 수 있는데 이건 지나친 간섭이다.

"저녁 먹자고."

"……그래서?"

"거절했지."

범안은 대수롭지 않다는 듯 태평히 대답했다.

"그래?"

거절당했구나, 초파리. 고소하다.

웃음이 킥 나오려고 해서 꿀떡 삼켰다. 꽉 묶어뒀던 양팔을 풀며 등받이에 느긋이 기대어 앉았다. 갈비뼈 안쪽에서 울툭불툭 솟던 불씨가 말끔히 소멸되었다. 그녀는 인지 못 하고 있었다. 까칠했던 제 목소리 톤이 일순 밝아진 것을.

한데 범안은 국희의 톤이 즉각 변한 것을 느꼈다.

앞창을 보던 시선을 슬며시 보조석으로 움직였다. 퇴근 무렵부터 퉁퉁 부풀어 있던 입술이 히죽거리고 있었다. 볼멘 표정도 평온하게 바뀌어 있었다.

혹시 질투하는 건가?

범안의 눈썹이 들썩거렸다. 도로로 시선을 옮기는 입매가 빙그르르 늘어났다. 무심코 그의 손가락이 핸들을 톡톡 두들겼다. 기분 좋은 두들김.

오피스텔 주차장 B구역에 흰색 차가 안전하게 주차되었다.

국희가 먼저 차에서 나와 기다렸고, 범안도 자연스레 뒤따랐다. 이젠 함께 움직이는 것이 익숙해진 터라 굳이 말하지 않아도 척척 움직이는 두 사람이었다.

"어디 가?"

엘리베이터에 오른 범안이 1층 버튼을 눌렀다. 금세 도착한 1층 로비로 내리는 그가 의아했다. 그는 빙그레 웃으며 '어서 내리라'는 듯 가볍게 턱짓했다. 그러고선 성큼성큼 정문으로 걸어갔다.

영문을 모르는 채 그의 뒤를 쫓았다. 걸으며 좌측 관리사무소를 일별했다. 출근해서 대기 중이던 경호요원이 유리문 너머로 내다봤다. 곧바로 경호요원에게서 문자메시지가 왔다.

—퇴근 중이십니까?

—아니요. 볼일이 있으셔서 이동 중입니다. 제가 수행하겠습니다.

답을 보내고서 국희는 재킷주머니에 휴대폰을 넣었다. 정문을 나선 범안은 주저 없이 횡단보도로 향했다. 타이밍 좋게 초록 신호등이 눈을 떴다.

"어디 가려고?"

종종걸음으로 쫓으며 국희는 재차 확인했다. 그는 여전히 모호한 미소만 흘렸다. 그러면서도 그 특유의 명쾌한 걸음걸이 속도를 늦추진 않았다. 공원 입구를 지나쳤다. 그러곤 지하철역으로 들어갔다.

"지하철 타려고?"

"어."

"나 데려다주려고?"

"아니."

샐쭉한 질문에도 그는 서슴없이 도리질 쳤다.

그가 국희의 집과 반대 방향인 플랫폼으로 향했다. 플랫폼에는 사람들이 드문드문 있을 뿐 한산했다. 지하철에 맛 들렸나. 그녀는 갸우뚱거렸다.

"어디가 목적지인데? 목적지 말 안 하면 나 갈 거야."

"자정 되려면 아직 멀었는데?"

전혀 위협적이지 않는 국희의 말을 범안은 가뿐히 맞받아쳤다. 그가 제 손목에 채워진 손목시계를 가리키며 능청스레 굴었다. 무슨 수작을 부리려는 건지 가늠할 수가 없다. 얄밉기만 하다. 주먹을 부르르 떠는데 지하철이 들어섰다. 올라탄 칸에는 승객이 많지 않아 상당히 여유로웠다. 국희는 안전을 확인하고 반듯이 대기했다.

목적지는 3호선 안국역이었다.

친절한 설명 없이 무작정 내리는 범안을 좇아 거리로 나왔다. 저녁의 안국역 거리는 활기가 넘쳤고, 하늘과 맞닿을 듯 높다란 붓 조형물 아래로 어스름한 어둠이 깔리고 있었다.

"여긴 왜 왔어?"

"업무적인 데이트."

씩 웃으며 범안이 비로소 대답했다.

지하철 안에서 아무리 채근해도 묵묵부답이더니 목적지에 도착해서야 밝혔다. 안국역에 내리는 순간부터 예측했던 답이었으나 지레 놀란 척 연기했다.

"이보세요, 편범안 실장님. 난 댁과 데이트 같은 건 절대 안 해요. 업무적이든 개뿔이든."

"다음엔 정식으로 하자."

범안은 귓등으로도 듣지 않았다. 넉살스레 손을 뻗었다. 아슬아슬한 찰나에 손을 감싸려던 커다란 손바닥을 탁 쳐냈다.

"어디서 감히!"

손날을 휘날리며 그녀는 엄포를 놨다. 그녀의 사속한 방어에도 범안은 즐거운 듯 입술을 벌렸다.

"난 갈래. 이런 목적의 수행은 안 해."

"그래? 그럼 할 수 없지. 나 혼자 놀아야겠다."

협박에도 범안은 태연자약 어깨를 으쓱했다. 그러곤 여유롭게 걸어갔다. 어쩔 수 없이 뒤따르며 국희는 오만상을 찌푸렸다.

"나 진짜 갈 거야."

"어."

재차 협박했으나 그는 건성이었다. 그는 철망에 걸린 웃는 낯의 하회탈들만 구경하며 쳐다보지도 않는다. 국희의 얼굴이 점점 붉으락푸르락 변해갔다.

데이트를 하자는 거야? 말자는 거야? 의욕도 없잖아!

성난 성미는 발길을 돌려 버리라고 성화였다. 한데 미련 많은 발은 바닥에서 떨어지지 않았다. 업무수행만 아니면 내가 미련 없이 갈 텐데. 얄팍스러운 자존심은 궁색한 자기변명을 해댔다.

"배고프지 않아? 밥 먹자."

범안이 넌지시 넘겨다봤다. 그녀의 자존심을 세워주려는 배려가 살며시 엿보였다.

"……그럼 밥만 먹고 가는 거다? 절대 데이트는 아니야."

"응. 가자."

못 이기는 척 도도하게 구는 국희의 장단을 그가 맞춰줬다. 심드렁한 표정을 지으며 그녀는 움직였다. 나란히 걸음을 옮기는 범안의 눈썹이 기분 좋게 올라갔다.

"터치는 절대 안 돼."

"알았어, 알았어."

"붙지 마. 떨어져."

"네, 네, 받들어 모시죠."

강한 으름장에 범안이 한 발 떨어지며 반듯이 고개를 끄덕였다. 한 뼘만큼의 간격을 뒀지만 걷는 보폭은 똑같았다. 박자를 맞추듯 호흡도 맞아떨어졌다.

거리는 평일 저녁임에도 인산인해였다. 대다수가 커플이었고, 손을 잡거나 팔짱을 낀 것은 아주 양호한 스킨십이었다. 어깨와 허리를 감은 커플도 그나마 평균이었다. 꽈배기들처럼 양팔과 양다리를 걸고 앉아 입맞춤 해대는 대담한 커플도 있었다. 키싱구라미처럼 쪽쪽대는 커플을 범안이 가만히 주시했다.

"한국 많이 좋아졌구나."

감탄 어린 어조였지만 사뭇 부러움도 배어 있었다.

"아휴, 배고파."

경계 어린 눈초리를 보내고서 국희는 호들갑스레 딴청을 피웠다.

"뭐 먹고 싶어?"

"아무거나. 너는?"

"나는 저거."

그의 기다란 손가락이 명확히 한쪽을 가리켰다. 무심히 손가락 끝을 따라가니, 파스타나 피자 등이 나열된 평범한 메뉴 간판이었다. 다만 또렷한 광고 문구가 있었다.

—커플 세트 10% 할인

물론 '10% 할인'을 반기는 것은 아니었다. 그건 지나가는 개도 알아챌 것이다. 국희의 반지르르한 입술이 말아 올려졌다.

"커플 메뉴, 안 돼."

"네."

범안이 착실히 수긍했다.

"예스러운 공간이니 예스러운 거 먹어. 그래, 저기 좋다."

멀찍이 떨어진 한정식 전문점 간판을 발견하고서 일방적으로 앞장섰다. 걸으면서도 뒤의 범안이 자꾸자꾸 의식이 되었다.

이거 정말 데이트인가?

편 사장님이 아시면 화낼 텐데……. 성질이 불같던데. 범안에게 화내던 모습이 떠올랐다. 뺨을 갈기던 첨예한 소리도 들리는 듯했다. 절대 잊을 수 없는 아픈 장면.

슬쩍 범안을 넘겨봤다. 얌전히 따라오는 범안의 해사한 얼굴이 시야에 들어왔다. 정면으로 눈길을 돌리는 국희의 가슴팍이 크게 들썩였다. 눈을 부라리며 국희는 주먹을 불끈 쥐었다.

딱 한 번만 하지, 뭐.

때리면 맞고.

전면 쇼윈도에 두 사람이 비쳤다. 뒤를 따르는 범안의 모습이 어렴풋이 보였다. 느긋이 뒤따르는 그의 표정은 걸음걸이만큼이나 평온했다. 즐거운 듯 눈매도, 입매도 길어져 있었다. 감정이 미묘해졌다.

범안과 데이트를 한다. 진짜 데이트.

추억도 회상되어 아련해지고 설레었다. 설렘은 긴장을 동반했다. 공연히 온몸에 힘이 바짝 들어가 다리까지 뻣뻣해졌다. 단발머리를 손가락으로 빗으며 그녀는 피식 웃었다. 또 다른 매장을 지나치며 제 모습을 힐끔 곁눈질했다. 옅은 화장기의 얼굴.

살그머니 백팩을 앞으로 돌려 앞주머니에서 오렌지색 틴트 밤을 꺼냈다. 손바닥으로 가리듯 움켜쥐고서 뚜껑을 열었다. 새끼손가락으로 쿡 찍고서 재빨리 도로 넣었다. 무심히 걷는 척하다가, 몰래 새끼손가락으로 입술을 문질렀다. 그러곤 잘 발라지도록 입술을 오물오물 비벼댔다.

제 행동이 우스워 킥 웃음이 나왔다. 그래도 한껏 기분이 좋아졌다.

범안은 조용히 그녀를 따라갔다. 그녀의 손짓, 몸짓, 발짓을 잠자코 지켜보며.

약간 긴장한 듯 걸음걸이가 뻣뻣한 그녀 모습이 한눈에 다 들어왔다. 그 모습을 바라보는 것만으로도 즐거웠다.

9년 만에 데이트를 한다.

오래전 약속했던 데이트를 영원히 할 수 없을 거라 생각했었다.

단발머리가 찰랑거리는 뒤통수를 주시하는 눈매가 가늘게 휘어졌다.

한정식 전문점은 한옥의 목조 건물을 그대로 유지한 상태로 리모델링되어 있었다. 높다란 천장 아래 창호지 바른 창살 무늬 창으로 이뤄진 방이 각각 있었으며, 방의 한편엔 촛대나 노리개 같은 고풍스러운 소품이 눈요깃거리로 장식되어 있었다.

은은한 노랑 조명 빛을 받으며 둘은 테이블에 마주 앉았다. 통나무를 깎아 만든 테이블의 나뭇결이 고아서 국희는 손가락으로 매만졌다. 빛깔만큼이나 감촉도 고왔다.

"커플 메뉴 드려요?"

종업원이 다가와 메뉴판을 놓으며 물었다. 국희의 입술이 벙 벌어졌다.

"여기도 커플 메뉴가 있어요?"

"그럼요. 저희 가게 추천메뉴예요."

"주세요."

일말의 망설임 없이 범안이 주문했다. 과장되게 흘겼지만 국희는 타박하지 않았다. 괜히 입술을 삐죽대며 물만 들이켰다. 무미한 액체인데도 이상하리만치 달았다.

팅—

재킷주머니에서 넣어둔 휴대폰이 울었다.

국희는 LINE 메시지를 확인했다. 도착한 지 30분이나 지난 세준의 메시지였다. 알림음이 계속 울려댔을 텐데 듣지 못하고 있었다. 신기한 일이었다.

—퇴근하셨죠? 잠깐이라도 인사하고 싶었는데 업무가 바빠서 못 했네요. 국희 씨, 내일 주말인데 뭐 해요? 선약 있어요?

메시지엔 깊은 뜻이 담겨 있었다. 부담스러운 질문이라 답하기가 어려웠다. 고심하는 시선 너머 어렴풋이 범안의 눈동자가 겹쳐졌다. 궁금증에 시달리는 눈빛이었다. 너 초파리한테 그렇게 웃었지? 돌연 심술이 올라왔다.

"배세준 이사님이네?"

일부러 혼잣말하듯 중얼거리며 입술을 늘어뜨렸다. 일순 범안의 눈썹이 꿈틀했다.

—234@%^(^$@$&*^&878

국희는 입술을 늘어뜨리며 아무렇게나 터치했다. 그러곤 전송 버튼을 누르지 않고서 휴대폰을 뒤집어서 내려놓았다. 태평스러운 휴대폰의 뒤태가 자극적인지 범안의 미간이 바짝 좁혀졌다. 끝내 참지 못하고 그가 입을 열었다.

"………배세준 이사가 왜?"

"좋은 저녁 되라고 인사하시네?"

"너, 혹시 그거 하는 거야? 뭐더라…… 인터넷에서 봤는데……."

불만스레 중얼대던 범안의 말끝이 흐려졌다. 머릿속에서 맴도는 단어가 도통 생각나지 않는 모양이었다. 이제 한국 생활 3개월 차라 익숙지 않아서였다.

"뭔데?"

"그게 사자성어 비슷했는데……. 물고기 키우는 것 같은 건데."

심각한 혼잣말에 담긴 뜻을 국희는 비로소 깨달았다. 깔깔 웃음이 터졌다.

"뭐야? 알려줘."

"우리 밥 왔다. 밥 먹자."

그때 음식이 담긴 카트를 끌고서 종업원이 방으로 들어왔다.

궁금증을 해소 못 한 불만 어린 시선이 꽂혔지만 국희는 놀리느라 외면했다. 연신 킥킥거리며 정갈히 깔린 음식을 입에 넣었다. 혀끝에 닿는 음식이 유난스레 맛깔스러웠다.

한정식 식당에서 만족스러운 식사를 끝내고 거리로 나왔다. 국희나 범안은 한가로이 거리를 거닐었다. 좀 전처럼 국희는 앞서 가고 범안이 뒤따랐다. 가로등 아래 서 있는 여자들이 속닥거리면서 국희 뒤를 주시했다. 그녀들의 시선 끝에는 범안이 있었다. 주변 사람들에 비해 머리통 하나가 더 큰, 기다란 길이에 이목구비까지 매력적인 범안은 몸짓 또한 과장되지 않았다. 그 모습은 인파 속에서도 단연 돋보였다.

"가서 말 시켜볼까?"

"번호 따자."

추파를 던지던 여자들이 움직였다. 그녀들의 돌발 행동에 국희는 움찔했다. 저도 모르게 빠른 걸음으로 뒤돌아갔다. 순식간에 지나치는 그녀를 여자들이 이상한 눈초리로 쳐다봤다.

"커피 마시자."

"응."

가까이 다가온 국희에게 범안이 환히 웃어 보였다. 접근하던 하이에나 암컷들이 아쉬운 듯 '역시 임자 있네.' 하면서 다른 사냥터로 이동했다. 국희의 한쪽 입꼬리가 비릿하게 올라갔다.

로맨틱에 취한 거리.

하늘의 짙은 어둠은 휘황찬란한 거리 조명이 밝혀줬고, 연주황빛이 뿌려지는 가로등 아래에선 거리악사가 바이올린을 연주했다. 소리 길을 쫓아 이동했다. 구경꾼 사이에 두 사람도 멈췄다. 가냘프면서도 섬세한 선율이 바람과 공기를 메웠다. 두 사람의 사이로 비집고 들어오는 공기도 한결 더 평화로웠다.

아름다운 연주곡이 끝났다.

박수를 친 구경꾼들이 떠나고, 범안은 악사가 펼쳐 놓은 모자에 지폐에 놓고 돌아왔다. 국희는 옅은 미소를 지으며 그를 맞이했다. 자연스레 둘의 다리가 움직였다.

"오랜만에 오니까 좋다."

"언제 와봤어?"

"재작년쯤?"

"누구하고? 남자친구?"

은근슬쩍 떠보는 범안의 질문에 대답하지 않고서 어슬렁거리듯 앞장섰다. 의혹 가득한 눈초리가 등에 꽂혔다. 질투 어린 시선을 받는 것이 기분 나쁘지 않았다. 재작년에 현주와 둘이 왔을 때가 떠올랐다. 수많은 커플 사이에서 서럽다고 통곡하던 현주를 토닥였던 기억. 오늘은 범안과 이곳을 거닐고 있었다. 우리도 커플로 보일까?

"너는?"

"나는 처음 와봐."

"인사동 안 와봤어?"

"어릴 땐 와볼 기회가 없었고, 그 이후엔 알다시피. 사진으론 많이 봤어."

범안은 대수롭지 않다는 듯 어깨를 으쓱했다. 그러고선 붉은 장미 문양이 수놓아진 쌈지길 표식을 가리켰다.

"여기도."

그의 표정은 평온했다.

어렸을 적에도 지금처럼 아버지로 인해 자유롭지 못했던 걸까? 분명히 그랬을 것이라고 그녀는 생각했다. 고등학교 때, 거의 매일 보긴 했지만 범안과 많은 시간을 할애한 것은 아니었다. 학원 간다는 그녀에 대한 배려라 생각했는데 어쩌면 그도 시간이 한정적이었는지 모른다. 어째서 내색 한 번 안 할까. 한 번쯤은 힘든 기색을 보일 만도 한데. 문득 그가 안쓰러운 생각이 들었다.

"들어가자."

국희는 방긋 웃었다. 고작 쾌활히, 밝은 미소를 보내는 것이 전부라 못내 미안한 기분도 들었다.

사각형으로 빙 둘린 독특한 구조의 쌈지길 안으로 들어갔다. 범안이 한편에서 판매하는 '똥빵'을 궁금한 듯 가리켰다.

"저건 무슨 맛이야?"

"똥 맛."

건성인 대답에 가늘어진 눈이 내려왔다.

"유머야?"

"내가 이런 여자인 거 몰랐어?"

유치하다는 뜻이라 국희는 거만스레 턱을 올렸다. 범안이 어이없다는 듯 소리 내어 웃었다. 그녀도 킥킥거리며 계단을 올라갔다.

"예쁘다."

2층으로 올라간 국희는 쇼윈도에 장식된 별과 달을 콕콕 찍었다. 힐끔 본 범안도 턱을 까닥거렸다. 그는 자그마한 동작 하나까지도 무시하는 법이 없었다. 짧은 눈짓, 짧은 고갯짓으로 호응해줬다. 세심한 배려에 기분이 한결 더 산뜻해졌다.

"커플 제품이 많네?"

사각의 좁은 통로를 거닐던 범안이 한 매장 앞에서 멈춰 섰다. 그가 나무 장승 두 개가 뽀뽀하는 목공예 장식품을 유심히 들여다봤다.

"우리도 하나 할까? 아니면 저거."

그의 손가락이 커플 도장을 가리켰다. 무심코 쇼윈도를 바라보던 국희는 한쪽에 장식된 커플 도장을 확인했다.

—든든한 내 남자, 사랑스러운 내 여자.

도장의 문구만으로도 손가락이 오그라들었다. 몸서리치며 물러났다.

"우리가 왜 해? 저런 건 커플이 하는 거야."

"지금부터 커플 하면 되잖아."

툭 던지는 어투였다.

"됐거든."

콧잔등을 찡그리며 걸어가려는데 범안이 손목을 덥석 잡았다.

"도장도 찍었잖아?"

"뭐? 도장?"

상기된 오래된 기억에 국희는 콧방귀를 뀌었다.

"언제 적 도장을 얘기하는 거야? 그 도장 유효기간 끝났거든요?"

이죽거리며 팔을 뿌리치려는데 범안은 놓아주지 않았다. 되레 휙 잡아당겼다. 기습적인 행동에 국희는 중심을 잃고 휘청했다. 의도적인지 범안의 팔이 냉큼 허리를 감았다.

"뭐, 뭐야!"

질겁하고서 국희는 몸부림치듯 상체를 틀었다. 허리가 휘면서 난간에 기대어지고, 상체가 아슬아슬하게 허공 뒤로 넘어갔다. 장난기가 다분한 범안의 얼굴이 가까이 수그러졌다.

"지금 다시 갱신하자."

기름한 눈은 매력적으로 휘어지고, 은밀한 울림은 살랑이듯 귓속에 파고들었다. 눈 부라린 국희의 동공 가득 선홍빛 입술이 채워졌다. 상당히 섹시했다. 그런 데다 배꼽에 맞닿아지는 탄탄한 복부에 정신이 아찔했다. 꿀떡. 국희는 무심코 침을 삼켰다. 그런데 빌어먹을, 소리가 너무 컸다. 제 귀에도, 그의 귀에도 명확히 들렸다. 창피함은 얼빠진 정신을 부여잡았다.

"까, 까불지 마!"

"아!"

그녀는 그의 정강이를 차버리며 버럭했다. 포인트가 정확히 꽂혔다. 범안이 짧은 탄성을 내며 물러났다. 그 소리에 약간 움찔하긴 했지만 무시하는 척했다. 그러면서도 차양처럼 내리깐 눈동자로 정강이를 매만지는 그를 슬그머니 봤다. 구두꼭지라서 상당히 아프겠다. 미안한 마음이 들었다.

"너는 하여튼 틈을 주면 안 돼."

그러나 매정하게 중얼대고서 그녀는 몸을 틀었다. 계단을 또각또각 내려갔다. 투덕투덕 뒤따르는 소리가 들려왔다. 배시시 미소가 올라왔다.

"며칠 전에도 찍었잖아."

볼멘소리를 하면서 범안이 쫓아왔다. 차 안에서 나눈 진득한 키스를 말하는 것이었다. 뺨이 화끈 달아올랐다. 진저리치듯 머리를 흔들고서 그녀는 눈을 부릅떴다. 불리할 땐 기억상실이 최고다.

"생각 안 나."

"거짓말."

"정말."

1층으로 내려온 국희는 당당히 앞만 주시했다. 곁에 선 범안이 고개를 숙였다.

"생각나게 해줘?"

짓궂은 음색은 귓바퀴를 자극했고, 따스한 숨결은 귓불의 솜털을 바짝 곤두서도록 만들었다.

"너 물어뜯어 버린다!"

국희는 데인 것처럼 한 발짝 크게 떨어지며 으르렁거렸다.

"네가 한 대 맞아야 정신 차리지?"

"한 대 맞고 시작하면 돼?"

"시작하긴 뭘 해! 가까이 오기만 해봐. 턱 돌아간다."

맞받아치는 능청스러운 반문에 국희는 두 주먹이 불끈 쥐어졌다. 복싱하듯이 주먹을 올리며 그녀가 엄포를 놨다. 영락없이 공격할 자세였다.

"뭐?"

황당하다는 듯 범안이 헛웃음을 쳤다. 그러다 끝내 가지런한 치아를 드러내고 웃기 시작했다. 듣기 좋은 웃음소리가 퍼졌다. 그럼에도 국희는 자세를 풀지 않았다.

다가오기만 해봐라. 내 오늘 경호 원칙을 어기는 첫날이 될 것이다.

"안 할게. 이리 와."

범안이 손을 까닥거렸다.

제 풀이 꺾인 기세라 그녀는 불끈 쥔 주먹을 내렸다. 그러나 안전거리는 유지했다. 그제야 그가 양손을 올리고 항복했다.

"잘못했습니다."

"그것뿐?"

"허락 없이는 절대 터치하지 않겠습니다."

"약속할 수 있어?"

국희는 의심했다.

"약속하겠습니다."

그는 진중히 대답했다.

그녀는 너른 마음으로 경계를 풀어줬다. 두 사람은 멈췄던 걸음을 같이 거닐었다. 범안이 알아서 척척 한 발 정도의 간격을 유지했다. 공손해진 태도가 아주 흡족했다.

지팡이 모양 노란색 과자를 든 커플이 지나갔다. 범안은 호기심 어린 시선으로 그들을 좇았다.

"저건 뭔데 사람들마다 들고 다녀?"

"지팡이 아이스크림. 안에 아이스크림 들어 있어."

"아, 아이스크림."

"우리 저거 먹자!"

반색한 국희는 무심결에 범안의 팔을 덥석 잡았다. 마치 잃어버리면 큰일 나는 것처럼 꽉 잡고 이끌고 있다는 걸 인식하지 못했다. 범안은 그녀에게 팔이 잡힌 채 졸졸 따라갔다. 이 모양새가 우습기도 하고 기분 좋기도 했다.

"이건 내가 살게. 밥 맛있게 먹었으니까."

"감사히 먹겠습니다."

거들먹거리는 그녀에게 범안이 정중히 인사했다. 국희는 활짝 치아를 드러내며 웃었다. 계산을 하고서 먼저 받은 아이스크림을 그에게 건넸다.

"정말 아이스크림이 들어 있네."

눈처럼 새하얀 바닐라아이스크림이 꼬부랑거리는 윗부분이 범안은 신기했다. 그는 안을 들여다보고 싶다는 듯 고개를 상하로 기울였다.

"저기."

방긋 웃으며 마저 하나를 건네받은 국희는 문득 장난기가 발동했다. 손가락으로 옆 편을 가리켰다.

"응?"

범안의 눈길이 손가락을 좇았다. 그 기회를 놓치지 않고서 그녀는 지팡이를 쑥 올렸다. 꼬부랑 부분이 그의 콧잔등을 콕 찍었다.

"어? 이런 장난도 치십니까?"

생각지 못한 장난에 범안은 놀라고, 국희는 까르르 웃음을 터뜨렸다. 잘난 얼굴이라 코에 아이스크림을 묻히니 귀엽기도 하고 상큼해 보이기도 했다.

"나 놀린 복수다."

턱을 한껏 들면서 샐쭉거렸다. 피식 웃으며 범안이 손을 올렸다. 그녀는 재빨리 그의 손등을 잡고서 저지시켰다.

"기다려. 내가 닦아줄게."

어깨에서 가방 한쪽 끈을 빼내는데 점포아줌마가 휴지를 보여주며 넉살을 피웠다.

"아휴, 그 총각. 내가 닦아주고 싶네. 난 언제든 준비되어 있는데. 어서 가져가. 아가씨가 너무 부럽다."

"감사합니다."

국희는 아줌마에게 인사했다. 범안의 턱이 거만하게 들렸다. 입술을 삐죽거리면서도 그녀는 그의 콧잔등에 묻은 아이스크림을 닦아줬다. 자연스레 그가 턱을 내리며 그녀의 손길을 편히 받았다.

그 사이로 그와 눈동자가 마주쳤다.

초롱초롱 말간 동공이 곧바로 제 눈을 들여다보고 있었다. 서서히 심장박동이 빨라졌다. 공연히 수줍은 마음에 부리나케 시선을 내렸다.

"고맙습니다."

쓰레기통에 휴지를 버리고서 점포 앞을 떠났다. 두 사람은 약속이라도 한 듯이 나란히 보폭을 맞췄다. 서로의 기운이 느껴지는 공기가 좋았다. 들뜨고 설렌 공기가 주변을 맴돌았다.

걷던 범안의 손이 움직였다. 제 손가락을 건드리는 감촉에 국희는 움찔했다.

"뭐야? 허락 없인 터치 안 한다며? 약속한 지 10분도 안 지났거든?"

"그런 약속은 깨라고 있는 거야."

양심이라곤 쥐꼬리만큼도 없는 듯 범안은 당당했다. 헛웃음을 치며 그녀는 빠르게 걸었다. 커다란 보폭이 성큼성큼 쫓아왔다. 그러면서 구렁이처럼 스멀거리며 또 손이 다가왔다.

"어쭈."

획 손을 옆으로 빼내며 흘겼다. 잽싼 동작에 그가 소리 내어 웃었다. 얄밉긴 했으나 웃음이 터지고 말았다. 국희도 킥킥 웃고 말았다. 웃음기를 지우지 않고 걸었다. 걸으며 아이스크림도 마저 먹었다. 아이스크림은 새하얗게 쌓인 눈이 봄날의 따스한 기운에 녹듯이 혀끝에 닿자마자 사르르 녹았다. 한없이 달콤했다.

그리고 금세 스륵거리는 미련 많은 손.

끼익.

어둠을 긁는 타이어 소리와 함께 와인색 자동차가 상가건물 앞에서 멈췄다. 인적 없는 주택가 상가 1층 편의점에서 쏟아지는 환한 빛이 암흑을 깨웠다. 골목은 은은한 빛을 내는 가로등이 전부였고 편의점을 제외한 다른 상가 조명들은 모두 꺼진 상태였다.

탁. 적요한 공간이라 운전석 문이 닫히는 소리가 유난스레 크게 들렸다. 수인은 저도 모르게 흠칫했다. 앙상한 무릎 뼈가 드러난 다리가 급히 움직였다. 플레어스커트가 빙그르르 돌아 허벅지에 감겼다.

담배를 문 남자가 어슬렁거리면서 마주 걸어왔다. 그녀는 길가 가장자리에 숨듯이 멈추었다. 다른 이나 차량은 보이지 않았다. 좁다란 골목길은 이동 차량도 드문드문했다. 잔뜩 긴장한 숨결이 잇새에서 흘러나왔다.

“어. 집에 거의 다 도착했어. 너는?”

남자는 통화 중이었다. 움츠러든 수인을 발견한 그가 이상한 사람 보듯 힐끔거렸다.

"그래, 씻고 전화해. 어, 나도 사랑해."

상대방에게 달콤하게 속삭이면서 남자가 지나쳤다. 서로를 경계하던 그들은 각자의 목적지로 이동했다. 편의점으로 들어간 그녀는 트렌치코트 주머니에서 휴대폰을 꺼냈다.

"휴대폰 충전 좀 해주세요."

"배터리 빼주세요."

"얼마나 걸리죠?"

"20분 정도요."

알바의 설명에 배터리를 분리했다. 손이 떨려 미끄러졌다. 몇 번의 실패 후에야 가까스로 성공했다.

"2천 원이요."

알바에게 2천 원을 주고서 서둘러 차로 돌아갔다. 그녀의 눈동자 초점은 한없이 불안정했다. 어두컴컴한 길을 두리번거리면서 손톱을 물어뜯었다. 숨어 지내기 시작하면서 1분 1초의 기다림은 매번 영원처럼 아득했다.

정확히 20분이 되자마자 부리나케 배터리를 찾아왔다. 분리된 배터리를 휴대폰에 끼우고서 전원 버튼을 눌렀다. 휴대폰 제조사 로고가 뜨고 찬찬히 배경화면이 열렸다. 부재중 통화와 메시지가 있다는 알람이 울려대기 시작했다.

—수인아, 집에는 언제 내려오는 거니? 수혁이가 누나 보고 싶단다.

—휴대폰이 왜 계속 꺼져 있어? 수혁이 컨디션이 아주 좋아졌다. 보러 안 오니?

대부분 부모님이었다. 대전에 내려갔을 때 부모님께는 휴가받았다고 거짓말을 했었다. 사직했다는 말을 전할 순 없었다.

아픈 동생의 모습이 어른거렸다. 눈시울이 뜨거워졌다. 회환의 눈물이 눈가에 맺혔다. 내가 왜 그랬을까. 손등으로 방울진 눈물을 훔치고 다음 메시지를 확인했다.

—너 전화도 안 되고 대체 어디 있는 거니? 대전으로도 안 갔다며? 네 부모님이 많이 걱정하시더라. 이 문자 보면 꼭 전화해.

민지의 메시지가 몇 개 도착해 있었다. 그 외는 지인들의 안부 메시지와 광고 스팸 등이었다. 메시지 확인을 모두 끝낸 그녀는 휴대폰을 보조석에 내려놓았다.

"하."

긴 한숨을 내쉬며 앞창 너머의 길을 주시했다. 어둠이 흉포하게 다가오는 듯하다. 오픈된 공간에 머무는 건 무서웠다. 시동을 걸고서 액셀러레이터를 밟았다. 새하얀 후미등의 자취가 서서히 주택가에서 사라졌다.

"예쁘다."

가판대에 깔린 비췻빛 청자를 본뜬 작은 찻잔 세트가 소박하면서 고풍스러웠다. 국희는 엄지손가락 길이만 한 잔을 들고서 꼼꼼히 살펴봤다. 수묵화 문양이 그려진 작은 잔의 섬세함에 절로 감탄사가 나왔다.

"갖고 싶어?"

곁에 서서 지켜보던 범안이 물었다.

국희는 도리질하면서 빙그레 웃으며 물러났다.

"벌써 10시야. 정말 자정까지 채울 거야?"

그와의 '업무적인 데이트'가 싫지 않으면서도 국희는 넌지시 물었다. 범안은 턱만 까닥거리며 고집을 부렸다. 아랫입술을 삐죽거리는데 톡이 울렸다.

—나는 지금 네가 하고 있는 일을 알고 있다.

현주였다. 의미심장한 메시지에 고개를 갸우뚱하는데 연달아 메시지가 왔다. 이어서 사진이 업로드되었다.

—옆의 상큼한 남자는 누구냐?

헉.

지팡이 아이스크림을 먹으며 걷는 제 모습들이 뒤에서 찍힌 사진이었다. 국희는 범안 쪽을 보며 환히 웃고 있었다. 범안은 턱 선만 약간 나온 각도라 얼굴이 보이지 않았다. 그나마 천운이었다. 현주는 범안을 못 알아보는 걸까? 하긴, 세월이 9년이나 흘렀으니…….

그녀는 황급히 주변을 훑었다. 주변 인파가 무서워지는 찰나, 성질 급한 휴대폰이 울렸다. 곧바로 통화를 시작했다.

[지국희, 이 앙큼한 것! 누구냐?]

"너 어디야?"

불안에 떨며 현주를 찾았으나 그녀의 머리꼭지조차 보이지 않았다.

[너 뒤다.]

현주가 낮게 읊조렸다. 반사적으로 고개가 되돌려졌다. 제 발 저린 탓이었다. 깔깔대는 현주의 웃음소리가 귀청을 때렸다.

"어딘데?!"

[내가 어디일까요? 어디일까나?]

약 올리는 듯 현주는 말에 음률까지 실었다.

일순 번뜩 깨달았다. 현주 성격이라면 보자마자 쫓아와서 오두방정을 떨었을 것이다. 그런데 통화로만 자극하고 있다. 이것은 현장 목격이 아니라 제보다. 내 얼굴을 알면서 선뜻 나타나지 않고 사진만 찍어 현주에게 제보할 사람은?

"현국이냐?"

[어? 어떻게 알았어?]

남동생 이름에 그녀가 깜짝 놀랐다.

[조심해라. 내가 뒷모습이라 서운하다고 꼭 앞모습 찍어서 보내라고 했다.]

진심 어린 협박이라 등줄기에 오소소 소름이 돋았다. 이 남매는 평소엔 죽도록 싸워대면서 이럴 땐 소름 끼치도록 죽이 척척 맞았다.

[누군지 밝혀, 어서. 그럼 이 언니가 넓은 아량으로 용서해 준다.]

"현국이한테 사진 함부로 찍지 말라고 해라. 초상권 침해로 고소한다!"

으름장을 놓고서 통화 종료를 해버렸다. 그러곤 부랴부랴 범안의 팔을 잡아챘다. 영문을 모르는 채 범안은 끌려가다시피 걸음을 옮겼다. 국희는 사람들 틈을 지나치면서도 불안한 듯 눈동자를 제자리에 두지 못했다. 갸웃하며 범안이 사람들에게로 시선을 돌렸다.

"고개 숙여!"

"응?"

"들지 마, 들지 마."

버럭 소리치고서 그녀는 잽싸게 범안의 목덜미를 눌렀다. 그의 고개를 숙이도록 만들어 노출을 최소화시켰다. 만약 지금 편범안을 들킨다면 현주는 당장 오라고 호출할 것이다. 올 때까지 주야장천 전화를 걸면서 방해할 것이다. 그런 식으로 이 분위기를 망치고 싶지 않았다. 그런 제 마음을 각성하지 못하고서 국희는 서둘러 인사동 길을 빠져나갔다. 그를 꼭꼭 숨기며.

걷다 보니 청계천이었다.

청계천 하늘은 칠흑이었다. 구름이 짙은 건지, 스모그가 원인인 건지 별 한 점 없었다. 그로 인해서 은은하고 노랑의 조명 빛을 받는 청계천의 물결은 곱절로 낭만적인 분위기를 연출했다. 징검다리 사이로 흐르는 물살의 찰방거리는 소리가 희미하게 들려왔다. 산책로엔 밀착해서 거니는 커플들이 상당수였다. 그들 사이에 범안과 국희는 천천히 걸었다. 여전히 안전거리를 유지하고서.

현국의 레이더망에선 아슬아슬하게 벗어난 듯했다. 협박 메시지를 연달아 보내던 현주는 제 풀에 꺾인 양 마지막 메시지를 보냈다.

—내 13년 의리로 오늘의 데이트는 방해하지 않으마.

감복하게 만드는 메시지였다.

콧방귀 뀌며 국희는 가뿐히 무시했다. 차후에 일어날 일이 두렵긴 했지만.

바짓단을 걷고 둔덕에 앉은 커플을 지나쳤다. 맨발로 물살을 가르는 그들에게로 국희의 시선이 머물렀다. 한창 무르익은 가을이라 물은 시릴 정도로 찰 것이다. 한데 그들의 온도는 냉기 가득한 물 따위는 무시해도 좋을 만큼 뜨거운 모양이다. 사랑은 뼛속까지 뜨겁게 만드는 걸까.

"왜 인사동까지 온 거야?"

풀 향 실은 바람결에 머리카락이 너울거렸다. 헝클어지는 머리카락을 귀 뒤로 넘겼다.

"기억나? 우리 토요일에 데이트하기로 했잖아."

범안의 입매가 부드러운 선을 그렸다.

잊지 못할 생애 첫 데이트 약속이었기에 국희는 정확히 기억했다. 불빛이 그늘지는 어둑한 바닥을 내려다보며 그가 말을 이었다.

"그때 반 친구들에게 물어봤었거든, 데이트 장소는 어디가 좋은지."

"진짜?"

"응."

내리깐 눈꺼풀을 들지 않고서 그가 대답했다.

그도 많이 기대했던 데이트였나?

……나처럼.

"친구가 여자들은 인사동 무진장 좋아한다고 적극 추천했었어. 그래서 그때 인사동 올 계획을 세웠었거든."

"그걸 여태 기억해?"

자그마한 음성으로 물었다.

"잊을 수가 없었지. 꼭 너와 오고 싶었으니까."

그가 피식 웃었다. 아스라이 흩뿌려진 추억을 되새기는 눈매가 짙어졌다.

"첫 데이트 약속이었거든. 그래서 많이 들떴었어."

단어 하나하나가 새겨지듯 귓속에 파고들었다.

그도 똑같이 첫 데이트에 들떴었구나. 불끈거리기 시작한 맥박의 진동이 심장에게까지 전이되었다. 심장은 붉은 기운을 받고서 한껏 들떴다. 팽창되는 열기가 싫지 않았다.

우리가 만약 그 데이트를 했다면…….

범안이 걷던 길을 멈췄다. 국희도 이끌리듯 걸음을 정지시켰다.

약속이라도 한 듯 두 사람이 몸을 틀어 마주 봤다.

"지키지 못해서 미안해."

지긋한 음성은 진심을 전했다.

"……오고 싶었어."

이어 들린 목소리엔 아련한 감정이 묻어 있었다.

남실남실한 물소리가 잔잔히 들려왔다. 보드라운 소리는 메마른 감정에 이슬을 뿌렸다. 겹겹이 뭉쳐 있던 마른 꽃잎이 물기를 머금고 촉촉이 젖어 화사하게 피었다.

"보고 싶었어."

그보다 더 깊은 울림은 심장에 스며들었다. 심장에 피어오르는 열꽃을 그녀는 만끽했다.

만약 시간이 허락되었다면 우리는 지금과 다른 모습으로 서로를 보고 있었을까. 지금까지 함께였을까. 아니면 각자 다른 길을 걷고 있을까.

다시는 못 만날 줄 알았다. 기억조차 까마득한 오래된 추억에 불과하다고 생각했었다. 그런데 이렇게 연결되었다.

"……나도……."

무심코 국희는 속말을 내뱉었다.

보고 싶었어.

"응?"

말끝을 맺지 못하는 극소의 작은 소리에 범안의 턱이 비스듬히 기울어졌다.

방정맞은 주둥이를 꼬집고 싶은 충동이 일었다. 화르르 타오르는 뺨을 수그리고서 그녀는 잽싸게 몸을 틀었다. 도망치듯이 후다닥 앞으로 걸어 나갔다.

"뭐라고 했어?"

"몰라."

"제대로 다시 말해봐. 못 들었어."

졸졸 뒤쫓으며 범안이 채근했다. 그럴수록 국희의 종종걸음이 빨라졌다.

"까먹었어."

"나도……. 이러지 않았어?"

한 걸음 뒤에서 그가 고개를 까닥댔다. 짓궂음이 다분한 목소리엔 웃음기가 배어 있었다. 이 자식, 들었으면서 일부러.

"아니거든."

"그랬는데……. 나도…… 보고 싶었어?"

"아니라니까!"

뒤돌아보지 않고서 국희는 넌더리를 쳤다.

"나도…… 좋아해?"

"미쳤냐?"

해로운 말을 들은 양 그녀는 부르르 떨면서 돌아섰다. 그런데 범안이 뒤에 있는 것을 미처 인지하지 못했다. 콧잔등이 그의 다부진 가슴팍에 부딪혔다. 당황한 그녀는 냉큼 물러났다. 서두른 동작에 멍청한 오른발이 삐끗했다. 기우뚱 기우는 그녀의 손목을 그가 얼른 잡았다. 그녀는 휘청거리는 몸의 중심을 바로 세웠다.

손목과 손이 연결된 채, 서로의 초점이 부딪쳤다.

"나는 좋아해."

범안의 입술이 한없이 부드러워졌다. 국희는 멈칫해서 굳고 말았다. 멍청하게 그를 올려다봤다. 칠흑보다 까만 동공은 진심 어린 감정이 가득 메워져 있었다.

"예전이나 지금이나 지국희가 좋아."

범안은 변함이 없다. 열여덟 살 때도 거침없이 감정을 표현하더니 성인이 된 지금도 주저하지 않는다. 자신감이 넘쳐서일까, 감정이 커서일까.

"나는……."

머뭇거리며 그녀는 할 말을 찾았다.

설마 이 고백을 내가 선뜻 받아들일 거라고 자만하는 걸까. 모난 생각이 드는 건 상처받을까 봐 겁나서이다.

끝내 언어가 만들어지지 않았다. 어물쩍거리다가 입을 다물었다. 편한 관계에서는 스스럼없이 행동하곤 하지만 애정 표현은 일절 해본 적이 없었다. 예전에도 제 감정을 솔직하게 털어놓은 적이 없었다. 한발 뒤늦게 깨달았기에.

"억지로 안 해도 돼."

그런 속내를 가늠한 건지 범안이 차분히 다독였다.

"기다릴게. 천천히 해."

독려하듯 그가 턱을 까닥거렸다. 작은 동작이지만 깊은 배려가 담겨 있었다. 그녀는 비로소 굳은 표정을 풀었다. 멋쩍은 미소를 보냈다. 그는 해사한 미소로 화답했다.

멈췄던 발들이 움직였다.

범안은 국희의 손목을 놓지 않았다. 그녀도 굳이 뿌리치지 않았다.

몇 발자국 걷던 범안의 손이 미끄러지듯 내려왔다. 제 손을 감싸는 커다란 손을 국희는 거부하지 않았다. 서로의 온기와 수줍은 맥박이 고스란히 전해졌다. 오래전 손잡고 걷던 골목길처럼 퇴색된 가을 냄새가 풍겨왔고 선선한 밤바람이 불어왔다. 풀숲에서 자그마한 불똥을 단 반딧불이가 파닥이며 날아올랐다. 긴 여운을 그슬리며 반딧불이 어둠을 갈랐다.

9년이라는 시간이 훌쩍 뛰어넘었다.

사그라지지 않았던 첫 데이트의 들뜸이 되살아난 채로 두 사람은 함께였다.

샹들리에의 빛이 호화롭다. 세준은 눈꽃 모양 샹들리에로 뒀던 무료한 시선을 거뒀다. 슈트 재킷 안주머니에서 휴대폰을 꺼냈다.

—내일 주말인데 뭐 해요? 선약 있어요?

메시지 앞에 읽은 표시가 있음에도 그녀는 묵묵부답이었다. 데이트 신청에 대한 거부의 침묵일 듯했다.

뇌리에 각인된 이미지가 지워지지 않았다. 국수 먹는 범안을 주시하던 그녀의 눈빛. 말간 동공엔 친구 이상의 감정이 여릿하게 비쳤다. 당사자는 제 감정을 인지 못 하는 듯했지만 제3자인 세준의 눈엔 명확히 보였다.

그는 잠식되는 생각을 떨쳐 내려 눈길을 내리깔았다. 욕구가 일었다. 소유욕 비슷한 감정인 건지, 범안에 대한 라이벌 의식인 건지 명확지 않았다. 이런 감정을 난생처음 겪고 있어서 혼란스러웠다.

갑갑해지는 속을 냉수로 달랬다. 하지만 차디찬 물도 불끈거리는 내장을 식히지 못했다.

"JD가 참석한다고! 나 완전 팬인데 꼭 가야겠네?"

별안간 윤진의 높은 목소리가 점잖은 분위기를 깨뜨렸다.

두런두런 조용한 대화를 나누던 가족들의 이목이 집중되었다. 송 여사가 엄격한 눈초리로 질책했다. 윤진은 목소리를 낮추고서 배영수의 큰딸과 유럽 패션쇼 정보를 주고받았다.

세준은 넓은 식탁 끝자리를 넘겨다봤다. 아버지 배강수와 큰아버지 배영수가 개최 예정인 임시주주총회에 관해 대화 중이었다.

"이성호 교수가 사외이사로 선임된다는 얘기 들었어?"

"내정되어 있다더군요. 주주들의 큰 반발이 없다면 이 교수가 선임될 겁니다."

"이성호 교수는 고지식한 양반이라 만만한 상대가 아닌데……."

"왜요? 청렴한 사람으로 꼽히는 사람인데 걸리는 거라도 있습니까?"

"그럴 리가 있나. 고지식한 사람은 피곤해서 그렇지. 감사를 얼마나 깐깐히 하겠나."

허를 찌르는 배강수의 질문에 배영수가 능구렁이처럼 둘러댔다.

냉수를 마저 마시고서 세준은 잔을 내려놓았다. 중앙 자리에서 일상적인 대화를 이어가는 어머니 송 여사와 큰어머니의 목소리가 들려왔다.

“간만에 이렇게 다들 모이니 좋네.”

“그러게요. 이런 자리를 마련해 주셔서 감사해요, 형님.”

“동서만 여유롭다면 언제든 내가 마련할 수 있지. 가끔 보면 부회장님보다 동서가 더 바쁜 것 같아. 안사람이 사사건건 경영에 참견한다는 구설에 휘말리지 않으려면 자중하는 게 좋을 거야.”

”참견이라니요. 안사람이 당연히 해야 할 내조지요. 그러는 형님도 바쁘시잖아요. 얼마 전 외국계 기업 주식을 배당받으셨다면서요? 제게도 정보 좀 주세요.”

빈정거림이 내포된 형님의 말에 송 여사가 정색했다.

“뜬소문이야. 내가 그럴 자금이 어디 있어.”

“어련하시겠어요.”

조소하는 송 여사에게 형님이 가시 돋친 눈초리를 보냈다. 송 여사는 눈썹 하나 꿈틀하지 않았다.

6개월 만의 자리다. 대외적인 이미지 구축 때문에 1년에 한두 번 가족 모임을 갖곤 있지만 언제나 비슷한 패턴이었다. 화목한 가족인 양 굴지만 실제론 서먹하고 가식이 가득했다. 배강수가 형님을 제치고 부회장 자리로 오르면서 관계는 더욱 어긋났고, 장 회장이 경영 승계를 선포하면서 정점을 찍었다.

“부회장님, 10시가 넘었어요.”

손목시계를 확인한 송 여사의 말로 오가던 말소리가 일순 끊겼다.

“아, 그래? 일어나야겠네.”

주저 없이 배강수가 일어났다. 지루하던 참이라 윤진은 벌떡 일어났고, 세준과 송 여사도 따랐다. 만류하는 기색 없이 배영수 가족들도 곧바로 배웅에 나섰다. 누군가의 휴대폰이 징— 하고 진동을 떨어댔다. 손가락이 문자메시지를 터치했다.

—안수인 휴대폰이 켜졌습니다.

확인한 손이 휴대폰을 감아쥐었다.

"앞으로는 이런 자리를 자주 갖자고."

"다음엔 저희 집에서 하죠."

배영수와 배강수의 공언이 오고 갔다. 송 여사와 배영수 처도 빈말로 호응하며 과장된 웃음을 흘렸다.

"오빠, 우리끼리 따로 가서 와인 한잔할까?"

식당을 나서며 윤진이 세준의 팔에 팔짱을 꼈다. 애교를 떠는 동생에게 세준이 다정히 웃었다.

똑똑.

가냘픈 손이 서재 문을 조용히 노크했다. 곧이어 낮은 대답이 들려왔다.

"10시가 넘은 지 한참이에요."

아내의 말에 노트북을 들여다보던 편명호가 고개를 들었다. 알았다는 고갯짓을 하고서 그는 노트북을 종료시켰다. 의자에서 일어서려는데 휴대폰이 울렸다.

[안수인 씨 위치가 파악되었습니다.]

"어딘가?"

[서울 공릉동 부근입니다.]

"알았네. 이번엔 놓치지 말게."

[네.]

상대방의 대답을 듣고서 편명호는 의자에 도로 앉았다. 곧 문을 닫으라는 손짓만 했다. 말없이 지켜보던 아내가 살그머니 문을 닫고 물러났다. 책상에 놓인 휴대폰 액정화면이 꺼멓게 닫혔다.

검은 화면에 빛이 물들었다.

위치 추적이 되고 있다는 안내메시지 창이 떴다. 연달아 두 개의 안내메시지 창이 뜨고서 액정화면의 빛이 서서히 꺼져 갔다. 휴대폰은 갈색 베개 바로 아래 있었다. 베개를 베고서 웅그린 자세로 잠든 수인은 알림음을 듣지 못했다. 연일 계속된 도피 생활로 쇠해진 몸에 피로가 누적된 탓이었다. 그런 데다 주변은 커다랗게 틀어놓은 TV 소음으로 소란스러웠다.

"조강지처 버리고 잘된 놈 못 봤다, 이 썩을 놈아!"

"아이고, 저 된장독에 처바를 놈!"

TV 화면에다 대고 욕설을 퍼붓는 목소리들이 쩌렁쩌렁 울렸다.

"형님, 아깝게 된장독에 왜 처발라요?"

"푹 삭히라고."

깔깔거리는 왁자지껄한 소리가 깊은 잠을 두들겼다.

수인의 눈이 떠졌다. 부연 시야에 분홍색 찜질방 티셔츠를 입은 아줌마들이 들어왔다. 아줌마들은 TV 앞에 모여 앉아 드라마에 몰입한 상태였다. 손목시계를 확인했다. 시곗바늘이 막 10시 50분을 넘어서고 있었다.

그녀는 천근만근인 몸을 간신히 일으켰다. 헝클어진 머리카락을 쓸어 넘겼다. 목구멍까지 건조하게 메말라 있었다. 갈증을 달래려 정수기로 한 발 떼던 발이 멈칫했다. 베개 머리맡에 뒀던 휴대폰을 찾았다. 맥없이 팔을 늘어뜨려 휴대폰을 집어 들었다. 생명이 간당간당한 연체동물처럼 손가락에 힘이 들어가지 않았다.

탁.

공중으로 떴던 휴대폰을 결국 놓치고 말았다. 휴대폰이 바닥으로 낙하하며 가냘픈 비명을 내질렀다. 딱딱한 마룻바닥과 충돌한 휴대폰은 배터리가 분리되며 두 개로 나뉘었다.

"하."

관자놀이가 지끈거렸다. 이맛살을 찌푸리며 주섬주섬 휴대폰의 잔해를 거둬들였다. 배터리를 도로 끼우고 휴대폰 전원을 켰다. 대기화면으로 돌아간 액정엔 아무런 메시지도 없었다. 그녀는 어기적거리는 걸음으로 정수기로 향했다.

차디차게 혀와 목구멍을 적시는 냉수를 연거푸 두 번을 마시고 구석진 자리로 옮겼다. 휴대폰을 들고 민지의 번호를 눌렀다.

"민지야, 나야."

[너 어디니? 내가 얼마나 걱정했는지 아니?]

걱정 가득한 친구의 음성에 침울해졌다.

[대전에도 안 가고 서울 연락처는 모르고. 정말 걱정했어. 어디

에 있는 거야?]

"그냥. 볼일이 있어서."

드라마가 끝났는지 TV 앞에 몰려 있던 아줌마들이 일어났다. 웅성거리는 말소리가 섞여들어 수인은 송화음 구멍을 손바닥으로 막았다.

[너 정말 무슨 일이니? 너 그렇게 떠나고 남자들이 찾아왔었어.]

"혹시 재색 차였니?"

[응. 너 어떻게 아는 사람들이니? 위험한 사람들로는 안 보이던데…….]

그들이다.

범안이 사람 찾는 전문가를 고용했다는 말에 노파심으로 민지의 집을 떠났었다. 그런데 아슬아슬한 찰나로 그들도 그녀를 찾아냈다.

어떻게 찾은 것일까. 금융 거래로 추적 중인 건가. 한 달 가까이 조용히 지내다가 한 일이라곤 삼척시청 근방 은행에서 현금을 인출한 것이 전부였다.

[수인아, 너 괜찮아?]

민지가 침묵을 깨뜨렸다.

"응. 말해."

[그리고 다음 날 이인규라는 사람이 편범안 씨가 보냈다면서 찾아왔어. 전직 형사라더라?]

"전직 형사?"

[응. 혼자 해결하기 어려운 일이라면 꼭 편범안 씨나 자기한테

연락 달라면서. 좋은 사람처럼 보였는데…… 연락처 알려줄까?]

"응…… 알려줘."

[문자로 보내줄게. 정말 무슨 일이니? 나 걱정돼서 미치겠어.]

"걱정하지 마. 다시 연락할게."

민지를 안심시키고서 수인은 전화를 끊었다.

얼마 후, 문자메시지가 도착했다.

—이인규

이름과 함께 휴대폰 번호가 적혀 있었다. 여러 번 번호를 읽다가, 탈의실로 이동했다. 락커에서 지갑을 꺼내었다. 지갑 속에는 명함이 있었다. 편범안의 연락처가 적힌 명함.

슈퍼마켓 앞에서 만났던 범안의 모습이 잊히지 않았다. 그의 눈동자는 금방이라도 굵은 눈물을 떨어뜨릴 듯 시뻘게져 있었다.

언제까지 숨어 지내야 할까…….

골목 어귀에 택시가 들어섰다. 간판 조명까지 까맣게 꺼진 국수가게를 지나치고 오르막길을 올랐다. 멀찍이 '국희슈퍼' 간판이 보였다.

"내 수행은 자정까지라며? 그럼 난 끝까지 수행해야 되는 거야."

"그렇게까지 안 해도 돼. 늦었으니까 들어가."

범안은 한없이 해맑았다.

아니라오. 그게 아니라오.

당나귀 임금님 이발사의 심정이 곱절로 이해가 되었다. 핑곗거리도 마땅치 않았다. 고심하는 사이, 택시는 초록 대문 앞에 정확히 정차했다.

"어서 들어가. 내일은 주말이니까 푹 쉬면서 대기해. 쓸데없는 약속 잡지 말고."

"주말수행은 안 할 겁니다."

쓸데없는 약속이 뭔지, 궁금하면서도 국희는 깊게 파고들지는 않았다. 얼렁뚱땅 그에게 발목 잡힐지도 모르는 궁금증은 외면하는 게 좋다.

룸미러로 뒷좌석을 넘겨다보는 택시기사와 눈이 마주쳤다. 은근한 압박이 가해지는 눈초리에 서둘러 택시에서 내렸다.

"아저씨, 다른 데로 절대 가시면 안 되고요, 꼭 정문 앞에 세워주세요! 네?"

"아이고, 아가씨가 남자친구 걱정 엄청 많이 하네."

몇 번이나 들었던 터라 택시기사가 너털웃음을 흘렸다.

"남자친구 아니거든요."

"수줍어서 그래요."

부정하는 국희의 말에 범안이 능청을 떨었다.

힐끗 흘기고서 그녀는 택시 문을 닫았다. 바깥쪽 자리로 옮기면서 범안이 고개를 비스듬히 기울였다. 국희는 자연스레 손을 살랑살랑 흔들었다. 그의 기름한 눈이 부드럽게 휘어졌다.

멀어지는 택시 후미를 지켜보는 입술도 살며시 벌어졌다. 휴대폰을 들었다.

"PC 택시로 이동 중입니다. 2, 30분 후쯤 도착할 겁니다. 택시 번호는 23아 0000"

[네, 알겠습니다.]

오피스텔 대기요원에게 간단히 상황을 알렸다. 인사하고서 종료했을 때쯤엔 택시는 이미 골목에서 사라진 후였다. 인적 없는 골목의 끄트머리를 지그시 보던 국희는 초록 대문 안으로 들어섰다. 발꿈치가 날아갈 듯 붕붕 떴다.

"국희야! 영희야! 국철아! 어서 일어나!"

귀청을 때리는 고함으로 천장이 들썩거렸다. 뿌옇던 망막이 걷히면서 새하얀 천장이 서서히 드러났다. 미적거리면서 일어나 기지개를 쭉 켰다. 방에서 나가니, 영희도 푸시시한 상태로 배를 긁적거리면서 주방을 배회하고 있었다.

하품하면서 국희는 욕실 문을 열었다. 별안간 국철이 방에서 나와 그녀를 뒤젖히고 욕실로 들어갔다.

"미안, 미안! 나 먼저!"

"새치기하지 마."

"영화 보기로 했는데 늦었단 말이야. 한 번만 봐줘."

"누구랑?"

심드렁하게 물었다. 주방에서 도란거리던 영희와 엄마가 목을 길게 뺐다.

"여자친구."

"뭐!"

주저 없는 답을 하고서 국철이 욕실로 들어갔다. 세 모녀는 이구동성으로 외치며 쪼르르 욕실 문으로 갔다. 후다닥 씻고 나오던 국철이 자신을 포위한 그녀들로 인해 질겁했다.

"억! 뭐야?"

"먼젓번 소개팅이 잘된 거야?"

"몇 살이야?"

"뭐 하는 여잔데?"

질문들은 국희로 시작되어, 엄마를 통과하고, 영희로 꼬리를 물었다. 국철은 독립군 열사처럼 입을 꾹 다물고 방으로 달아났다. 세 모녀는 졸졸 그의 꼬랑지를 쫓았다. 젖은 머리카락을 털면서 국철이 티셔츠를 벗었다. 매끈한 상체가 드러났다. 그가 트레이닝 바지춤을 잡고서 협박했다.

"나 늦었다고! 바지 벗는다!"

"벗어. 볼 것도 없으면서."

"어찌 그리 앙상하냐? 벗었는데 감동이 없다."

시큰둥한 국희의 말을 영희가 받아치며 혀를 차댔다. 국철이 울상을 지었다.

"마당이 왜 이렇게 지저분하냐? 국철아! 어서 나와서 치워라."

현관문을 열면서 할아버지가 외쳤다. 웃음꽃을 피우던 엄마가 부리나케 다가갔다.

"아버님, 국철이가 연애한대요. 데이트 간대요."

"그래? 그럼 국철이는 열외. 영희랑 국희가 나와."

"엑!"

애먼 불똥이 튀었다. 찬란한 혜택을 받으며 국철은 자유를 얻고, 영희와 국희만 마당으로 쫓겨났다.

"참 나, 내가 연애를 하던가 해야지. 서러워서."

어수선한 평상을 정리하면서 영희가 연신 투덜거렸다. 국희는 빗자루를 가져와 마당을 쓸었다.

"나는 좋아해. 예전이나 지금이나 지국희가 좋아."

어젯밤 들은 달콤한 말이 뇌리를 스치고 지나갔다. 진심이었다. 그의 감정이 고스란히 담겨진 진심.

그와 만약 연애를 시작한다면…….

히죽거리며 국희는 빗자루를 움직였다.

쾌청한 아침이다. 아침 이슬을 머금은 연초록 상추는 싱그러웠고, 털 뭉치처럼 복슬복슬한 뭉게구름이 흐르는 하늘은 청명했다. 황토의 흙먼지를 쓸던 그녀는 동작을 멈췄다. 흘러내린 머리카락을 쓸어 넘기다가 허공의 손을 올려다봤다. 어젯밤 그와 잡았던 손을.

손가락 끝은 탐스러운 열매를 품은 양 발긋했다. 햇볕을 받아 투명하게 투과되는 손가락을 주시하는 얼굴 가득 생기 넘치는 미소가 그려졌다.

현주는 빈티지한 원목과 철제로 인테리어 된 카페 창가에 앉아 있었다. 안으로 들어서는 국희를 본 그녀가 손을 들었다. 그녀는 예상대로 아침나절부터 메시지로 괴롭혀 댔다. 지긋지긋한 알림음에 국희는 오후 무렵이 돼서야 항복했다.

"어서 이실직고해라."

"엉덩이나 붙이면 물어라. 숨넘어가겠다."

음습한 톤으로 채근하는 현주를 핀잔하며 국희는 맞은편에 앉았다. 독기 품은 눈초리가 쏘아졌다. 버텼다가는 심장마비로 죽을지도 모른다. 하는 수 없이 그녀는 적당히 절충해서 밝혔다.

"어떻게 편범안을 그렇게 만나? 뺨이라도 한 대 갈겨 버리지, 그냥 넘어갔어? 너 그 자식 때문에 많이 울었잖아."

"그 얘기를 왜 또 꺼내?"

"억울해서 그러지. 생전 울지도 않던 15년 지기 친구가 대성통곡을 했었는데. 너 그때 진짜 상처 많이 받았었잖아."

문득 현주 앞에서 울었던 날이 떠올랐다.

오지 않은 연락, 끊긴 소식. 그러고도 미련으로 기다렸었다. 그 기간이 한 달이 지나고, 두 달이 지나고, 석 달이 될 때쯤 끝내 감정이 폭발하고 말았었다. 현주를 부여잡고 통곡하듯 울고 말았다.

"진짜 끝인가 봐. 연락도 안 할 건가 봐."

"너…… 그 편범안 새끼 기다리고 있었어?"

그 사건 이후에도 의연히 있던 국희였기에 현주는 경악했었다.

"……그럴 리가 없다고…… 그렇게 일절 연락하진 않을 거라 생각했는데…… 아닌가 봐."

"당연하지. 할 놈이면 진작 했지! 잊어버려, 그딴 새끼!"

"좋아…… 한단 말이야…… 많이 좋아해……. 보고 싶어."

토해내듯 그 말을 여러 번 되뇌었다.

돌아오지 않는 메아리처럼 혼자 곱씹고 곱씹으며…… 그 소리가 슬퍼서 더 많이 울었다. 진이 빠질 때까지.

"너 자기 감정 표현하는 데 참 서툴잖아. 그런 네가 그렇게 우는데 내가 얼마나 안쓰러웠는지 알아? 그 일후론 너 남자친구 사귀어도 마음 깊게 안 줬잖아. 얼렁뚱땅 만나고 흐지부지 헤어지고."

"그땐 어린 마음에 그런 거지."

커피잔을 내려놓으며 현주가 안쓰러운 표정을 지었다. 국희는 픽, 자조적인 미소를 지었다.

"막상 편범안 보니까 바로 용서가 되디?"

"용서, 그런 거창한 거 할 일은 아니었잖아. 그리고 범안이도 사정이 있었던 것 같아."

냉철한 편명호를 겪어보니 어느 정도는 지레짐작할 수 있었다.

"그새 편드니? 하긴 그랬으니 데이트도 했겠지. 그냥 꼴딱 넘어간 게지."

"데이트 아니라니까. 업무상이었어."

"잘도. 지팡이 아이스크림 날름거리며."

혓바닥을 날름거리면서 그녀가 휴대폰을 흔들어댔다. 그 안에는 증거 사진이 분명 존재하므로.

"불러, 편범안. 그 잘난 면상 좀 보자. 여전히 잘났지? 뒤태는 끝내주던데.”

“됐거든. 오란다고 오냐?”

“왜 안 오냐? 지국희가 부르는데? 지금 안 부르면 내가 회사 쫓아가서 네 정체를 밝힌다.”

거부하자 현주가 얼토당토않은 협박을 해댔다. 기막혀 국희는 무시했다.

“빨리 불러봐. 김현주가 보고 싶다고 해. 응? 국희야.”

이번엔 애교 작전이었다. 아예 옆자리로 온 현주가 코맹맹이 소리를 내면서 비벼댔다. 치근덕거리는 그녀를 밀쳐 내려 했으나 소용없었다.

“알았어. 기다려.”

결국, 국희는 항복했다. 휴대폰을 들고서 카페 밖으로 나갔다. 몇 번의 신호음이 가고 범안이 받았다.

“어…… 난데…… 뭐 해?”

[임원회의 PPT 작성하고 있었어.]

새삼 휴대폰 너머에서 들리는 그의 목소리가 듣기 좋았다. 묘한 전율이 가슴골을 찔렀다.

“……바쁘지 않으면 잠깐 나올 수 있어?”

[데이트 신청하는 거야?]

웃음기 섞인 범안의 음성.

“아니. 내가 아니고 김현주. 김현주 기억나?”

[어. 김현주. 네 친구.]

“어…… 그 현주랑 만났는데 너 보고 싶다고…… 올 수 있어?”

[누구 분부인데. 어디야?]

일말의 주저함 없이 범안이 물었다.

그녀의 손가락은 애먼 카페 벽을 훑었다. 쓸데없이 칠이 벗겨진 부분을 긁어댔다. 공연히 등줄기가 간질간질했다. 구멍 난 곳을 매만지던 손가락이 입술로 옮겨졌다. 눈꼬리는 호선을 그리며 휘어졌고, 입술은 허파에 바람 든 양 배시시한 웃음이 고였다.

/

8화
덧난 상처

/

자동문에 긴 그림자가 드리워졌다.

맥주를 기울이다 말고 힐끗 곁눈질했다. 기대에 찬 눈길 끝엔 다른 얼굴이 있었다. 입구를 통과하는 남자의 이목구비에 국희는 깜짝 놀랐다. 쾌활히 들어선 재운이 그녀들을 보고서 활짝 웃었다.

"내가 불렀어."

능청스레 대꾸한 현주가 손을 흔들었다. 재운도 호응하며 손을 들었다. 가까이 온 재운이 자연스레 국희 옆자리를 앉으려 했다.

"넌 여기 앉아."

현주가 제 옆자리를 가리켰다.

"왜? 나를 원해?"

"너를 원해."

넉살스러운 그들의 대화에 국희는 킥 웃었다.

"저분이 왜 여길……."

앉으려다 말고 재운이 멈칫했다. 그의 동공이 입구에 꽂혀졌다. 자동문이 활짝 열리고 길쭉한 범안이 들어왔다. 그가 찬란한 조명 빛을 받으며 반짝반짝 빛나는 것 같았다. '국희 눈' 에만 그렇게 보였다. 국희를 발견한 선홍의 입술이 빙그레 벌어졌다.

오랜만에 만난 현주와 범안은 가벼운 인사를 나눴다. 재운은 약간 불만스러워했지만 자연스레 범안이 국희의 옆자리를 차지했다. 어느 틈에 스캔을 끝낸 건지 현주가 국희에게 은근슬쩍 '편범안, 더 멋져졌네?' 하며 귓속말을 했다.

"설마 두 사람 사귀어요?"

"아마도."

재운이 의심 가득한 눈초리로 물었다. 범안은 능청스레 어깨를 으쓱했다. 국희는 재빨리 아니라고 도리질했다.

"국희 선배는 아니라는데?"

"부끄러워서 그래요."

어디서 나온 자신감인지 범안은 거침없었다. 국희는 샐쭉하게 보며 '까불지 말라고' 입 모양으로 엄포를 놨다. 맥주를 쭉 들이켠 현주가 돌연 키득거렸다.

"국희, 요 앙큼한 게 예전에도 이랬어. 뒤에서 호박씨는 다 까면서 겉으론 아닌 척. 이 녀석이 지국희 첫사랑이었다."

"첫사랑?"

재운이 깜짝 놀랐다.

범안도 놀라긴 마찬가지였다. 제 속을 내보인 적이 없던 국희였다. 좋은 감정이 표정으로 드러났기에 어림짐작만 했었다. 첫사랑이라는 단어로 갈비뼈 안쪽이 뻐근했다. 설렘이 증폭되었다. 그랬나.

"너, 왜 쓸데없는 소리를 해?"

쑥스러운 국희는 현주를 조용히 나무랐다. 옆선에서 범안의 시선이 감지되었다. 회피하듯 보지 않고서 맥주를 홀짝거렸다. 수줍은 얼굴인 그녀를 내려다보던 범안의 입매에 지긋한 미소가 그려졌다.

"선배, 진짜 이 실장님이 첫사랑이야?"

빌보드차트 팝송들이 울려 퍼지는 수제 맥주 전문점의 분위기가 한창 무르익었다. 취기가 약간 오른 재운이 불쑥 물었다. 국희는 묵비권으로 일관했다.

"내 첫사랑이었어요."

범안이 대신 대답했다. 그 자리에 있는 사람들이 모두 놀랐다.

"정말? 그런데 왜 그때……."

현주의 질문을 국희는 매서운 눈초리로 봉했다. 그가 어렵다고 한 이야기를 채근하고 싶지 않았다.

"그래서 더 노력해 보려고."

한데 그는 솔직했다.

"잘못한 만큼, 서운하게 했던 만큼 더 노력할 거야."

약속하듯이 범안이 나직하게 말했다. 곧은 눈동자는 흔들리지 않았다.

조명이 맞춰진 공간의 틈을 비집고 두 사람의 눈길이 부딪쳤다. 범안의 입술이 싱그레 늘어났다. 심장의 두근거림이 명멸하듯 요동쳤다. 발긋한 열기가 전신이 퍼졌다.

국희는 시선을 내렸다. 뺨이 화끈거렸다.

센서등이 켜졌다. 탁, 닫히는 현관문 소리가 정적을 깨웠다. 암흑에 휩싸였던 거실의 불을 밝히고서 범안은 재킷을 벗었다. 셔츠 소맷단추를 풀던 그의 입매가 길어졌다.

유쾌한 자리였다. 재운은 호쾌한 성향을 가진 녀석이었다. 국희나 현주도 명랑한 성격들이라 분위기가 한층 더 즐거웠다. 오랜만에 가진 여유로운 시간이었다.

재킷 안주머니에 들어 있는 휴대폰이 울렸다. 발신자표시제한 전화였다. 밤 10시가 넘어가는 시각에 걸려온 전화. 예감이 좋지 않았다.

[편범안 씨 휴대폰이죠?]

여자. 조곤조곤한 음성 끝이 미세하게 떨렸다.

"네, 편범안입니다."

[……안수인이에요.]

휴대폰을 타고서 오소소한 소름이 흘렀다. 바짝 얼어붙은 공기가 어깨에 내려앉았다. 불안정한 목소리가 이어졌다.

[……미안해요……. 거짓말을 했어요…….]

"무슨 거짓말이요?"

심장이 철렁했다. 부글부글 끓어오르는 속과 달리 범안은 평정심을 잃지 않았다. 암담한 정적이 흘렀다. 어렵사리 결심해 놓고서 막상 고백하기가 어려운 모양이었다. 그는 기다렸다. 수인이 전화를 끊어버리면 어쩌나 노심초사하면서도 침착해지려 애썼다.

[저 때문이에요……. 저만 아니었다면 어쩌면…….]

정적을 깨고서 수인이 토해냈다. 그러고선 봇물을 터뜨리듯 흐느끼기 시작했다. 숨넘어갈 정도로 꺽꺽거리며 울었다.

[미안해요……. 이 말이 하고 싶었어요. 삼척에서도…… 이 말을 못 해서 내내 마음에 걸렸어요……. 이사님께도 사죄하고 싶었어요…….]

두서없는 말을 수인이 웅얼거렸다.

오랜 도피 생활을 제 잘못의 몫이라고 감내하며 버텼다. 그러면서도 뼛속까지 파고드는 죄책감에서 벗어날 수 없었다. 그러나 한계였다. 이젠 오갈 데도 없고 도피 자금도 떨어졌다. 막다른 길목에서 덫에 걸린 기분이었다. 그래서 염치없음에도 불구하고 도움을 받고 싶어졌다.

[제가 그걸 넘겼어요. 그걸 넘긴 바람에…….]

"그거라뇨?"

[그거 찾으세요. 이사님 자료예요. 파일 이름이 BEL이라고 약자로 표기되어 있었어요……]

숨을 고른 수인이 차분해지려 애썼다. 그녀가 심호흡을 연거푸 해댔다.

"BEL이요? 무슨 자료죠?"

[저도 몰라요……. 열어본 적은 없어요. USB에 담겨 있었어요.

하얀색 USB……. 그 안의 파일을 복사해서 넘겼어요. 그들에게……. 그런데 이사님이…… 이사님이 사고를 당한 거예요. 이사님…… 타살일 거예요…… 분명히.]

서늘한 전류가 뒷덜미를 훑었다. 심장의 온기를 앗아갈 만큼 서걱거리는 냉기였다. 범안의 좁혀진 미간이 부들부들 떨렸다. 휴대폰을 든 팔뚝도 파닥거리듯 흔들렸다.

"타살, 이라고요?"

[그 사람들 중 하나예요…… 제가 파일을 넘긴 사람 중에서…….]

"그 사람들이 누구죠?"

범안은 어금니를 악다물고서 참았다. 푸르스름한 힘줄이 팔등에 선명히 도드라졌다.

[말할 수 없어요. 저도 너무 무서워서…….]

"안수인 씨, 우리 만나요. 제가 갈게요."

[안 돼요. 만날 수 없어요…… 들킬 것 같아요…….]

"제가 지켜 드릴게요. 어디예요? 지금 갈게요."

그는 다급히 말했다.

[다시 연락드릴게요…….]

"끊지 마요! 안수인 씨!"

핏대가 서도록 붙잡았다. 하지만 수화기 너머에서 돌아오는 것은 암담한 침묵뿐이었다. 액정에 통화 종료 표시가 떴다. 하지만 범안은 소리쳤다.

"끊지 마요. 끊…… 지 마요……."

간신히 버티고 있던 다리가 풀렸다. 무릎을 꿇고 앉아 연결이 끊긴 휴대폰을 귀에서 떼지 못했다.

누군가가 형을 해하는 장면이 환상처럼 눈앞에 펼쳐졌다. 울렁거리던 속이 메스꺼워졌다. 바들바들 전신을 떨던 그는 욕실로 들어갔다. 체내의 모든 것을 쏟아내듯 속안의 것들을 모두 게워냈다. 게워내고 게워내도 막힌 속이 뚫리지 않았다.

그러다 탈진해서 욕실 바닥에 늘어졌다. 차디찬 타일 벽에 무기력한 상체를 기대었다. 초점 잃은 눈앞이 빙글빙글 돌았다. 방울진 것들이 어지러이 흩어졌다.

맥없이 고개가 뒤로 젖혀졌다. 먼지가 낀 듯 시야가 희뿌옜다.

굵은 눈물이 눈동자를 이탈했다.

오후 4시.

분침 바늘이 중앙에 섰다. 견고한 자물쇠가 채워진 양 실장실 문은 굳게 닫혀 있었다. 기척도 느껴지지 않았다. 오전부터 종일 이런 상태였다. 중간중간 그의 상태를 체크했으나 그는 꼼짝 않고서 책상에 앉아 있었다. 점심 식사도 거의 남겼었다. 서늘하고 이상한 기류가 잔뜩 그를 에워싸고 있었다. 그것이 무엇인지 가늠할 수 없었다.

실장실 문이 열렸다.

“개인적인 볼일이 있어서 나갑니다. 혹시 따라와야 하나요?”

조심스러운 물음이었다. 그의 혼탁한 눈동자는 혼자 있게 해달라고 애원하고 있었다. 그러나 국희에게는 권한이 없었다.

"죄송합니다."

"아니요…… 옷 갈아입고 주차장으로 내려와요."

그녀는 끝내 그의 시선을 빗겨냈다. 그는 짤막한 숨을 내뱉고서 받아들였다. 두 사람은 함께 이동했다. 목적지는 오피스텔이었다. 곤혹스러운 침묵 속에서 도착했다.

"차에서 대기해."

"803호 앞에서 대기하면 안 될까?"

국희는 방해자가 된 심정이라 조용히 부탁했다. 오피스텔 경호원이 없는 시각이었다. 오픈된 공간인 회사 내 근접경호와 사적 공간 경호는 달랐다. 그를 장시간 혼자 둘 수는 없다.

범안은 차분히 수긍했다.

"기다릴게."

803호 현관문을 열다 말고 범안이 망설였다. 의중을 알아챈 그녀는 한 발 물러났다. 아무것도 캐묻지 않았다. 물을 수 없었다. 그저 곁을 묵묵히 지킬 수밖에 없다고 판단했다. 그것이라도 할 수 있어서 그나마 다행이라 여겼다.

그는 가벼이 끄덕이고서 안으로 들어갔고, 그녀는 닫힌 803호 앞에서 대기했다.

집 안으로 들어온 범안은 무감한 시선으로 둘러봤다.

늦은 오후라 해거름이 시작되고 있었다. 그슬린 그림자가 테라스로 들어와 거실 바닥이 얼룩졌다. 딸칵. 스위치 켜는 소리가 유독 크게 들렸다. 삭막한 풍경이 펼쳐졌다. 책장에 꽂혀 있던 책들은 바닥에 쌓여 있고, 빈 책장은 비뚤게 나와 있었다. 주방 싱크대 문이나 서랍들은 죄다 열린 상태였고, 침실도 비슷한 형태로 어지럽혀져 있었다. 마치 태풍이 휩쓸고 지나간 듯 난장판이었다.

어제 종일 그가 헤집어놓은 상태 그대로였다. 가사도우미에게는 당분간 오지 말라고 언질해 놓았었다. 엉망진창인 전경을 국희에게도 차마 보일 수 없었다.

그는 거실 테이블에서 약도가 그려진 A4용지를 집어 들고 테라스로 나갔다. 오후의 거리는 한적했다. 조그마해진 행인들이 한가로이 보도블록을 거닐고, 도로엔 간간이 자동차가 지나갔다. 전면에 보이는 넓은 공원엔 강아지 한 마리와 산책하는 노인도 있었다.

무엇 하나 어긋난 것 없이 평화로운 전경이다. 이곳에서 마지막으로 형이 봤던 전경은 어땠을까. 형은 무엇을 봤을까.

도시를 훑던 눈길이 띄엄띄엄 설치한 CCTV로 옮겨졌다. 인규의 말마따나 테라스 전경이 찍힐 만한 CCTV가 없다. 목격자도 찾을 수 없을 듯하다. A4용지를 4등분해서 접어 재킷 안주머니에 넣었다. 그러곤 테라스를 위아래로 살펴봤다. 발 디딜 곳은 없고, 좌측에 802호 테라스와의 간격도 상당히 멀었다.

테라스는 아니다.

범안은 곧바로 803호 밖으로 나왔다. 국희는 꼿꼿한 자세를 유지하고서 얌전히 기다리고 있었다.

그녀를 일별한 그는 현관문을 살펴봤다. 도어록 부분도 꼼꼼히 보고, 문의 모서리마다 세세하게 확인했다. 그러고선 그의 번뜩이는 눈길이 복도를 살폈다.

끝 부분에 엘리베이터. 순서대로 801호부터 803호까지 있다. 803호를 지나면 ㄱ 자로 꺾어진 통로로 소방안전시설과 비상구가 있다. 801호는 중년 여자가 기거한다. 그녀와는 엘리베이터에서 한두 번 마주친 적이 있다. 남편이나 가족은 없는 듯했고, 작은 체구에 말수가 없다. 802호는 비어 있는 건지 드나드는 사람을 본 적이 없다. 기척도 없다.

오피스텔은 주상복합으로 1층은 관리사무소를 비롯하여 편의점, 식당 등이 있다. 2층부터 6층까지 작은 평수로 나뉘어 6호씩으로 조성되어 있고, 나머지 15층까지는 넓은 평수로 각 3호씩 있다.

복도를 주시하던 그는 ㄱ 자 통로로 이동했다. 소방안전시설을 열어 확인하고, 비상구 문을 열었다.

"비상구로 내려가도 될까?"

양해를 구하는 말에 국희는 끄덕였다.

조용히 뒤따르는 그녀를 의식하며 범안은 비상구 계단을 내려갔다. 발끝이 묵직하니 금방이라도 내려앉을 것 같았다. 거의 이틀을 꼬박 새고, 먹은 것이라곤 오늘 점심에 구내식당에서 해결한 식사가 전부였다. 그럼에도 피로하지 않았다. 내장을 뒤집는 참담함에 폭주하기 직전이었다. 어딘가로 달려가 고함이라도 질러대고 싶을 지경이었다.

"이사님…… 타살일 거예요…… 분명히."

토요일 밤, 안수인은 그렇게 말했었다.

타살.

타살이었다. 억측이길 바랐는데…….

범안의 어금니가 맞물렸다. 주먹을 거머쥔 팔뚝이 파들거렸다. 시리도록 잔인한 슬픔이 심장을 아프게 움켜쥐었다.

아무것도 못 해줬다. 날 위해 희생한 형을 지켜주지 못했다.

미안해. 그 소리조차 못 했다.

8층에서 시작된 걸음이 어느덧 3층에 도달했다. 깃털만큼의 바람도 새어 들어오지 않는 밀폐된 공간은 침침하고 습했다. 세상과 차단된 것 같았다. 혼자 버려진 심경이었다. 금방이라도 무너질 것 같은 다리를 움직였다. 투덕투덕 구두 소리를 또각또각 구두 소리가 따랐다. 불현듯 그의 귀에 또각또각, 구두 소리가 선명히 들렸다.

3층 계단참에서 그의 발이 정지했다. 묵묵히 뒤따르는 그녀의 발소리.

그녀는 가타부타 참견하지 않았다. 그저 곁을 지켜주고 있었다. 그 배려는 되레 혼자가 아니라고 그를 다독여 주는 것 같았다. 얼기설기 엉킨 마음을 어루만져 주는 것 같았다.

몸을 돌렸다. 간격을 두고서 천천히 내려오는 그녀를 올려다봤다. 시선을 인지한 국희의 발도 우뚝 정지했다. 침침한 공기를 뚫고서 둘의 눈동자가 마주 봤다.

그때, 범안은 움직였다. 성큼성큼 빠르게 거꾸로 올라갔다. 두 계단 아래까지 간 그는 기다란 팔을 뻗었다. 강한 팔로 그녀의 등을 와락 끌어당겼다. 다른 팔로도 강렬히 안았다. 휘청하며 그녀가 그의 품에 안겼다.

"잠시만 빌려줘."

그러곤 그녀의 어깨에 얼굴을 묻었다.

물기가 서려 있었다, 그의 눈동자엔.

안기기 직전, 국희는 분명히 보았다. 등을 단단히 옭아맨 팔은 단단했지만 미약하게 떨렸고, 어깨에 묻힌 그의 입술에서 뿜어지는 숨결은 따스했지만 시렸다.

밀어내지 않았다.

그를 온전히 받아들였다. 젖은 풀처럼 축 늘어져 있던 팔을 조심스레 올렸다. 가만가만 그의 날갯죽지를 안았다. 그녀를 품은 건 그의 몸이었으나, 그의 마음을 안은 건 그녀였다.

시간은 흘렀다.

서로의 체온까지 감아쥔 시간이 속절없이 흘렀다. 느른히 미약하던 떨림이 사그라졌고, 느른히 시렸던 숨결에 온기가 돌았다.

"……고마워."

범안이 그녀 어깨에 묻었던 고개를 들었다. 매달리듯 안았던 팔도 풀었다. 그러고선 곧바로 몸을 돌렸다. 계단을 내려가려는 그를 국희는 황급히 잡았다.

"잠깐만."

까맣게 짙어진 눈동자가 그녀에게 돌아왔다. 제 얼굴로 향한 눈길을 피하지 않고서 그녀는 잔잔히 미소 지었다.

"잠깐 쉬자. 응?"

국희는 사정했다. 잠자코 내려다보던 범안이 고개를 끄덕였다.

계단에 앉아, 옆 계단을 손바닥으로 탁탁 쳤다. 그 동작에 그가 피식 웃었다. 길쭉한 범안의 몸이 굽혀졌다. 기다란 다리가 늘어뜨려지며 아랫계단으로 내려갔다. 그는 한쪽 팔을 무릎에 얹고서 맞은편 벽을 응시했다. 국희는 제 발끝만 내려다보며 기다렸다.

몇 초의 침묵이 이어졌다.

"왜 아무것도 묻지 않아?"

"어려운 것 같아서……. 물으면 말해줄 수 있어?"

조용한 물음에 범안은 먼발치의 어두운 암흑을 직시했다. 수인과 통화했던 기억이 갈퀴처럼 뇌 속을 할퀴었다. 48시간도 지나지 않았는데 까마득하다. 아스라한 기억을 덮었다. 회색 콘크리트 바닥을 내려다보며 입을 열었다.

"쉬운 문제가 아닐지도 몰라."

형의 사고가 있었던 직후 도망친 안수인. 도피 생활을 하던 그녀는 삼척에서 마주친 그에게 사고와 무관한 사람인 양 행동했었다. 그리고 지금에 와서 고백했다. 그래도 그 고백으로 잘린 그림들이 끼워 맞춰지기 시작했다.

그들과 안수인의 상관관계. 그 연결고리는 안수인 통장으로 입금된 목돈이었다. 무슨 이유에서인지 그들은 형을 염탐했다. 안수인은 그 몫으로 돈을 받았을 것이다. 그러다 형의 USB에 저장된 BEL이라는 파일을 복사해서 그들에게 넘겼다.

그리고 8월 13일 형의 사고.

오피스텔 CCTV는 복도와 비상구에는 없다. 전체 CCTV는 8월

13일 밤 9시 30분경 고장이 났었다. 테라스로는 침범할 수가 없고, 현관문은 망가지거나 교체된 흔적이 없다. 그렇다는 건 형이 직접 문을 열어줬다는 뜻. 누군가 CCTV가 고장 난 상태에서 803호로 왔고, 형이 문을 열어줬다.

면식범의 계획적인 타살이라는 의미다.

"찾을 게 있어. 그걸 찾고 나서 말해줄게."

범안은 맑은 그녀의 얼굴을 차분히 내려다봤다.

안수인은 무섭다고 했다. 신변의 위험이 있다는 얘기다. 그러니 행여 네가 이 사실을 알게 된다면 네 신변도 위험할 수 있다. 절대 널 위험에 빠뜨릴 수는 없다.

"기다려 줄래?"

그녀에게 물었다.

국희의 입매에 평온한 미소가 스며들었다. 그의 복잡한 심경을 안심시키듯 무탈하게 웃었다.

"가자."

그는 계단에서 일어났다. 국희도 따랐다. 앞서 계단을 내딛다가 손을 뻗었다. 커다란 손바닥 위로 그녀는 제 작은 손을 포개었다. 그 짧은 접촉만으로도 깊은 감정이 전해졌다.

따스한 손을 맞잡고서 계단을 내려왔다.

3층부터 1층까지.

한 계단, 한 계단 디디는 발걸음이 무겁지 않았다. 한기가 가득했던 마음이 중화되었다.

다행이다.

네가 있어서.

네가 곁에 있는 것만으로도.

정면 창 너머 빼곡한 빌딩 숲이 보였다. 한바탕 비가 쏟아질 듯 재색의 하늘 끝이 우중충한 색으로 물들어가고 있었다.

[그래, 범안아.]

몇 번의 신호음이 끝나고, 조곤한 음성이 들려왔다.

"어머니, 형이 사용하던 노트북하고 휴대폰은 어디 있어요?"

[기안이 노트북하고 휴대폰? 글쎄다…… 보지 못했는데…….]

"경찰에서 가져갔어요?"

[사고 당시 회수해 갔던 증거물들은 돌려받았는데…… 노트북이나 휴대폰은 없었다. 그러고 보니 기안이 휴대폰은 어디 있는 거지……?]

그녀의 어조가 흔들렸다. 충격에서 벗어나지 못하던 어머니가 또 무너질 것 같았다. 아들 휴대폰조차 챙기지 못했다는 죄책감에 빠져드는 것 같았다.

"오피스텔에 있겠죠…… 제가 찾아볼게요."

[그래…… 꼭 찾아보렴…….]

서글픈 억양이 맥없이 가라앉았다.

"네, 그럴게요. 들어가세요."

[범안아…….]

끊으려는데 다급히 어머니가 불렀다.

[도우미 아줌마가 그러는데 너 밥도 제대로 안 먹는다는데……

식사는 어쩌고 있는 거야? 그리고 왜 당분간 아줌마 오지 말라고 했니? 무슨 일 있니?]

"별일 없어요. 식사는 대부분 회사에서 해결해요. 걱정 마세요."

[시간 되면 평창동에 들르렴. 내가 너한테 소홀해서…… 미안해.]

"그럴게요. 전 걱정 안 하셔도 돼요."

재차 안심시키고 통화를 종료했다. 형의 사고 후에 피폐한 나날을 보내고 있는 어머니가 걱정스러웠다. 짤막한 한숨을 쉬고서 휴대폰을 내려놓았다. 기다렸다는 듯 내선이 울렸다.

[실장님, 마케팅전략팀 안건회의 시간 되었습니다.]

"네."

가볍게 대답하고서 범안은 태블릿 PC를 챙겼다.

하얀색 USB.

하루 종일 오피스텔을 샅샅이 뒤졌지만 찾을 수 없었다. 노트북과 휴대폰이 현장에 없었다면 침입자가 가져갔을 확률이 높다. 만약 그것이 중요한 자료라면 형은 분명히 백업을 해놨을 것이다. 어디에 둔 걸까.

"퇴근하고 저녁 같이 먹자. 그래도 되지?"

실장실에서 나오자마자, 일어서는 그녀에게 가벼이 물었다. 억지스러운 자정까지의 수행을 강요하는 것은 아니었다. 그저 '같이' 밥을 먹고 싶었다. 옅은 미소로 대신 그녀는 답했다.

"회의 다녀올게요."

기분이 한결 좋아졌다. 해사한 미소로 답하고 그는 기획실장실에서 나왔다.

엘리베이터 홀에 도착하는데, 선혁이 막 19층에서 내렸다. 그가 범안에게 꾸벅 묵례했다.

"어디 가십니까?"

"회의가 있어서요. 무슨 일이죠?"

"지국희 씨에게 볼일이 있어서 왔습니다."

"아, 그래요? 들어가세요."

범안은 가뿐히 응수했다. 엘리베이터로 들어가 닫힘 버튼을 눌렀다. 서서히 닫히는 문 사이로 선혁이 다시 반듯이 묵례했다.

똑똑. 노크 소리와 함께 선혁이 기획실장실로 들어왔다. 그는 한껏 미안한 표정을 지었다.

"날 찾았다고? 일정이 빠듯해서 지금에서야 왔다."

"아니에요. 바쁘시잖아요."

"급한 일이었어?"

"그것까진 모르겠어요."

흐리터분한 의미에 그가 의아해했다. 국희는 조심스레 기획실장실 밖을 내다봤다. 텅 빈 복도는 적막감이 흘렀다. 아무도 없음을 확인하고서 꼼꼼히 문을 닫았다.

"다름이 아니라 배영수 부사장님께서 제게 관심을 보이세요."

"그게 무슨 말이지?"

"자세히는 못 들었는데 제 프로필을 알아보라고 지시하는 것 같았어요. 그래서 혹시 문제가 될까 걱정되어서."

선혁이 미간을 좁혔다.

"부사장님이 뒷조사를 얼마나 할지는 모르겠지만…… 우선 네 이력은 감추긴 해야겠다. 행여 편 실장님께 전달이라도 될 경우 공연한 오해를 살 소지도 있으니까. 편 실장님은 전혀 모르시지?"

"네. 아직 비서인 줄로만 아시죠."

"지금까지 해오던 것처럼 편 실장님께는 네가 경호원인 걸 들키면 안 돼."

그가 거듭 강조했다.

"이……."

명확한 이유를 알려달라고 요구하려던 참이었다.

"그게 무슨 소리죠?"

벌컥 기획실장실 문이 열렸다. 범안이었다. 충격받은 낯빛은 파리할 정도로 창백했고, 커진 눈동자에선 거센 소용돌이처럼 세차게 일렁거렸다. 기겁한 국희는 얼어붙고 말았다.

엘리베이터 하강이 시작됐다.

17…… 16……. 층수 알림판을 주시하면서 범안은 곰곰이 생각에 젖었다.

이사실 물건들은 어떻게 처리되었지? 모두 버렸을까? 배세준이 현재 이사실을 사용하고 있다. 그가 형의 집기를 그대로 사용할 리는 만무하다. 그 물건 처리는 사장실에서 해결했을 확률이 높다. 비서들이거나 김선혁 실장일 것이다. 아버지에게 유별나게 충직한 사람이나 별다른 질문이 아니기에 정확한 답을 해줄 것이다.

마음이 조급했다. 궁금한 질문의 해결이 먼저였다.

범안은 아래층 버튼을 눌렀다. 그사이 선혁이 이동했을 리는 없으므로 기획실장실로 되돌아갔다. 손잡이를 잡은 순간, 두런거리는 말소리가 들려왔다.

"네, 비서인 줄로만 아시죠."

국희의 음성이었다.

무슨?

"지금까지 해오던 것처럼 편 실장님께는 네가 경호원인 걸 들키면 안 돼."

이어서 들린 선혁의 말에 눈썹이 꿈틀했다. 갈비뼈 안쪽에 날카로운 전류가 흘렀다. 명확히 들었음에도 귀를 의심했다. 지척에서 들린 말들이 먼 곳의 메아리인 양 아득했다.

"그게 무슨 소리죠?"

손잡이를 거칠게 잡아당겼다. 벌컥 열린 문 너머엔 분명 국희가 있었다. 그의 갑작스러운 등장에 낯빛이 파래진 그녀.

무엇을 해왔는지, 무엇을 꾸몄는지. 다 거짓이었나.

"……실장님……."

선혁은 당황했다. 엘리베이터에 오른 범안을 보았기에 기함할 만한 상황이었다.

"지국희 씨, 정체가 뭐죠?"

"그…… 게……."

범안의 어투는 날카로웠다. 국희는 말을 잇지 못하고 파들거렸다. 끔찍한 전개였다. 이런 식으로 밝혀지는 건 절대 원치 않았다.

그를 기만한 정황이 되므로.

아니…… 속인 건 맞는 거잖아. 인정할 수밖에 없다.

"제 책임입니다."

"지국희 씨, 대답해요. 당신, 정체가 뭐죠?"

선혁이 끼어들었지만, 그는 철저히 무시했다. 단 하나도 놓치지 않겠다는 굳은 의지가 역력히 드러났다. 국희는 가까스로 바들거리는 입술을 뗐다. 광풍을 맞은 가시나무처럼 전신이 쉴 새 없이 떨렸다. 손끝, 발끝까지 저렸다.

"……경…… 호원입니다."

축 늘어진 양손을 잡고서 대답했다. 의지할 것이라곤 그것뿐이었었다.

범안은 어금니를 맞물었다. 이제야 의아했던 일들의 답을 알게 되었다. 갑자기 출퇴근부터 수행하는 비서가 채용된 것. 그 외엔 오피스텔 감시자가 있는 것. 그녀가 수행할 때는 감시자가 쫓지 않던 것.

"앞으로 단독 행동하지 말고 항시 수행비서를 대동해라."

"혼자 다니지 말고 수행비서를 꼭 대동해라."

수행비서가 채용되었을 때도, 출장 승인을 받을 때도 아버지는 그렇게 말했었다.

오피스텔 감시자는 삼척에 가던 날도 국희의 집 앞까지만 쫓았었다. 그 이유가 이거였나.

"실장님, 모든 책임은 저에게 있습니다. 지국희 씨 잘못이 아닙니다. 그러니……."

"그 책임은 다음에 묻죠. 지국희 씨와 할 말이 있습니다. 나가세요."

차디찬 명령.

곧 그가 기획실장실 문을 열고 돌아봤다. 안절부절못하고 선혁이 난감한 기색으로 국희를 일별했다. 국희는 머리를 조아렸다.

"큰 소리가 나야 움직이시겠습니까?"

냉소적인 목소리는 흔들림이 없었다.

하는 수 없이 선혁이 물러났다. 굳게 닫히는 문을 주시하던 범안이 딱딱하게 명령했다.

"들어오세요."

굳어 있던 국희는 조용히 따라 들어갔다. 실장실 책상 앞에서 멈춘 그의 등을 맥없이 바라봤다.

"처음부터 속인 겁니까?"

나직한 음성이 울렸다. 꼼짝 않고서 그는 정면 창을 주시했다. 스산한 바람이 불어대는 이곳.

"네."

"비서학과로 기재된 프로필도 거짓입니까?"

"네."

국희는 체념하고 있었다. 그 어떠한 말도 변명이기에.

"오피스텔 그 사람들도 알고 있습니까?"

"네."

첨예한 질문이 이어졌다. 비난이 섞인 질문을 조용히 답했다.

끝내 범안은 신랄한 쓴웃음을 뱉었다. 가슴팍이 크게 들썩였다. 갈비뼈 안쪽에 뻐근한 통증이 일었다. 지금까지 아버지에게 채용된 감시자였다. 조금도, 터럭만큼도 상상하지 못했던 일.

어떻게 네가 내게……

내겐 유일한 너였는데.

심장이 뭉개졌다.

"……거짓말이라도 해……."

바르르 목울대가 울었다.

울분이 제어되지 않았다. 휙 몸을 틀어, 그녀를 직시했다.

"지금까지 속인 것처럼…… 거짓말이라도 해."

감정을 억제하려는 듯 주먹을 그러쥔 그의 손등 위로 시퍼런 힘줄이 도드라졌다. 국희는 고개를 바짝 수그렸다. 눈시울이 뜨거워졌지만 눈을 부릅뜨고서 참았다.

"……죄송합니다."

"나가요."

돌아선 범안.

"지국희 씨는 오늘부로 해고합니다."

건조한 어조로 그는 상황을 종료했다.

가슴골에 서늘한 전류가 흘렀다. 소름 끼치도록 냉기 가득한 전류였다. 내리깔렸던 국희의 눈꺼풀이 들렸다. 그의 너른 등이 흩뿌려지듯 뿌옇게 보였다. 파르르 우는 아랫입술을 깨물고서 그녀는 고개를 숙였다. 그의 등을 보며 묵례하고서 돌아섰다. 최대한 소리를 죽여 실장실을 나왔다.

속이려 했던 것은 아니었는데…….

30분 전으로 시간을 돌리고 싶었다.

아니, 그와 재회했던 순간으로 돌아가는 것이 옳다. 어긋난 시점은 그때부터였다.

탁. 닫히는 문소리도 숨죽였다.

범안의 마른 시선이 돌려졌다. 문 너머에서 자그마한 소음이 들려왔다. 그리고 얼마 후, 정적이었다.

갔다.

일순 지독히도 삭막한 공기가 내부를 메웠다.

"하아."

모든 게 잘못되었다. 이게 대체 뭐야.

악다물었던 어금니가 풀리고 짙은 숨이 토해졌다. 출렁이는 속을 가라앉히고 팔을 뻗었다. 휴대폰을 느른히 집었다. 감각을 잃은 듯 손끝이 무감각했다.

[네, 실장님.]

기다렸는지 신호음 두 번 만에 선혁이 받았다.

"지국희 씨는 오늘부로 해고합니다. 오피스텔 감시자들도 치워 주세요. 또다시 제 눈에 띄면 용납하지 않겠습니다."

휴대폰 너머에서 긴장된 숨소리가 들려왔다.

"아버지에게 보고하셨습니까?"

[……안 했습니다.]

"이런 보고는 느리군요."

그는 빈정거렸다.

"오늘 일 보고하시고 아버지에게 뵙자고 전해주세요. 명확히 이유를 들어야겠다고."

[알겠습니다.]

"그리고……."

그는 숨을 얕게 골랐다.

"지국희 씨, 좀 전에 나갔으니…… 배웅하세요."

[네.]

통화를 끝냈다.

힘줘 휴대폰을 거머쥐었던 손이 힘없이 풀렸다. 버려지듯이 휴대폰이 책상 위로 나뒹굴었다. 뒤집힌 휴대폰을 지그시 내려다봤다. 까만 동공에 공허함이 스며들었다.

와인색으로 물든 단풍잎이 너울거린다. 나뭇가지에 매달린 줄기가 금방이라도 떨어질 것처럼 아슬아슬하다. 얄팍한 거였는데. 그런 상태를 유지하려 했다니.

한심하다. 이제야 한심하다.

"국희야."

못내 미안한 표정으로 선혁이 공원 입구로 들어왔다. 비서휴게실에서 사복으로 갈아입는데 그의 전화가 왔었다. 기다리라는 지시에 차마 사내에 있을 수 없어 국희는 정문 앞 공원에서 대기하고 있었다.

"괜찮아?"

"네, 저는……. 편 실장님은요? 괜찮으세요?"

가소롭지만 그가 걱정되는 건 어쩔 수가 없다. 그는 배신감까지 느낄 것이다. 하나의 거짓을 숨기기 위해 그동안 얼마나 많은 거짓말을 해왔던가.

"모르겠다. 회의 참석도 취소하고 아무도 실장실에 접근 못 하도록 하셨어. 나도 전화로 통보받았다. 충격이 크신 것 같아. 오피스텔 경호도 알고 계시던데…… 알고 있었어?"

"아니요. 아신다고요?"

범안은 일절 내색하지 않았었다. 문득 그가 채용되면서 사장님에게 특별한 지시 받은 것이 있느냐 묻던 말이 떠올랐다. 설마 그때부터 눈치채고 있었던 걸까?

"그런 모양이다."

무거운 한숨을 내쉬며 선혁이 말을 이었다.

"허점이 많은 경호였다. PC 모르게 근접경호 자체가 어려운 일이었어. 너한테 정말 미안하다. 네게 맡겨서 이런 일을 겪게 만들다니……."

"아니요. 저도 동의해서 시작한 일인걸요. 저도 책임이 있어요."

"그래도 미안해."

그가 난감한 표정으로 손바닥으로 이마를 쓸어댔다.

"실장님이 크게 오해하신 것 같은데…… 너하고 오피스텔 경호원들이 감시한다고 생각하신다."

"감시요?"

화들짝 놀란 그녀는 더듬거렸다. 뇌가 하얗게 탈색되는 것 같았다.

"제가 실장님 동태를 감시하기 위해 수행했다고 오해한다는 건가요?"

"그래."

"혹시 그런 건가요? 그래서 삼척 갔을 때도 제게……."

"아니다. 그땐 강원도 출장을 가시니 사장님께서 따로 지시를 내린 것뿐이야. 절대 감시하기 위해 너를 채용한 것은 아니다."

서둘러 선혁이 변명했다.

"체크포인트 경호요원들은요?"

"마찬가지야. 엄연히 경호요원으로 채용된 거야. 간혹 사장님 지시에 따라 수행보고를 올릴 때도 있긴 했다. 하지만 감시가 목적은 아니야. 물론 실장님 입장에서는 오해할 만하긴 해. 사실 실장님 곁을 지키는 감시자가 항시 있었다고 들었거든. 한국에서도, 호주에서도."

"네? 항시요?"

"나도 자세히는 모르고 전해 들었어. 어렸을 적부터 그래 왔다더라. 그러다 실장님이 사고를 치고 한국에서 쫓겨난 적이 있었는데 그때부터 더 심해진 거지. 성인이 될 때까지 실장님 곁을 지키는 사람이 있었다더군. 그 후에도 자주."

머리카락이 쭈뼛 곤두섰다. 9년 전 범안이 소리 소문 없이 사라진 이유를 비로소 알게 되었다. 그래서 연락 한 통 하지 못했던 거였다.

그가 말 못 하는 사정이……

보이기 싫은 게 아니라 보여주기 싫은 이유가…….

"못 미더우신 점도 있지만 어느 정도는 걱정하는 마음이라고 난 생각해. 하지만 당사자인 편 실장님 입장에서는 얼마나 숨통 막히는 일이겠냐."

"그걸 아시면서…… 왜 이런 일을……."

"사정이 있다. 사장님이 허락하지 않으셔서 선뜻 밝힐 순 없지만……."

"그래도 오해를 풀어야지요. 실장님이…… 상처받았을 거 아니에요?"

"그래, 사장님을 설득해 볼게."

"부탁드려요……."

국희는 머리를 조아렸다. 진심으로 부탁했다.

어떻게 해야 할까……

그에게 어떻게 해야 할까…….

애초에 잘못된 일이었다. 그 몫에 한몫 보태고 말았다.

"국희야, 다시 한 번 미안하다."

"지금은 제가 문제가 아닌 것 같아요. 실장님…… 좀 보살펴 주세요. 가보겠습니다."

국희는 몸을 돌렸다. 안타까운 시선이 뒷등에 감지되었지만 돌아보지 않았다. 그저 느른히 걸었다. 저울추가 달린 양 발바닥이 푹푹 꺼지는 것 같았다. 전신을 짓누르는 자책감이 하염없이 묵직했다.

버스정류장에 도착한 그녀는 힘없이 벤치에 앉았다. 휴대폰을 꺼내 그의 전화번호를 멍하니 주시했다.

변명이라도 했어야 했다.

그가 말했듯 차라리 어쭙잖은 거짓말이라도 했어야 했다.

나는 잘못 없다고 발뺌이라도 했어야…… 했다.

창밖의 빌딩 숲은 불야성을 이루고 있었다. 화려한 야경의 빛이 유리창으로 스며들어 왔다.

똑똑. 무미건조한 눈길이 소리의 방향으로 돌아갔다. 실장실 안으로 들어서며 선혁이 꾸벅 묵례했다. 가까이 선 그를 범안은 건조하게 응시했다.

"실장님, 시간이 늦었습니다."

얼마나 오랜 시간이 흐른 걸까. 시간도 인지하지 못했다.

"아버지는 어디 계세요? 전하긴 한 건가요?"

"모임이 있으십니다. 취소할 수 없는 선약이었습니다. 모셔다 드리겠습니다."

"제 일엔 앞으로 관여하지 마세요. 김 실장님은 퇴근하세요."

의자에서 일어난 범안은 창으로 걸음을 옮겼다. 주춤하는 기척이 느껴졌지만 관심 두지 않았다. 선혁이 물러났다. 그가 실장실 문을 열려는 찰나, 굳게 다문 범안의 입술이 떼어졌다.

"……지국희 씨는 잘 갔나요?"

"네. 본 사무실로 복귀했습니다."

"본 사무실이라면?"

"지국희 씨는 ㈜이음이라는 사설경호업체 소속입니다."

사설경호업체라…….

"알았어요. 나가세요."

뚝뚝하게 명령하고 범안은 빌딩 숲을 주시했다. 숨죽인 문소리가 들렸다.

국희를 선배라 부르는 경호원 재운의 모습이 상기되었다.

대학 동아리 후배가 아니었군. 쓴웃음으로 한쪽 입술이 비뚤어졌다. 거울처럼 거뭇하게 물든 유리창에 텅 빈 눈동자가 반사되었다. 촉촉한 암흑으로 태워지는 망막은 끝없이 공허했다.

몇 대의 버스가 줄곧 정류장을 통과했다.

신발 끝으로 보도블록을 깎으며 속절없이 시간을 보냈다.

—어디냐? 김 선배에게 내용 전달받았다. 어서 복귀해라.

그런 사이 문자메시지가 도착했다. 발신자는 '코딱지 박'이었다. 희어멀뚱한 동공으로 곱씹듯 여러 번 문자메시지를 읽었다.

복귀.

가슴이 저몄다. 지금 순간엔 이 단어가 무진장 싫었다.

낯익은 번호판을 단 파랑색 버스가 정류장에 도착했다. 어느 틈에 퇴근 시간이 근접해진 터라 버스에는 꽤 많은 승객들이 차지하고 있었다. 버스에 올랐다. 흔들리는 버스 손잡이를 잡고서 국희는 빈 시선을 허공에 뒀다. 문자메시지 답이 없자, 성질 급한 박 팀장이 전화까지 걸어왔다.

[지국희, 오고 있냐? 오면 바로 내 방으로 와.]

"알았어."

건성으로 답하고 끊었다.

무기력해진 몸이 기계화가 된 듯했다. 버스에서도, 정류장에서도 내내 그랬다. 몸뚱이가 기름칠 덜한 기계처럼 삐걱삐걱 거렸다. 둔탁한 걸음으로 ㈜이음에 도착했다. 박 팀장은 팀장실로 오라고 명령했지만 국희는 수련실로 향했다. 그와의 대면은 뒤로 미루고 싶었다. 땀이라도 실컷 빼면 엉킨 기분이 조금은 후련해질 것 같았다.

도복으로 갈아입고 수련실 앞에 도달하는데 마침 불을 끄고 동기가 나왔다.

"지국희 오랜만이네? 이 시각에 어쩐 일이야?"

"한가해서."

"그래. 언제 술 한잔하자. 너 얼굴 보기 너무 힘들다."

그에게 가볍게 웃어주고 수련실로 들어갔다.

조명이 내려진 수련실은 암흑이나 마찬가지였다. 채광창으로 어둠이 스며들고, 가로등이 세워진 한쪽 부분만 흐릿한 빛이 비쳐들었다. 안으로 자박자박 걸음을 옮겼다. 매트의 찬 기운이 발바닥을 통해 전신에 퍼졌다. 가로등 빛이 닿지 않는 구석진 곳에 웅크리고 앉았다. 시린 기운이 번지는 제 무릎을 끌어안고서 옅은 빛이 머무는 자리를 주시했다.

오랫동안 아버지의 강권에서 벗어나지 못했던 그.

가슴 깊이 감춘 응어리가 얼마나 많았을까. 제 부모로 인해 가해지는 고통이기에 그 누구에게도 차마 말하지 못했을 것이다. 꿋꿋이 저 혼자 힘으로 버텼을 것이다.

그런데 깊은 상처까지 건드렸다. 아프게 덧나 버렸을 것이다. 업무적 명분은 핑계에 불과하다. 기만할 의도가 없었더라도, 감시가 아니었더라도 결과적으론 마찬가지이다. 그가 선뜻 용인할 문제가 아니다.

어째서 간단한 문제로 치부했을까.

딸깍. 스위치 켜는 소리가 들렸다. 동시에 수련실 조명이 환히 밝혀졌다. 일순 침범한 눈부신 빛으로 국희는 눈을 질끈 감았다.

“청승맞게 여기서 뭐 하는 거야? 내 방으로 오라니까.”

걸쭉하게 말하며 박 팀장이 다가왔다. 커다란 덩치의 걸음걸이는 짐짓 어슬렁거리는 모양새였다.

“나 여기 있는 줄 어떻게 알았어?”

“내가 여기 곳곳에 CCTV 설치해 놓은 거 몰랐냐?”

“CCTV가 있었어?”

소스라치게 놀라 천장을 훑었다. CCTV는커녕 소방 스프링클러만 보일 뿐이었다. 지극히 재미없는 농담이라고 말하듯 국희는 미간을 찌푸렸다.

“용철이가 너 봤다고 말해주더라.”

앞에서 만난 동기 이름에 끄덕였다. 그가 재킷주머니에서 캔 음료수를 꺼내 건넸다.

“4시쯤 나왔다면서 여태 뭐 하다가 이제 왔어?”

"그냥…… 땡땡이."

에둘러대며 그녀는 음료수를 홀짝거렸다. 목구멍이 상당히 메말랐는지 탄산이 들어가니 따끔거렸다.

"미안하다, 어려운 일 시켜서."

"아니야. 나도 제대로 못 했는걸. 못나게 잘려서 그런가? 그냥 후회되네. 미안하고……."

국희는 자조적으로 픽 웃었다. 박 팀장이 그녀의 옆모습을 지그시 쳐다봤다. 자괴감에 말을 끝맺지 못했다. 소소한 잘못들이 뇌리를 스쳐 지나갔다. 당당히 거짓말하던 시간들이 후회되었다. 명분을 버리고 개인적으로 조금이라도 솔직히 털어놨다면 달라졌을까.

"사람이 말이야, 실수를 일일이 따지다 보면 끝이 없다. 무던히 넘길 수 있는 부분은 넘겨야 돼. 본인에게나 타인에게나. 그러니 엉뚱한 것들까지 한데 묶어서 자책하지는 마."

박 팀장이 조곤조곤 다독였다.

"처음부터 어려운 일이었어. 내가 미안해. 내가 억지로 맡긴 거잖아."

그의 부언에 피식 웃음이 나왔다.

그래, 처음엔 억지로 시작했던 일. 임무 완수가 되면 홀가분할 줄 알았는데 되레 서운하다. 거짓을 만회할 시간도 없이 끝나 버려서 그런가? 조금은 억울한 생각도 든다.

"형이 잘못한 거네. 왜 내 프로필을 조작하냐?"

퉁퉁대듯 목소리 톤을 올리고서 벌떡 일어났다.

"그거야…… 그때도 말했지만……."

그 프로필로 인해서 범안과 재회하게 되었다. 고맙다고 해야 하는 걸까, 원망해야 하는 걸까?

"국희야, 너 어디 가?"

이어지는 말도 듣지 않고서 입구로 향하는 그녀를 박 팀장이 급히 불렀다. 뒤돌아보지 않고서 손을 흔들었다.

"억울한 거 풀러."

깊은 상처를 치유시키진 못하더라도 덧나게 만들어서는 안 되잖아.

억울하니까 변명은 해야지.

오피스텔에 들어섰다. 국희는 살며시 관리사무소를 넘겨다봤다. 낯익은 그림자는 없었다. 저녁 9시가 되어가는 시각이라 원칙에 따라 경호원이 있어야 했다. 철수한 모양이었다. 동아줄 잡듯 핸드백 끈을 꽉 움켜쥐었다. 죄지은 사람인 양 손발이 저렸고, 가슴은 세차게 콩닥거렸다. 마른침을 꿀떡 삼키며 동그란 눈을 연거푸 끔벅였다. 803호까지 그런 상태로 갔다. 굳게 결심하고 초인종을 꾹 눌렀다.

우선 미안하다고 사과부터 하자. 그리고 찬찬히 설명하면…….

딩동—

그 소리에 그녀는 지레 깜짝 놀랐다. 떠는 심장이 쉬이 안정을 찾지 못했다. 하지만 돌아오는 것은 정적이었다. 설마 인터폰으로 확인하고 일부러 안 열어주는 건 아니겠지?

딩동—

재차 눌러봤지만 닫힌 문 너머는 기척도 없이 잠잠했다.

"아직 안 왔나?"

혼잣말하면서 몸을 돌렸다.

기다리자.

현관문에 등을 기대고서 엘리베이터를 멀거니 주시했다. 적요한 복도에 얕은 숨소리가 잔잔히 가라앉았다.

투명한 이슬 같은 액체가 방울진다. 유리잔에 맺힌 물방울을 손가락으로 건드렸다. 작은 파장에 방울이 터지며 스륵 미끄러졌다. 그리고 낙하한 물줄기가 바닥을 적셨다.

나약하다.

범안은 유리잔을 들었다. 황색의 술을 입안에 털어 넣었다. 쓰디쓴 알코올이 잇속을 훑고서 목구멍으로 넘어갔다. 독한 위스키로 시린 내장이 후끈 달아올랐다. 빈 잔에 술을 또 채웠다.

"천천히 드십시오."

깔끔한 차림새의 바텐더가 넌지시 말했다.

"네."

나직하게 대답하고 범안은 잔을 또 들었다.

그의 말을 무시하는 것은 아니었다. 술을 몸 안에 채울수록 한기 어리던 몸에 열이 올랐다. 기분 나쁘지 않은 기운이었다. 이래서 다들 취하도록 마시는 모양이다. 변변한 술자리조차 가진 적이 없었다. 호주에 홀로 지내면서도 자유롭지 못한 삶이었다. 스스로도 억압했다. 행여 어긋난 행동을 할 경우, 동생을 위해 모든 짐을 짊어진 형에 대한 의리가 아니라고 생각했다.

그러나 이젠 아무도 없다.

흐트러지면 어때. 그렇지?

자조적인 미소를 머금고서 술을 들이켰다. 또렷했던 시야가 부옇게 울렁거렸다.

한 무리의 사람들이 룸에서 나왔다. 그들이 왁자지껄 떠드는 소리가 어렴풋이 들려왔다. 범안은 관심을 두지 않고서 술잔을 채웠다.

"오늘 분위기 최고예요, 팀장님."

"팀장님 덕분에 회식도 근사하게 하네요?"

"고마우면 이번 프로젝트 끝내주게 마무리해 줘야 돼요. 알았죠?"

통로를 지나치며 무리는 입구로 향했다. 화기애애한 무리 속에는 윤진도 끼어 있었다. 팀원들의 말에 윤진이 거드름을 피우듯 턱을 올렸다. 팀원들이 까르르 웃으면서 알았다고 했다.

그녀가 무심한 시선으로 바를 쳐다봤다. 낯익은 등이 시야에 들어왔다. 그녀의 눈썹이 치켜 올라갔다.

"먼저들 가요. 난 대리 불러서 여기서 기다렸다가 갈게요."

팀원들이 수긍하고서 밖으로 나갔다. 윤진은 또각또각 거닐어 바로 다가갔다. 너른 범안의 등을 주시하며.

"편 실장님."

그의 옆에 선 윤진이 밝게 불렀다.

황색의 위스키에 꽂혀 있던 범안의 눈길이 올려졌다. 가까이에

선 윤진이 붉은 입술을 빙그레 늘리며 웃었다.

밤 11시 40분. 곧, 자정.

우두커니 기다리다, 국희는 끝내 현관문 앞에 주저앉았다. 웅크리고서 휴대폰을 만지작거렸다. 불안감이 엄습해 왔다. 설마 무슨 일이 있는 건 아니겠지?

전화번호를 빤히 응시하다가 손가락을 움직였다. 통화 아이콘만 누르면 되는 간단한 일인데도 냉큼 저지를 수가 없다. 주저하다가 그녀는 휴대폰을 핸드백 안에 넣어버렸다.

"왜 안 오는 거야."

한숨을 쉬면서 얼굴을 무릎에 묻었다.

팅—

그 순간 복도 끝에서 짧은 소리가 들렸다.

고개를 번쩍 들었다. 길쭉한 그림자가 엘리베이터 안에 있었다. 범안이었다. 반사적으로 그녀는 벌떡 일어났다. 그가 비스듬히 기울어진 자세로 복도로 나왔다. 그는 약하게 비틀거렸다.

그런데.

"실장님."

등에 가려져 있던 사람이 불쑥 나왔다. 그의 팔을 잡고 부축하는 늘씬한 체구의 여자였다.

배윤진. 안둣이 범안의 팔을 잡는 윤진. 숙인 시선이라 그녀는 국희를 미처 보지 못했다. 휘청한 범안의 동공도 아래로 내려져 있었다.

"저 잡으시라니까요."

당황한 국희는 부리나케 몸을 돌렸다. ㄱ 자로 꺾어진 틈으로 몸을 숨겼다. 등에 소방안전시설이 닿았다. 핸드백을 쥔 손이 바르르 떨렸다.

"술도 잘 못 하시면서 왜 이렇게 많이 드셨어요?"

취한 범안을 잡으며 윤진이 타박했다. 제 몸 가누기도 힘든 듯 범안이 어기적거리듯 걸음을 옮겼다.

"803호라고 하셨죠?"

윤진의 물음에 범안이 게슴츠레한 동공을 들었다. 803호 표식을 본 그가 크게 휘청했다. 제집 앞이라 긴장이 풀린 탓이었다. 그대로 바닥에 털썩 앉는 그를 윤진이 잡았지만 역부족이었다. 거친 숨을 몰아쉬면서 그가 성가시다는 듯 머리카락을 쓸어 넘겼다.

"……가요."

"실장님 이렇게 취했는데 제가 어떻게 가요."

윤진이 그의 앞에 쭈그려 앉았다.

"……괜찮아요. 가요."

낮은 저음이 바닥에 깔렸다.

바로 앞에서 들리듯 그들의 대화가 명확히 들렸다. 꺾어진 곳에서 숨죽이고 있던 국희는 슬며시 고개를 움직였다. 803호 문에 기대앉은 범안과 그 앞에 앉은 윤진이 시야에 들어왔다.

"제가 같이 있을까요?"

속삭이듯 은밀한 어투였다. 사뭇 유혹하듯이 들리기도 했다. 초점 없는 범안의 동공이 그녀를 빤히 바라봤다. 윤진이 빙그레 미소 지었다.

"저 편 실장님 좋아해요."

그리고 그녀가 고개를 숙였다. 윤진이 주저 없이 범안의 입술에 제 입술을 포개었다.

철렁. 국희는 숨이 멎는 것 같았다. 제 눈동자에 비치는 장면은 가히 충격적이었다. 무심코 쏟아지려는 탄성을 서둘러 손바닥으로 막았다. 기겁한 심장이 바짝 조여들었다. 부랴부랴 장면을 외면했다. 거둬들인 시야가 뿌옇게 흐려졌다.

굳어 있던 다리를 간신히 움직였다. 곤두선 소름이 전신에 아리게 퍼졌지만 애써 발을 움직였다. 비상구 손잡이를 꽉 쥐고 소리 없이 문을 열었다. 비상구로 나온 그녀는 조용히 닫는 데까지 성공했다. 홀로 비상구 계단참에 서게 되자, 가까스로 버텼던 다리가 풀렸다. 멍하니 벽에 몸을 기대었다.

불끈거리는 제 속만치나 온몸도 뜨거워졌다. 불쾌한 열기였다.

뇌에 각인된 일을 지우고 싶다.

눈을 질끈 감았다.

적극적인 키스가 퍼부어졌다. 촉촉한 윤진의 입술은 뜨거웠다. 하지만 무감각한 심장은 반응하지 않았다. 축 늘어져 있던 팔을 들었다. 그녀의 어깨를 잡고서 조심스레 밀어냈다. 잇속을 침범했던 기운이 깜짝 놀라며 떨어졌다.

"……실장님."

쉰 목소리로 윤진이 웅얼거렸다.

희부연 시야 너머 그녀의 매혹적인 입술이 벌어졌다. 빈 눈은 그녀의 매력적인 이목구비를 뚫어지게 응시했다. 그는 입술을 떼었다.

"아무리 취해도…… 키스하고 싶은 여자는 분간해요."

단조로운 저음은 명확했다.

차분한 말이었지만 가시처럼 윤진의 가슴을 찔렀다. 미간을 좁히고 그녀가 하소연하듯 애타게 마주 봤다. 범안은 피하지 않았다. 초점이 흐린 동공은 흔들리지 않았다. 차디찰 정도로 무감했다.

윤진이 아랫입술을 깨물었다. 그러곤 신경질적으로 벌떡 일어났다. 빠르게 복도를 걸어가던 그녀는 미련으로 범안을 돌아봤다. 하지만 범안은 시선조차 주지 않았다. 야멸찬 그의 행동에 윤진은 곧바로 엘리베이터로 사라졌다.

혼자 남았다.

범안은 무거운 팔을 무릎에 올려놓고 힘없이 현관문에 등을 기대었다. 기다란 한쪽 다리가 무기력하게 뻗어졌다.

"하."

거친 숨이 내뱉어졌다. 들린 시선 끝에 너울지는 그림자가 망상처럼 스멀거렸다.

멍하니 허공을 주시하다가 손을 움직였다. 슈트 재킷 안주머니에서 휴대폰을 꺼냈다. 익숙한 번호를 찾아 망설임 없이 눌렀다.

띠리리—

그때였다. 벨소리가 지척에서 들렸다. 바로 옆에서 들리는 소리.

휙. 그의 고개가 소리를 쫓아 틀어졌다. 비상구 쪽에서 들리는 벨소리가 끊어지지 않았다.

9화
비가 운다

등골이 섬뜩하다.

깊은 잠에 빠져 있던 수인은 눈을 번쩍 떴다.

서늘한 기척이 느껴져 갈색 베개에서 머리를 떼었다. 퀭한 눈동자로 주변을 훑었다. 어두침침한 수면실엔 몇몇 여자가 잠들어 있었다. 어느 아줌마의 요란스러운 코 고는 소리가 고요를 깨뜨릴 뿐이었다. 헝클어진 머리카락을 다듬고서 간이침대에서 내려왔다. 비척비척한 다리가 금방이라도 쓰러질 것처럼 휘청거렸다. 마룻바닥의 냉기가 맨발을 타고 올라왔다.

춥고, 배고프다.

돌이켜 보면 어제부터 먹은 것이 없다.

"저거 하나만 주세요."

수인은 수면실에서 나와 느른히 매점으로 갔다. 한쪽 가판대에 진열된 빵을 가리키고서 자동계산기에 손목키를 대었다. 삐— 소리에 이어 모니터에 계산 내역이 떴다.

"손님, 중간정산 해주셔야 되겠는데요?"

"네?"

"저희 찜질방은 장기투숙하시는 분들 중간정산 받아요. 장기투숙하다가 도망가는 사람들이 상당수라서요. 그렇다고 손님도 그런 분이라는 건 아니지만 원칙이라서 지켜주셔야 해요. 안 해주시면 바로 퇴실해 주셔야 되고요."

"그래요?"

수인의 반문에 종업원이 끄덕였다.

"오늘자까지 정산해 주시겠어요? 아니면 퇴실하겠어요?"

"여기서 하면 되나요?"

"입구 계산대로 가시면 돼요."

종업원이 손으로 입구를 가리켰다. 빵을 도로 물리고서 수인은 탈의실로 들어갔다. 락커를 열고 주섬주섬 지갑을 꺼내었다. 현금이 얼마 없었다. 찜질방비를 계산하고 나면 무일푼에 가까웠다. 금융거래로 추적 중인 듯해서 선불리 카드를 사용할 수도 없는 노릇이었다.

방도가 없나.

갑갑증이 올라왔다.

휴대폰을 꺼내어 전원 버튼을 눌렀다. 범안과의 통화가 끝나자마자 꺼놓은 상태였다.

—수인아, 편범안이라는 사람에게서 전화가 왔어. 네 연락처를 묻기에 메모 남겨놨어. 그 사람이 꼭 연락해 달라고 부탁하더라. 주소도 남겨놨어. 도움이 필요하면 언제든 여기로 오라더라.

민지의 메시지가 곧바로 떴다. 편범안의 주소가 적힌 메시지도 연달아 왔다.

편범안.

지금 할 수 있는 건, 그를 찾아가는 것뿐이었다.

영양실조로 갈라진 허연 입술을 혀로 축였다. 깊은 심호흡을 하고서 그녀는 옷을 갈아입었다. 가방을 챙겨 들고 찜질방에서 나왔다. 차는 상가 건너편 공영주차장에 주차되어 있었다. 어둑한 길을 두리번거리고 그녀는 횡단보도 앞에 섰다.

자정이 넘은 시각이라 인적은 없었다. 으슥한 2차선 도로는 차량도 지나가지 않았다. 성큼 겨울이 다가온 듯 추위가 엄습했다. 실제 온도보다 갑절로 체감온도는 한기가 들 만큼 낮았다.

트렌치코트를 여미고 보행자신호로 바뀌는 횡단보도를 건넜다. 구석진 상가건물 아래 드리워진 검은 그림자 속에서 시동 소리가 들렸다. 이내 번쩍 자동차 헤드라이트가 켜졌다.

수인은 의식하지 못하고 횡단보도 중앙까지 나갔다.

그때였다.

웅크리고 있던 자동차가 빠른 속도로 달리기 시작했다.

걷던 수인의 다리가 멈칫했다. 지면을 깎는 첨예한 소리가 귓속을 할퀴었다. 그리고 자동차는 가차 없이 수인을 향해 돌진했다.

쾅—

여릿한 몸이 허공으로 떠올랐다.

선득한 바람이 휑하니 불었다. 바람을 타고 낙엽이 나부끼듯 공중에서 추락했다. 철푸덕, 바닥으로 낙하한 낙엽이 몸부림치듯 파닥거리며 떨어댔다.

끼익—

스키드마크를 그리며 자동차는 유유히 사라졌다.

건너편 보도블록에서 키 작은 남자가 어슬렁거리며 횡단보도로 다가왔다. 껄렁한 품새가 어린 남학생이었다. 남학생의 시야에 횡단보도에서 벗어난 상태로 축 처진 시커먼 물체가 들어왔다. 그런데 그의 시선은 횡단보도 중앙에 떨어진 커다란 가방이었다. 좌우를 살핀 남학생이 냅다 뛰기 시작했다. 낚아채듯 가방을 집고서 반대 방향으로 내달렸다.

타다닥.

보폭 짧은 발소리가 암흑에 먹혔다.

여기 있으면 뭐 해. 가자.

채질하듯 되뇌고, 차디찬 비상구 벽에서 등을 떼어냈다. 좀비처럼 처진 팔을 흐느적거리며 한 걸음 내디뎠다. 수명이 깎인 기분이었다. 계단으로 내려가려 할 때였다.

띠리리—

돌연 휴대폰이 울었다.

"헉!"

적막을 깨뜨리는 벨소리가 큼직하게 울렸다. 비상구 벽을 타고서 복도까지 소리가 퍼질 것 같았다.

자지러지게 놀란 국희는 허둥지둥 핸드백을 들었다. 띠리리— 띠리리— 벨소리가 끊어지지 않았다. 조바심에 손가락이 떨렸다. 던지듯 아무렇게나 넣어버린 제 행동을 원망하며 급히 휴대폰을 찾았다. 지갑 아래에 숨어 있는 휴대폰을 황급히 꺼내었다.

띠리리—

종료 버튼을 누르려는 시야에 발신자가 잡혔다.

범안.

어? 저기서 키스하고 있지 않나? 깜빡 긴박한 상태를 망각하고 갸우뚱했다.

그 순간, 비상구 문이 벌컥 열렸다. 기겁한 국희는 휴대폰을 떨어뜨릴 뻔했다. 휙 고개를 돌리니, 한 손에 휴대폰을 든 범안이 비상구 앞에 서 있었다. 밝은 빛을 뿜어내는 휴대폰은 여전히 국희에게 전화를 걸고 있었다. 벽을 충돌하는 벨소리처럼 둘의 눈동자가 부딪쳤다. 범안의 눈매가 가늘어졌다.

"너, 여기서 뭐 해?"

국희는 대꾸 없이 휴대폰을 종료하고 시선을 돌렸다. 순발력 있게 변명할 말이 떠오르지 않았다. 이러려고 온 게 아닌데…….

"나와."

그가 거침없이 팔목을 잡고서 끌어당겼다. 거친 힘이었다. 속절없이 그에게 끌려갔다.

"……범…… 안아."

옹알이하듯 간신히 불렀다. 하지만 범안은 꿈쩍도 안 했다. 화난 기색으로 성큼성큼 803호로 걸어갔다. 억세게 그녀의 팔목을 움켜쥐고 도어록 번호를 눌렀다. 문이 열리며 자동 센서등이 켜졌다.

시꺼먼 내부에 노르스름한 빛이 스며들었다. 그 찰나, 그녀는 엉망진창으로 흐트러진 실내를 보고 말았다. 경악으로 동공이 커졌다. 무슨 일이…….

밀어 넣듯이 범안이 우악스럽게 잡아끌었다. 그 힘으로 좁은 벽에 그녀는 등을 부딪치고 말았다.

쾅—

현관문이 둔탁한 비명을 지르며 닫혔다. 움찔하는 사이, 그의 몸이 가로막았다.

"거기서 뭐 했어?"

뱉는 어투엔 분노가 괴어 있었다. 센서등이 점멸했다. 깜박이는 조명 틈틈이 나타나는 동공은 메마를 정도로 냉랭했다.

"그게……."

한 번도 보지 못했던 차디찬 동공에 그녀는 움츠러들었다. 본의 아니게 윤진과의 키스를 목격한 바람에 비상구로 피한 것이라는 말도 차마 나오지 않았다. 초강력 접착제가 붙은 양 입술이 떨어지지 않았다.

"뭐 했냐고?"

탁한 눈초리를 빗겨내며 고개를 숙였다. 점멸하던 등이 완전히 꺼졌다. 한 치 앞이 보이지 않을 정도로 칠흑이 되었다. 몇 센티의 간격을 두고서 얕은 숨소리가 섞였다. 공기마저 파열했다.

범안의 팔이 움직였다. 동작을 감지한 센서등이 도로 번쩍 켜졌다. 공중으로 올라온 그의 손이 국희 턱을 잡고서 올렸다. 여릿한 노란 조명이 냉정한 얼굴을 선명히 비췄다.

"들켰으니 이번엔 숨어서 감시하는 건가? 낱낱이 다 보고하는 모양이지?"

비뚤어진 입매가 조소했다.

"아…… 아니야, 그런 거……."

국희는 당황한 나머지 말을 더듬거렸다.

"무얼 어떻게 보고하나? 너하고 나하고 키스하는 것도 보고하나?"

비스듬히 기울인 고개를 그가 숙였다. 토해지는 뜨거운 숨결이 입술이 닿았다. 제 입술을 스치는 숨결로 등줄기에 오소소한 소름이 돋았다. 아차하면 그의 입술이 제 입술에 포개어질 것 같았다. 그녀의 잇새에서 쏟아지는 여린 숨결이 그의 입술에도 스쳤다.

국희는 벙긋하지도 못하고 황급히 고개를 틀었다.

억센 범안의 손에 힘이 가해졌다. 절대 놓지 않겠다는 듯 턱을 틀어쥐고서 강렬한 눈동자로 들여다봤다. 까만 동공은 야수처럼 번뜩이고 있었다. 조금의 약점이 보인다면 서슴없이 잡아먹을 기세였다.

"……보고한 적…… 없어."

띄엄띄엄 국희는 간신히 내뱉었다.

"보고한 적 없다고? 그 말을 나보고 믿으라고?"

"……정말이야……."

긴장이 고조되어 말끝이 바르르 떨렸다.

말을 삼킬 정도로 그의 입술은 가까웠다. 그녀의 불안정한 떨림도 감지할 만큼.

그의 목울대가 꿈틀했다. 가슴팍을 크게 들썩인 그가 한 걸음 물러났다. 턱을 잡았던 손도 멀어졌다. 그러곤 거실로 들어갔다.

탁. 스위치 켜지는 소리마저도 성나 있었다. 일순 거실 조명이 환히 들어왔다. 한바탕 태풍이 쓸고 지난 듯 어수선한 거실 전경을 국희는 슬그머니 살폈다. 다른 곳은 그런대로 멀쩡했으나 책장에서 무더기로 꺼내어진 책이 아무렇게나 바닥에 나뒹굴고 있었다.

"이제 들킨 마당이니 솔직히 말해도 돼. 그동안 속인 게 있는데 더한 것도 있겠지. 이 난장판도 보고해. 별반 상관없으니까."

신랄히 비아냥거린 그가 어지럽혀진 거실을 손짓하고서 주방으로 걸어갔다.

대체 무슨 일이 있는 걸까……. 불길했다. 짐짓 위태로워 보이기도 했다. 그제야 정신을 바짝 차렸다. 해명이 늦으면 그가 더 상처받을 것이다.

"정말 감시한 거 아니야. 그런 거 한 적 없어. 나는 경호원으로 채용되어 수행경호를 했을 뿐이야. 그 외의 일은 한 적 없어. 절대 하지 않았어."

"그럼 어째서 숨긴 거지?"

"경호원을 네가 탐탁게 여기지 않을 거라 했어. 거부했을 거라고."

"단순히 그 이유로 프로필 조작까지 하고서? 그렇게까지 해서 경호원이 필요하나? 내가?"

차분하지만 냉철한 목소리였다.

"들은 바 없어."

"숨기고 있는 걸 말해."

"……김선혁 비서실장님과 얘기해. 나는 자세히 아는 것도 없고, 어느 정도 선까지 말해야 되는지 모르겠어. 다만 난 경호를 한 것이지 감시를 한 적은 없다는 거야."

"너는 끝까지 아버지 입장이군."

범안이 짧게 실소했다.

"……그게 아니라……."

"아니, 이해해. 어차피 네 고용주일 테니."

빈정거린 그가 정수기에서 물을 따라 마셨다. 바삭 마른 목을 축이고서 글라스를 식탁에 놓았다. 무미건조한 시선이 현관의 국희에게 옮겨졌다.

"언제까지 속일 작정이었어?"

"……기약은 없었어."

"만약 들키지 않았다면 계속 속였겠군."

그가 쓴웃음을 흘렸다.

아마도 그랬을 것이다. 힐책에 반박할 말이 없다. 지시가 있을 때까진 인지조차 못 하고, 일말의 죄책감 없이 그 상태를 유지했을 것이다.

"……그 부분은 잘못했어. 속여서 미안해."

진심으로 사과했다. 속눈썹이 바르르 떨렸다.

"미안해."

이 말밖에는 할 말이 없었다. 미동 없는 침묵이 되돌아왔다.

더는 이 상태를 유지하기 어려웠다. 그녀는 용기를 내어 천천히 803호에서 나갔다.

범안은 저지하지 않았다. 닫히는 문을 잠자코 응시했다.

어쩌면 너의 잘못이 아닌지도 모른다. 그저 직업일 뿐이겠지.

그러나…….

내장을 휘젓는 배신감을 덮을 수가 없다.

식탁에 양손을 짚고서 그는 나직하게 한숨을 내뱉었다. 묵직한 숨이 바닥에 깔렸다. 질끈 눈꺼풀을 감았다가 도로 뜨면서 고개를 들었다. 시야에 벽시계가 들어왔다. 시곗바늘이 숫자 1에 다다르고 있었다.

새벽 1시. 늦은 시각.

제길.

그는 움직였다. 빠른 걸음으로 803호에서 나와 달렸다.

다급히 1층 버튼을 눌렀다. 엘리베이터가 닫히고 하강을 시작했다. 속도가 유독 느리게 느껴졌다. 초조한 심정을 가라앉히고 1층에서 내렸다. 국희는 보이지 않았다. 로비를 뛰어서 가로질렀다. 어둠이 내려앉은 정문으로 나가니 앞을 막 떠나는 택시 한 대가 시야에 들어왔다. 뒷좌석에 앉아 있는 국희의 옆모습이 보였다.

우뚝, 다리가 멈췄다.

전방의 도로를 주시하고 있는 국희는 그를 보지 못했다. 좌회전 깜빡이를 켜고 택시가 사거리에서 대기했다. 우두커니 멈춰 선 채, 그는 택시 후미를 지켜봤다. 곧 신호를 받은 택시가 좌회전했다. 시야에서 완전히 벗어난 택시의 잔영이 아스라이 남았다.

딸깍, 딸깍.

마우스 클릭 소리가 유일하게 정적을 깨웠다. PPT 작성을 하던 시야에 모니터 시계가 들어왔다. 시계는 오후 06:22로 표시되어 있었다. 습관적으로 인터폰을 누르고서 그는 자리를 정리하기 시작했다.

윙—

신호음이 울렸으나 상대편은 응답하지 않았다.

아…….

번뜩 정신을 차렸다. 빈자리를 실감하며 인터폰을 껐다.

벌써 몇 번째인가. 짤막한 한숨을 쉬는데 휴대폰이 울렸다.

[안타까운 소식이 있습니다. 안수인 씨가 뺑소니 사고로 사망했습니다.]

"뭐라고요?"

인규의 말에 범안은 경악했다.

[경찰 CCTV 확인 결과 가해 차량은 무번호 차량이었습니다.]

"고의적인 타살인가요?"

[가능성이 높습니다. 조사하는 대로 알려 드리겠습니다.]

무언가 단단히 잘못된 것이 분명하다. 무섭다고 읊조리던 수인의 목소리가 들리는 듯했다.

그들…….

관자놀이가 지끈거렸다.

통화를 이어가려는데 노크 소리가 들렸다. 서둘러 전화를 끊고 대답했다. 약간의 불편한 심기를 드러내며 윤진이 들어왔다. 그녀가 걸어와 뚝뚝하게 묵례했다.

"카페 IN 신 메뉴 고객 호응도 조사와 새로 개발할 예정인 디저트 메뉴 목록이에요. 배 이사님께서 확인하시고 바로 결재 올려달라고 하셨어요."

"네, 놓고 가세요."

바인더를 받아 들자, 윤진이 곧바로 나가려고 했다.

"배 팀장님, 그날은 고마웠어요."

"기억은 나세요?"

비난이 섞이긴 했지만 어조는 날카롭지 않았다.

"네."

끄덕이고서 그는 나직하게 부언했다.

"미안해요."

뜻을 간파한 윤진의 아랫입술이 실룩했다. 그리고 신경질적으로 몸을 돌렸다. 실장실 문의 손잡이를 잡고 돌리던 윤진이 머뭇거렸다.

"실장님…… 처음 봤을 때부터 실장님에게 호감이 있었고, 좋아했어요. 그런데…… 저는 안 되나요?"

"미안합니다."

범안은 차분히 대답했다.

가혹한 답이었다. 윤진이 불끈 아랫입술을 악다물고서 실장실에서 나갔다. 또각거리는 힐 소리가 멀어졌다. 그는 닫힌 문을 지그시 주시했다. 못내 미안한 마음이 들었다. 하지만 그뿐이었다. 시선을 떨구고 그는 보고서를 살폈다. 그리고 즉시 이사실로 이동했다.

세준은 그를 기다리고 있었다. 사무적인 태도를 일관하며, 두 사람은 보고서에 대해 논의를 주고받았다. 일절 감정은 내비치지 않았다. 꼼꼼한 검토가 이어지고, 비로소 세준이 결재 승인을 했다. 범안은 곧바로 자리에서 일어났다. 세준이 그를 올려다봤다.

"물어보고 싶은 게 있어요."

"말씀하십시오."

"지국희 씨가 며칠 동안 보이지 않던데 무슨 일 있나요?"

어쩌면 이것이 본론이었는지 모른다고 그는 생각했다.

"개인적인 일이 있습니다."

"어디 아픈 가요?"

"아닙니다."

"대답하고 싶지 않나요?"

"네."

단도직입적인 질문에 범안은 서슴없이 답했다.

"알겠어요. 편 실장에게 물어볼 질문이 아닌 모양이었군요. 나가봐요."

꿋꿋한 태도에 세준의 눈썹이 일그러졌다. 범안이 돌아서서 손잡이를 잡으려는 찰나, 세준은 다시 불러 세웠다.

"편 실장, 이 말은 꼭 해야 될 것 같네요."

동공에 어린 빛은 명료했다.

"내가 지국희 씨에게 개인적인 호감이 있어요. 그래서 하는 말인데 앞으로 지국희 씨와 제 사이에 끼어들지 않았으면 좋겠어요. 먼젓번처럼 방해하는 일 없도록 조심해 주세요."

"그건 입장 차이 아닌가요?"

차분히 범안이 응수했다.

나도 방해자라는 소리군. 세준은 짤막히 실소하고 강렬히 범안을 쳐다봤다. 범안은 무표정하게 맞대응했다. 남자들의 첨예한 대립이 이어졌다.

"그렇다면 서로 방해하지 말고 페어플레이합시다. 그렇게 하죠?"

선전포고하듯이 세준이 강경히 말했다.

페어플레이라니. 범안은 한쪽 입꼬리를 비릿하게 올렸다.

"감정을 플레이할 순 없죠. 그럼."

차디차게 일축하고서 거침없이 돌아섰다. 대화를 이어가고 싶지 않았다. 세준은 붙잡지 않았다.

이사실에서 나온 그는 곧바로 사장실로 들어갔다.

"사장님 어디 계세요?"

"인성컴퍼니 아트전시회 참석 중이십니다."

"저녁에 평창동에서 뵙자고 전해주세요."

단호히 말하고 사장실에서 나왔다. 큰 걸음으로 20층 복도를 걸었다. 발걸음 소리만이 복도의 고요를 깨웠다.

편명호는 늦은 저녁 평창동에 도착했다. 거실에서 기다리는 범안을 본 그는 침착했다. 표정 변화 없이 명령했다.

"서재로 와라."

"무슨 일인 거니?"

"별일 아니에요. 걱정 마세요."

심상치 않은 분위기에 어머니는 안절부절못했다. 범안은 그녀를 안심시키고서 소파에서 일어났다. 서재로 들어가니 편명호는 책상 앞에 서 있었다. 그는 침묵을 일관하며 책상에 놓인 서류를 주시하고 있었다.

"말씀해 주세요."

몇 초의 침묵도 견딜 수 없었다. 곧바로 본론으로 들어가니, 굳어 있던 편명호의 손이 움직였다. 그가 책상의 서류를 들어 넘겼다. 받아 드니 형의 유서였다. 또 이걸.

범안은 어금니를 맞물었다.

"저 몰래 감시자들을 붙인 것과 형의 유언이 또 연관된 건가요?"

"……내가 했다."

신랄한 빈정거림에 편명호가 나지막하게 중얼거렸다.

"무엇을요?"

"그거…… 내가 시켜서 작성한 거다."

"뭐라고요?"

크게 한 대 얻어맞은 듯 강력한 충격이 왔다. 유서를 든 범안의 손이 파르르 울었다.

"시…… 켜서 작성했다고요? 아버지가…… 유서를 조작한 거란 말입니까?"

"그래, 기안이는 유서 같은 걸 남기지 않았었다."

"……형이 타살인 걸 알고서도 저와 어머니에게 자살이라고 하신 건가요? 제게 유서까지 만들어 보이시면서?"

날카로운 질문에 편명호가 소스라치게 놀랐다.

"기안이가 타살인 걸 알았구나…… 모르길 바랐는데……."

"손바닥으로 하늘을 가려보세요. 왜 그러셨어요?"

냉소적인 질문에 편명호가 한숨을 쉬었다.

"형의 사인을 알면 네가 어긋날 것 같아서였다. 어차피 벌어진 일, 무마시키지 못할지언정 너는 모르도록 하고 싶었다. 그리고 네가 형의 빈자리를 채워주길 바랐다. 다 일궈놓은 것을 수포로 돌릴 순 없지 않느냐."

"고작 그 이유로 형의 사인을 숨기고, 유서까지 조작하신 거라고요? 제게 감시자까지 붙여놓고요?"

"감시는 아니다. 기안이처럼 너를 해하는 사람이 있을까 싶어 노파심에 보호한 거다. 네가 안전하길 바란 거다."

"왜요? 저도 사고를 당해 경영 후계자가 못 될까 봐서요?"

다리가 풀린 듯 편명호가 털썩 의자에 앉았다. 낯빛이 창백했다. 제 눈앞에 있는 분을, 아버지를 범안은 뚫어지게 주시했다. 입술이 무겁게 벌어졌다.

"아버지에게 자식은 무엇이에요?"

울분도, 한탄도 아니었다. 그저 대답을 듣고 싶었다. 그러나 편명호는 대답하지 못했다.

서글픈 침묵이 이어졌다.

비가 운다.

추적추적 빗소리가 구슬프다. 처마 끝에 맺힐 새도 없이 주르륵 흐른다. 가슴을 적시는 소리가 고스란히 심장으로 전이된다.

아스팔트 바닥으로 낙하하는 빗방울을 보던 범안의 고개가 들렸다. 굵은 비가 흩뿌려지는 골목은 캄캄했다. 초록 대문가에 세워진 가로등의 흐린 불빛이 단독으로 어둠을 밝혔다. 초점 없는 동공으로 초록 대문을 응시했다.

멀다.

끝없이 멀게 느껴진다.

아버지와의 대화를 끝내고, 평창동에서 나와 정처 없이 헤맸다. 얼마나 헤맸는지 가늠할 수 없을 만큼 액셀러레이터를 밟고 도시를 달렸다. 그러다 도착한 지점이 여기였다.

외로웠다.

사무치게 외롭다.

범안은 가로등을 올려다봤다. 가로등의 빛 사이로 난사되는 빗줄기를 지그시 바라봤다.

그래도 괜찮다.

그나마 빗소리가 있고, 그나마 빛이 있다.

그리고 지척에 네가 있다.

앉아 있는 평상의 끝자락이 젖어가고, 물보라가 튀며 바짓단을 적셔도 그는 하염없이 그곳에 머물렀다. 이슥한 새벽녘, 그의 시간은 정지했다. 망막 가득 빛 속의 비를, 어둠 너머의 그녀를 채웠다.

……그러니 괜찮다.

밤사이, 비가 왔다.

뒤숭숭한 마음에 잠 못 들던 이슥한 새벽녘. 어두운 방 안에서 침대에 누워 주룩주룩 내리는 빗소리를 들었다. 까슬까슬한 제 속을 쓰다듬는 속삭임처럼 들렸다.

그에게도 이 소리가 들렸으면 좋겠다고 생각했다.

그에게도 이 소리가 위안이 되었으면 좋겠다고 생각했다.

그렇게 하염없이 빗소리를 듣다가, 어느 틈에 잠이 들었다.

"국희야, 오늘도 출근 안 해?"

문이 열고서 엄마가 물었다. 뒤척거리던 국희는 이불을 뒤집어썼다.

"너, 일 그만둔 거야?"

"아니야."

이불 속에서만 웅얼거리며 답했다. 미심쩍은 표정으로 갸웃하던 엄마가 문을 닫았다. 띵. 머리맡에 놓아둔 휴대폰이 울었다. 꼬물꼬물 손만 더듬거려 문자메시지를 확인했다.

—지국희, 오늘도 출근 안 할 거냐? 좀 나오지?

박 팀장이었다. 며칠 동안 들은 말이라곤 '출근 안 하냐' 는 소리들뿐이었다. 미간을 찌푸리고서 국희는 돌아누웠다. 사람이 말이야, 출근하기 싫으면 좀 안 하면 안 되나? 학생일 땐 등교하느라 여념 없고, 사회에 나와서는 출근하느라 진이 빠지고. 정말 다람쥐 쳇바퀴 같은 삶이다. 인간 학대라고.

"밥은 먹고 자지?"

5분도 지나지 않아 문이 또 열렸다. 걱정스러운 목소리에 국희는 이불을 턱 아래까지 내렸다.

"지국철, 나 목말라."

말 잘 듣는 국철은 금세 물 한 컵을 떠다 줬다. 국희는 벌떡 일어나 물을 들이켰다.

"어디 아픈 거야?"

침대 맡에 앉으면서 제 손등으로 국희 이마를 짚으며 국철이 물었다. 국희는 고개만 가로저었다.

"다시 자더라도 밥은 먹어. 뭘 하든 밥을 먹어야 힘이 나지."

"누가 식충이 아니랄까 봐."

피식 웃고는 그에게 빈 컵을 건넸다.

"오빠는 연애 잘하고 있냐? 그렇게 좋아? 얼마나 좋아?"

"……허허. 뭘 그런 걸 물어."

돌발 질문에 국철이 바보처럼 허허실실 웃었다. 금세 함박웃음을 짓는 그가 보기 좋았다.

"말해주라. 연애 해보니까 뭐가 그렇게 좋아?"

"너도 연애하지?"

"아니야. 그냥 궁금하다고."

"그게…… 그냥 막 들뜨고 좋은데…… 무엇보다도 내 편이 생긴 것 같아. 가족이나 친구하고는 다른 느낌이야. 가슴 언저리에 뭔가 부족한 듯 약간 헛헛한 느낌이 있었거든. 그게 메워진 것 같달까?"

그가 가슴팍을 손바닥으로 지그시 눌렀다.

"작은 사람인데 내 인생의 가장 큰 역할을 하고 있어. 아무것도 안 해도 곁에 있는 것만으로도 마냥 든든하고 안심되고. 이제 소중한 게 무엇인지 알 것 같아."

"놓치고 싶지 않겠네?"

"그렇지 뭐. 어서 나와서 밥 먹어."

쑥스러운지 국철이 말을 끊고서 일어났다. 밖으로 나가는 걸음걸이도 한결 가벼웠다.

샌님은 연애도 참 샌님처럼 하나 보다. 아무것도 안 해도 곁에 있는 것만으로도 좋다라. 사랑이란 그런 걸까.

그녀는 씻고서 마당으로 나갔다.

비 개인 아침 전경은 맑았다. 먼발치 산등성이까지 선명히 보일 만큼 시야가 트였다. 허리를 비틀며 가뿐히 스트레칭을 했다. 그러다 그녀의 눈길이 평상에 꽂혔다. 평상은 비로 촉촉이 젖어 있었다.

식구들과 어울려 앉아 어른들에게 술을 따르던 범안의 모습이 선했다. 그날, 그의 표정은 어느 때보다도 생기가 넘쳤고, 편안했다. 이어서 아일랜드 식탁 뒤편에서 제 얼굴을 보던 그의 눈빛도 떠올랐다. 탁한 눈동자는 냉랭했지만 공허했다.

어쩌고 있을까.

네 곁에는 지금 누가 있을까.

아무도 없으면 어쩌지?

가슴골이 찌릿했다. 아릿한 통증에 국희는 외면하듯 시선을 돌렸다. 써늘한 한기가 살갗을 훑었다. 늦가을 비가 내린 후라 기온이 부쩍 떨어진 모양이었다.

이제 곧 겨울인가.

"국희야! 빨리 밥 먹어!"

"어!"

집 안에서 울리는 엄마의 고함이 마당까지 퍼졌다. 우렁차게 대답하고서 국희는 빙그르르 발끝을 돌렸다. 그가 앉았던 평상에게 멀어졌다.

똑똑똑.

문 두드리는 소리가 거침없다. 씩씩한 소리만큼이나 서 있는 자세도 반듯했다. 맞은편 거울을 힐끗 곁눈질하는데 안에서 짧은 대답이 들렸다. 국희는 문을 빠끔히 열고서 고개를 들이밀었다.

"나 왔어."

"드디어 나타나셨군. 네가 웬일로 노크를 하냐?"

"전할 말 없지? 나 수련실 간다."

"저놈의 성질머리. 들어와!"

며칠만의 등장에 박 팀장이 반색했다. 실없는 농담이 이어질 기세라 그녀는 매정하게 잘랐다. 살 오른 가자미 같은 통통한 손등이 펄럭거렸다. 하는 수 없이 건들거리듯 휘적휘적 들어갔다.

"인성에서는 아직 그 어떠한 조치도 없다. 해고를 보류해 놓은 건지 편범안 실장은 아무런 언급도 안 하고 있다더라. 의뢰인인 사장님도 묵묵부답이시고."

"그래?"

심드렁하게 대꾸하며 의자 등받이에 느른히 상체를 기대었다. 무심한 척 굴고는 있지만 온 신경이 예민해진 상태였다.

"편 실장에게 전달받은 사항은 없지?"

"응."

왜 침묵을 지키고 있는 걸까. 단칼에 베어질 것으로 생각했는데.

"형, 나 당분간 아무것도 안 하면 안 되나? 이런저런 생각도 하고 싶지 않아."

"그렇게 해, 그동안 애썼으니까."

답을 듣자마자 국희는 일어났다. 민첩한 동작에 박 팀장이 어처구니없다는 듯 허허거렸다. 팀장실을 나서려는 그녀에게 그가 입을 열었다.

"국희야, 진짜 고생 많았다."

멈칫했다.

박 팀장에게 공연히 심술부린 것이 미안했다. 넌지시 그를 넘겨다봤다.

"고마워, 형."

"무슨. 너랑 나 사이에."

당연한 넉살이 돌아왔다. 이내 그가 입을 크게 벌리고 웃었다.

그는 언제나 한결같다. 신입사원 시절부터 좋은 선배였다. 선배라 부르지 말라는 그를 '형'이라 호칭하기 시작했고, '왜 오빠가 아니고 형이냐?'는 물음에 '오빠는 닭살'이라고 했던 기억이 있다. 팀장으로 승진한 후에도 습관이 되어 형이라 불렀을 때도, 되레 그게 편하다면서 호칭 고치지 말라고 엄포를 놓던 그였다.

아스라이 떠오른 추억에 국희는 엷은 미소를 머금었다. 수련실로 가는 길목에 전시된 액자들이 눈에 띄었다. 커다란 액자에 담긴 단체 사진 속의 제 모습을 살펴봤다. 작년 봄에 찍은 사진이었다. 푸른색 수련도복을 입고서 해맑게 웃고 있다.

이곳이 제 자리인데.

왜 이렇게 돌아온 것이 씁쓸해지는 걸까.

해가 짧아졌다. 먹물이 번지듯 빌딩 너머 하늘의 어스름이 짙어졌다. 비둘기 몇 마리가 선회하듯 높다란 빌딩을 빙그르르 돌았다. 제 쉴 곳을 찾아 헤매는 건가.

시야에서 곧 벗어나는 비둘기를 좇던 시선을 옮기는데, 선혁이 실장실로 들어왔다.

"사장님 전언이 있으십니다."

"말씀하세요."

"사장님께서는 24시간 경호를 받길 바라십니다."

"24시간 경호를 어떻게 한단 말입니까?"

몸을 돌렸다. 선혁은 긴장한 낯빛으로 똑바른 자세를 유지하고 있었다.

"본가로 들어오시랍니다. 그리고 종전처럼 사내에서는 경호원을 수행비서로 두고, 그 외의 시간엔 적어도 2인 1조나 3인 1조 팀을 구성하는 경호를 받으라고 하십니다."

"평창동으로 안 들어간다면?"

"오피스텔에서 함께 기거할 경호원을 채용하게 될 겁니다."

"이유는요?"

범안의 눈매가 가늘어졌다. 침착함을 잃지 않고 그는 차근차근 묻기 시작했다.

"말씀하지 않으셨습니다."

"정말 듣지 못하신 겁니까? 아니면 알면서도 대답을 회피하는 겁니까?"

"……그게……."

후자다. 범안은 간파했다. 우물쭈물 주저하던 선혁은 끝내 입을 다물었다.

"사장님에게 가겠습니다."

단호히 말하고 그는 발을 움직였다. 선혁이 난감해하며 만류했지만, 강경한 태도를 굽히지 않았다. 급작스레 들이닥친 범안을 본 사장실 비서도 황급히 막아섰다.

"사장님이 아무도 들이지 말라고……."

그를 밀쳐 내고 범안은 사장실 문을 거칠게 열었다. 업무 중이던 편명호는 놀랐다. 하지만 어김없이 평정심을 바로 되찾았다.

"나가보게."

범안을 잡는 비서와 뒤따르는 선혁에게 편명호가 명령했다. 두 사람이 조용히 물러나자 일어난 그가 소파를 가리켰다.

"앉아."

"이유를 말씀해 주세요."

"앉아서 얘기하자."

설득하듯 재차 손짓하며 그는 중앙 자리에 앉았다. 큰 심호흡을 한 후에서야 범안은 아버지의 말에 응했다.

"24시간 경호를 받아야 되는 이유를 설명해 주세요."

"신변 안전을 위해서다."

"노파심이시라면서요?"

"그래, 단순히 그 이유다."

일말의 변화도 없다. 언제나 그렇듯 강권에 대한 의지는 기염을 토할 정도로 굳세다.

벽 같다. 시야를 완전히 가릴 정도로 높고, 중장비를 동원해야 간신히 무너뜨릴 정도로 단단한 벽.

"그렇다면 거부하겠습니다. 더는 아버지의 뜻에 따르지 않겠습니다."

기대에 부응하지 못하는 못난 아들이기에, 못난 자식이기에 감내한 세월이었다. 희생을 각오한 형이 있기에 무념한 듯 견딘 강권이었다. 하지만 이제는 아니다.

"당분간 출근은 하겠습니다. 그 후의 거취 여부는 제가 결정합니다."

8월 13일까지의 형 행적을 찾고 물건도 찾아야 했다. 며칠 동안 사내를 철저히 조사할 예정이었다. 그렇기에 한동안 이 상태를 유지하기로 했다. 통보 같은 말을 끝내고 범안은 소파에서 일어났다. 나가기 위해 한 발 내딛는데, 굳게 맞물려 있던 편명호의 입술이 열렸다.

"……네가 위험할 수도 있다."

우뚝, 걸음을 멈췄다. 넘겨보니 미세한 긴장이 도드라진 편명호의 동공이 흔들렸다. 그가 급히 눈꺼풀을 내리깔았다.

"안수인이 사망해서요?"

침착히 묻는 범안과 달리 편명호는 경악했다.

"어떻게…… 그걸……!"

"형의 사고가 아버지와 관련이 있습니까?"

"……모르겠다. 다만 기안이 사고 후에 안수인이 갑자기 사라진 것을 알았다. 그 아이를 의심했었다. 차명계좌를 통해 그 아이 통장에 거금이 유입된 정보도 찾아, 경찰도 그 아이를 용의 선상에 올렸었다. 그래서 나는 경찰을 통해 그 아이를 추적하고 있었다."

체념한 듯 편명호가 줄줄이 말을 이었다.

"설사 용의자가 아니더라도 그 아이가 감춘 것이 있다고 확신했다. 그런데 어제 안수인의 사고 소식을 들었다. 아는지 모르겠지만 뺑소니 교통사고라고 했다. 아무래도 기안이가 어떤 사건에 연루된 것 같다. 그래서 기안이에 이어 안수인까지……. 그게 끝인지 시작인 건지 알 수가 없다."

"그런데 왜 저를 끼우세요?"

"갈피를 잡을 수 없어서다. 무엇이 잘못된 건지, 무엇이 어떻게 돌아가는 건지……. 단지 난 내 가족을 보호하고 싶었다. 행여……

네가 잘못될까 봐 두렵다. 너마저……."

편명호는 말을 잇지 못했다. 참담한 표정의 낯빛은 혈색 없이 창백했다. 끝맺지 못한 말이 들리는 듯했다.

잃고 싶지 않다.

진심. 제 야욕을 버리지 못하고 자식들을 옭아맨 몰인정한 아버지일지언정 비정하진 않았다.

그래도 자식이니까. 이제 세상에 하나뿐이 남지 않은 제 자식이니까.

범안은 외면하듯 시선을 떨궜다.

"……그러니 경호를 받도록 해라."

편명호가 사정하듯 덧붙였다.

일순 아버지가 한없이 나약하게 느껴졌다. 높은 위세를 떠는 고목 같던 아버지는 소멸하고, 한 떨기 연약한 풀잎처럼 애잔한 모습이었다.

오랜 세월 겪어온 서운함은 금세 누그러뜨려지지 않을 것이다. 그래도 언젠가는 훌훌 털어내고 그저 평범하게 아버지와 부자의 정을 나눌 수 있을까.

"……생각해 보겠습니다."

범안은 고집을 부릴 수 없었다. 뚝뚝하게 대답하고 사장실에서 나왔다. 기다리고 있던 선혁이 곧바로 뒤를 따랐다.

"제 경호는 누가 합니까?"

"남자 요원을 충원할 예정입니다."

"함께 기거할 요원은요?"

"최대한 실장님 번거롭지 않도록 신경 써서 채용하도록 하겠습니다."

엘리베이터 홀에 도착했다. 엘리베이터에 올라타며 범안은 손을 들었다. 뒤따르려는 그를 저지하고 입을 열었다.

"결정하고 연락드리죠."

"사장님께서는 가급적이면 서둘러 채용하길 원하십니다."

"알겠어요."

고개를 끄덕이며 닫힘 버튼을 눌렀다. 선현의 시선을 차단하고 엘리베이터에 홀로 남았다. 혼자 있는 시간이 많아질수록 빈자리가 절절히 체감된다.

은회색 스포츠카가 초록 대문 근처에서 시동을 껐다. 세준은 자신감 넘치는 몸짓으로 차에서 내렸다. 밤 10시가 넘은 시각이라 골목은 잠잠했다. 늦은 퇴근길에, 갑갑한 마음이 들어 무턱대고 찾아온 길이었다.

—국희 씨, 무슨 일 있나요? 왜 출근을 안 하시죠?

—전화기도 꺼져 있고, 걱정되네요. 어디 아파요?

6일째다.

연달아 보낸 메시지에도 답이 없다. 전화를 몇 번 걸었지만 꺼져 있기 일쑤였다.

대문 앞으로 이동하며 세준은 전화를 걸었다. 몇 번의 신호음이 울렸지만 상대편은 무응답이었다. 역시 헛걸음인가.

"감정을 플레이할 순 없죠."

범안의 조롱이 상기되었다.

한 방 맞았다. 그의 말이 맞다. 감정은 승부를 가리는 것이 아닌데.

자조적인 실소를 내뱉은 그는 국희슈퍼에 놓인 빈 평상에 앉았다. 꺼진 간판을 힐끗 보다가, 초록 대문을 멀거니 주시했다. 여전히 답 없는 상대를 기다렸다.

물먹은 스펀지가 된 기분이다.

묵직한 몸을 이끌고 버스에서 내렸다. 종일 수련실에서 단련한 터라 피로가 몰려왔다. 몸을 혹사할 정도로 단련한 건 며칠 동안의 불면이 원인이었다. 오늘만큼은 무념하게 꼬꾸라져 잠들고 싶었다.

비척비척, 거북이걸음으로 움직이는데 휴대폰이 울렸다. 후다닥 발신자를 확인했지만 기다리던 전화가 아니었다. 파도처럼 밀려온 실망감이 가슴을 후려쳤다. 넋 놓은 바람에 전화가 끊겼다.

"아."

미안한 마음에 국희는 통화 버튼을 도로 눌렀다.

"이사님, 죄송해요. 무슨 일이세요?"

[국희 씨 어디 아픈 건 아니죠?]

세준은 여느 때와 마찬가지로 친절히 받아줬다. 부러 외면한 전화에 대한 핀잔도 없이 되레 그녀의 안위를 걱정했다.

"네, 그럼요."

[그런데 왜 출근을 안 해요?]

"그게…… 일이 있어서요. 별일은 아니고요."

골목길은 주택 창문에서 투과되는 빛으로 인해 간간이 환했다. 먼발치의 초록 대문이 서서히 시야에 잡혔다.

[다행이네요. 그런데 지금 집이에요?]

"아니요. 집에 들어가는 길이에요."

가로등에서 쏟아지는 빛으로 인해 좁았던 시야가 넓어졌다. 길쭉한 그림자가 국희슈퍼 평상 주변을 서성이는 것이 눈에 들어왔다. 넓은 등과 커다란 키. 별안간 심장이 철렁했다.

[그래요? 저 국희 씨 집 앞인데요?]

반색한 말과 함께 길쭉한 그림자가 몸을 틀었다. 여린 빛이 남자의 이목구비를 명확히 비췄다. 세준을 본 심장이 실망했다. 급속도로 식어버리는 열기에 국희는 기막혔다. 잠재의식은 다른 이를 기대한 모양인가.

"이사님, 여긴 어쩐 일이세요?"

"궁금해서 왔어요."

내장을 흔드는 감정을 감추고 국희는 짐짓 쾌활하게 다가갔다. 휴대폰을 내려놓으며 세준이 서글서글하게 웃었다. 두 사람이 마주 보고 섰다.

새하얀 차가 오르막 골목으로 들어섰다. 옅은 빛을 내는 가로등과 익숙한 초록 대문이 보이자 범안의 가슴팍이 들썩였다. 무엇을 얻고자 밤마다 이곳으로 오는 것은 아니었다. 그저 조금만 가까이 머물고 싶을 뿐이었다. 감정과는 별개의 문제였다. 내장에 파고드는 허전함을 달래는 길은 이것밖에 없었다.

초록 대문이 가까워졌을 때였다. 낯익은 두 사람이 평상 앞에서 마주 보고 있는 것이 시야에 들어왔다.

국희와 세준.

움찔, 지끈한 통증이 심장에 퍼졌다.

범안은 급히 핸들을 꺾어 이웃 담벼락 아래 차를 세웠다. 시동을 끄고서, 앞창 너머로 눈길을 돌렸다.

6일 만에 보는 그녀.

철저히 자신을 속였었다. 그런 데다 제 고백에도 우물쭈물 망설였다. 그러곤 모든 것을 들킨 후에 죄인처럼 미안하다고 읊조리고서 오피스텔을 떠나던 모습이 마지막이었다. 그 누구보다 신뢰했기에 솟구치는 배신감은 곱절로 컸다. 그리고 무엇보다도 자신에게 마음이 없는 것이 분명하다는 생각마저 들어 공허했다.

그런데 지금 제 눈앞의 그녀는 세준과 함께 있다. 약간의 간격을 두고 있던 그들이 나란히 평상에 앉았다. 세준에게 미소를 짓는 그녀의 얼굴이 또렷이 보였다.

범안의 눈매가 가늘어졌다. 거센 감정이 소용돌이처럼 가슴속을 후벼 팠다. 아픈 통증에 그는 눈매를 찌푸렸다. 불끈한 감정이 가라앉지 않았다. 휴대폰을 들었다. 선혁이 빠르게 전화를 받았다.

"김 실장님, 경호를 받아들이겠습니다. 단, 조건이 있습니다."

[네, 말씀하십시오.]

선혁이 전화를 받자마자 그는 서슴없이 말을 시작했다.

"24시간 수행할 경호원, 즉 오피스텔에서 함께 기거할 경호원은."

세준이 무슨 말을 한 건지 국희가 쿡쿡거렸다. 아랫입술에 힘이 들어갔다.

"지국희 씨로 합니다."

[네?]

"오피스텔에 지국희 씨와 함께 있겠습니다. 종전처럼 지국희 씨가 수행비서로 있으면서 24시간 수행도 할 수 있도록 해주세요. 다른 사람은 거부합니다."

나지막한 음성은 강경했다.

[하지만 지국희 씨는 해고하셨잖습니까? 이제 이 업무에서 제외되었습니다.]

"복귀하라 하세요."

[복귀가 문제가 아닙니다. 24시간 수행경호를 한 사람이 감당하기엔 너무 버겁습니다. 더군다나 지국희 씨는 여자인데…….]

"경호원 아닙니까?"

선혁은 곤혹스러워했지만 범안은 눈썹조차 꿈틀하지 않았다.

[지국희 씨가 받아들이기 어려울 겁니다. 원칙상…….]

"원칙 같은 건 필요 없어요. 거듭 말하지만 이 조건을 받아들이지 않는다면 모든 경호는 거부합니다."

[실…….]

"즉시 시행하세요. 이만 끊겠습니다."

범안은 단호히 전화를 끊었다.

초점이 머무는 곳엔 그녀가 있다. 평상에서 그녀가 일어나는 것이 보였다. 대문으로 향하려는 그녀의 팔목을 세준이 잡았다. 심각한 대화가 오가는지 평온했던 기류가 일순 서먹해졌다.

그녀에게 호감이 있다며 페어플레이하자는 세준의 말이 상기되었다. 거리가 상당했지만 분위기를 보아하니 세준이 고백을 하는 듯했다. 국희는 어려운 기색으로 머뭇거리고 있었다.

얼마 후, 세준이 차로 돌아가 그 자리를 떠났다. 그녀는 배웅을 끝내고 집 안으로 사라졌다. 지켜보던 범안은 차를 움직여 초록 대문으로 이동했다. 대문 앞에 멈추고 운전석에서 그 너머를 물끄러미 응시했다.

역시 너는 내게 마음이 없는 건가.

그래도 다른 남자는 안 돼.

내 마음이 아직 용납하지 않아.

"내가 갑자기 찾아와서 불편해요?"

세준은 조심스러웠다. 제 전화를 받지 않고, 제 메시지에 답도 없던 이유를 묻고 싶었다. 하지만 추궁하는 것으로 느낄 듯해 차마 목구멍에서 말이 넘어오지 않았다.

"아니요."

"잠깐이라도 대화하고 싶은데 이동하기엔 늦었나요?"

"여기는 싫으세요?"

그녀가 평상을 가리켰다. 그는 기꺼이 받아들이며 앉았다. 국희가 슈퍼 자판기에서 음료수를 뽑아와 나란히 평상에 앉았다.

"걱정했어요, 어디 아픈 건가 싶어서……. 난 좋은 직장 상사니까 그런 걱정이 되더라고요."

"저 웬만해선 아프지 않다니까요."

찬 음료수로 건조한 입술을 축인 그는 농담조로 말했다. 쿡 웃으며 그녀가 대꾸했다. 덩달아 웃음이 나왔다. 그녀의 밝은 미소를 보니 살며시 들떴다. 상큼한 그녀의 체향이 제 주변을 감싸는 것 같았다.

승부를 가리고 싶은 감정은 확실히 아니다.

이 미소를 곁에 두고 싶다.

가슴 한 켠에 불어오는 온화한 바람을 느끼며, 목구멍으로 넘어가는 차디찬 음료로도 식지 않는 따스함을 느끼며, 세준은 잔잔한 미소를 그렸다.

"출근은 언제 할 거예요?"

"일이 좀 있어서요. 멀리 오셨는데 죄송해요. 저 들어가 봐야 할 것 같아요. 조심히 가세요."

난감한지 국희가 도망치려 했다. 꾸벅 인사하고 돌아서는 그녀를 다급히 세준이 붙잡았다.

"국희 씨."

동작을 멈춘 그녀는 가만히 그를 올려다봤다.

"사실 직장 상사로 걱정되어 찾아왔다는 건 핑계예요. 좋은 직장 상사로 있고 싶다는 말도 국희 씨 곁에 있으려는 핑곗거리에 지나지 않아요."

"이사님."

"국희 씨는 개인적인 호감을 느끼지 말라고 분명히 선을 그었지만 사실 쉽게 접어지지 않아요. 어느 틈에 제 감정이 이렇게 커졌는지 모르겠어요. 하지만 시간이 갈수록 감정이 더 커져요."

조곤조곤한 목소리지만 힘이 실려 있었다.

"나하고 연애할래요?"

이번에 그는 주저하지 않았다. 굳게 다물린 국희의 입술이 벌어지지 않는데도, 놀란 동공을 끔벅거리며 난색을 보이는데도 굳건히 제 감정을 고백했다.

"우리 연애해요."

"……이사님, 저는 그럴 수 없어요."

"바로 대답하지 않아도 돼요. 제 말을 찬찬히 생각해 봐줄래요?"

단박에 날아온 답에 세준은 당황했다. 그녀의 냉정한 답은 듣고 싶지 않아 황급히 덧붙였다. 하지만 국희는 고집스레 도리질했다.

"마음에 둔 사람이 있어요?"

세준이 차분히 물었다.

국희는 대답할 수 없었다. 그 사람이 누구인지 어렴풋이 뇌는 알고 있었지만, 심장은 결정하지 못한 상태였다. 아직은 명확한 답이 나오지 않았다.

그가 생각나는 어느 날은 설레고 들뜬다.

또 다른 어느 날은 아련하고 아프다. 다시 상처받을까 겁나고 두렵다.

몇 가지의 감정이 쉴 새 없이 교차하며 제 가슴을 뒤흔든다. 그리고 몇 날 며칠을 함께했던 시간들이 무참히 끝나 버린 지금, 허전하고 허전하다. 그걸 떨쳐 내고자 몸이 부서져라 혹사한 오늘, 연애하자고 다른 남자의 고백을 듣는 이 순간, 그 허전함은 갑절로 부풀어진다.

"……그게 아니라면 나하고 연애해요."

이것이 사랑인지 무엇인지 모르겠다. 어떤 것이 정답인지 아직은 모르겠다.

다만……

"오늘에서야 내 감정이 명확해졌어요. 국희 씨를 보니까 진짜, 내가 남자로서 당신을 욕심내고 싶어졌어요. 당신이 내 곁에 있었으면 좋겠어요."

연애를 한다면……

만약 내가 다시 연애를 한다면…….

"국희 씨……."

그와 하고 싶다.

"……저는 이사님이 어렵기도 하고 편하기도 해요."

어렵게 국희는 말을 시작했다.

너와 하고 싶다.

"이사님을 남자로 생각해 본 적이 없어요. 이사님이 왜 제게 이런 감정이 생겼는지도 솔직히 이해가 잘 안 돼요."

"국희 씨는 자신이 얼마나 매력적인 사람인지 모르나 봐요."

피식 웃으며 세준이 그녀의 팔을 놓아줬다.

"강요하는 건 아니에요. 대신 한 번만 생각해 봐요, 배세준이라는 남자에 대해서……. 오늘은 이만 갈게요. 들어가요."

세준은 깨달았다. 이 상태라면 조금의 여지도 없이 완전히 거절당할 것이다. 어차피 정해진 결론이라 하더라도 지금은 미루고 싶었다. 그는 인사하고 물러났다.

"아니요. 생각 안 할래요."

한데 국희는 꿋꿋이 뱉어냈다. 빌미를 남겨두고 싶지 않았다. 감정도 없으면서 지지부진하게 군다면 그의 진심을 기만하는 행동일 것이다.

"……알았어요."

야박한 답에 세준은 암담했다. 의외였다. 이런 식으로 일축할 것이라곤 생각지 못했다. 거침없는 담력만큼이나 감정 구분도 명확한 여자였다. 시작도 못 해보고 접어야 되는 거군. 섭섭해서 위장이 쓰렸다.

"죄송해요."

"국희 씨가 죄송할 일은 아니에요. 미안해하지 마요, 감정의 문제니까."

그는 미안해서 눈꺼풀조차도 들지 못하는 그녀 모습에 되레 미안했다. 그녀를 불편하게 만들고 싶지는 않았다.

"괜히 회사에서 나 불편해서 피하고 그러는 건 아니죠? 다시 좋은 직장 상사로 지내요. 그건 해줄 거죠?"

"핑계가 아니라면……."

덧붙이는 친절한 말에도 국희는 쉽사리 받아주지 않았다. 그는 빙그레 고개를 주억거렸다.

"갈게요. 들어가요."

그 어느 때보다도 선한 미소가 그의 입술에 번졌다.

여자에게 먼저 고백하고 거절당한 것은 처음이었다. 색다른 경험이고, 쓰디쓴 추억이 될 것이다. 문득 거침없이 밀어붙이고 싶은 충동도 들었다. 열 번 찍어 안 넘어가는 나무가 없다고들 하지 않는가. 하지만 그녀는 나무가 아닌 여자다.

써진 입안에 고인 침을 삼키고 그는 돌아섰다. 조금은 홀가분했고, 많이 아쉬웠다. 그녀를 두고 차에 올랐다.

국희는 묵묵히 지켜봤다. 그러곤 그의 차가 골목에서 사라질 때까지 기다리다가 집 안으로 들어갔다. 천천히 마당을 걷는데 휴대폰이 울렸다. 발신자를 확인하니 선혁이었다. 기다리던 전화에 심장이 꿈틀거렸다.

"네, 선배님."

[늦은 시각에 미안하다. 통화 괜찮아?]

"네, 말씀하세요."

[너의 양해를 구해야 될 문제가 발생했어.]

의아해서 갸우뚱하는데, 대문 너머에서 자동차 소리가 들려왔다. 분명 대문 앞에서 멈춘 소리였다. 힐끗 보며 국희가 입을 열었다.

"무슨 양해요?"

세준이 다시 온 건가? 그녀는 대문으로 되돌아갔다.

[실장님을 24시간 경호해야 될 일이 발생했다. 그런데 실장님이 널 지목하셨다. 너 아닌 다른 경호원은 일체 거부하셨어. 그래서 어렵겠지만 네가 맡아주었으면 좋겠다.]

"네?"

대문에 다다라 손잡이를 잡다 말고 멈칫했다. 뇌가 덜그럭거리면서 퉁퉁거렸다. 도통 뭔 소리인 건지…….

"그게 무슨 말씀이세요?"

[그러니까 경호원을 충원해야 된다. 2인 1조나 3인 1조의 팀을 구성해서 24시간 경호를 해야 한다.]

"제가 24시간 경호를 어떻게 하면 되는데요?"

대문 너머에서 들려오던 자동차 소리가 멀어지기 시작했다. 앞을 떠나는 모양이었다. 사라진 소음에 도로 빙그르르 돌아섰다.

[항시 실장님의 곁을 지키면 된다. 종전처럼 수행비서로 출근하고 밤에는 실장님 오피스텔에서 함께 기거하는 거지. 밤에 근무할 팀은 따로 구성될 거니, 네가 밤새 근무하는 것은 아니다. 밤에는 넌 그저 실장님과 편히 지내면 돼. 실장님 혼자 두지만 말고.]

"오피스텔에서 함께 기거요? 다른 요원들과 같이요?"

[그건 아니고…… 실장님과 넌 803호에서 지내고, 다른 팀원은 보안실에서 CCTV를 보며 밤새 침입자 여부를 확인할 거다.]

"그 말씀은……."

퉁퉁거리던 뇌가 비로소 돌아갔다.

"둘이 살라고요?!"

경악한 국희가 언성을 높였다. 잠잠하던 골목에 퍼진 외침으로 이웃집 개가 놀라서 컹컹 울어댔다. 밤이라 얼른 입을 틀어막고서 쪼르르 평상으로 갔다.

"설마…… 농담이시죠?"

살포시 평상에 엉덩이를 걸치며 그녀는 허허 웃었다.

[농담일 리가 없잖아.]

지극히 바른 사나이인 선혁은 정색했다.

"그러니까…… 범…… 아니, 편 실장님과 같이 살 경호원이 필요한데, 실장님이 저를 지목하고 다른 경호원은 거부하셨다고요?"

[그래. 그리고 네가 이 경호를 받아들이지 않는다면 경호 자체를 받지 않겠다고 하셨어.]

"제가 오피스텔에 안 들어간다면 아예 경호도 안 받는다고요?"

[응.]

참 나, 이런 빌어먹을 억지가 어디 있어? 이 자식, 왜 나를…….

"왜요?"

[나도 모르지. 먼젓번 일로 널 해고하신다 하셨는데 번복하셔서 나도 좀 놀랐어.]

범안과의 사적인 관계는 전혀 모르는 상태라 당연한 반응이었다.

"다른 말은요?"

[없었다. 무조건 네가 해줘야 한다는 조건이야.]

대체 무슨 꿍꿍이인 거지? 그와의 마지막 날 기억은 냉혹할 정도로 찼는데…….

"선배님, 말이 안 되잖아요? 제 입장에서는 PC가 여자면 모를까…… 어디까지나 남자인데……."

아무리 업무적인 선을 긋는다고 해도 가능할까? 더군다나 한집에서 밤새 같이 사는 건데? 상상도 못 했던 일이다.

[강경히 요구하셔서 나도 달리 방도가 없다. 그러니 부탁하는 거야.]

"명령 같으신데요?"

[명령에 가까운 부탁이야.]

간절함이 배어 있는 음성이었다. 사장님 충신인 선혁의 입장으로선 어떻게든 범안을 보호하고 싶은 모양이었다.

"왜 갑자기 편 실장님에게 24시간 경호가 필요한 거죠? 혹시 실장님 신변에 문제라도 생겼나요?"

[전화상으로는 설명하기 어려워. 내가 내일 오전 중으로 이음에 가서 설명해 줄게. 네 결정이 중요하다. 네가 결정해야 우리도 움직일 수 있다.]

진중한 부탁이었다.

"제가 칼자루를 쥐고 있는 거네요? 저는 단칼에 자를 수도 있어요."

[넌 이 와중에도 농담을 하는구나.]

무거운 분위기를 깨고 싶어 국희는 너스레를 떨었다. 딱딱한 어투였던 선혁이 희미하게 웃었다. 안전을 위한 대비경호가 아니게 된 건가? 범안이 안전하지 않다는 말인가?

의구심도 들고 불안하기도 했지만, 그녀는 따라 웃었다.

다음 날, 이음 회의실.

거짓말을, 지어낸 말을 들은 것 같다.

선혁으로부터 그동안 숨겨왔던 기밀 사안을 들은 국희는 기가 막혀 말문이 막혔다.

"어떻게…… 실제로 그런 일이 생겼는데 그걸 실장님께 숨길 수가 있죠? 선배님도 묵인하신 거잖아요!"

"그 점에 대해선 나도 할 말 없다."

윽박지르는 국희의 신랄한 비난에 선혁이 고개를 떨궜다.

"편 실장님이 진짜 위험할 수도 있었어요?"

소름이 끼쳤다. 편명호의 냉혹함에 몸서리가 쳐졌다. 제 자식의 죽음 앞에서 어떻게 그런 선택을 할 수 있는 건가.

"단정 지을 순 없지만 그건 아니었다. 만약 그랬다면 그렇게 어설프게 경호하진 않았겠지. 실장님 경호를 붙인 이유는 편기안 이사님 사고로 안위가 걱정되어서일 뿐이었다. 지금까지 실장님뿐만 아니라 사장님도 괴한의 접근이나 신변 위협이 있었던 적은 전무했으니까."

"지금은요? 상황이 달라진 건가요?"

"며칠 전 편 이사님 비서가 사망했다. 뺑소니 사고였는데 심상치가 않아. 아무래도 두 사고가 연결된 것 같다. 그래서 실장님 안전도 장담할 수 없어 긴급히 대비하려는 거다."

"연쇄 살인 같은 건가요? 그래서 편 실장님도 위험하다고요?"

그녀는 충격을 받았다.

"모르겠다. 사장님도 가족들을 위협하는 건지, 편 이사님이 비서와 함께 어떠한 사건에 연루가 된 건지 가늠하지 못하시는 상태야. 현장에 남겨진 증거도 터무니없이 부족해서 경찰도 아직 실마리나 용의자를 파악하지 못하고 있어. 지금으로선 모든 것이 불투명해. 할 수 있는 방법은 용의자를 잡을 때까지 사장님 가족의 경호를 강화하는 것뿐이다."

선혁이 암담하다는 듯 손바닥으로 이마를 쓸었다.

범안이 위험할 수도 있다. 까만 점박이들이 춤추듯 허공에서 일렁거렸다. 가슴골은 따끔거렸고 척추는 묵직했다.

"그러니 네가 필요해. 불편하더라도 네가 해줬으면 좋겠다. 편 실장님을 경호해 줘."

다른 건 중요하지 않다. 그를 그런 상태로 둘 수는 없다. 내리깔았던 눈꺼풀을 들었다.

"그럴게요. 제가 할게요."

늘어져 있던 손바닥을 둥글게 말아 쥐었다. 그러쥔 주먹에 힘을 주고, 국희는 결심했다.

내가 지킬 거야.

그를 위험하게 만들지 않을 거야.

"왔다……."

803호 앞에서 국희는 심호흡을 했다. 그녀가 결단을 내리자, 선혁은 당장 오늘 밤부터 범안 곁에 있길 바랐다. 결정을 내린 이상 굳이 미룰 이유는 없었다. 집에 들어가 간단히 옷가지와 짐을 챙겨 들고 범안의 오피스텔로 왔다. 부모님께는 업무 때문에 당분간 귀가할 수 없다고 둘러대었다.

"들어가자…… 들어가……."

제 자신에게 독려하고 휴대폰 메시지로 온 도어록 비밀번호를 눌렀다. 조금 전 범안이 보내온 간략한 메시지였다. 가타부타 다른 말은 일절 없었다.

안은 까맣고 조용했다. 테라스에서 넘어오는 외부의 여린 빛이 전부였다. 조명을 켜고, 느른히 캐리어를 소파까지 밀고 갔다. 엉망진창 흐트러져 있던 거실은 말끔히 치워져 있었다. 휘휘 둘러보다가 소파에 앉으려던 찰나였다. 띠띠띠띠, 도어록이 눌리는 소리가 났다.

그가 왔다.

멀쩡하던 심장이 돌연 콩닥콩닥 뛰어대기 시작했다.

〈2권에 계속〉